악어 외

악어 외
Крокодил

표도르 도스또예프스끼 중단편집
박혜경 외 옮김

KROKODIL
by FEDOR DOSTOEVSKII (1866)

일러두기

1. 번역 대본은 F. M. Dostoevskii, *Sobranie sochinenii v dvenadtsati tomakh* (Moskva: Pravda, 1982)와 F. M. Dostoevskii, *Polnoe sobranie sochinenii v tridtsati tomakh*(Leningrad: Nauka, 1972~1990)를 주로 사용하였습니다. 다만 판본에 차이가 없는 한 옮긴이가 번역 대본을 임의로 선택하였습니다.
2. 러시아어의 로마자 표기와 우리말 표기는 〈열린책들〉에서 정한 표기안을 따르되, 관행적으로 굳어진 일부 용어만 예외로 하였습니다

이 책은 실로 꿰매어 제본하는 정통적인 사철 방식으로 만들어졌습니다.
사철 방식으로 제본된 책은 오랫동안 보관해도 손상되지 않습니다.

악몽 같은 이야기 심성보 옮김	7
여름 인상에 대한 겨울 메모 박혜경 옮김	101
악어 박혜경 옮김	213

역자 해설 1 〈토양주의〉를 향한 출구 찾기 · 심성보	273
역자 해설 2 러시아 공동체 건설에 대한 믿음 · 박혜경	283
역자 해설 3 급진주의에 대한 삐딱한 시선 · 박혜경	289
도스또예프스끼 연보	293

악몽 같은 이야기

심성보 옮김

이 악몽 같은 이야기는, 우리의 사랑하는 조국이 억제할 수 없는 힘과 뭉클한 감동을 일으키는 충동을 안고 부활하여 조국의 모든 용감무쌍한 아들들이 새로운 운명과 희망에 대한 열정을 태우기 시작했던 바로 그 시절에 벌어졌던 일이다. 그 당시 매서운 추위가 몰아치던 맑게 개인 어느 겨울밤, 그러니까 열한 시를 넘어선 시각에, 뻬쩨르부르그 근교의 어느 멋진 2층 저택의 안락하고도 심지어는 호사스럽게 꾸며져 있다고 할 만한 방에 세 명의 대단히 존경받는 남자들이 앉아 흥미진진한 주제를 가지고 당당하고도 격조 높은 대화에 몰두하고 있었다. 이 세 남자들 모두가 고위 관리였다. 그들은 작은 탁자 주위의 멋지고 푹신한 의자에 앉아서 조용히 대화를 나누며 간간이 샴페인을 마시곤 했다. 샴페인 병은 얼음이 담긴 은쟁반에 놓여 있었다. 그러니까 이야기인즉슨 올 65세의 홀아비인 3등 문관 스쩨빤 니끼포로비치 니끼포로프가 막 구입한 저택에서 집들이 잔치를 벌이고 있는 중인데, 더욱이 이날은 전에는 한번도 차리지 않았던 생일 잔치도 겸하고 있었다. 그렇긴 하지만 이 잔치라는 것이 하느님이 보시기에도 뭐 이런 경우가 있나 싶을 정도로, 손님으로 온 사람이라곤 우리가 이미 앞에서 본 바대로 단 두 사람뿐이었다. 둘은 니끼포로프 씨의 이전 동료이자 부하 직원으로서, 바로 4등 문관 세몬 이바노비치 쉬뿔렌꼬와 역시 4등 문관인 이반 일리치 쁘랄린스끼였다. 그들은 아홉 시에 와서 차를 들고 난 후에 술을 마셨고 정확히 열한 시 반이 되면 집으로 돌아가야 한다고 알고들 있었다. 집주인은 규칙적인 생활을 좋아했다. 그에 대해 단 두 마디만 하자면 이렇다. 그는 별 볼일 없는 하급 관리로 관료 생활을 시작해서 45년을 계속 조용히 단순한 업무를 꾸물꾸물 해왔다. 어느 직위에 오를 때까지 근무하게 되리라는 것과 벌써 별을 두 개나 달고 있기는 하지만 이제 하늘에서 거저 별을 따다가 달 수는 없다는 걸 무척 잘 알고 있었다. 그리고 그는 어떤 문제에 관해서일지라도 자신의 의견 내기를 좋아하지 않았다. 그는 또한 성실한 사람이었기에 불성실한 것이라곤 무엇 하나 그대로 보아 넘기지를 못하는 성미였다. 그는 이기주의자였으므로 홀아비로 남아 있었고 그다지 우둔하다곤 할 수 없으나 지혜롭지는 않았다. 지저분한 것이나 어떤 일에 열광적으로 몰입하는 걸 특히 싫어해서 그는 이런 것들을 정신적인 불결로 여길 정도였다. 그래서 그는 인생의 말년에 접어들어서는, 그 무엇인가 달콤하고 느긋하게 즐길 수 있는 안락함과 틀이 잡힌 독신 생활에 완전히 몰입해 버렸다. 간혹 그 자신이 다른 사람들 집에 손님으로 가는 경우에는 그래도 나았으나 자기 집에 손님을 들이는 일은 젊어서부터 습관이 되어 참지 못했다. 근래에 들어서는 카드 점을 쳐본다고 카드를 늘어놓지 않으면, 자기가 소장하고 있는 탁상시계들을 모아 놓고 안락의자에 앉아 졸면서 저녁 내내 벽난로 위에 놓인 시계들이 유리 뚜껑 밑에서 똑딱이는 소리를 싫증도 내지 않고 듣곤 했다. 겉모습으로 보면 그는 매우 단정하고 제 나이보다 젊어 보일 정도로 늘 면도를 깨끗이 하고 다녔으며 건강 관리를 잘해 오래오래 살 거라고 장담하면서 매우 엄격하게 신사도를 지키곤 했다. 그는 어디에선가 회의를 주재하고 무엇엔가 서명을 하기만 하면 되는 상당히 편안한 직위에 있었다. 한마디로 말해서 사람들은 그를 품격이 높은 사람으로 여겼다. 그에게는 단 한 가지 욕심, 달리 더 좋게 얘기하자면 열렬한 바람이 있었다. 그것은 자기 소유의 저택, 그럭저럭 기본적인 것만 갖춘 것이 아닌 고관의 품격에 어울리는 호사스럽게 지어진 저택을 갖고 싶다는 것이었다. 마침내 그의 바람이 이루어졌다. 그는 물색 끝에 뻬쩨르부르그 교외에 있는 저택을 구입했다. 멀리 떨어져 있다곤 하지만 영지가 딸린 저택이었고 더욱이 우아한 품격을 뽐내고 있었다. 새 주인은 이 저택이 좀 더 멀리 떨어진 곳에 있었더라면 좋았을 것이라고 생각하기도 했다. 그는 자기 집에 손님을 들이는 걸 좋아하지 않았지만 다른 누군가에게 들르려 한다거나 공무상 어디론가 갈 때 이용하려고 초콜릿 색의 멋진 2인승 사륜 마차와 마부 미헤이는 물론 작지만 튼튼하고 멋지게 생긴 말 두 마리도 갖추고 있었다. 이 모든 것이 40여 년 간의 근검 절약으로 이루어진 것이라 생각하며 이것들을 바라보는 그의 마음은 기쁘기 그지없었다. 그래서 저택을 장만하고 이사를 한 다음 그의 생일에 이전 같으면 가장 가까운 친척들에게도 조심스레 감추곤 했던 생일을 맞아, 손님을 초대하려 했을 정도로 그는 평온한 마음을 갖고 흐뭇한 생각에 빠져들었다. 이번에 초대된 손님들 중에서 한 사람을 그는 특별히 염두에 두고 있었다. 그 자신은 저택의 위층을 차지하고, 아래층은 마치 그에 맞춰 지어지고 배치된 듯 입주자들을 필요로 하고 있었다. 스쩨빤 니끼포로비치는 세몬 이바노비치 쉬뿔렌꼬를 점찍어 두고서 이날 밤에도 두 번씩이나 이 문제에 대해 얘기를 꺼냈다. 그러나 세몬 이바노비치는 이 제의에 대해 묵묵부답으로 일관했다. 이 사람 또한 오랜 세월 동안 굳건하게 자신의 진로를 스스로 개척해 온 사람으로 검은 머리에 구레나룻을 기르고 신경질적인 인상을 풍겼다. 그는 결혼을 했는데 음울하게 집에 앉아서 집안을 공포 분위기로 몰아넣었고 관청에서는 자기 확신을 갖고 일해 나갔으며 또한 자기가 어느 직위에까지 다다를 수 있다는 것, 그 이상의 좋은 직위에 올라도 그 자리를 아주 안정적으로 틀어쥐고 앉을 일은 결코 없으리라는 것도 잘 알고 있었다. 그는 새로 시작된 제도에 대해 예민한 반응을 보이지 않은 건 아니지만 그렇다고 특별히 불안해 하지도 않았다. 그는 자기 주관이 확고해서 이반 일리치 쁘랄린스끼가 꺼낸 새로운 화제에 대해 조롱 어린 감정을 품고 듣고만 있었다. 그렇기는 하나 그들 모두는 이미 어느 정도 술이 거나하게 취해 있었기에 스쩨빤 니끼포로비치도 쁘랄린스끼 씨에게 관대하게 대했고 새 제도에 대해 그와 가벼운 논쟁을 벌였다. 그런데 이제 고관 대작 쁘랄린스끼 씨에 대해 몇 마디 소개를 해야겠는데 그는 앞으로 펼쳐질 이야기의 주인공이기도 하다.

4등 문관 이반 일리치 쁘랄린스끼는 각하라고 불린 지가 이제 갓 4개월밖에 안 된, 한마디로 말해서 젊은 고관이었다. 그는 연령으로 보아도 아직 젊어서 마흔세 살이고 겉으로 보기에도 이보다 더 많다고 여겨지진 않았는데, 젊게 보이기를 좋아했다. 그는 미남자로서 키가 훤칠했으며 옷차림에도 멋내는 데 신경을 써서 세련되고 당당한 맵시를 자랑했다. 목에는 멋진 솜씨로 폼나는 훈장을 드리워 달았고 어려서부터 상류 사회층 티를 내던 행동이 이제는 자연스러워졌다. 그가 미혼이었을 적에는 돈 많은 상류층의 신붓감을 꿈꿔 보기도 했다. 그는 멍청한 구석과는 거리가 멀었지만 아직도 많은 것에 대해 공상에 잠기곤 했다. 이따금 그는 대단한 수다쟁이면서도 고상한 자세를 취해 보는 걸 즐겼다. 그는 훌륭한 가문에서 태어난 고관의 자제로서 백면서생이었는데, 유약했던 유년 시절에는 벨벳이나 리넨으로 만든 옷을 입고 다녔으며 귀족 자제만 다니는 학교에서 교육을 받았다. 학교에서 습득한 지식이라곤 얼마 되지 않았지만 관료 생활을 성공적으로 해내 고관 자리에까지 도달할 수 있었다. 관청에서는 그를 유능하다고 여겼고 그에게 기대까지 하고 있었다. 그러나 스쩨빤 니끼포로비치는 그가 자신의 부하로 일하기 시작해 고관의 직위에 오르기까지 계속 밑에 두며 그의 근무 능력을 관찰해 왔지만 한 번도 그가 일을 잘 해낸다고 생각해 본 적이 없었고 그에 대해 아무런 기대도 하지 않고 있었다. 그렇지만 그는 이반 일리치가 훌륭한 가문 출신이며 재산, 즉 관리인까지 딸린 기초가 탄탄한 저택을 소유하고 있고 하류층 사람들에게 친근하게 대하지도 않거니와 태도가 당당하다는 점이 마음에 들었다. 그러나 스쩨빤 니끼포로비치는 가끔 그가 지나치게 공상을 많이 하고 생각이 짧다고 그에 대해 험담을 하기도 했다. 이반 일리치 자신도 이따금 자기가 지나치게 자존심이 강하고 좀스레 군다고 느끼고 있었다. 이상한 일은 그가 종종 어떤 병적인 양심의 가책을 느낀다거나 무엇인가에 대해 쉽사리 후회도 한다는 점이다. 그는 간혹 슬픔에 잠겨 마음속에 비밀스러운 가시를 품고서, 자신이 생각하고 있는 만큼 높이 날아오르지 못하고 있다고 스스로 인정하기도 했다. 그럴 때면 그는 심한 낙담에 빠졌으며, 특히 그의 치질이 말썽을 부리기라도 할라치면 자신의 인생을 실패한 인생une existence, manquée이라 부르며 자신에 대해서는 물론, 심지어는 자신의 고상한 능력에 대해서도 믿으려 들지 않았고 자신을 말만 늘어놓는 궤변가라고까지 불렀다. 물론 이런 것들이 정직하게 자신을 돌아볼 기회를 주기도 했고, 그에게 많은 명예를 가져다 주기도 했으나 30분 후면 이런 생각들은 아무런 상관이 없게 된다. 또 다시 머리를 쳐들고 그는 앞으로 더 성공하게 될 것이고, 고관 대작으로서뿐만 아니라 오래도록 러시아가 기억할 국가적인 인물이 될 거라고 드러내 놓고 자신을 과신했다. 심지어는 그를 기리는 기념 동상이 늘어선 것이 때때로 눈에 어른거리기도 했다. 이것으로 보건대, 이반 일리치는 자신의 정해지지 않은 꿈들과 희망을 약간의 공포심마저 품고서 마음속에 깊이 감추어 두고 있기는 하지만 자신을 자찬하고 있음이 분명했다. 한마디로 말해서 그는 선량하며, 정신적인 기질로 보아 시인이라고까지 부를 만한 사람이었다. 근래에 들어와서는 이런 병적인 환멸의 순간이 더 자주 그에게 찾아오곤 했다. 그는 특히 짜증스러워지면 사소한 일에도 의심을 품었고, 그에 대해서 어떤 반박이라도 할라치면 이를 모욕받았다고 간주해 버렸다. 그러나 개혁을 시작한 러시아는 그에게 갑자기 큰 희망을 주었다. 장관의 임무가 그에게 성취감을 주었던 것이다. 그는 박차고 일어나 고개를 쳐들고 다녔다. 그는 갑자기 달변을 토해 내기 시작했고 굉장히 빠르게, 예기치도 않게 자신에게 받아들여진 최신의 화제에 대해 격렬해질 때까지 이야기하기 시작했다. 그는 이야기할 기회를 찾아 시내 곳곳을 비집고 다녔으며, 그 스스로 흡족한 기분이 들 정도로 여러 곳에서 광적인 자유주의자로 이름을 날리는 데 성공했다. 바로 이날 저녁에도 그는 샴페인 넉 잔을 들이켠 후 기분이 풀어졌다. 그는 이날 모임이 있기 전까지 오랫동안 만나지 못했던, 지금까지 자기를 존중해 주었고 심지어 자기에게 훈계를 늘어놓기도 했던 스쩨빤 니끼포로비치를 모든 면에서 설복시키고 싶은 생각도 했다. 그는 왠지 몰라도 스쩨빤 니끼포로비치를 복고주의자라고 여기면서 예사롭지 않게 열을 내며, 그에게 대들었다. 스쩨빤 니끼포로비치는 이 화제가 흥미롭긴 했지만 거의 반박도 하지 않고 듣고만 있었다. 이반 일리치는 후끈 달아올라 자기 스스로 논쟁의 열기에 도취되어 필요 이상으로 샴페인 잔을 여러 번 들이켰다. 그럴 때면 스쩨빤 니끼포로비치는 술병을 들어 그의 샴페인 잔에다 더 부어 주곤 했는데 웬일인지 이것이 갑자기 이반 일리치에게 모욕감을 느끼게 만들었다. 더욱이 그가 특히 경멸하는, 자기 이상으로 냉소적인 태도나 악의에 찬 행동으로 자신을 넌더리 나게 만든 세묜 이바노비치 쉬뿔렌꼬가 옆에서 교활하게 자주 미소를 짓는 것에 더욱더 비위가 상했다. 〈아마도 이들이 나를 철부지로 여기는 모양인데〉라는 생각이 이반 일리치의 머릿속에 얼른 스쳐 지나갔다.

「아닙니다. 진작 오래전에 이랬어야 했습니다.」 그는 흥분 상태로 계속 말을 이었다. 「너무 늦었단 말씀입니다. 네. 제 견해로는 휴머니즘이 으뜸 가는 것이라고 생각하고 있습니다만. 아랫사람들에게도 그들 역시 인간이라는 걸 되새기면서 휴머니즘적인 태도로 대해야지요. 휴머니즘은 모든 걸 구해 내고 모든 걸 가져다 줄 거란 말입니다.」

「히 — 히 — 히.」 세몬 이바노비치 쪽에서 웃음소리가 들려왔다.

「그렇다손 치더라도, 아니 당신이 이렇게까지 우리를 힐난해도 되는 거요?」 마침내 스쩨빤 니끼포로비치가 상냥하게 미소까지 지어 가며 항변을 했다. 「이반 일리치, 솔직히 말해서, 당신이 지금까지 설명하고 싶어하는 말의 요점이 무엇인지 알 수가 없어요. 당신은 휴머니즘이라는 말을 꺼냈는데 이건 인간에 대한 사랑을 의미하는 것이 아닌가요?」

「네, 인간에 대한 사랑일지도 모르겠습니다만, 제가 말하고 싶은 바는…….」

「외람된 말씀입니다만, 저, 제가 판단하기에는 문제가 이것 하나에만 있는 것이 아니라는 겁니다. 인간에 대한 사랑이야 늘 제기되어 왔던 것이고, 개혁이 이것으로 국한된 건 아닙니다. 농민 문제, 재판 문제, 경제 문제, 매점매석 문제, 도덕적인 문제들이 제기되었고 또, 그리고 또, 뭐 그와 같은 이런 문제들은 끝이 없습니다만, 말하자면 이런 문제들이 한꺼번에 또 배로 불어나 더 큰 문제들, 일대 소동을 낳기도 한다는 겁니다. 그러니까 우리는 단지 휴머니즘 하나에 대해서 걱정하는 것이 아니라고 할 수 있습니다.」

「아, 네. 그러니까 문제는 더 심오한 것이다, 이 말씀이로군요.」 세몬 이바노비치가 지적하고 나섰다.

「아주 잘 알겠습니다. 그리고, 세몬 이바노비치, 제가 사물을 이해하는 깊이에 있어 당신에게 뒤떨어진다는 데에는 결코 동의할 수 없다는 걸 알아 주셨으면 합니다.」이반 일리치는 악의에 차서 지나치다 싶을 정도의 격렬한 어조로 말했다.「뭐, 그렇지만 마찬가지로, 스쩨빤 니끼포로비치, 당신도 역시 저를 전혀 이해하고 있지 못하고 있다는 걸 감히 용기를 내서 당신께 이야기하지 않을 수가 없군요.」

「이해하지 못하겠는걸.」

「그리고 또한 저는 이에 굴하지 않고 모든 곳에서 휴머니즘, 바로 이 휴머니즘 사상을 아랫사람들과 함께, 관리에서 서기에 이르기까지, 서기에서 집안 하인들에게까지, 집안 하인들에서 농부들에 이르기까지 전하겠습니다. 제가 말씀드리지만, 휴머니즘은 말하자면 당면한 개혁의 초석이 될 수 있으며 보편적으로 모든 사물을 혁신시키는 데에도 기여할 수 있습니다. 왜냐고요? 왜냐하면요, 삼단 논법으로 이야기해 보겠습니다. 제가 휴머니즘적이면 사람들은 저를 좋아합니다. 저를 좋아하게 되면 신뢰를 갖게 되거든요. 사람들이 절 믿게 되면 좋아하게 되고…… 즉, 아닙니다. 제가 말하고 싶은 건 믿음을 가지면 개혁에 대해서도 믿게 되고, 문제의 가장 핵심적인 것, 말하자면 도덕적으로 서로를 포용할 것이고 근본적으로는 모든 문제를 좋게 풀어 나갈 거란 말씀입니다. 뭐가 우습다는 겁니까? 세몬 이바노비치. 이해가 안 되나 보죠?」

스쩨빤 니끼포로비치는 놀라서 눈썹을 치켜 올리고 잠자코 있었다.

「내가 보기엔 내가 술을 좀 지나치게 마신 것 같단 말이야.」세몬 이바노비치가 독살스럽게 말을 꺼냈다.「그래서 드는 생각인데 머리가 좀 흐리멍덩해진 것 같단 말씀이야.」

이반 일리치의 얼굴이 일그러졌다.

「못 견디겠는걸.」 스쩨빤 니끼포로비치가 잠시 생각에 잠겼다가 갑자기 말을 꺼냈다.

「그러니까, 이게 뭐 어떻다고 못 견디시겠다는 겁니까?」

예기치 않게 불쑥 튀어나온 스쩨빤 니끼포로비치의 말에 놀라워하며 이반 일리치가 물었다.

「그러니까 못 견디겠다는 말 아니오?」 스쩨빤 니끼포로비치는 더 이상 확대시키고 싶은 마음이 없음이 분명했다.

「그 얘기는 새 포도주와 새 부대 얘기[1]를 두고 하시는 말씀이 아닌가요?」 이반 일리치는 빗대어서 퉁명스럽게 말했다. 「음, 아닙니다. 전 제가 한 말에 대해서는 책임을 집니다.」

이 순간에 시계는 열한 시 반을 알리고 있었다.

「앉아 있을 사람은 앉아 있고, 갈 사람은 가지요.」 자리에서 일어설 채비를 하면서 세몬 이바노비치가 말했다. 그러나 이반 일리치는 그를 앞질러 곧바로 탁자에서 일어나 벽난로 위에 있는 자신의 흑담비털 모자를 집어 들었다. 그는 모욕당한 사람처럼 쳐다보았다.

「세몬 이바노비치, 거참 생각 좀 해보시게나.」 손님들을 배웅하면서 스쩨빤 니끼포로비치가 말했다.

「방 얻는 것 말인가요? 생각해 보지요, 하고말고요.」

「그래, 생각이 정해지는 대로 될 수 있는 한 빨리 연락해 주시게나.」

---

[1] 성서의 마르코의 복음서에서 인용한 구절이다. 〈또 낡은 가죽 부대에 새 포도주를 넣는 사람도 없다. 그렇게 하면 새 포도주가 부대를 터뜨려 포도주도 부대도 다 버리게 된다. 새 포도주는 새 부대에 담아야 한다.〉(마르코의 복음서 2장 22절)

「전부 사업에 대한 얘기시군요?」 이반 일리치는 자기 모자를 갖고 장난을 치면서 약간의 아부를 해가며 부드럽게 말을 꺼냈다. 이자들이 그에 대해서는 잊기라도 한 것처럼 여겨졌다.

스쩨빤 니끼포로비치는 눈썹을 치켜 세웠으나 손님을 더 이상 붙잡아 두진 않겠다는 뜻으로 잠자코 있었다. 세몬 이바노비치는 서둘러 작별 인사를 했다.

〈음…… 그래…… 이후에 어떻게 하고 싶다는 게지…… 간단한 친절조차 베풀 줄 모르는군.〉 쁘랄린스끼는 작심을 하고서, 특별히 관계할 바도 없다는 듯이 스쩨빤 니끼포로비치에게 손을 내밀어 악수를 청했다.

현관에서 이반 일리치는 세몬 이바노비치의 낡아 해진 너구리털 외투에 신경을 쓰지 않으려고 외면하면서 자신의 가볍고 비싼 털외투를 걸쳐 입었다. 둘은 계단을 내려오기 시작했다.

「우리 영감님이 화가 나신 모양인데요.」 이반 일리치는 잠자코 있는 세몬 이바노비치에게 말을 걸었다.

「아니지, 무엇 때문에 그러시겠어.」 그가 차분하고도 쌀쌀맞은 태도로 대꾸했다.

〈노예놈 같으니라고!〉 이반 일리치는 마음속으로 생각했다.

그들이 계단을 내려오자 지저분하게 생긴 회색빛 종마가 끄는 썰매가 세몬 이바노비치에게 다가왔다.

「에이 악마에게나 떨어져라! 뜨리폰 녀석은 내 마차를 어디에 둔 거야!」 자신이 타고 갈 마차가 눈에 띄지 않자 이반 일리치는 버럭 소리를 질렀다.

이곳에도 저곳에도 마차는 보이질 않았다. 스쩨빤 니끼포로비치의 하인은 마차의 행방에 대해 모르고 있었다. 그래서 다들 세몬 이바노비치의 마부 바를람에게 물어보았더니 조금 전까지 모두 여기에 서 있었고 마차도 이곳에 있었는데 지금은 이렇게 없다는 대답만 들었다.

「불쾌한 이야기로군!」 쉬뿔렌꼬가 말했다. 「원한다면 내가 태워 주겠네.」

「비열한 놈!」 광기를 뿜으며 쁘랄린스끼가 소리쳤다. 「불한당 녀석, 집에서부터 여기 뻬쩨르부르그 교외에 사는 대모(代母)가 시집을 간다고 결혼식장에 가게 해달라고 조르더니만, 염병할, 나가 뒈져라. 내가 자리를 비우지 말라고 엄하게 말해 놓았건만. 내가 내기를 걸고 장담하지만, 그놈은 거기로 간 게 틀림없어!」

「그 친구는 정말,」 바를람이 말했다. 「그리로 갔습니다요, 빨리 갔다 오겠다고 약속까지 하고서 갔거든요. 사실 시간이 좀 있다는 생각이 들기도 했고요.」

「음, 그래! 내 이럴 줄 알았어! 이놈을 어떻게 할까!」

「그놈을 몇 번 두동강이 나도록 호되게 두들겨 놓게나, 그럼 그 녀석, 시키는 일을 잘 해낼 테니까.」 세몬 이바노비치는 벌써 의자에 몸을 기댄 채 말했다.

「걱정하지 마십시오, 세몬 이바노비치!」

「그래 싫단 말인가? 태워다 주겠네.」

「안녕히 가십시오, 고맙습니다merci.」

세몬 이바노비치는 가버리고, 이반 일리치는 굉장히 화가 치민 채 목조 다리가 여러 개 놓인 여울을 향해 걸어가기 시작했다.

「아니야, 내 네놈을 당장. 사기꾼 녀석! 네놈이 뭔가 느끼고 놀라 자빠지도록, 내가 일부러라도 걸어가마! 네놈이 돌아오면 주인 나리가 걸어왔다는 걸 알게 될 거다. 더러운 놈!」

이반 일리치는 여지껏 한번도 그렇게 욕을 해본 적이 없었지만 지금은 완전히 광기에 사로잡혔고 게다가 머리까지 윙윙거렸다. 그는 평소에 술을 즐기지 않았기 때문에 어떤 술이든 대여섯 잔만 들이켜도 금세 소식이 왔다. 그러나 밤은 황홀하리만큼 아름다웠다. 추운 날씨이긴 했으나, 놀랍도록 고요하고 바람조차 일지 않았다. 하늘은 맑고 별이 빛나고 있었다. 보름달은 희뿌연 은빛 광채를 대지 가득히 비추고 있었다. 50보를 걷고 나서는 자신이 당한 불행을 거의 잊을 정도로 기분도 좋아졌다. 그는 웬일인지는 몰라도 무척 유쾌해졌다. 이쯤 되면 사람들은 취흥이 올라 이런저런 감상에 쉽게 젖어 생각이 바뀌는 법이다. 심지어 황량한 길가의 초라한 시골집조차 그의 마음에 들었다.

〈아, 정말 이렇게 걸어 보는 것도 운치가 있고 참 좋구먼.〉 그는 마음속으로 생각했다. 〈뜨리폰 녀석에겐 교훈이 될 터이고 나 또한 만족스럽기도 하니까. 맞았어, 자주 걸어 다니기로 해야겠군. 그런데 어쩐다지? 볼쇼이 대로에 나가면 바로 짐마차를 보게 되겠지. 찬미할 만한 밤이야! 여기엔 집들이 참 많이도 있군. 틀림없이 하찮은 사람들이 살고 있겠지. 말단 관리들이나 장사치들이나, 아마도 그런 자들이 말이야……. 그 스쩨빤 니끼포로비치도 여기 살고 있잖아! 그리고 그들은 죄다 모두 복고주의자들이고 늙어 빠진 멍청이들이지! 그래 멍청이들이야, 말 잘했다 C'est le mot. 그래도 그자는 똑똑한 사람이야, 그래도 그는 상식bon sens이 있고 사물에 대해 진지하고 현실적으로 이해한단 말씀이야. 그렇지만 늙은이지, 늙은이! 그런데 그자를 한번 혼쭐내 줘야지! 그래 무슨 방법이 있을까……《못 견디겠는걸》이라니……! 그자가 뭘 말하고 싶었던 거지? 말할 때면 꼭 생각을 하곤 한단 말이야. 그렇다 해도 그는 나를 전혀 이해하지 못했어. 아, 그것조차 이해 못 한다는 건가? 내 말을 이해하는 것보다 이해 못 하기가 더 어려울 텐데. 중요한 것은 내가 확신하고 있는, 마음 깊이 확신하고 있는 바이지. 휴머니즘…… 인간에 대한 사랑이다. 인간을 본연의 모습으로 돌린다……. 인간이 본래 갖고 있던 덕성을 부활시킨다. 그러면…… 준비된 자료를 가지고 실제 행동에 착수해야지. 분명히, 그렇단 말이야! 그렇고말고! 고관 나리, 삼단 논법을 들어 말씀드리도록 허락해 주십시오. 예를 들어 우리가 관리, 가난하고 벌벌 떠는 관리를 만났다고 칩시다. 《그래…… 자넨 뭐하는 자인가?》 대답이야 《관리입니다》라고 하겠지. 좋았어, 관리라. 나아가 《자네는 어떤 관직에 있나?》라고 물으면, 그러니까 그렇고 그런 관리라고 답할 테고. 《근무하고 있나?》 《근무하고 있습니다.》 《행복해지고 싶나?》 《그러고 싶습니다.》 《행복해지기 위해선 뭐가 필요한가?》 이러저러한 것들이 필요하다고 하겠지. 《왜 그런가?》 하고 물으면 《왜냐하면》이라고 대답할 테고……. 이렇게 두어 마디 말을 던지고 나면 그 사람은 나를 이해하게 되지. 그는 말하자면 그물을 던져 잡아 올린 것처럼 내 사람이 되고 나는 그와 함께 모든 것, 즉 그의 행복을 위해 내가 해주고 싶은 걸 해나가게 되지. 그 세묜 이바노비치도 불쾌한 친구란 말이야! 또 그놈의 상판대기는 얼마나 기분 나쁘게 생겨 먹었는지……. 채찍으로 두 동강을 내놓으라고, 그놈은 일부러 그렇게 이야기했단 말이야. 아니야, 헛소리하지 말라고. 작살내려면 제놈이나 작살내든지, 난 채찍을 들지 않겠어. 나는 뜨리폰에게 말로써 고통을 주고, 잔소리를 해서 괴롭혀 주겠어. 그럼 저도 느끼는 바가 있겠지. 매를 들 것이냐, 음…… 풀리지 않는 문제로군,[2] 음…… 그런데 에메란스에게 들른다고 간 거겠지? 흥, 너란 놈은. 제기랄, 염병할 다리로군.〉 그는 갑자기 뒷걸음질치더니 소리를 질러 댔다. 〈그래 이 따위가 수도(首都)란 말이야! 계몽이라고! 발목을 분질러 먹겠다. 나는 그 세몬 이바노비치를 증오해. 그놈의 돼먹지 못한 상판대기하고는. 얼마 전에 내가, 사람들이 도덕적으로 서로 얼싸안을 거라고 이야길 하니까 그걸 갖고 내 앞에서 히히덕거렸단 말이지. 암, 얼싸안고말고. 그런데 그게 제놈하고 무슨 상관이 있냐고? 이젠 너를 얼싸안지 않겠어, 무지렁이를 얼싸안는 편이 더 빠르지……. 무지렁이가 나를 만나면 난 무지렁이와 이야길 나누겠어. 내가 취하긴 했어도 아마 그렇게 보이지 않았을 거야. 지금도 내가 그렇게 보이진 않을 테고……. 앞으론 절대 술을 마시지 말아야겠군. 저녁부터 쓸데없는 소리를 지껄이면, 다음날에는 후회를 하는 법이니까. 뭐 어쨌단 말이야, 난 정말 비틀거리지도 않고 걸어가고 있는데……. 그것보다도

---

2 1859년에 러시아의 위대한 외과 의사이자 교육가인 N. I. 삐고로프는 끼예프 교육 관구 주임으로 있을 때, 매를 들어 김나지움 학생들을 체벌할 수 있게 허용하고 있는 〈규정〉을 찬성했다. 그러나 도브롤류보프는 삐로고프와 논쟁에 들어가면서 자신의 글 「매질에 파괴되어 버린 전 러시아의 환상들」과 「비가 내려 물이 되어 흐르라」에서 김나지움 학생들에 대해서뿐만 아니라 농민들에 대해서도 체벌이 폐지되어야 한다고 주장했다. 도스또예프스끼 역시 체벌이 완전히 폐지되어야 한다는 주장을 열렬히 지지했다. 농노 해방(1861) 이후에는 불가피하게 징벌 체계를 재검토해야 할 필요성을 사회의 진보적인 층에선 절실하게 느끼고 있었다.

그자들 모두 다 사기꾼이야!〉

보도를 따라 가다 서다를 반복하면서 비틀거리는 걸음을 옮겨 놓으며 이반 일리치는 그런 생각을 했다. 신선한 공기가 그의 정신을 흔들어 깨웠다. 5분 정도 지나자 기분도 진정되는 것 같고 잠자고 싶어졌다. 볼쇼이 대로에 거의 다다랐을 때 갑자기 그에게 음악소리가 들려왔다. 그는 빙 둘러보았다. 길 건너편에 있는 매우 낡기는 했지만 기다란 목조 저택에서 잔치가 한창 열리고 있는 중이라, 매우 흥겨운 4인조 무도곡에 맞춰 연주되는 바이올린, 콘트라베이스, 날카로운 쇳소리를 내는 플루트 소리가 흘러 나왔다. 창문 밑으로는 사람들이 몰려 서 있었는데 허름한 솜외투를 걸치고 머리에는 수건을 뒤집어쓴 부인네들이 훨씬 더 많았다. 그들은 덧창문의 틈새를 통해 무언가라도 들여다보려고 안간힘을 쓰고 있었다. 즐거워하고 있는 것처럼 보였다. 춤추는 이들이 내는 발 구르는 소리가 길 건너편까지 전해질 정도였다. 이반 일리치는 자기와 얼마 떨어지지 않은 곳에 서 있는 순경을 보곤 그에게 다가갔다.

「여보게나, 저건 누구네 집인가?」 그는 순경이 자기 목에 걸린 훈장을 알아보기 딱 좋을 만큼 자기의 비싼 외투를 조금 열어젖히면서 물어보았다.

「법무 관리인 쁘셀도니모프 씨 댁입니다.」 이 별난 물건을 금세 알아차린 순경이 차렷 자세를 취하며 대답했다.

「쁘셀도니모프라고? 음! 쁘셀도니모프라……! 그가 무얼 하는 건가? 결혼한 건가?」

「9등 문관 믈레꼬뻬따예프의 딸과 결혼했습니다……, 나리. 현청에서 근무했죠. 저 집은 그 사람의 신부에게 딸려 온 것입니다.」

「그러니까 지금은 이게 믈레꼬뻬따예프네 것이 아니라 쁘셀도니모프의 집이라 이 말인가?」

「쁘셀도니모프의 것이지요, 나리. 믈레꼬뻬따예프의 것이었으나 지금은 쁘셀도니모프의 것입니다.」

「흠, 여보게, 내가 왜 자네에게 묻느냐 하면 내가 그의 상관이란 말일세. 내가 쁘셀도니모프가 근무하는 바로 그 부처의 국장이란 말이지.」

「네 그러시군요, 나리.」 순경은 완전히 긴장을 했고 이반 일리치는 생각에 잠긴 듯했다. 그는 선 채로 생각에 빠졌다.

쁘랄린스끼는 쁘셀도니모프가 그의 관할 관청에서, 그것도 바로 그의 사무실에서 근무하고 있다는 걸 생각해 냈다. 그는 한 달이라고 해야 쥐꼬리만한 10루블의 봉급을 받는 하급 관리였다. 쁘랄린스끼는 바로 얼마 전에 자기 사무실을 가졌으므로 자기 부하들 모두에 대해 아주 상세한 것까지 다 기억해 낼 수는 없었지만 쁘셀도니모프는 성이 별난 경우여서 기억하고 있었다. 그 성은 단번에 그의 눈에 들어왔기 때문에 그는 그런 성을 가진 사람을 더 주의 깊게 호기심을 가지고 지켜보았다. 이제야 그는 이 젊은 친구가 긴 매부리코에 허옇고 거칠한 머리털을 하고, 바싹 말라 비틀어져 영양 섭취도 제대로 안 해 빈약해 보이는 몸에, 볼품없는 제복 차림에, 저걸 어떻게 입고 다니나 싶을 정도로 이루 표현하기 힘든 지저분한 바지를 입고 다녔다는 걸 기억해 냈다. 그는 명절에 옷이나 수선해 입으라고 저 가난뱅이에게 10루블 정도도 떼어 주지 못하나 하는 생각이 얼른 들었던 것도 기억했다. 그렇지만 이 가난뱅이의 얼굴이 하도 밋밋하고 눈초리는 혐오감을 불러일으킬 정도로 전혀 호감을 주지 못해서 그에게 떠올랐던 선량한 생각도 어찌어찌하다가 그냥 증발해 버리고 말았기 때문에 쁘셀도니모프는 표창 하나 받지 못한 채 근무하게 되었다. 이 쁘셀도니모프는 거의 일주일도 채 안 되었을 때에 청혼했다는 말을 함으로써 그를 더욱 경악시켰다. 이반 일리치는 그가 이 일에 꼼꼼히 매달릴 시간이 없었을 텐데도 결혼 문제가 빨리 결정이 났다고 생각했다. 또한 그는 쁘셀도니모프가 신부를 맞아들이면서 목조 저택과 현찰로 4백 루블을 얻게 되었다는 걸 정확하게 기억해 냈다. 그 당시 그는 이런 상황에 매우 놀랐다. 그는 심지어 쁘셀도니모프와 믈레꼬뻬따에프라는 성이 서로 맞지 않는 건 아니냐고 경박하게 비아냥댔던 것까지, 이 모든 것을 분명하게 기억하고 있었다.

그는 기억을 해내면서 모든 걸 곰곰이 심사숙고하기 시작했다. 알려진 바와 같이 일련의 생각들이 이따금 우리 머릿속에서는 우리가 쓰는 말로, 더욱이 문어체로는 옮겨지지도 않고 그 어떤 느낌의 형태로서 순식간에 지나가 버리기도 하는 법이다. 그렇지만 우리는 우리 주인공의 이 느낌을 옮겨 보면서 알맹이만이라도, 다시 말하자면 그 느낌 안에 담긴 가장 필수적이고 사실적인 것을 독자들이 떠올릴 수 있도록 노력하고자 한다. 왜냐하면 우리가 갖는 느낌 중의 많은 것들이 일상의 언어로 옮겨져 버리고 나면 전혀 그럴듯해 보이지 않기 때문이다. 바로 그렇기에 그 느낌이 결코 이 세상에 드러나는 법은 없지만 모든 경우에 다 들어 있다고 할 수 있다. 물론 이반 일리치의 느낌이나 생각이 좀 짜임새가 없기는 하다. 그렇지만 여러분들도 그 이유는 알고 있을 것이다.

〈뭐 어때!〉 그의 머릿속에서 얼른 생각이 스쳐 지나갔다. 〈우리가 늘 이야기하고 또 하는 바이지만, 막상 요점에 다다르면 별것도 아닌 게 되어 버린단 말씀이야. 자, 예를 들어서, 이 쁘셀도니모프의 경우만 해도 그렇지. 그놈은 신부를 먹어치울 기대를 하면서 흥분과 희망에 부풀어 조금 전에야 식장에서 돌아왔을 테고…… 이때야말로 그놈 인생에서 가장 복에 겨운 날 중의 하나일 테지……. 지금 그놈은 손님들과 신나서 잔치상을, 검소하고 빈약하기는 하더라도 즐겁고 기쁘고 진실한 잔치를 벌이고 있다 이건데……. 바로 이 순간에 그의 상관, 최고 상관인 내가 여기 제놈 집 옆에 서서 흘러나오는 음악소리를 듣고 있다는 걸 알기라도 한다면, 뭐 어쩌겠어! 그래 정말로 그렇게 되면 그놈에겐 무슨 일이 벌어질까? 아니지, 그놈에게 무슨 일이 벌어지든 말든 내가 마음을 먹고서 불쑥 들어가기라도 한다면? 흠…… 물론 처음에는 놀라고 당황해서 쩔쩔매겠지. 내가 그놈에겐 방해가 될 테고, 아마도 모든 걸 엉망으로 만들어 놓겠지…… 그래, 내가 아니라 다른 어느 고관이 들어간다고 해도 그렇게 되겠지……. 문제는 비단 나뿐만 아니라 그 어느 고관이 들어가더라도 그렇게 된다는 데에 있지…….

그렇죠, 스쩨빤 니끼포로비치! 얼마 전만 하더라도 당신은 저를 이해하지 못하지 않으셨습니까, 자 당신에게 예로 들어드릴 만한 게 생겼군요.

그렇고말고요. 우리 모두는 휴머니즘에 대해 소리쳤지만 우리는 영웅적인 행위나 헌신적인 행동을 할 태세가 되어 있지 않습니다.

웬 영웅적인 행위냐고요? 이런 거죠. 판단해 보시기 바랍니다. 사회를 이루는 모든 구성원들의 관계가 지금과 같은 상황에서, 제가 10루블의 월급을 받는 법무 관리인 제 부하의 결혼식 피로연에 밤 열두 시가 넘어선 시간에 찾아 들어간다는 건, 정말로 방해가 되는 거겠죠. 이건 사상을 뒤엎는 짓이며, 폼페이 최후의 날,[3] 즉 황당무계 그 자체지요! 아무도 이걸 이해하지 못할 겁니다(스쩨빤 니끼포로비치, 당신은 죽었다 깨어나도 이해하지 못할 겁니다. 바로 못 견디겠다고 하겠죠). 그렇겠죠, 그렇지만 이건 당신들, 나이 든 사람들, 중풍 환자들과 둔한 사람들에 해당하는 이야기죠. 저는 견 ─ 디 ─ 어 냅니다. 저는 폼페이 최후의 날을 제 부하에게 가장 달콤한 날로, 원시 시대의 야만적인 행동을 표준적이고도 소박한, 고상하고도 도덕적인 행동으로 바꿔 놓겠습니다. 어떻게 하냐고요? 어떻게 하냐고요? 이런 거죠. 경청해 주시지 않으렵니까……?

자…… 이제 제가 들어간다고 칩시다. 그들은 놀라서 추던 춤을 멈추고 화들짝 놀란 눈으로 저를 바라보곤 뒷걸음질칠 테죠. 그러면 그때에 제가 말을 꺼냅니다. 저는 가장 부드러운 미소를 머금고 놀라 자빠진 쁘셀도니모프에게 곧장 다가가 으레 그런 가장 평범한 말로 이야기해 줍니다. 《저기 말이지, 스쩨빤 니끼포로비치 나리 댁에 다녀오는 길이네. 알아 두게나, 여기서 이웃한 곳에 있으니……》 자 여기서 이런 식으로 우스운 표정을 짓고서는 뜨리폰이 저지른 사고를 이야기하는 겁니다. 뜨리폰 때문에 걸어서 이쪽으로 쭉 오는데

---

[3] 이 이야기의 주인공은 이 고대 도시의 주민들이 공포에 질린 채, 화산이 폭발해서 용암이 분출된 때에 죽은 장면을 묘사한 K. P. 브률로프의 유명한 그림 「폼페이 최후의 날」에서 이름을 따서 의미를 바꿔 사용하고 있다.

어쩌고 하는 그런…….《그러다 음악소리를 듣지 않았겠나. 호기심이 생겨서 순경에게 물어보고는 자네가 결혼했다는 걸 알게 된 걸세. 가서 내 부하가 어떻게 즐겁게 놀고 결혼 피로연을 치르는지 보고 싶었네. 설마 하니 자네가 나를 내쫓진 않으리라고 생각한 거란 말일세!》쫓아내겠다고요! 부하 된 도리로 그 무슨 망발이겠습니까? 여기서 어떤 자식이 날 쫓아낼 거냐고요! 내 생각에 그놈은 정신이 나가 눈썹이 휘날리도록 뛰어나와 나를 안락의자에 앉히려고 달려들 테고 희열에 몸을 떨면서 처음엔 정신조차 차리지 못할 겁니다.

자, 그런 행동보다 더 평범하고 멋들어진 것이 또 있겠습니까? 무엇 때문에 내가 들어가냐고요? 이건 별개의 문제입니다! 이건, 말하자면, 도덕적인 문제지요. 바로 여기에 진국이 들어 있는 것 아니겠습니까!

흠…… 내가 무슨 생각을 한 거지? 그렇지!

물론 그들은 나를 가장 귀한 손님으로 맞아들일 테고 그곳엔 기껏해야 9등 문관의 친척이나, 코가 빨간 퇴역한 준대위 정도나 있겠지……. 고골은 이런 별난 사람들을 매우 잘 묘사하곤 했지. 물론 나는 젊은 신부와도 인사를 나누고 그녀를 칭찬하고 손님들을 격려해야지. 그들에게 어려워하지 말고 즐겁게 놀고 춤을 계속 추라고 청하곤 익살스럽게 웃어 주기도 해야지. 한마디로 나는 상냥하고 친근한 사람임을 보여 주는 거야. 나야 마음이 흡족할 때면 늘 상냥하고 친근한 사람이니까……. 흠…… 내가 말하자면, 그러니까, 아직은 조금 그게 그런 것 같기도 하고…… 안 취했다고 하기엔, 그래서 그러니까…….

……물론 나는 신사로서 그들과 함께 보조를 맞추고 절대

특별한 대우를 해달라고 부탁하진 않겠어……. 그러나 도덕적으로, 도덕적으론 별개의 문제지. 그들은 나를 이해하고 평가해 줄 거야……. 나의 행동은 그들 마음속에 있는 모든 고결한 것을 소생시켜 줄 거야……. 그래, 반 시간은 앉아 있어야지……. 한 시간까지도. 물론 만찬을 갖기 전에는 떠나겠어. 그 사람들이야 분주하게 움직이면서 빵을 구워 낸다, 고기를 튀겨 낸다, 허리를 구부리고 인사한다고 정신이 없기는 하겠지만, 나는 샴페인 한 잔만 마시며 축하해 주고 만찬은 거절해야지. 일이 있다고 이야기하는 거야. 내가 《일》이라는 말을 입 밖에 내자마자 모두들 존경하는 태도로 엄숙한 얼굴이 되겠지. 이걸로 그들과 나는 이런 차이가 있다는 걸 민감하게 상기시키도록 해야지. 하늘과 땅 차이지. 내가 이걸 환기시키고 싶진 않지만 그럴 필요는 있는 것 아닌가……. 뭐라고 쑥덕거린다 하더라도 도덕적인 의미에서는 불가피한 거지. 더욱이 내가 그때에 미소를 짓고 웃어 주기까지 한다면 아마도 모두들 나를 칭찬하겠지……. 한번 더 어린 신부와 농담도 하고. 흠…… 그러니까 바로 정확히 9개월 뒤에 다시 대부 자격으로 오겠다고 암시해 주어야지. 그런데 그때가 되면 그녀는 애를 낳겠지. 그놈들은 집토끼처럼 번식시키거든. 그래서 모두들 폭소를 터뜨리면 그녀는 얼굴이 빨개지겠지. 나는 애정을 담아 그녀의 이마에 입을 맞추고 그녀한테 덕담까지 해주는 거지……. 그럼 다음날로 관청에는 나의 헌신적인 행동이 알려지게 되고, 다음날에 나는 다시 엄격해지는 거야. 내가 다시 준엄해지고 가차없이 다그쳐도 그들 모두는 내가 어떤 사람인지 이미 알고 있을 거야. 나의 마음씨를 알고, 나란 사람의 핵심을 아는 거지. 《그는 국장님으로서는 엄격하지만 인간미로 보면 천사야!》라고. 이렇게 해서 전 승리를 거둔단 말입니다. 당신의 머릿속에는 떠오르지도 않을 어떤 한 가지 작은 행동으로 승리를 거둔 겁니다. 그들은 벌써 제 사람들이지요. 저는 아버지고 그들은 제 자식들인 셈이죠. 자요, 스쩨빤 니끼포로비치, 오셔서 이렇게 해보실 수 있겠습니까…….

……여러분, 쁘셀도니모프가 고관이 친히 그의 결혼 잔치를 즐기고 결혼 피로연에서 술까지 마셨다는 걸 자기 자식에게 기억시켜 줄 것이란 걸 아시겠어요, 이해하시겠냐고요! 그렇죠, 그 아이들이 자기 자식들에게, 자신의 손자들에게 고관대작이자 국가적인 인물(그때가 되면 나는 이 모든 걸 이룬 사람이 될 테니)이 그들에게 경의를 표했다는 걸 거룩한 얘기라도 되는 듯 들려주게 될 겁니다……. 그리고 그 밖의 등등. 그렇죠. 저는 비천한 이를 도덕적으로 고양시키고, 그를 본연의 모습으로 돌려주고……. 그자는 한 달에 쥐꼬리만한 10루블을 월급이라고 받지 않느냐 말이야……! 그렇죠, 제가 이런 유형의 일을 그 어떤 일이든 간에 다섯 번이고 열 번이고 반복하면 도처에 자자한 명성을 얻게 될 테고…… 모든 사람의 마음속에 새겨질 것이고 이 일의 결과로, 명성을 얻은 덕에 그 무슨 일이 생겨날지, 그 어느 놈이 알 게 뭐냐고……!》

이런 식으로 이반 일리치는 여러 생각을 해보았다(여러분, 가끔은 사람이 자기 자신에 대해서 이야길 늘어놓는 경우가 적지는 않죠, 더욱이 조금 후끈 달아오른 상태에서라면 말이죠). 이런 모든 생각들이 그의 머릿속에서 30초 정도 되는 사이에 스쳐 지나갔다. 물론 그는 이를 몽상으로 그치고 머릿속에서만 스쩨빤 니끼포로비치에게 무안을 안겨 주고서 차분히 집에 돌아가 누워 잠들 수도 있었다. 그렇게만 되었던들 아주 좋았을 것을! 그렇지만 모든 불행은 그 순간에 그가 너무 후끈 달아올라 있었다는 점에 있었다.

기분좋은 공상을 하고 있는 바로 그 순간에 느닷없이 문득 흡족해 하고 있는 스쩨빤 니끼포로비치와 세몬 이바노비치의 얼굴이 떠올랐다.

「못 견디겠는걸!」 오만하게 미소를 지으며 스쩨빤 니끼포로비치가 되풀이했다.

「히 ─ 히 ─ 히!」 세몬 이바노비치가 더없이 불쾌한 미소를 지으면서 맞장구쳤다.

「어디 그래, 내가 못 견디는지 한번 두고 보자고!」 단호하게 이반 일리치는 말했다. 얼굴에 열기가 달아오르는 느낌이 들 정도였다. 그는 다리를 건너와 힘찬 걸음걸이로 곧장 길을 건너서 자기 부하, 법무 관리 쁘셀도니모프의 집으로 향했다.

별이 그를 매혹시켰다. 그는 호기 있게 빗장이 풀려 있는 쪽문으로 들어가서 그의 발 밑으로, 쉰 목소리로 으르렁거리며 달려드는, 쓰임새가 있다기보다는 차라리 장식품이라고 해야 더 좋을 털이 북실한 조그만 스피츠 강아지를 깔보곤 발로 걷어차 버렸다. 깔아 둔 널빤지를 밟고서 마당 쪽으로 비죽 나온 초소처럼 생긴, 지붕이 달린 현관 계단까지 이르렀다. 낡아 빠진 나무 계단 세 칸을 올라가자 자그마한 현관에 다다랐다. 현관 한구석에서 기름 양초나 기름 접시에 담아 둔 심지가 타고 있었음에도 이반 일리치는 신발을 신은 채 응고시키려고 내놓은 갈랑티르[4]에 왼발을 빠뜨리고 말았다. 이반 일리치는 호기심이 생겨 몸을 수그려 들여다보고서야 거기에는 그가 모르는 어떤 종류의 녹말 가루로 만든 소스가 얹어진 음식 두 가지에다, 또 분명히 블라망제[5]가 든 요리 두 가지가 놓여 있는 걸 보았다. 비어져 나온 갈랑티르는 그를 당황하게 만들었고 아주 짧은 순간에 그의 머릿속에는 지금 이대로 슬그머니 사라져 버릴까 하는 생각이 스쳐 지나갔다. 그러나 그는 그런 행동을 너무 비열한 짓이라고 간주했다. 아무도 자기를 본 사람이 없고 자기가 한 짓으로 생각하진 않으리라고 이리저리 머리를 굴린 다음에 그는 빨리 모든 흔적을 감추려고 신발을 닦아 낸 다음, 두꺼운 펠트 천을 박아 매달아 놓은 문을 더듬어 짚어 열어 젖히고서 아주 조그만 문간방으로 들어섰다. 이 방의 벽 한 면은 말 그대로 털외투, 주름 달린 긴 부인용 외투, 낡은 헌 외투, 부인용 겨울철 모자, 숄과 신발로 가득 채워져 있었다. 다른 벽면으로는 음악가들, 바이올린 두 사람, 플루트 한 사람, 콘트라베이스 한 사람, 물론 거리의 악사이긴 하지만 이렇게 다 해서 네 명이 늘어서 있었다. 그들은 한 자루 기름 양초가 타오르는 아무런 장식도 없는 나무 탁상 뒤에 앉아서 한바탕 신바람 나게 4인조 무도곡의 마지막 춤 동작에 맞춰 악기를 켜고 있는 중이었다. 홀 쪽으로 열린 방문을 통해 먼지, 담배 연기, 탄 냄새까지 나는 와중에 춤을 추고 있는 사람들을 볼 수 있었

---

4 프랑스 어 〈galantine〉에서 유래되어 나온 말로서 조미료를 친 녹말 가루 국물을 생선살, 살코기 등을 잘게 썰어 놓은 것 위에 끼얹은 뒤에 차갑게 응고시켜서 먹는 젤리 모양의 음식.

5 혹은 블랑망제라고도 한다. 〈하얗다〉는 뜻의 프랑스 어 〈blanc〉과 〈먹다〉라는 뜻의 〈manger〉가 합성되어 이루어진 말로서 복숭아와 설탕, 우유를 넣어 졸여서 굳힌 젤리 형태의 음식.

다. 어떻게 보면 정신없이 즐기고 있는 듯했다. 웃음소리, 고함소리, 부인네들의 자지러지는 소리가 들려왔다. 남자 파트너들은 중대 규모의 기마대는 와야 그런 소리가 날 것처럼 발을 굴러 댔다. 이 왁자지껄하게 노는 군중들 앞에서도 껄렁하고 옷 단추까지 풀어 젖힌 남자는 짐작컨대 지휘를 하고 있었고 그에 따라 춤추는 사람들이 움직이고 있었다. 《남자 파트너들 앞으로, 셴 데 담, 발랑세(부인들은 열을 지어서, 제자리 걸음)!》[6] 그리고 다시 다른 구령을 또 붙이고 있었다. 이반 일리치는 약간 흥분된 상태에서 외투와 신발을 벗어 던지고 털모자를 손에 쥐고서 방 안으로 들어갔다. 더 이상 이젠 생각조차 하지 않았다······.

처음에는 아무도 그를 알아보지 못했다. 다들 마지막 춤을 마무리하고 있었다. 이반 일리치는 멍한 사람처럼 서 있었는데 이러한 혼돈 속에서 무엇 하나 자세하게 살펴보기도 힘들었다. 부인네들의 옷자락과 이로 궐련을 지근지근 물고 있는 남자들이 어른거리며 눈에 들어왔다. 그의 콧잔등을 스치고 지나간 어느 부인네의 담청색 숄이 어른거렸다. 그녀 뒤를 따라 머리결이 흐트러진 의과 대학생이 정신없이 좋아 날뛰면서 달음박질치다 그를 심하게 밀치기도 했다. 그의 눈앞에는 또 측정할 수 없을 정도로 키가 큰 어떤 부대 소속의 장교가 어른거렸다. 누군가가 가성의 날카로운 소리로 다른 사람들과 함께 뛰어오르고 발을 굴러 대면서 고함을 질렀다. 「에 ―

---

6 Chaîne des dames, balancez! 4인조 무도곡에 나오는 춤 동작 중의 한 가지. 작가는 고관, 귀족이 사용한 불어를 원문 그대로 나타낸 것과 달리 일반 서민들이 외래어로 쓰는 불어는 어딘가 서투르고 발음도 정확한 것이 아니라는 의미를 담아 뉘앙스를 살려서 전하기 위해 구별해서 쓰고 있는 것으로 보인다.

에 — 에흐 쁘셀도니모프 여편네!」 이반 일리치의 발 밑에 뭔가 끈적거리는 것이 있었다. 바닥을 밀랍으로 떡칠한 것이 분명했다. 게다가 방 안에는, 그다지 크지도 않은 방에 손님이 30명 가까이나 됐다.

그러나 4인조 무도곡이 끝나고 1분이나 지났을까 싶었을 때 이반 일리치가 개울 다리를 건너면서 상상했던 것과 똑같은 일이 바로 벌어졌다. 손님들과 아직 숨도 돌리지 못하고 얼굴에서 땀을 닦아 내지도 못한 채 춤을 추고 난 사람들이 웅성거리며 예사롭지 않게 속닥거리더니 모든 사람의 눈과 얼굴이 방으로 들어온 손님에게로 쏠렸다. 그러고 나선 모든 사람들이 그 순간 조금 물러서며 뒷걸음질쳤다. 못 본 사람들의 옷자락을 잡아당기면서 귀띔해 주었다. 그들도 두리번거리고서는 다른 사람들과 함께 뒷걸음질쳤다. 이반 일리치는 한 발자국도 앞으로 떼지 않고서 문가에 여전히 그대로 서 있었다. 그와 손님들 사이의 마룻바닥 위로는 헤아릴 수 없을 만큼 많은 사탕 껍질, 카드 짝, 담배꽁초가 널린 공간이 점점 더 많이 드러났다. 갑자기 이 공간 속으로 긴 매부리코에 허옇고 매끈하지 않은 머리털을 한, 제복 차림의 젊은이가 겁을 집어 먹고 나타났다. 주인이 발길질을 한 대 먹이려고 불렀을 때에 제 주인을 바라보는 개와 똑같은 꼬락서니로 몸을 수그린 채, 이 뜻하지 않은 손님을 쳐다보면서 앞으로 조금 나섰다.

「잘 있었나, 쁘셀도니모프. 날 알아보겠나?」 이반 일리치는 아주 서툴게 말해 버렸다는 걸 바로 그 순간에 느꼈다. 이 순간 굉장한 바보짓을 했다는 생각이 바로 들 정도였다.

「가 — 가 — 각하……!」 쁘셀도니모프는 분명하지 않은 소리로 웅얼거렸다.

「자, 그래, 그래. 여보게, 자네 자신도 분명히 그리 생각하고 있겠지만 난 정말 우연히 자네한테 들르게 된 걸세……」

그러나 쁘셀도니모프는 정말로 아무것도 생각할 수 없었다. 그는 무시무시한 의혹으로 눈이 휘둥그레져서 서 있기만 했다.

「설마 하니 자네가 나를 내쫓진 않으리라고 생각한 거란 말일세……! 좋든 싫든 간에 손님을 맞게나……!」 그가 예절을 갖추지도 못할 정도로 맥이 빠져 당황하고 있다는 걸 느끼면서 이반 일리치는 말을 이어 가며 미소를 짓고 싶었으나 이미 그럴 수도 없었다. 스쩨빤 니끼포로비치와 뜨리폰에 대해 유머러스하게 이야기한다는 건 더 더욱 불가능했다. 그러나 쁘셀도니모프는 일부러 그러기라도 한 듯이 망연자실한 상태에서 벗어나질 못하고 완전히 바보 같은 모습으로 계속 바라보고만 있었다. 이반 일리치는 얼굴을 뒤틀고 이런 상태로 1분만 더 있다가는 말도 안 되는 엉망진창 속으로 빠질 것만 같았다.

「내가 무언가 방해를 한 모양이구먼…… 난 가보겠네!」 간신히 말을 꺼내고 나니 오른쪽 입술 끝의 실핏줄이 부들부들 떨려 왔다.

그러나 쁘셀도니모프는 이제 정신을 차렸다…….

「나리, 자비를 베풀어 주십시오. 영광입니다…….」 그는 허둥지둥 인사를 하면서 웅얼거렸다. 「이렇게 와주시다니오. 앉으십시오…….」 그는 춤판을 벌이느라 식탁 옆에서 옮겨다 놓은 소파를 두 손으로 가리켰다…….

이반 일리치는 마음을 가라앉히고 소파에 앉았고 그때 누군가가 식탁을 갖다 놓으려고 끼어들었다. 쁘랄린스끼는 재빨리 주위를 둘러보곤 다른 사람들 모두, 심지어는 부인네들도 서 있다는 걸 눈치 챘다. 징조가 나빴다. 그러나 이를 환기시키고 앉도록 허락하기에는 아직 때가 일렀다. 손님들은 여전히 뒷걸음질치고 있었고 그의 앞에선 여전히 아무것도 이해하지 못한 채 미소를 짓는 것과는 거리가 먼 쁘셀도니모프 혼자만 몸을 납작 구부리고 서 있었다. 간단히 말해서 불쾌했다. 이 순간에 우리의 주인공은 그가 원칙을 위해 부하 집에 자신이 알리[7] 하룬 라시드[8] 식으로 불시에 들이닥친 것이 정말로 헌신적인 행동으로 간주되지 않으면 어쩌나 해서 우울한 기분이 들 정도였다. 그런데 갑자기 어떤 인물이 쁘셀도니모프 뒤를 이어 나타나더니 인사를 하기 시작했다. 이루 말할 수 없는 만족과 행복하다는 생각까지 하면서 이반 일리치는 그 사람과 가깝게 알고 지내는 사이는 아니지만 유능하고 말수가 적은 관리라고 생각해 왔던, 자신의 사무실에서 일하는 계장 아낌 뻬뜨로비치 주비꼬프라는 걸 바로 알아보았다. 그는 성큼 일어나서 아낌 뻬뜨로비치에게 두 손가락만이 아니라 손 전체를 내밀었다. 그 사람은 매우 정중하게 경의를 표하면서 그의 손을 양손으로 맞았다. 고관은 의기양양해졌다. 모든 것이 안도할 만하게 되었기 때문이다.

그래서 이제 쁘셀도니모프는, 말하자면, 서열상 2등이 아니라 3등이 되었다. 이반 일리치는 필요상 계장을 알고 지내

---

7 회교도 사이에서 쓰이는 높임말로 ~씨(氏)를 나타낸다.
8 하룬 알 라시드(B. C. 766~809). 아바스 왕조의 제5대 칼리프로서, 전해 내려오는 이야기에 따르면 그는 바그다드에서 야밤 잠행을 통해 국민들의 생활을 알아보았다고 한다. 『천일야화』에 나오는 이야기.

던 사람처럼, 심지어는 절친한 사람처럼 대하며 그를 상대로 이야기를 해나갈 수 있게 되었다. 쁘셀도니모프는 그 와중에서 잠자코 있거나 공손한 태도를 취하느라 바들바들 떨고 있는 수밖에 없었다. 따라서 예의 범절도 지켜졌다. 그래도 이야기는 해야만 했다. 이반 일리치는 그걸 느끼고 있었다. 그는 손님들 모두 무언가를 기다리고 있고 양쪽 문간에서는 집 안 하녀들까지 모두 나와 그에게서 뭔가 들으려고 모여들어 서로를 밟고 올라설 정도인 걸 보았다. 멍청한 계장이 여전히 앉지 않고 있는 것이 불쾌하게 여겨졌다.

「아니 뭣들 하고 있는 겁니까!」 이반 일리치는 자기 옆의 소파 자리를 어색하게 가리키면서 말을 꺼냈다.

「당치도 않으십니다요, 네…… 전 여기에 말이죠…….」 그리곤 아낌 뻬뜨로비치는 그동안 끈기 있게 버티고 서 있던 쁘셀도니모프가 얼른 그에게 내다 놓은 의자 위에 재빨리 앉았다.

「이런 경우를 생각해 보실 수 있을 겁니다.」 특히 아낌 뻬뜨로비치를 대하고서, 조금 떨리기는 하지만 허물없는 목소리로 이반 일리치는 말을 시작했다. 그는 질질 끌며 단어 하나하나를 나누고 음절에 강세까지 찍어 가면서, 웬일인지 〈아〉는 〈에〉로 소리 내면서 이야기를 하고 있었다. 한마디로 더듬고 있다는 걸 자기 자신도 느끼고 알아챘지만, 이미 스스로를 제어할 수가 없었다. 그 어떤 외부적인 힘이 작용하고 있는 것 같았다. 그는 이 순간이 너무 끔찍하고 고통스럽다고 느꼈다.

「상상해 보실 수 있을 겁니다. 난 방금 스쩨빤 니끼포로비치 니끼포로프 씨 댁에서 오는 길입니다. 아마 들어 보셨겠죠? 3등 문관인. 그래요. 그 위원회에…….」

 아낌 뻬뜨로비치는 공손히 상체를 앞으로 수그렸다. 「못 들었을 리가 있겠습니까요.」

 「그는 지금 자네하고 이웃한 곳에 사네.」 이반 일리치는 예의도 갖추고 어색한 분위기를 풀려고 잠깐 쁘셀도니모프 쪽으로 향했으나 쁘셀도니모프의 눈빛이 묵묵부답인 상태 그대로인 걸 보고선 재빨리 몸을 돌렸다.

 「그 노인, 당신도 알고 있겠지만, 평생 동안 늘 집을 산다고 잠꼬대처럼 말하고 다녔죠……. 그래 샀단 말입니다. 그것도 아주 좋은 저택을 말이에요. 그렇죠…… 그런데 마침 오늘 그가 생일을 맞게 되었습니다. 그 전에는 한 번도 생일 잔치를 치르지 않았고, 심지어는 우리들한테 생일이란 사실을 감추며 인색하게 굴더니 지금은 나와 세몬 이바노비치를 생일에 초대할 정도로 새 저택에 즐거워하고 있답니다. 쉬뿔렌꼬라고 아시는지.」

 아낌 뻬뜨로비치는 다시 몸을 수그렸다. 얼마나 몸을 열심히 수그렸던지! 이반 일리치는 조금 위로를 받은 듯했다. 아마도, 계장은 이 순간에 자기 상관이 어쩔 수 없이 기댈 보루가 자기라는 걸 눈치 채고 있다는 생각이 그의 머릿속에 들어왔다. 이거라도 없었다면 더 불쾌했을 터였다.

 「자, 우리 세 사람이 앉아서 여기 샴페인도 갖다 놓고 이 일에 대해 얘기도 좀 하고 그럽시다……. 이런저런 것들에 대해 말이죠……. 여러 문 — 제 — 들에 대해서…… 논 — 쟁 — 도 하고 그럽시다……. 허 — 허!」

 아낌 뻬뜨로비치는 공손히 눈썹을 치켜 올렸다.

 「문제가 거기에 있었던 것만은 아닙니다. 난 그와 작별 인사를 했지요. 노인네가 규칙적인 생활을 해서 일찍 자거든요. 아시겠지만, 노년기에 접어들면 그런 거 아닙니까. 갈려고 나왔는데…… 내 마부 뜨리폰이 없더라고요! 걱정이 되어 여기저기 물어보았습니다. 〈뜨리폰이 마차를 어디로 끌고 갔나요?〉 그놈은 내가 더 앉아 있으려니 바라면서 자기 대모인지 동생인지의 결혼식에 간 것으로 밝혀졌답니다……. 진작에 그놈의 싹수가 노랗다는 걸 알아보긴 했지만 말입니다. 여기 뻬쩨르부르그 교외 어딘가에 있을 겁니다. 그 참에 마차까지 아예 그놈이 가져간 겁니다.」 고관은 다시 예의를 차리느라 쁘셸도니모프를 쳐다보았다. 그가 천천히 몸을 깍듯이 숙였지만, 자신의 상관에게 취해야 할 자세와는 한참 거리가 먼 것이었다. 〈동감도 안 하고 있고 진심으로 하는 것도 아니야.〉 그의 머릿속에 그런 생각이 스쳐 지나갔다.

「말씀해 주시지요!」 깊은 감명에 빠진 아낌 뻬뜨로비치가 말했다. 군중들이 놀라워하며 조그맣게 웅성대는 소리가 들렸다.

「내 입장이 어떠했는지 상상하실 수 있겠지요……? (이반 일리치는 모든 사람들을 쳐다보았다.) 걸어가는 것 말고는 어찌할 도리가 없었습니다. 볼쇼이 대로까지 터벅터벅 걷다 보면 뭐 아무데서나 마차라도 발견하겠거니 생각했답니다…… 허 — 허!」

「히 — 히 — 히!」 아낌 뻬뜨로비치가 공손하게 응대했다. 다시 군중들 사이에서 술렁거림이 일었지만 이젠 유쾌한 화음이랄 수 있는 소리였다. 이때 벽에 달린 램프의 유리가 펑 하고 터졌다. 누군가가 열심히 램프를 고치려고 달려들었다. 쁘셸도니모프가 몸을 부르르 떨며 굳은 표정으로 램프를 쳐다보았지만 고관은 신경조차 쓰지 않았고 모든 것이 차분해졌다.

「걸어 보니…… 밤이 참 멋지고 조용하더군요. 갑자기 음악과 발 구르는 소리를 들었는데 춤을 추고 계시더군요. 호기심에 순경에게 물어서 쁘셀도니모프가 결혼식을 올렸다는 걸 듣게 된 것입니다. 그런데 여보게, 자네 이렇게 온 뻬쩨르부르그 교외가 울리도록 무도회를 열긴가? 하 — 하!」 그는 갑자기 다시 쁘셀도니모프 쪽을 향했다.

「히 — 히 — 히! 그렇구먼요…….」 아낌 뻬뜨로비치가 응답했다. 손님들도 다시 가볍게 들썩였지만 더욱 한심스러웠던 것은 쁘셀도니모프가 다시 응대를 하긴 했으나 지금과 같은 대목에서도 미소조차 짓지 않았다는 것이다. 그는 마치 나무로 만들어 놓은 사람처럼 보였다. 〈정말 그놈 바보네그려!〉 이반 일리치는 잠시 생각했다. 〈이 대목에서 저 당나귀 같은 놈이 웃어 주면 모든 게 기름을 친 듯이 술술 풀릴 텐데 말이야.〉 그는 마음속으로 안달이 났다. 「부하 집에 들어가 보자 생각한 거죠. 그가 설마 나를 내쫓기야 하겠느냐 하고요……. 좋든 싫든 간에 손님을 받게. 여보게, 이거 자네한테 미안하네. 만일 내가 방해가 되었다면 난 가겠네……. 난 단지 좀 구경하러 들른 것뿐이니까…….」

그러나 조금씩조금씩 움직임이 나타나기 시작했다. 아낌 뻬뜨로비치가 흐뭇한 표정으로 쳐다보았다. 「각하, 방해가 되다뇨. 그럴 리가 있겠습니까?」 모든 손님들이 조금 들썩거렸고 허물없는 행동을 보이는 첫 징후가 나타나기 시작했다. 부인네들은 거의 모두 앉아 있었다. 긍정적인 좋은 징조였다. 그네들 중에 좀 더 용감한 부류들은 손수건을 살랑거리기도 했고, 닳은 벨벳으로 된 옷을 입고 있는 한 여자는 짐짓 큰 소리로 뭔가 이야기를 꺼내기도 했다. 그녀가 상대하고 있던 장교 역시 큰 소리로 대답해 주고 싶었지만 큰 소리를 내는 사람은 그들 둘이었으므로 그녀에게 양보했다. 남자들은 관청에서 일하는 사람들이 다수를 이루고 있었고, 두세 명의 대학생이 있었는데 서로 바라보면서 손을 휘둘러 툭툭 건드리려 하기도 하고 헛기침을 해대며 이쪽 저쪽으로 두세 걸음 정도 발을 떼기도 했다. 겁을 먹은 사람은 아무도 없었는데 다만 모두들 낯설어하고 있었고 유쾌한 분위기를 망치려고 끼어든 인물을 속으론 적대감을 품고 바라보았다. 장교가 자신의 소심한 행동을 낯 뜨거워하면서 식탁으로 조금 다가왔다.

「여보게, 듣게나. 자네 이름과 부칭을 물어봐도 되겠나?」 이반 일리치가 쁘셀도니모프에게 물어보았다.

「뽀르피리 뻬뜨로프입니다. 나리.」 마치 검열을 받을 때처럼 눈을 쑥 내밀고 그가 대답했다.

「뽀르피리 뻬뜨로프, 자네의 젊은 아내를 내게 인사시켜 주게나……. 나를 안내하게……. 난…….」

그리고 그는 자리에서 일어나고 싶은 듯한 표정을 지었다. 그러자 쁘셀도니모프는 발바닥이 닳을 정도로 잽싸게 응접실로 달려 들어갔다. 더군다나 젊은 그의 아내는 바로 문간에 서 있다가 얘기가 나오자마자 그대로 숨어 버렸다. 조금 지나서 쁘셀도니모프는 그녀의 손을 이끌고 나왔다. 모든 사람들이 그들에게 들어올 길을 내주며 물러섰다. 이반 일리치는 의기양양하게 일어나서 아주 상냥한 미소를 지으며 그녀 쪽을 향했다.

「뵙게 되어 정말, 정말 반갑습니다.」 그는 상류 사회에서 하는 식으로 허리를 반쯤 구부리며 말했다. 「더군다나 오늘 같은 날에 말입니다……」

그는 능글맞게 미소를 지었다. 부인네들은 유쾌해졌다.

「황홀해 charmé.」 벨벳 옷을 입은 부인이 거의 들릴 정도로 소리 내어 말했다.

젊은 아내는 쁘셀도니모프에게 어울렸다. 그녀는 마른 새댁으로 기껏해야 나이가 열일곱 살쯤 되어 보이는 날카롭게 생긴, 자그만 콧대에 얼굴이 조그마한 창백한 여자였다. 그녀는 조그만 눈알을 재빨리 이리저리 굴리고, 전혀 당황해하는 구석도 없이 오히려 그 반대로, 어떤 적의의 빛마저 띠고 예리하게 쏘아보았다. 쁘셀도니모프가 미모에 반해 그녀를 취한 것이 아님은 분명해 보였다. 그녀는 장밋빛 주름 접힌 평평한 치마 위로 옥양목 천으로 만든 하얀 웃옷을 입고 있었다. 그녀의 목은 말랐고 몸매는 병아리 같았으며 뼈가 불거져 나와 있었다. 고관의 인사에 대해 그녀는 전혀 아무 말도 할 수가 없었다.

「정말 자네 아내는 너무 아름다운데 그래.」 고관은 쁘셀도니모프 한 사람에게 말하는 듯하면서도 일부러 젊은 신부가 들을 수 있도록 목소리를 나직이 죽여서 계속했다. 그러나 쁘셀도니모프는 이 대목에서 전혀 아무 대답도 하지 않았고 이번에는 심지어 몸을 숙이지도 않았다. 이반 일리치에겐 그의 눈에 무언가 냉담하고 비밀스러운, 심지어 머릿속으로 다른 어떤 악질적인 생각을 품고 있는 것처럼 보였다. 그렇긴 하더라도 어떻든 간에 그가 맞장구를 쳐주어야만 했다. 그것 때문에 그가 온 것이기도 했다.

〈잘 어울리는 한 쌍이군!〉 그는 잠시 생각을 했다. 〈그렇긴 하지만······.〉

그러고는 그는 다시 소파의 자기 옆 자리에 자리 잡은 젊은 신부에게로 향했지만 두세 번 던진 질문에 대해 〈네〉와 〈아닙니다〉란 대답밖에는 들을 수가 없었고, 더 이상의 어떤 대답도 듣지 못했다.

〈이 여자가 당황하고 있는 모양인데,〉 그는 속으로 계속 중얼댔다. 〈그럼 내가 농담이라도 시작해야겠는걸. 그렇지 않으면 내 입장이 막다른 골목으로 몰릴 테니까.〉 아낌 뻬뜨로비치도 일부러 그러고 있기라도 한 듯 역시 잠자코 있었다. 사람이 모자라서 그런 것이려니 싶어도 도저히 그대로 봐줄 수 없을 만큼 괘씸했다. 〈여러분! 이거 내가 여러분들 즐기시는 걸 벌써 방해해 버린 게 아닌가요?〉 그가 사람들 전체에다 대고 물어보기라도 해야 할 판이었다. 그는 손바닥에 진땀이 나는 걸 느끼기까지 했다.

「아닙니다요······ 염려하지 마십시오, 나리. 이제 시작할 겁니다. 그런데 지금은 땀을 식히고 있는 중이라서요······.」 장교가 대답했다. 젊은 신부는 흐뭇한 표정으로 장교를 바라보았다. 장교는 아직 나이가 많이 들어 보이지 않았고 어느 부대인가의 제복을 입고 있었다. 쁘셀도니모프는 앞으로 몸을 숙인 채 그 자리에 서 있었는데 전보다 더 그의 매부리코를 내밀고 있는 것처럼 보였다. 그는 털외투를 손에 든 채 주인의 작별 인사가 끝나기를 기다리고 있는 하인처럼 얘기를 들으며 바라보고 있었다. 이 비유는 이반 일리치 자신이 생각해 낸 것이긴 한데 그는 몹시 마음이 불편해서 그의 발 밑으로 땅이 꺼져 내려가고 헤어 나오지 못할 깊은 암흑 같은 곳으로 빠져 든다고 생각될 정도로 어찌할 바를 모르고 허둥대고 있었다.

갑자기 모두들 물러서고 크지 않은 키에 단단한 체격을 갖춘 여자가 나타났다. 수수한 옷차림으로 보아 나이가 지긋해 보였다. 비록 목 둘레에 핀으로 고정시킨 큰 숄을 어깨에 두르고 부인용 모자를 쓰고 치장하긴 했으나, 그녀에게 익숙하지 않은 듯했다. 그녀의 손에는 가득 차 있기는 하지만 이미 마개를 딴 샴페인 한 병과 크지도 작지도 않은 잔 두 개가 올려진 자그마한 둥근 쟁반이 들려 있었다. 분명히 이 병은 두 손님만을 위해서 내온 것 같았다.

나이가 든 여인은 곧바로 고관에게 다가갔다.

「나리, 차린 게 변변치 못하옵니다.」 그녀는 인사말을 꺼냈다. 「이렇게 저희를 꺼리지 않으시고 어여삐 여기시어 제 아들녀석의 결혼식에 와주시니 영광입니다. 바라건대 자비를 베푸셔서 이 술을 드시고 젊은 것들을 축하해 주십시오.」

이반 일리치는 구원의 손길이라도 만난 듯 그녀에게 매달렸다. 그녀는 나이가 마흔대여섯 살 정도 되어 보이는, 아직 완전히 늙은 여자는 아니었다. 그녀의 얼굴이 어찌나 선량해 보이고 발그스름한 데다 훤히 트이고 둥그런 러시아 여인다웠는지, 그녀가 얼마나 마음씨 좋게 미소를 지어 보이고 소박하게 인사를 건넸는지, 이반 일리치는 거의 위안까지 느끼며 기대를 하기 시작했을 정도였다.

「그러니까 당 — 시 — 인이 당신 아 — 들의 새 — 생 — 모 — 오 — 가 되시는 건가요?」 그는 소파에서 일어나 이야기했다.

「생모입니다, 나리.」쁘셀도니모프가 자신의 긴 목을 늘려 빼고 다시 자기 코를 내밀면서 우물쭈물 말했다.

「아! 매우 반갑습니다. 만나 뵙게 되어 매 — 우 반갑습니다.」

「부디 괘념치 말아 주십시오, 나리.」

「아주 대단히 만족스럽기까지 합니다.」

쟁반이 올려지자 웅크리고 있다가 뛰어나온 쁘셀도니모프가 술을 따랐다. 이반 일리치는 여전히 선 채로 잔을 쥐고 있었다.

「난 특히, 특히 이런…… 자리를 맞아 증인이 될 수……,」 그가 말을 시작했다. 「증인이 될 수 있다는 것이 기쁘네…… 한마디로 말해서, 나는 부서 책임자로서 당신들에게, 신부와 (그는 새신부에게로 몸을 돌렸다) 자네, 나의 친구 쁘르피리에게 바라네만, 충만하고 복된 행복이 오래도록 이어지길 바라네.」

그리고 그는 이날 밤 일곱 번째가 될 잔을 감정까지 살리면서 들이켰다. 쁘셀도니모프는 심각하게, 우울한 표정까지 지으며 쳐다보았다. 고관은 그를 몹시 미워하기 시작했다.

〈아니 이 껑다리놈이! (그는 장교를 물끄러미 쳐다보았다) 여기서 얼쩡거리고 있잖아. 저놈에게 《만세!》라고 소리나 냅다 질러 버릴까 보다. 이 순간이 지나가 버렸으면, 지나가 버렸으면 좋겠는데…….〉

「그리고 아낌 뻬뜨로비치 씨, 당신도 술을 드시고 축하해 주십시오.」계장 쪽을 향하면서 노파가 말을 덧붙였다. 「당신은 상관이시고 저 애는 당신의 부하입니다. 어미로서 부탁드리오니 아들녀석을 잘 지켜봐 주십시오. 그리고 앞으로도 우리를 잊지 말아 주십시오. 우리의 다정하신 분, 아낌 뻬뜨로비치, 당신은 좋은 분이십니다.」

〈아, 정말 이 러시아의 노파들이란 얼마나 훌륭한가!〉 이반 일리치는 잠시 생각해 보았다. 〈모든 사람들을 활기 차게 해주는군. 나는 늘 우리의 민족성을 사랑해 왔지⋯⋯.〉

그 순간 식탁으로 또 하나의 쟁반이 옮겨졌다. 아직 한 번도 빨지 않았을 무명 옷에 통이 넓은 치마를 입고 들어온 처녀가 날라 왔다. 쟁반이 어찌나 컸던지 그녀가 양손으로도 겨우 잡을 수 있을 만큼 힘들었다. 그 위에는 사과, 사탕, 빠스찔라,[9] 마멀레이드와 그리스 산 호두나 그 밖의 것들이 담긴 헤아릴 수 없을 정도로 많은 작은 접시들이 놓여 있었다. 이 쟁반은 지금까지 모든 손님들, 특히 부인네들을 대접하려고 응접실에 놓아 둔 것이었다. 그런데 이제 그 쟁반을 오직 고관 한 사람만을 위해 내온 것이다.

「저희가 차린 음식을 사양하지 말아 주십시오, 나리. 있는 대로 차리긴 했는데⋯⋯, 맛있게 드십시오.」 인사를 하며 노파가 되풀이해서 말했다.

「당치도 않으신 말씀을⋯⋯.」 이반 일리치는 말하고 나서 흡족한 기분까지 느끼며 그리스 산 호두 한 알을 집어 들어 양 손가락 사이에 넣고 눌러 부수었다. 그는 철저히 인기 있는 사람이 되자고 결심하기까지에 이르렀다.

그런데 갑자기 젊은 신부가 하하 웃음을 터뜨렸다.

「무슨 일이오?」 이반 일리치가 활기 차게 되어 가는 징조에 기쁜 나머지 미소를 띠면서 물어보았다.

---

[9] 과즙, 꿀을 넣어 만든 과자.

「네, 바로 이반 꼬스쩬끼니치가 웃겨서 그래요.」 그녀가 눈을 내리뜨면서 대답했다.

고관은 정말 소파의 건너편 의자에 몸을 숨기고 쁘셀도니모프 부인에게 무언가 귀엣말을 건넨 제법 얼굴 반반한 금발의 어떤 젊은이를 보긴 했다. 젊은이는 발딱 일어났다. 그는 몹시 수줍음을 타고 있었는데 어려 보였다.

「저는 그녀에게 〈해몽서〉에 대해 이야기를 해주었습니다, 나리.」 마치 용서라도 비는 듯이 젊은이가 우물거렸다.

「대체 어떤 해몽서에 대해서인가?」 이반 일리치가 너그러이 물어보았다.

「새로 나온 해몽서인데요. 문학적인 면으로 풀어 본 겁니다. 제가 그들에게 꿈에 빠나예프를 보게 되면요, 그건 상의 가슴패기에다 커피를 쏟아 붓게 된다는 뜻이라고 말해 주었거든요.」[10]

〈에그, 어지간히 천진난만하기도 하군.〉 이반 일리치는 꽤 씸하기까지 하다는 생각을 잠시 해보았다. 젊은이는 이 말을 하면서 몹시 얼굴을 붉혔지만 빠나예프 씨에 대해 얘기를 해 보았다는 걸 가지고 저럴 수도 있을까 싶을 정도로 무척 즐거워했다.

「음, 그래 그래. 나도 들어 보았지······.」 고관이 응답했다.

10 N. F. 쉬체르비나야가 1855~1857년 사이에 써낸 우스갯소리로 가득 찬 「현대 러시아 문학 해몽서」에 대한 이야기로 『동시대인』지(誌)에서 네끄라소프와 공동 편집자이자 비평가로도 활동했고, 저널리스트이자 작가이기도 한 I. I. 빠나예프(1812~1862)에 대한 이야기가 여러 장에 걸쳐서 나오고 있다. 여기서는 다음과 같은 대목을 인용했다. 〈꿈에 이반 빠나예프를 보게 되면 그건 새로 입은 윗도리에다 커피를 쏟아 붓게 되거나 레쁘레뜨르 상점에서 네덜란드 제 셔츠 반 다스를 사게 된다는 것을 예고해 주는 것이다.〉

「아닙니다. 여기 좀 더 좋은 얘깃거리가 있습니다.」 이반 일리치 바로 옆에서 또 다른 목소리가 울려 나왔다. 「새 사전이 나오는데 끄라예프스끼 씨가 항목을 쓰고…… 알폐라끼 씨[11]도…… 꼭로 문학도 들어 있다고들 하던데요…….」[12]

젊은 청년이 이 말을 했는데, 그는 이제 당황해 하지도 않고 완전히 긴장을 풀고 이야기하고 있었다. 그는 장갑을 끼고 있었고 흰 윗도리 차림에 모자를 두 손으로 쥐고 있었다. 그는 춤도 추지 않았고 오만하게 바라보고만 있었다. 왜냐하면 그는 풍자 잡지 『숯』[13]의 기고가 중의 한 사람으로, 제멋대로 무게를 잡고 다녔으며 쁘셀도니모프가 존중하여 모신 손님으로 우연히 결혼식에 참석한 것이었다. 그와는 너나들이 하며 지내는 사이였고 지난 시절에는 어느 독일 여자가 하숙치는 구석진 〈골방〉에서 함께 궁핍한 생활을 하기도 한 사이였다. 그런 그가 보드까를 마시기만 하면 여러 번에 걸쳐서 가는 길을 모두 다 잘 알고 있는 은밀한 뒷골목의 쪽방에 간

---

11 A. N. 알페라끼를 말한다. 당시 따간로그 지방의 거상(巨商)이자 대지주로서 그리스 계 러시아 인.

12 〈러시아의 학자들과 문예 학자들이 편찬한 백과 사전〉에 대한 얘기로 제1권은 1861년에 악덕 고료 착취 출판인이라는 명성을 얻은 A. A. 끄라예프스끼의 책임 편집 하에 나왔다. 그의 이런 행동은 문단의 분노를 불러일으켰다. 끄라예프스끼의 몰상식한 행태에 대한 아이러니컬한 암시가 도스또예프스끼의 칼럼 「운문과 산문을 통해 본 뻬쩨르부르그의 꿈」에 담겨 있다. 여기서도 노어 원문에서는 〈oblichitel' naia(폭로의)〉라고 표기해야 할 것이 〈ablichitel' naia(꼭로의 — 역자의 임의적인 음가 표기임)〉라고 잘못되어 있는 사전 항목을 꺼냄으로써 끄라예프스끼의 부실한 편집, 교정을 조롱하고 있다.

13 1859~1864년 사이에 나온 H. A. 스쩨빠노프와 B. C. 꾸로치긴이 편집자 겸 발행인으로 활동한 잡지. 즉, 캐리커처를 많이 사용한 진보적인 풍자 잡지 『이스끄라(불꽃)』를 패러디한 명칭.

다고 잠시 동안 떨어져 나가 있기도 했다. 고관은 그가 끔찍할 정도로 마음에 들지 않았다.

「그런데 우스운 까닭은 말이죠.」 상의 앞가슴에 대해 이야기했던 금발의 젊은이가 즐거운 표정으로 얼른 말을 가로채자, 흰 조끼를 입고 있던 잡지 기고가는 그를 얄밉게 쳐다보았다. 「이게 우스운 건요, 나리. *끄라예프스끼* 씨가 마치 맞춤법을 알지 못하고 〈폭로 문학〉을 퍽로 문학이라고 써야 하는 줄 생각하고 있으리라고 지은이가 당연히 여겼다는 건데요…….」

그러나 불쌍한 젊은이는 간신히 말을 끝마쳤다. 그는 눈치로 보아서 이전부터 고관도 이 내용을 알고 있었다는 생각을 했고, 고관 자신도 이걸 알고 있었기 때문에 당혹스러워하는 것으로 보아 분명한 사실로 여겨졌다. 젊은 청년은 이루 말할 수 없을 정도로 마음 한구석이 아팠다. 그는 어디론가 잽싸게 줄행랑을 치더니 나머지 시간 내내 매우 우울한 상태로 있었다. 그를 대신해서 긴장이 풀어진 『숯』지 기고가가 어딘가 좀 더 가까운 곳에 앉으려는 마음으로 가까이 다가왔다. 이런 긴장을 푼 모습이 이반 일리치에게는 달갑지 않게 여겨졌다.

「그래! 자 말해 보게나, 쁘르피리.」 그는 무슨 말이라도 하려고 했다. 「왜 그런 건가 하면, 난 자네에게 개인적으로 이 점에 대해서 모든 걸 묻고 싶어서 그러는 걸세. 왜 자네 이름이 쁘세브도니모프[14]가 아니라 쁘셀도니모프인가? 혹시 자네 진짜 이름은 쁘세브도니모프가 아닌가?」

---

14 쁘세브도니모프는 쁘세브도님에서 나온 말로 익명인, 무명씨라는 의미를 나타내는 러시아 어.

「정확히 설명드릴 수는 없습니다, 나리.」 쁘셀도니모프가 대답했다.

「분명히, 이건 그의 부친이 근무할 때에 서류에다 착각해서 기입했기 때문에, 그래서 그가 지금은 쁘셀도니모프라고 남게 된 것이죠.」 아낌 뻬뜨로비치가 말했다. 「그런 일은 왕왕 있곤 합니다.」

「확 — 실 — 해.」 고관이 흥분해서 맞장구를 쳤다. 「확 — 실 — 해. 왜 그런지 자네가 직접 생각을 해보게. 쁘세브도니모프는 문어체의 말 〈쁘세브도님〉에서 분명 나온 것이지. 그러나 쁘셀도니모프는 아무 뜻도 없지 않은가.」

「멍청해서 그런 거지요.」 아낌 뻬뜨로비치가 덧붙였다.

「그러니까 꼭 멍청해서 그렇게 되었단 말인가?」

「러시아 국민들이 그렇지요 뭐. 멍청해서 간혹 가다 문자를 바꾸어서 자기 멋대로 말하곤 하기도 하지 않습니까. 예를 들어, 인발리드[15]라고 해야 할 걸 네발리드라고 말하곤 하거든요.」

「음, 그래⋯⋯ 네발리드라고. 허 — 허 — 허⋯⋯.」

「무메르라고 하는 말도 있습니다, 나리.」 진작부터 뭔가 특별하게 보이고 싶어 몸이 근질근질했던 키 큰 장교가 입을 열었다.

「대체 그 무메르라는 것이 어떤 건가?」

「무메르라는 건 누메르[16]를 대신한 겁니다, 나리.」

「오호, 그래 무메르가⋯⋯ 누메르를 대신한 것이라⋯⋯ 음 그래, 그래⋯⋯ 허 — 허 — 허⋯⋯.」 이반 일리치는 장교를 위해

15 불구자라는 뜻의 러시아 어.
16 숫자, 번호의 뜻을 가진 러시아 어.

서라도 껄껄거리며 웃어야만 했다.

장교는 넥타이 매무새를 고쳤다.

「그리고 또 니모라고 말하는 것도 있습니다.」『숯』지 기고가가 끼어들고 싶어했다. 그렇지만 고관은 이젠 이 이야기를 더 듣고 싶어하지 않으며, 듣지 않으려고 애를 쓰는 기색이 역력했다. 모든 사람들을 위해서 깔깔대며 웃을 수는 없는 노릇이었다.

「미모[17] 대신에 니모라고 하는 것입니다.」 눈에 띌 정도로 흥분한 〈기고가〉가 귀찮게 달라붙었다.

이반 일리치는 엄한 표정으로 그를 쳐다보았다.

「아니, 귀찮게 굴어서 뭘 어쩌자는 거야?」 쁘셀도니모프가 귓속말로 〈기고가〉에게 속삭였다.

「그래 내가 말 좀 하는 게 뭐 어떻단 말이야. 아니 그래 말도 못한단 말이야?」 그는 귓속말로 언쟁을 하고 잠자코 있더니만 치밀어 오르는 분노를 감춘 채 방에서 나가 버렸다.

그는 춤추는 남자들을 위해 초저녁부터 야로슬라프 산 식탁보가 덮인 작은 탁자 위에 두 종류의 보드까, 청어, 얇게 저며 내놓은 알젓과 전통식 지하 술창고에서 퍼온 매우 독한 황갈색 포도주가 담긴 병이 놓인, 그의 마음을 끄는 뒷방으로 곧장 달려 들어갔다. 마음속으로 단단히 심술이 나서 보드까를 들이키려고 할 때에 갑자기 헝클어진 머리를 한 의과 대학생이 뛰어 들어왔다. 그는 쁘셀도니모프의 집에서 열린 무도회에서 사교춤이나 캉캉 춤을 제일 잘 추었다. 그는 얼른 한잔 들이키고 싶어 목이 긴 술병을 향해 달려들었다.

---

17 러시아 어 전치사로 옆으로, 곁으로 등의 의미.

「이제 시작할 거야!」 그는 급히 한잔 들이키고 나서 말했다. 「와서 보라고. 위로 발을 쭉쭉 뻗으며 내가 솔로로 해볼 거라고. 그리고 저녁 만찬 뒤에는 작은 물고기 춤[18]에 한번 도전해 보겠어. 이 춤이 결혼식에 어울리기도 할 거야. 말하자면, 쁘셀도니모프에겐 우정 어린 암시가 되기도 하는 거고……. 그 끌레오파뜨라 세묘노브나는 참 멋지단 말이야. 그녀하고라면 전부 다 걸고서라도 무엇이든지 감수하고 승부해 보겠는데 말이야.」

「그자는 복고주의자야.」 기고가가 조그마한 술잔을 비우고서는 우울한 목소리로 대답했다.

「누가 복고주의자라는 거야?」

「그래 과자를 대접받는 바로 그 귀하신 녀석 말이야. 내 네게 말하지만, 복고주의자라고!」

「아니 무슨 소리야!」 대학생은 투덜거리다가 4인조 무도곡의 전주가 들려오자 방에서 나가 그쪽으로 달려갔다.

기고가는 혼자 남아 배짱이 두둑해져서 자주성을 고취시키고자 다시 술잔을 들이키고 안주를 집어 들었다. 『숯』지의 기고가는 그에게 얼마나 무례했는가? 보드까를 두 잔 들이킨 후 4등 문관 이반 일리치는 그렇게 분노로 가득 찬 원수이자 완고한 복수자는 아직까지 자신에게 없었다고 생각했다. 이럴 수가! 이반 일리치는 이런 면에 있어서 의심할 만한 것이라곤 아무것도 없었다. 그는 더욱이 그의 위엄에 대한 손님

---

18 러시아 민속 춤의 일종. 춤에 맞는 노래를 합창으로 불러 주면, 한 사람이 원의 가운데로 나가 돌고, 뛰어오르고 땅이 꺼져라 발을 구르는 동작을 통해 물에서 갯가로 내던져진 물고기의 움직임을 표현하는 격렬한 고난도의 춤이다. I. S. 뚜르게네프의 작품 『오래된 초상화들』(1881)에 이 춤 동작이 잘 묘사되어 있다.

들의 모든 상호 관계에 앞으로 영향을 끼칠 어떤 중요한 상황이라는 걸 믿어 의심치 않고 있었다. 문제는 바로 이반 일리치가 자기 입장에서 부하의 결혼식 피로연에 참석하게 된 자신의 행동에 대해 예의를 갖춘, 상세하기까지 한 설명을 해주었지만 이것이 본질적으로 그 누구에게도 만족스러운 설명이 되지 못하고 손님들은 계속해서 당황하고 있었다는 점에 있었다. 그렇지만 마치 마법에 의해서 그렇게 되기라도 한 것처럼 모든 것이 갑자기 변해 버렸다. 마치 예기치 않게 찾아든 손님이 언제 방 안에 있기라도 했냐는 듯이 모두들 마음을 푹 놓았으며, 즐거워하고 떠들썩하게 웃고 소리 지르며 춤을 출 태세였다. 어떻게 해서 이 손님이 한잔 술에 거나해져 있는 것처럼 보인다는 얘기가 나오고 그 얘기를 귀엣말로 주고받으며 서로 알려 주게 되었는지 이유는 분명하지 않았다. 그래서 처음 보기에는 이러한 속닥거림이 끔찍한 중상모략 같은 모습으로 보였으나 잠시 후 모든 것이 명확하게 보일 정도로 점차 그의 예측이 그대로 맞아들어 가는 상황처럼 되어 버렸다. 갑자기 자유로운 분위기로 되었다고 볼 수 있는 부분은 적었다. 그리고 바로 이 순간에 저녁 만찬을 앞두고 4인조 무도곡이 시작되었고 의과 대학생은 마지막 춤출 기회를 얻고자 서둘러 돌아왔다.

그리고 이반 일리치가 이번에는 새신부에게 어떤 말 장난을 해가며 짓궂게 굴어 보려고 다시 그녀를 가까이 하던 바로 그때 갑자기 키 큰 장교가 그녀를 향해 달려들어 야단법석을 떨면서 한쪽 무릎을 꿇고 앉았다. 그녀도 곧바로 소파에서 뛰어나가 4인조 무도곡의 대열에 서려고 그와 함께 훌쩍 떠나 버렸다. 장교는 실례한다는 말도 하지 않았고, 그녀는 심지어 고관으로부터 벗어나게 되어 기쁘기라도 한 듯 자리를 떠나면서 고관을 쳐다보지도 않았다.

〈그렇기는 해도, 본질적으로 말하면,〉 이반 일리치는 잠시 생각을 했다. 〈그녀는 자기 권리대로 행동하는 거지. 그렇지. 예의 범절이라곤 모르는 것들이니.〉 그러나 그는 쁘셀도니모프 쪽을 바라보며 생각했다. 〈음…… 자네, 이보게 쁘르피리, 격식 차리지 말게. 아마 자네에게도 저기서 무언가 할 일이라든가 지시를 내린다든가…… 아니면 그 무언가가 있을 걸세. 꺼릴 것 없네.〉 〈저 녀석이 뭘 지키고라도 있다는 건가, 혹시 나를?〉 그는 속으로 중얼대며 덧붙였다.

그는 쁘셀도니모프의 기다란 목과 예리하게 그를 향해 집중하고 있는 눈길을 참아 내기 힘든 지경이 되어 버렸다. 한마디로 말해서, 이 모든 것이 그가 바라던 상황과는 달랐고, 달라도 한참은 달랐지만 이반 일리치는 아직까진 이 점을 인정하고 싶지 않았다.

4인조 무도곡이 시작되었다.

「분부하실 일이라도 있으십니까, 나리?」 아낌 뻬뜨로비치가 공손히 양손으로 술병을 들고 그의 상관에게 술을 따라주려고 하면서 물어보았다.

「난……, 난 정말 모르겠는데. 만일 말이야…….」

그러나 아낌 뻬뜨로비치는 만면에 경건한 빛을 띠며 샴페인을 부었다. 술을 따른 후 슬그머니 도둑놈처럼 몸을 움츠리고는 그리해야 왠지 더 공손하게 보이기라도 하듯 상관의 잔에다 부은 것과는 달리 자기 잔에는 조금 따랐다. 그는 자신이 가장 가까이 모시는 상관 옆에서 태생이 여자이기라도 한 듯한 몸가짐을 하고 있었다. 무슨 말로 얘기를 시작해야 하는지? 그는 동석할 수 있는 영광을 이미 입었기에 의무감으로라도 그의 상관의 마음을 즐겁게 풀어 드려야만 했다. 샴페인이 돌파구 역할을 해냈다. 사실 그의 상관은 그가 몸을 따끈하게 덥혀 주도록 샴페인을 가득 따라 주고 그의 행동이 자연스럽다고 여겨서 유쾌한 기분이 된 것이 아니라 정신적으로 그만큼 즐거웠기 때문이다.

〈노인네란 다 쭉 들이키고 싶어하는 법이지.〉 이반 일리치는 잠시 생각해 보았다. 〈나 없이는 아무도 웃을 수 없어. 붙잡아 두지 말아······. 우리 사이에 이렇게 술병이 마냥 놓여 있다면 정말 우스운 노릇이라고.〉

그는 술을 홀짝홀짝 마셨는데 그 편이 그렇게 앉아 있기보다는 아무래도 더 나아 보였다.

「내가 사실,」 그는 간격을 두면서 강세까지 실어서 말하기 시작했다. 「말하자면 여기에 우연히 와 있네. 물론 다른 자들은 아마도······ 내가······ 이런 자리에 와 있는 것이 볼 — 썽 — 사납다고 생각할지 모르지만······.」

아낌 뻬뜨로비치는 침묵했고 호기심에 차서 소심하게 듣고만 있었다.

「그렇지만 나는 당신네들이 내가 왜 여기에 와 있는지를 이해해 주기를 바라네······. 사실이지 정말 내가 술잔이나 기울이려고 온 건 아니니까. 허 — 허!」

아낌 뻬뜨로비치도 자기 상관을 따라서 낄낄대며 웃고 싶었지만 웬일인지 말문이 막혀 다시 그의 마음을 풀어 주기에 적당한 그 어떤 말도 찾을 수가 없었다.

「내가 여기에 온 건 말이야······ 그러니까, 격려해 주자고······

말하자면, 도덕적인 면모를 보여 주려는 거란 말이지.」 이반 일리치는 아낌 뻬뜨로비치의 우둔함을 불쾌하게 여기면서 계속 말을 했지만 어느 순간 자기 자신도 입을 다물었다. 그는 난감한 아낌 뻬뜨로비치가 무슨 죄라도 지은 사람처럼 눈마저 내리깔고 있는 걸 보았다. 고관은 당혹스러워 다시 한 번 서둘러 술잔을 기울여 홀짝 들이켰는데, 아낌 뻬뜨로비치는 그를 구원해 줄 수 있는 모든 것이 거기에 있기라도 한 듯 술병을 잡고 다시 술을 부었다.

〈네 녀석에게도 수단이라는 것이 조금 있다는 거냐.〉 불쌍한 아낌 뻬뜨로비치를 엄하게 쳐다보면서 이반 일리치는 잠시 생각해 보았다. 그는 자신을 쳐다보는 고관의 엄한 시선을 진작 알아차리고 이제 아예 눈도 들지 않고 침묵하기로 마음을 먹었다. 그런 식으로 그들은 2분 동안 서로를 마주 대하고 앉아 있었다. 아낌 뻬뜨로비치에게는 고통스러운 2분이었다.

아낌 뻬뜨로비치에 대해 두어 마디로 말하자면 이렇다. 그는 암탉처럼 유순하고 고지식한 구식 사고를 하는 사람이며 굴종 속에서 처신하며 커온 사람인데, 한편으로는 착하고 점잖은 사람이기도 했다. 그는 뻬쩨르부르그 태생의 러시아 인이었는데, 즉 그의 부친과 부친의 부친도 뻬쩨르부르그에서 태어나고 자랐으며 직장을 다녔고 한 번도 뻬쩨르부르그 밖으로 나가 본 적이라곤 없는 사람들이었다. 이런 경우는 러시아 사람들에게 있어서 아주 특별한 유형에 속하는 것이다. 그들은 러시아에 대해서는 아주 사소한 개념도 갖고 있지 않았고 전혀 신경조차 쓰지 않고 지냈다. 그들의 모든 이해 관계는 뻬쩨르부르그와 그들이 일하고 있는 중요한 곳에서 결정되었다. 그들이 전전긍긍 신경을 썼던 대상은 꼬뻬이까를 걸고 하는 카드 노름, 구멍가게와 쥐꼬리만한 월급 봉투에 집중되어 있었다. 그들은 러시아의 전래 풍습이라곤 하나도 모르고 있었고, 〈루치누쉬까〉[19]를 빼놓고 러시아 노래라곤 단 하나도 아는 게 없었고 그것도 겨우 그 노래를 샤르만까[20]로 연주해 주어야 알아듣는 정도였다. 그렇긴 하지만 이제 여러분들에게 진짜 러시아 인과 뻬쩨르부르그 러시아 인을 곧바로 구별할 수 있게 해줄 근본적이고 정확한 특징을 두 가지 들 수 있다. 첫 번째 특징은 모든 뻬쩨르부르그 러시아 인은 한 사람도 결코 〈뻬쩨르부르그 통보〉라고 말하지 않고 항상 〈아카데미 통보〉라고 말한다는 점이다.[21] 두 번째의 본질적인 특징은 뻬쩨르부르그 러시아 인은 결코 〈자프뜨라끄〉라고 말하는 법이 없고 늘 프리라는 음에서 따온 〈프뤼슈뛱〉이라고 말한다는 점에 있다.[22] 본질적으로 구별되는 이 두 가지 특징을 통해 여러분들은 언제나 그들을 구분해 낼 수 있을 것이다. 한마디로 말해서 이 사람은 성격이 유순하고 지난 35년 동안 죽어라 일만 해온 타입이다. 그렇긴 하지만 아낌 뻬뜨로비치에게는 전혀 멍청한 구석이라곤 없었다. 그는 고관이

---

19 Luchnushka는 러시아 민요의 제목이자 시골 농가에서 조명용으로 나뭇가지들을 잘게 꺾어 태우는 관솔을 의미하는 러시아 어.

20 Sharmanka는 네모난 상자처럼 생긴 것으로, 목에다 걸고서 오른손으로 상자 옆의 손잡이를 돌리면 그 안에 든 구멍 뚫린 금속판이 돌아가면서 음악이 흘러나오는 악기의 일종.

21 주간지 『상뜨 뻬쩨르부르그 통보』를 지칭하는 표현으로서, 1762년 이후로 과학 아카데미에 발행권이 위임되어 나왔으므로 뻬쩨르부르그에서는 〈아카데미 통보〉라고 불리게 되었다.

22 둘 다 아침 식사를 의미하는 단어로서 zavtrak는 러시아 어이고, Frühstück은 독일어이다.

무엇이든지 적합한 질문을 던져 주었다면 대답도 하고 대화도 잘 이끌어 갔겠지만, 그 부하로서 그런 물음을 던지고 말대꾸한다는 것을 예의 없는 짓이라고 여겼을 따름이다. 설사 아낌 뻬뜨로비치가 그 무엇이 됐든 자기 상관의 진짜 의도에 대해 좀 더 자세히 알고 싶어서 몸살이 날 지경이었다고 하더라도 말이다.

한편, 이반 일리치는 점점 더 깊은 사색에 잠겼고 자기 생각이 뒤엉켜 머릿속이 소용돌이치는 것 같기도 했다. 그는 정신이 산만해져서 얼떨결에 매분마다 술잔을 들어 홀짝홀짝 들이켰다. 아낌 뻬뜨로비치는 그 즉시 정성을 다해 그에게 술을 따라 주었다. 둘 다 아무 말도 않고 있었다. 이반 일리치는 춤판을 무심코 바라보며 흥미를 느끼기도 했다. 갑자기 어떤 상황이 그를 놀라게 했다······.

춤판은 흥겹게 벌어지고 있었고, 미칠 정도로 흔들어 보자는 일념으로 모두들 열심히 추고 있는 듯했다. 춤을 추는 사람들 중에서 능숙한 솜씨를 가진 사람은 적었지만 서투른 사람들도 능숙한 춤꾼으로 여겨질 정도로 힘껏 발을 굴러 댔다. 가장 두드러져 보이는 사람은 장교였다. 그는 특히 거의 솔로처럼 혼자 남아 추게 되는 회전 동작을 즐겼다. 여기서 그는 놀라울 정도로 몸을 구부려 대곤 했는데, 갑자기 저러다간 넘어지겠구나 하고 걱정이 될 정도로 전봇대처럼 쭉 뻗은 몸을 옆으로 기울였다가 다음 발걸음을 뗄 때면 갑자기 마룻바닥을 향해 예각을 이루어 반대편으로 몸을 기울일 정도였다. 그는 진지한 얼굴 표정으로 모두들 자신을 보며 놀라리라 확신하면서 춤을 추었다. 다른 남자 한 사람은 이미 4인조 무도곡이 시작되기도 전에 벌써 녹초가 되어 두 번째 회전 동작이 시작될 때부터 자기 부인 옆에서 깜박 잠이 드는 바람에 부인 혼자서 춤을 추어야만 했다. 남색 스카프를 두른 부인과 춤을 추었던 젊은 말단 서기는 회전 동작마다 이날 밤 추었던 다섯 번의 4인조 무도 내내 똑같은 우스꽝스러운 짓을 했다. 그러니까 바로 그는 자기의 춤 상대 부인과 조금 거리를 두고 떨어졌다가 마주선 채로 위치를 바꿀 때 공중에 날리는 그녀의 스카프 끄트머리를 붙잡고서 그 끄트머리에다가 스무 번이나 키스를 퍼부었던 것이다. 부인은 아무것도 눈치 채지 못하는 척하면서 그의 앞으로 미끄러지듯 날아들었다. 의과 대학생은 정말 다리를 위로 쭉쭉 뻗어 올리며 솔로로 춤을 추었고 희열에 차 발을 구르며 만족해서 괴성을 지르곤 했다. 한마디로 말해서 특별한 자연스러움이었다. 술기운이 돌기 시작한 이반 일리치는 미소를 지어 보려고도 했으나 무엇인가 조금씩 쓰디쓴 의심이 마음속으로 스며들기 시작했다. 물론 그는 사람들이 마음을 놓고 자연스럽게 즐기는 상황을 무척 좋아하기는 했다. 사람들이 모두 다 뒷걸음질을 쳤을 때에는 그 스스로 사람들이 마음을 푸근하게 놓게 되기를 진심으로 유도하려 했지만, 이제 와서는 마음을 놓고 있는 정도가 이미 한도를 넘어서 버렸다. 예를 들어, 네 번째 남편에게서 얻어 입은 청색 벨벳 천으로 만든 낡은 옷을 입고 있던 어느 부인은 여섯 번째 회전 동작에 이르러서는 옷핀으로 자기 옷을 죄어서 마치 판탈롱 바지를 입고 있는 것처럼 보이게 했다. 이 여자는 바로 그녀의 춤 상대였던 의과 대학생의 표현을 빌자면, 모든 걸 걸고서라도 모험을 해볼 만하다는 그 끌레오빠뜨라 세묘노브나였다. 의과 대학생에 대해서는 단지 그가 포낀[23]이라는 것을 빼면 얘기할 것이 아무것도 없었다. 이게 대체 뭐란 말인가? 뒷걸음질 치더니만 갑자기 이렇게 빨리 자유롭게 되다니! 별일 아니라고 여긴다 하더라도 어쩐지 이 변화는 이상했다. 그는 어떤 예감이 들었다. 그들은 마치 이 장소에 이반 일리치가 있다는 걸 잊어버리기라도 한 듯했다. 물론 제일 먼저 허허거리고 박수를 쳐대는 모험을 무릅쓴 것도 그였다. 아낌 뻬뜨로비치는 그의 상관의 마음속에 새로운 심술이 누에를 치기 시작했다는 걸 의심하지 않고 있었다. 그가 내심 바라던 것이긴 했지만, 그는 눈에 띌 정도로 만족스러운 표정으로 그에게 맞장구를 치며 공손하게 킬킬거렸다.

「젊은이, 멋들어지게 춤을 추는구먼.」 이반 일리치는 막 4인조 무도곡이 끝나자 그의 옆을 지나가는 대학생에게 억지로라도 말을 걸어 보려 했다.

대학생은 황급히 그에게 몸을 돌리고서, 우거지상을 하더니만 귀하신 나리에게 불손하다 싶을 정도로 얼굴을 바싹 들이대곤 목청이 찢어져라 수탉소리를 질러 댔다. 이건 너무 지나친 짓이었다. 이반 일리치는 탁자에서 일어섰다. 그럼에도 불구하고 참을 수 없는 웃음이 일제히 터져 나왔는데 수탉소리가 놀랄 만큼 자연스러웠던 데다가 우거지상을 한 것도 아주 기발했기 때문이다. 이반 일리치는 쁘셀도니모프가 갑자기 나타나서 머리를 조아리고 저녁 만찬을 하라고 권할 때에도 어쩔 줄 모르고 서 있었다. 그 뒤를 이어 그의 어머니도 나타났다.

23 〈캉캉 춤의 주인공들〉 중의 한 사람으로, 회상록 작가들에 따르면 그는 뻔뻔함이 극에 달할 정도로 뛰어올라 다리를 쭉 뻗어 올림으로써 명성이 자자해졌다고 한다.

「나리.」 그녀는 고개 숙여 인사를 드리면서 말했다. 「저희 빈약한 상을 책망하지 마시옵고, 오셔서 자비를 베풀어 주십시오.」

「난…… 난, 정말, 모르겠어…….」 이반 일리치는 말을 시작하려고 했다. 「난 정말 그럴려고 온 게 아닌데…… 난…… 진작에 가려고 했는데…….」

그는 정말로 털모자를 손에 쥐고 있었다. 그것뿐만 아니라, 그는 여기 이 자리에서 바로 그 순간에 지금 무슨 일이 있어도, 어떤 이유로라도 남아 있지 않겠다고 자기 자신에게 굳게 맹세를 했지만, 그냥 머물러 있었다. 잠시 후 그는 식당으로 향했다. 쁘셀도니모프와 그의 어머니는 앞서 걸어가면서 그에게 길을 안내해 주었다. 그를 최고의 귀빈석에 모시고 아무도 손도 안 댄 샴페인 병을 그의 식기 앞에 놓아 두었다. 얇게 저며 썰어 놓은 절인 청어 같은 안주거리나 보드까도 놓였다. 그는 손을 뻗어 직접 큰 잔에다 보드까를 부어서 마셔 버렸다. 그는 이전에는 한 번도 보드까를 마신 적이 없었다. 그는 마치 산에서 미끄러져 내려 날고, 날고, 나는 것 같아서 그 무엇이라도 붙잡고 매달려야겠다고 생각이 들 정도였지만, 그럴 수 있을 만한 것이라곤 아무것도 없었다.

그의 상태는 갈수록 점점 더 기묘하게 되어 버렸다. 그뿐만이 아니었다. 이 일은 그 어떤 운명의 장난 같았다. 그에게 어느 때에 무슨 일이 일어날지는 하느님만이 알고 계셨다. 그는 안으로 들어서서, 말하자면 자기의 모든 아랫사람들에게 기꺼이 손을 내밀어 포옹했다. 그러나 잠시 후 자기가 쁘셀도니모프를 증오하고 있고 그의 아내와 그의 결혼 잔치를 저주하는 소리를 가슴이 저미도록 아프게 들었다. 그뿐만이 아니었다. 그는 표정이나 눈길 하나만 보아도, 쁘셀도니모프 또한 그를 증오하고 있고 〈그래 꺼져 버려라, 이 저주받을 놈아! 목이나 매달고 뒈져 버려라⋯⋯!〉라고 말할 듯 말 듯한 얼굴로 쳐다보고 있는 걸 알아차렸다. 그는 벌써 오래전에 이 모든 걸 쁘셀도니모프의 시선에서 읽어 냈다.

물론 이반 일리치는 지금 이 순간에도 식탁에 앉아서 소리 내어 말하는 건 고사하고, 자기 마음속도 자기 손을 자르면 잘랐지 이 모든 것이 정말 생각한 바 그대로라는 걸 인정하려 들지 않았다. 채 1분도 지나지 않아서 이번에는 어떤 정신적인 균형을 되찾기도 했다. 그렇지만 마음은, 마음은 쓰라렸으니⋯⋯! 답답한 마음은 자유와 공기, 휴식을 필요로 했다. 이반 일리치는 이제 지나칠 정도로 마음씨 좋은 사람이 되어 있었다.

그는 벌써 오래전에 떠났어야만 했고, 그것이 비단 떠나는 것뿐만 아니라 구원을 얻는 길이기도 하다는 걸 아주 잘 알고 있었다. 이 모든 일들은 그가 조금 전에 개울 다리 위에서 공상했던 것과는 갑자기 전혀 다른 상황으로 되어 버렸고, 더욱이 그 반대로 풀려 나갔다.

〈내가 정말 무엇 때문에 온 거지? 내가 정말 여기서 먹고 마시려고 왔단 말인가?〉 그는 청어 조각을 집어먹으면서 스스로에게 되물어 보았다. 그의 마음속에는 순간적으로 자신이 이루려는 위업에 대해 야유하는 모습이 간간이 어른거렸다. 그는 자신이 정말로 왜 이곳으로 들어왔는지 스스로도 이해하지 못하게 되었다.

그렇지만 어떻게 떠날 수 있겠는가? 마무리짓지도 않은 채 떠날 수는 없는 노릇이었다. 〈뭐라고들 할까? 내가 천한 곳이나 헤매고 다닌다고들 말하겠지. 만일 마무리짓지 못한다면 정말로 그런 말이 나오기도 하겠지. 예를 들어 내일 당장에라도(왜냐하면 사방으로 퍼져 나갈 테니까) 스쩨빤 니끼포리치와 세묜 이바니치는 관청에서, 쉠벨과 슈빈의 집에선 뭐라고들 할까? 아니야, 그들 모두가 내가 이곳에 왜 왔는가를 깨닫게 하고 떠나야만 해, 도덕적인 목적을 밝혀 주어야만 하는데……〉 그런데 감동적인 순간은 전혀 그 어떤 힘도 발휘하지 못했다. 그는 계속했다. 〈나를 존경하지도 않고들 있단 말이야. 저놈들은 무엇이 우습다는 거야? 저놈들은 마치 넋이라도 나간 놈들처럼 너무 풀어져 있단 말씀이야……. 그렇지, 난 오래전부터 젊은 놈들은 전부 넋이 나가 있다고 의심해 왔지! 무슨 일이 있어도 남아 있어야만 해……! 저놈들 이제 춤도 추었겠다, 이젠 식탁에 모여들겠지…… 개혁이라든가, 위대한 러시아에 대해서라든가 몇 가지 문제들에 대해 이야기해야지……. 나는 아예 그놈들 마음을 사로잡아 버릴 테다! 그렇지! 아직은, 기죽을 게 전혀 없어…… 현실에서 이런 일이야 늘 있는 법이니까. 그놈들을 흠뻑 반하게 하려면 그놈들과 무엇부터 시작해야 할까? 무엇이든 뭐 그런 방법이 없을까? 짐작이 안 가네, 막연하게라도 짐작이 안 가는데…… 그럼 그놈들에게 필요한 건, 그놈들이 뭘 요구한다……? 내가 보기에는 저놈들이 저기서 놀려대고 있는 것 같단 말씀이야…… 아이고 하느님, 정말 절 두고 비웃는 건 아니기를! 그렇담 내가 왜 그래야만 하는 거야……. 난 어쩌자고 여기 있는 거고, 도대체 난 무엇을 한다고 안 떠나는 거지, 무얼 얻어 보겠다는 거냐고……?〉 그가 이 생각을 하는 동안 어떤 창피함이랄까, 깊고 견딜 수 없는 부끄러움이 점점 더 그의 마음을 상하게 했다.

그렇지만 이미 모든 것이 하나같이 그렇게 되어 버렸다.

그가 식탁에 앉은 지 정확히 2분이 지나서 어떤 무시무시한 생각이 그의 온 존재를 사로잡았다. 그는 갑자기 자기가 엉망으로 취해 있다는, 즉 예전처럼 보통 취한 정도가 아니라 완전히 취해 버렸다는 사실을 느꼈다. 그 이유는 샴페인에 이어서 마신 보드카 한 잔이 당장 효력을 발휘했기 때문이다. 그는 완전히 약해지는 소리를 온몸으로 느끼고 들었다. 물론 호기를 부리는 일이 더해졌지만, 의식은 그를 내버려 두지 않고 그에게 소리쳤다. 〈안 좋아, 아주 안 좋아. 더욱이 예의에 어긋난 짓이잖아!〉

물론 술에 취해서 하는 생각이 한 군데 머물러 있을 리 만무했으며, 그에게는 갑자기 피부로 느낄 정도로 분명한 어떤 두 측면이 나타났다. 한 측면은 호기, 승리에 대한 바람, 장애물을 극복하겠다는 생각, 기어코 목적을 달성하고 말리라는 앞뒤 안 가리는 확신을 주었다. 다른 측면은 마음이 찢겨질 듯한 괴로운 고통과 심장에는 뭔가를 흡입하는 듯한 느낌이 들게 했다. 〈뭐라고들 말할까? 이 일이 어떻게 끝날까? 내일이 되면 어떻게 되는 걸까, 내일, 내일은……!〉

진작부터 그는 손님들 사이에 자신의 적이 벌써 생겼다는 걸 어느 정도는 막연하게나마 예감하고 있었다. 〈아마도 내가 술이 취한 탓이겠지.〉 그는 괴로운 의심을 품으며 잠시 생각해 보았다. 의심의 여지가 없는 정황으로 보아서 식탁엔 정말로 그의 적들이 있고 이 사실은 의심할 바가 없다는 걸 그가 확신하게 되었을 때에 그의 경악은 극에 달했다.

〈그래 어쩔 거야, 어쩔 거냐고!〉그는 생각했다.

이 식탁에는 벌써 식사를 시작할 준비를 마치고 기다리는 손님을 포함해서 모두 서른 명의 손님들이 앉아 있었다. 다른 이들은 태연하게, 무례하다 싶을 정도로 제멋대로 고함을 치고 소리 내어 말하기도 하고 시간이 되기도 전에 잔을 들고 부인네들에게 축하의 말을 건네며 빵 조각을 집어 들고 공처럼 서로 던지기도 했다. 그러나 기름칠투성이의 프록코트를 걸쳐 입은 어떤 볼품없는 인물은 식탁에 앉자마자 의자에서 넘어져 저녁 만찬이 끝나는 바로 그 시각까지도 그대로 퍼져 있었다. 다른 한 사람은 기어이 식탁 위로 기어 올라가 잔을 들고 축하의 말을 하려고 했는데, 오직 장교만이 그의 소맷자락을 붙들고 그의 때 이른 열광을 저지하려고 했다. 저녁 만찬을 위해 어느 고관 댁에서 일하는 농노 신분의 요리사를 구해 쓰기는 했지만 상차림은 그야말로 각양각색이었다. 갈랑티르가 있었고, 감자를 입힌 혓바닥 고기와 푸른 콩을 넣어 만든 커틀릿도 있었으며, 마지막으로 거위 요리와 흰 젤리 크림이 나왔다. 술로는 맥주, 보드카, 독한 황갈색 포도주가 나왔다. 이미 저녁 만찬 자리에서는 자기의 고유한 주도권을 발휘할 수 없었던 아낌 뻬뜨로비치로 하여금 고관에게 직접 술을 따라 주라고 고관 한 사람 앞에만 샴페인 병이 놓여 있었다. 건배를 하며 축하의 말을 나누는 나머지 손님들에게는 까프까즈 산 독주가 아무렇게나 놓였다. 식탁은 카드 노름용 탁자까지 사이에 함께 끼워 넣어 여러 개의 탁자로 이루어져 있었다. 식탁 위는 야로슬라프 산 색색 무늬 식탁보까지 여러 개의 식탁보로 뒤덮여 있었다. 손님들은 부인네들과 사이사이 뒤섞여 앉아 있었다. 쁘셀도니모프의 생모는 분주히 시중을 들며 치다꺼리를 하느라 식탁에 앉으려 하지 않았다. 그 대신에 여지껏 모습을 드러내지 않았던, 불그스름한 비단으로 만든 옷을 입고 높다란 부인용 모자를 쓴 어떤 심술궂게 생긴 여인이 이를 악물고 나타났다. 이 사람은 뒷방에서 나오지 않겠다고 버티다가 저녁 만찬을 들기 위해 나온 신부의 어머니였다. 지금까지 그녀는 쁘셀도니모프의 어머니에 대한 화해할 수 없는 적개심 때문에 나오지 않고 있었다. 그렇지만 이에 대해서는 나중에 언급하게 될 것이다. 이 부인은 고관을 가증스레, 심지어는 조롱하는 듯이 쳐다보았고 그에게 소개되는 것도 바라지 않는 것처럼 보였다. 이반 일리치에게는 이런 모습이 한편으로는 미심쩍어 보였다. 그녀 말고 몇몇 다른 사람들도 의심스러웠는데 그에게 본능적인 위기감과 불안을 불러일으켰다. 심지어 그들끼리 몰래 이반 일리치를 적대시하는 어떤 음모를 꾸미고 있는 것처럼 여겨지기도 했다. 적어도 그 자신에게는 그렇게 여겨졌고 저녁 만찬이 계속되는 동안 점점 더 그것에 대해 확신을 하게 되었다. 다음이 그 이유이다. 수염을 기른, 자유 예술가라고 하는 어떤 신사 한 사람은 무례하게 이반 일리치를 몇 번이나 쳐다보고는 자기 옆 사람에게 고개를 돌려 뭐라고 귓속말을 건넸다. 학생들 중 몇몇 사람은 이미 완전히 취해 있기는 했지만 그래도 몇 가지 징후를 볼때 의심스러웠다. 초라한 옷차림의 의과 대학생 역시 의심스러웠다. 심지어 장교마저도 완전히 안심할 수 없었다. 그런데 특히 『숯』지 기고가가 눈에 띌 정도로 적의를 보이고 있었다. 다른 손님들이 『숯』지에 시라고 겨우 네 편 써내고서는 그걸로 자유주의자인 양 행세하는 기고가 양반에게 특별한 관심조차 기울이지 않고 더욱이 그를 좋아하지 않는 것처럼 보였지만, 그는 의자에 퍼질러 앉아 그렇게 거만하고 방자하게 이반 일리치를 쳐다보았으며 제멋대로 코방귀를 뀌기도 하는 게 아닌가! 갑자기 이반 일리치의 옆에, 분명히 그가 있는 방향을 향해서 던진 것으로 보이는 빵 조각이 떨어지자 그는 이 빵 조각을 던진 범인이 다름 아닌 바로『숯』지 기고가라는 걸 분명히 알 수 있었다.

물론 이 모든 것은 그에게 자신을 비참하게 느끼도록 만들었다.

한 가지 사실을 더 관찰하고 나서는 특히 불쾌한 기분이 들었다. 이반 일리치는 불분명한 소리로 무언가를 말하려 했고, 하고 싶은 말은 많지만 혀가 말을 듣지 않는다는 것을 확신하게 되었다. 그 다음 중요한 사실은 웃음을 터뜨릴 일이라곤 전혀 없는데도 갑자기 그가 정신을 잃기라도 한 듯 갑자기 코방귀를 뀌며 웃기 시작했다는 것이다. 그러나 이런 상태는 이반 일리치가 부어 놓긴 했어도 마시는 걸 꺼리다가 갑자기 들이킨 샴페인 한 잔 뒤에 금세 지나가 버렸다. 이 잔을 들이킨 후 거의 울음까지 터뜨리고 싶은 기분이 되어 버렸다. 그는 자기가 아주 기묘한 감정 상태에 빠져 들고 있다는 걸 느꼈다. 그는 다시금 모든 사람을 좋아하기 시작했다. 심지어는 쁘셀도니모프와『숯』지의 기고가까지도······. 그는 갑자기 그들 모두와 얼싸안고서 모든 걸 잊고 화해하고 싶다는 생각이 들기도 했다. 그뿐만이 아니었다. 그들에게 모든 걸 다 터놓고, 모든 것, 모든 걸, 즉 자기가 얼마나 선량하고 멋진 대단한 능력을 가진 사람인가를 얘기하고 싶었다. 자신은 조국에 유익한 인물이 될 것이고, 부인네들을 멋지게 웃길 줄도 알고, 더욱 중요한 사실은 진보주의자이고 휴머니즘 정신으로 모두를 더욱이 가장 낮은 사람에게까지도 너그러이 대한다는 것과, 결론적으로 말해서 갑자기 불쑥 쁘셀도니모프의 집에 나타나 샴페인 두 병을 들이키고 자신의 참석으로 그를 행복하게 해주려고 의도했던 모든 동기를 터놓고 이야기하고 싶었다.

〈정말 그래, 무엇보다도 터놓는 것이야말로 성스러운 진리야! 나는 터놓고 다 보여 줌으로써 그들을 사로잡을 거야. 그들이 나를 믿을 게 훤히 보이는군. 그들이 나를 적대적으로 바라보기까지 하지만 내가 그들에게 모든 걸 보여 주면, 마음속에 지울 수 없는 감동을 안겨 주어 그들을 복종시키겠지. 그들은 잔을 가득 채우고 환호를 지르면서 내 건강을 위해 술을 들 거야. 확신하건대, 장교는 자기 뒷굽에 박차를 가해 술잔을 깨기도 할 거야. 만세를 부를지도 모르지! 만일 사람들이 기병대 식으로 흔들어 대려고 한다면 나는 이를 반대하지 않을 뿐만 아니라, 그럴 수만 있다면 아주 좋을 텐데. 난 새신부의 이마에 키스를 할 거야. 그녀는 귀엽거든. 아낌 뻬뜨로비치 또한 아주 좋은 사람이지. 쁘셀도니모프도 물론 나중에는 고쳐질 테고. 그에게는 말하자면 이 상류 사교계에 필요한 유들유들한 면이 부족하단 말이야……. 물론 이 젊은 세대들에게도 마음에서 우러나오는 섬세한 면이 없기는 하지만, 그러나…… 그러나 말이야, 난 그들에게 다른 유럽 열강의 대열 속에 있는 러시아의 오늘날의 사명에 대해서 이야기해 주겠어. 농민 문제에 대해서도 언급하고, 그렇지……그럼 그들 모두 다 나를 좋아하게 되고 나는 영광스럽게 되는 거야……!〉

물론 이 공상이 무척 유쾌한 것이긴 했지만, 이 모든 장밋빛 희망을 말하는 가운데 이반 일리치가 전혀 예기치 못했던 또 하나의 능력, 그러니까 침을 튀기며 말할 수 있음을 과시했던 건 유쾌하지 못한 일이었다. 그로선 전혀 의식하지 못하는 새에 그의 입에서 갑자기 침이 튀어나오기 시작했다. 그는 침이 뺨에 튀었으나, 공손하게 있으려고 감히 닦아 내지도 못한 채 여전히 앉아 있는 아낌 뻬뜨로비치를 보고서 이 사실을 눈치 챘다. 이반 일리치는 냅킨으로 갑자기 그의 뺨에 묻은 침을 직접 닦아 주었다. 그러나 그 순간 자기가 어리석은 짓을 했고, 상식에 어긋나는 행동을 한 것이라 여겨 아무 말도 하지 못하고 놀라워했다. 아낌 뻬뜨로비치도 술을 들기는 했지만, 여전히 뜨거운 물이라도 뒤집어쓴 사람처럼 가만히 앉아 있었다. 이반 일리치는 무척이나 흥미로운 어떤 화제를 놓고 벌써 거의 15분을 얘기하고 있었지만, 아낌 뻬뜨로비치가 그의 얘기를 들으면서 당황하고 있을 뿐만 아니라 뭔가 두려워하고 있다는 걸 이제서야 알아차렸다. 그의 건너편 의자에 앉아 있던 쁘셀도니모프도 그에게 목을 길게 빼고 머리를 옆으로 숙인 채 매우 불쾌하다는 표정을 지으며 듣고 있었다. 그는 마치 감시라도 하는 듯했다. 손님들에게 시선을 돌리자, 그는 많은 사람들이 자기를 똑바로 쳐다보고 하하 웃고 있는 걸 보았다. 그러나 무엇보다도 더 이상했던 건 이 상황에서도 그가 당황하기는커녕 그 반대로 다시 한번 잔을 들어 홀짝 마시더니 갑자기 모든 사람들이 다 들을 수 있게 소리를 질러 대며 말하기 시작했다는 점이다.

 「난 이미 말한 바 있소!」 그는 가능한 한 목소리를 높여 시작했다. 「여러분, 지금 이미 아낌 뻬뜨로비치에게 나는 러시아가 어떻다는 걸 얘기했소……. 그러니까 러시아는…… 한마디로 말해서, 당신들은 내가 무엇을 말 — 하 — 고자 하는지 이해하리라 생각됩니다만…… 나의 깊은 확신에 찬 생각에 따르자면, 러시아는 휴 — 휴머니즘을 체험하고 있다 이거요…….」

「휴 — 휴머니즘!」 이런 소리가 식탁의 다른 한구석에서 울려 나왔다.

「휴 — 휴!」

「쯧 — 쯧!」

이반 일리치는 말을 멈추려 했다. 쁘셀도니모프는 의자에서 일어나 누가 소리를 질렀는지 살펴보기 시작했다. 아낌 뻬뜨로비치는 손님들에게 그러지 말라고 타이르기라도 하는 것처럼 살그머니 고개를 흔들었다. 이반 일리치는 이 모든 걸 자세히 알아차렸지만, 괴롭기라도 한 듯 입을 다물어 버렸다.

「휴머니즘!」 그는 굳세게 말을 계속했다. 「얼마 전에…… 바로 얼마 전에도 난 스쩨빤 니끼 — 포 — 로비치에게도 말한 바 있지만…… 그러니까…… 그건…… 말하자면, 사물을 개혁한다는 것이며…….」

「나리!」 식탁의 저편 끝에서 큰 목소리가 울려 나왔다.

「왜 그러시오?」 말문이 막혔던 이반 일리치가 누가 소리를 질렀는지 알아볼 양으로 둘러보면서 대답했다.

「별것 아닙니다, 나리. 전 흥미진진하게 듣고 있으니 계속하십시오! 계속하시라니까요!」 다시 목소리가 들려왔다.

이반 일리치는 부르르 몸을 떨었다.

「말하자면, 바로 이런 것들을 개혁한다는…….」

「나리!」 외치는 소리가 다시 들려왔다.

「하시고 싶은 말이 뭐요?」

「안녕하십니까?」

이번에는 이반 일리치가 참지를 못했다. 그는 연설을 중단하고 질서의 파괴자이자 자신에게 모욕을 안겨 준 사람을 향해 몸을 돌렸다. 그 사람은 나이가 매우 어린 학생이었는데, 고주망태가 되어 보는 사람으로 하여금 엄청난 의심을 불러일으키게 했다. 그는 벌써 오래전부터 고래고래 소리를 지르고 결혼식 피로연에서는 의당 그런 법이라는 확신을 했는지 컵과 접시 두 개를 깨뜨리기도 했다. 이반 일리치가 그에게 몸을 돌린 그 순간 장교가 소리친 자를 엄하게 나무라기 시작했다.

「너 뭐야. 무엇 때문에 소리 지르는 거야? 네놈을 끌어내야겠어. 도대체 뭐야!」

「당신에게 그런 것이 아닙니다, 나리, 당신에게 그런 것이 아니라고요! 계속하십시오!」 의자에 퍼질러 앉아서 마냥 즐거워하고 있던 학생이 소리 질렀다. 「계속하십시오, 전 듣고 있다고요. 아주, 아 ─ 주, 아 ─ 주 당신 얘기가 만족스럽다고요! 자알 ─ 한다, 자알 ─ 한단 말입니다!」

「술 취한 녀석입니다!」 쁘셀도니모프가 속삭이며 일러주었다.

「술 취한 놈이란 건 나도 알아, 하지만……」

「제가 지금 재미있는 얘기 하나 해드리겠습니다요, 나리.」 장교가 시작했다. 「지금 저 학생이 그를 닮았구나 할 정도로 똑같이 자기 상관에게 말대꾸를 한 저희 부대의 어느 중위 놈에 대한 얘기입니다. 그는 자기 상관이 하는 말에 꼬박꼬

박 말대답을 했지요.《자알 — 한다, 자알 — 한단 말입니다》라고 말이죠. 벌써 10년 전에 그는 이 일로 직위 해제되어 쫓겨나 버렸지요.」

「도대체 어떤 중위요?」

「저희 부대에 있던 녀석이었죠, 나리. 칭찬하는 일에 정신이 나간 놈처럼 보였습니다. 처음에는 가벼운 조치를 취해 타일러 보기도 하다가 나중에는 체포해 버렸지요……. 상관은 부모처럼 알아듣게 말했으나, 그놈은 그에게 대고《자알 — 한다, 자알 — 한단 말입니다》라고 말해 버렸지요. 키는 9베르쇼끄[24]나 될까 싶게 땅딸막했어도 용기 있는 장교였는데 그랬다는 게 이상하긴 했습니다. 그를 재판에 회부하려고 했지만, 정신이 오락가락하는 놈이란 걸 알게 되었죠.」

「그러니까…… 저 학생도 그렇다는 거겠지. 학생 신분이라는 걸 봐서 그렇게 엄하게 할 수는 없고…… 난 내 편에서 용서해 줄 용의가 있기도 한데…….」

「의학으로도 증명된 사실입니다, 나리.」

「어떻게 그럴 수가! 해 — 부 — 라도 했단 말이오?」

「아닙니다요, 그는 정말 멀쩡히 살아 있었지요.」

처음에는 점잔을 빼고 참고 있던 손님들 사이에서 크게 하하 웃는 소리가 거의 한 목소리로 터져 나왔다.

「여러분, 여러분!」 그는 망설이지도 않고 처음부터 소리를 질러 댔다. 「난 산 사람을 해부하진 않는다는 것쯤은 분별할

---

24 러시아의 옛 길이 단위로서 1베르쇼끄는 4.445센티미터. 키를 나타낼 때 71.12센티미터 정도 되는 아르신을 제외하고 말하므로 여기서 장교의 키는 약 182센티미터이거나 111센티미터 정도로 추정할 수 있다. 땅딸막하다고 했기 때문에 111센티미터가 아닐까 생각된다.

정도로 정신 상태가 아주 말짱하다 이겁니다. 난 그가 정신 착란으로 이젠 살아 있진 않을 것 같다…… 즉, 죽었을 거라고 말하려 한 거요……. 즉, 내가 하고 싶은 말은…… 당신들은 나를 좋아하지 않는다는 거요……. 그렇더라도 나는 당신들 모두를 좋아한단 말이오……. 그래요, 뽀르…… 뽀르피리도 좋아해요……. 난 이렇게 말할 정도로 날 낮추는데…….」

이 순간 엄청나게 큰 살리브[25]가 이반 일리치의 입에서 튀어나와 가장 눈에 잘 띄는 곳인 식탁보 위에 떨어졌다. 쁘셀도니모프는 허겁지겁 달려들어 냅킨으로 그걸 훔쳐 냈다.

마지막에 벌어진 불행스러운 이 사건이 그를 결정적으로 아연하게 만들었다.

「여러분, 이거 정말 너무들 하지 않습니까!」 그는 악을 쓰며 소리쳤다.

「나리, 취하셨습니다.」 쁘셀도니모프가 다시 귀띔해 주려고 했다.

「뽀르피리! 난 당신네들…… 그래…… 모두가 다 그런 줄 알고 있다고! 내가 바라는 걸 말하겠네…… 그래, 난 모두에게 호소하며 말하겠어. 무엇 때문에 날 낮추었는지?」

이반 일리치는 곧 울음을 터뜨릴 것 같았다.

「나리, 아닙니다요!」

「뽀르피리, 내 자네한테 하는 말인데…… 말해 봐, 내가 만일 왔다면…… 그렇지…… 그래, 결혼식 피로연에 말이야. 난 목적을 갖고 있었다 이 말이야. 나는 도덕적으로 고양시키길

---

[25] 당시 귀족과 상류층이 사용하던 〈침〉이라는 뜻의 프랑스 어 〈salive〉를 음역한 것. 이는 고관의 고상한(?) 입에서 튀어나온 말로 옮겨져 고관의 모습을 더욱 희화화하는 역할을 한다.

원했는데…… 사람들이 공감해 주기를 바랐단 말이지. 모두 다에게 묻겠는데, 당신들 눈에는 내가 무척이나 자신을 낮추었다고 생각되시오, 아니면 그렇지 않다고들 생각하시오?」

죽음과 같은 침묵이 흘렀다. 문제는 바로 죽음과 같은 침묵이 흐르는 데다 다음과 같은 절체절명의 문제에도 답을 해야 했기 때문이다. 〈자, 이 순간에 저들에게 무슨 말이든, 저들에게 뭐라든 무슨 말이라도 호통을 쳐야 할 텐데!〉 상관의 머릿속에서는 이런 생각이 번득이며 스쳐 지나갔다. 그러나 손님들은 서로 얼굴만 쳐다보고 있었다. 아낌 뻬뜨로비치는 산 것도 죽은 것도 아닌 상태로 앉아 있었고 쁘셀도니모프는 공포에 질려 벙어리가 된 채 벌써 오래전부터 떠오른 끔찍한 질문만 마음속으로 거듭거듭 되뇌고 있었다.

〈그런데 이 모든 일로 인해, 내일이면 나한테 무슨 일이 벌어지게 될까?〉

벌써 많이 취해 있었지만 지금까진 음울한 침묵을 지키며 앉아 있던 『숯』지의 기고가가 갑자기 똑바로 이반 일리치 쪽을 향하더니 눈을 번득이며 전체를 대표하는 한 사람으로서 대답하기 시작했다.

「네, 그렇습니다요!」 그는 천둥 치는 듯한 목소리로 말하기 시작했다. 「네, 그렇습니다요. 당신은 자신을 낮추셨습니다, 네, 그렇지요. 당신은 복고주의자라고요……. 복 ― 고 ― 주의자란 말입니다!」

「젊은이, 정신 차리셔! 당신이, 감히 누구 앞이라고 그 따위 소리를 하고 있는 거요!」 이반 일리치가 다시금 자리를 박차고 일어나 격분해서 소리를 치기 시작했다.

「당신 앞이지요, 그리고 두 번째로 난 젊은이가 아니란 말입니다……. 당신은 거드름이나 떨고 인기나 얻어 볼까 해서 왔겠지요.」

「쁘셸도니모프, 이게 뭔가!」 이반 일리치가 고함을 질렀다.

그러나 쁘셸도니모프는 너무 놀라 발딱 일어났으므로 말뚝처럼 선 채 무엇을 어떻게 해야 할지 전혀 모르고 있었다. 손님들 또한 제자리에서 그대로 굳어 버린 채 꼼짝도 않고 있었다. 예술가와 학생은 박수를 쳐대며 브라보, 브라보! 소리를 질러 댔다.

기고가는 격분을 참지 못하고 계속해서 소리쳤다.

「그래, 당신은 휴머니즘을 뽐내려고 오신 거겠지! 당신은 모두가 흥겹게 즐기는 걸 훼방 놓은 거라고. 당신은 샴페인을 마셔 대면서 월급이라고는 쥐꼬리만하게 한 달에 10루블을 받는 관리에게는 그것이 지나치게 비싼 거라는 걸 생각해 보지도 못했을 테고, 난 당신이 자기 부하들의 젊고 아리따운 아내들에게까지 게걸스레 지분거리는 그런 상관들 중의 하나라고 의심하고 있소! 그뿐만 아니라, 난 당신이 매점매석[26]을 지원해 주고 있다고 확신하고…… 그래요, 그래, 그렇단 말이오!」

「쁘셸도니모프, 쁘셸도니모프!」 이반 일리치는 그에게 손을 뻗으면서 소리를 질러 댔다. 그에겐 기고가의 한 마디 한 마디가 가슴을 찌르는 새 단검인 것처럼 느껴졌다.

「곧 처리하겠습니다. 나리. 심려하지 마십시오!」 쁘셸도니

---

26 이 말은 당시 뻔뻔스럽게 일반 국민을 약탈하고 취하게 만들면서 관청이나 상인들에겐 막대한 이윤을 안겨 주었던 범죄적인 매점매석에 대한 것이다. 주류 생산과 판매 분야에서 특히 심하게 나타났는데, 1861년 개혁 조치의 일환으로 폐지되었다.

모프는 힘차게 소리치고 나서 기고가에게 덮쳐 들어 그의 목덜미를 붙잡곤 그를 식탁 저편으로 끌어냈다. 허약한 쁘셀도니모프에게서 그 같은 완력을 기대하기란 애당초 불가능한 일인지도 모르겠다. 그러나 기고가는 많이 취해 있었고 쁘셀도니모프는 말짱한 정신이었다. 그런 다음 쁘셀도니모프는 그의 등짝을 몇 번 떠밀고는 그를 문가로 내몰았다.

「당신들 모두 다 비열한 인간들이야!」 기고가가 외쳤다. 「내 당신들 모두 내일 『숯』지에다 캐리커처로 그려서 우스꽝스럽게 만들어 놓고 말 테다……!」

모두들 제자리에서 연달아 벌떡 일어났다.

「각하 나리, 나리!」 쁘셀도니모프와 그의 어머니, 손님들 중의 몇 사람이 고관 둘레에 모여들어 소리 질렀다. 「나리, 진정하십시오!」

「아니야, 아니야!」 고관이 외쳤다. 「난 망해 버렸다고…… 내가 왜 왔는데……. 말하자면, 대부(代父) 역할을 하려고 했단 말이야……. 그런데 이게 다 뭐야, 이게 다 뭐냐고!」

그는 의식이 없는 듯 의자에 털썩 주저앉더니 양손을 식탁 위에 올려놓고 그 위로 머리를 숙이다가 그만 블라망제가 담긴 접시에 얼굴을 박았다. 모든 사람들이 느낀 놀라움은 이루 다 말로 할 수 없을 정도였다. 잠시 후 그는 일어나더니 분명히 떠나고 싶어하는 것 같긴 한데, 비틀거리다가 의자 다리에 걸려서 요란한 몸짓과 함께 마루에 넘어져서는 그대로 코를 골기 시작했다.

이런 일은 술을 안 마시던 사람들이 우연찮게 과음을 할 때 흔히 있는 일이다. 그들은 마지막 선까지, 마지막 순간까지 의식을 갖고 있다가도 일순간 베어 넘겨진 짚단처럼 갑자기 쓰러지곤 한다. 이반 일리치는 아예 의식을 잃은 채 마룻바닥에 드러누워 버렸다. 자기 머리카락을 쥐어뜯던 쁘셀도니모프는 아찔한 나머지 거의 실신할 지경이었다. 손님들은 각기 제 나름대로 벌어진 사건에 주석을 달면서 서둘러 흩어져 돌아가기 시작했다. 시간은 벌써 새벽 세 시가 되어 갔다.

중요한 사실은 쁘셀도니모프가 처한 상황이, 지금 벌어진 이 사태 하나만으로도 골치를 썩일 일이지만, 상상할 수 있는 것보다 훨씬 더 형편없이 열악하다는 데에 있었다. 잠시 동안 이반 일리치는 마룻바닥 위에 누워 있고 쁘셀도니모프는 절망에 빠져 자기 머리카락을 쥐어뜯으며 그를 내려다보고 서 있었는데, 우리가 하고 있는 이야기의 흐름을 잠시 중단하고 뽀르피리 뻬뜨로비치 쁘셀도니모프에 대해 몇 가지 설명을 해야겠다.

결혼식을 올리기 전, 한 달이 채 못 되었을 때에 그는 되돌이킬 수 없을 정도로 심각한 파탄 상태에 빠져 있었다. 그는 시골 현(縣) 출신으로 그의 부친은 생전에 그곳에서 무슨 관청에서 근무하며 살다가 소송에 걸린 상태에서 세상을 떴다. 혼례를 올리기 다섯 달 전, 쁘셀도니모프가 이미 만 1년을 뻬쩨르부르그에서 가난한 생활을 하고 있었을 때, 그는 10루블의 월급을 받는 일자리를 얻고 몸과 마음이 소생하는 듯한 기분까지 느꼈지만 이내 여러 가지 상황들로 인해 다시 비천한 생활로 떨어져 버렸다. 이 세상에 쁘셀도니모프 네 혈육이라곤 단 두 사람, 그와 남편이 죽은 후에 시골 현을 등지고 떠나온 그의 어머니만이 남았다. 어머니와 아들은 추위에 떨며 가난한 생활을 하고 있었고 그런 걸 먹고서 살아갈 수 있을까 하는 의심스러운 것들로 끼니를 때웠다. 쁘셀도니모프 혼자 물이라도 마셔 보려고 작은 컵을 들고서 분수가에 다니던 날도 있었다. 직장을 얻고 나서 그는 어찌어찌해서 겨우 어딘가의 골방에 어머니와 함께 자리를 잡을 수 있었다. 어머니는 사람들의 옷을 빨아 주는 일거리를 찾았고, 그는 어떻게 해서든 장화와 허름한 외투라도 장만해 보려고 넉 달 동안 갖은 궁상을 떨며 돈을 아꼈다. 자기가 다니는 관청 사무실에서는 또 얼마나 많은 괴로움을 견뎌 내야 했는지 모른다. 상관이 다가와서 목욕탕에 갔다온 지 얼마나 오래됐느냐고 묻기 일쑤였다. 그가 입고 다니는 근무 제복의 깃 밑에는 빈대들이 둥지를 틀고 산다는 식으로 그에 대한 소문이 돌기도 했다. 그렇지만 쁘셀도니모프는 굳건한 성격의 소유자였다. 겉모습으로 보아서 그는 양순하고 조용해 보였다. 그는 최소한의 교육만을 받았으며, 사람들은 거의 한 번도 그의 입에서 말이 나오는 걸 들어 본 적이 없었다. 그가 생각은 하고 사는지, 계획이나 체계는 세워 놓은 것이라도 있는지, 무엇인가에 대해서라도 꿈꾸는 것이 있는지, 나로선 확실히 알고 있진 않다. 그렇지만 그 대신 그에게는 이런 불쾌한 처지에서 벗어날 길을 찾고자 하는 본능적이고 무의식적인 강한 집념이 자라고 있었다. 그에게는 개미들처럼 꺾이지 않는 질긴 생활력이 있었다. 개미집을 부순다면 그 즉시 그들은 다시 집을 만들기 시작할 것이며, 다시 또 부순다고 해도 다시 또 만들기 시작할 것이고, 더 부숴 본다 하더라도 지치지 않고 계속해 나갈 것이다. 이들은 주거를 안정시키고 억척스레 살림을 꾸려 가려는 속성을 갖고 있다. 그의 이마에는 그가 길을 찾아 나갈 것이고, 둥지를 틀고, 아마도 예비용으로 저

장까지 해둘 사람이라고 씌어 있었다. 세상을 통틀어 오직 어머니 한 사람만이 그를 사랑해 주었고 그것도 한없이 사랑해 주었다. 그녀는 지칠 줄 모르고 굳세게 일을 하는 여인이기도 했지만, 그와 더불어 선량한 여인이기도 했다. 만일 그들이 이전에 회계 관리로서 언젠가 시골 현에서 근무했으나 최근에 자기 가족들을 데리고 뻬쩨르부르그에다 근거를 두고 살림을 차린 퇴역 9등 문관 믈레꼬뻬따예프와 만나지 못했다면, 상황이 나아지기 위해서 아마도 한 오륙 년은 더 골방을 전전하며 살았어야 했을지도 모른다. 그는 쁘셀도니모프를 알고 있었고 언젠가 무슨 일로 그의 부친에게 은혜를 입은 적도 있었다. 물론 거액은 아니지만 돈푼이야 그에게는 넘치게 있었다. 실제로 그가 가진 돈이 얼마나 되는지는 아무도, 그의 아내도 맏딸도 친척들도 모르고 있었다. 그에게는 두 딸이 있었는데, 그는 끔찍할 정도로 꽉 막혀 있었던 데다가 주정뱅이였고 집안의 폭군이었고 더욱이 병든 몸이기도 했기에 불쑥 딸 하나를 쁘셀도니모프에게 주어 버리자고 생각할 정도였다. 〈내가 그를 알기도 하겠다, 그의 부친이 좋은 사람이었으니 아들도 좋은 사람이겠지.〉 믈레꼬뻬따예프는 하고 싶은 것이 있으면 해버리는 사람이었다. 말을 꺼냈으면 해치워야 직성이 풀렸다. 이 사람은 아주 이상할 정도로 꽉 막힌 사람이었다. 보드까를 마시는 데에 전혀 지장을 받을 일은 아니었지만, 어떤 병에 걸려 다리를 쓰지 못하게 된 이후로 그는 대부분의 시간을 안락의자에 앉아서 보냈다. 하루 온종일 그는 술을 마셨고 욕지거리를 퍼부었다. 그는 성질이 고약한 사람이었다. 반드시 그 누구라도 끊임없이 괴롭혀야만 속이 시원했다. 이것을 위해 그는 자기 집에다 먼 집안 친척 여자들, 병든 몸에도 불구하고 트집잡아 싸우길 잘하는 자기 여동생, 마찬가지로 자기 아내 쪽의 성격이 고약하고 말 많은 두 자매, 그리고 무슨 일로 해서인가 늑골 한 쪽이 부러진 자기 쪽의 나이 든 숙모를 식솔로 두고 있었다. 또 『천일야화』 이야기를 들려주는 재주를 인정받아 있게 된 거의 러시아 인 같은 독일 여자 한 사람을 더 식객으로 데리고 있었다. 그의 모든 만족이란 모든 불행한 식객들에게 조롱을 퍼붓고 매분마다 세상에 입에 담지 못할 험한 상소리로 그들을 욕하는 재미로 채워졌다. 치통을 앓고 있던 그의 아내까지도 예외가 아니었다. 그들은 그 앞에서는 찍 소리 한 마디 할 엄두도 못 냈다. 그는 그들을 서로 말다툼하게 만들고, 그들 사이에 헛소문과 불화를 꾸미고 조장해 놓곤 그들이 서로 엉겨 붙어 머리끄덩이를 잡고 드잡이까지 하는 걸 보면서 하하 웃음을 터뜨려 가며 즐거워했다. 그는 큰딸이 제 남편인 어떤 장교하고 10년을 궁색하게 고생하며 살다가, 마침내 과부가 되어 병든 어린아이 세 명을 데리고 그의 집으로 옮겨 왔을 때에도 무척 즐거워했다. 아이들이 빽빽 울어 대는 건 견디기 힘들었지만, 그들이 있음으로 해서 매일매일 실험해 볼 거리가 늘어났기에 노인은 무척이나 만족스러워했다. 이 성질 고약한 여인네들과 병든 아이들 모두는 그들을 괴롭히는 사람과 함께 뻬쩨르부르그 교외에 있는 목조 저택에서 복닥거리며 살았는데, 노인네가 자기한테 드는 보드까에는 유감없이 돈을 쓰면서도 그들에게는 꼬뻬이까 정도의 푼돈이나 내놓는 노랭이라 실컷 배불리 먹지도 못했고, 노인네가 불면증에 시달려 안 자고 즐겁게 해달라고 조르는 바람에 잠도 맘껏 잘 수가 없었다. 한마디로 말해서, 이들 모두는 고생을 하며 자신의 운명을 저주하며 살았다. 이럴 즈음 믈레꼬뻬따예프는 쁘셀도니모프를 골라 잡았다. 그는 쁘셀도니모프의 긴 코와 유순한 모습에 강한 인상을 받았다. 이미 그의 허약하고 볼품없이 생긴 딸은 그때 열일곱 살을 갓 넘긴 뒤였다. 그녀는 언젠가 어느 독일계 슐레[27]에 다니긴 했지만, 알파벳을 빼놓곤 거의 아무것도 배워 오질 못했다. 그 이후 임파선 종양을 앓아 비실비실해진 그녀는 다리를 못 쓰고 술에 취해 사는 부친의 목발 밑에서 헛소문, 고자질, 중상모략이 난무하는 소돔 같은 집에서 자라났다. 그녀는 친구라고는 한 번도 사귀어 본 적이 없고, 머릿속에 든 것 또한 없었다. 벌써 오래전부터 그녀는 시집을 가고 싶어 했다. 사람들 앞에 서면 그녀는 말수가 없었는데, 집에서 어미와 식객들 주위에서는 성질이 고약해 구멍 뚫는 기계처럼 남의 마음 아픈 곳을 찔렀다. 그녀는 특히 자기 언니의 아이들을 꼬집고 몽둥이로 두들겨 패길 좋아했으며, 설탕과 빵을 꺼내 먹는다고 일러바치기 일쑤라 그녀와 큰언니 사이에는 끝 간 데 없는 말다툼이 늘 있었다. 이런 그녀를 노인네가 직접 쁘셀도니모프에게 주선했다. 그가 아무리 궁핍하게 살고 있다곤 하지만, 그렇더라도 그는 생각해 볼 시간을 조금 달라고 부탁했다. 그는 오랫동안 어머니와 함께 심사숙고해 보았다. 그러나 집이 신부 명의로 등기된 것으로, 목조이고, 단층에다 겉보기는 흉악하다 해도 어찌 되었든 간에 값은 나가는 집이었다. 더욱이 그들이 4백 루블을 주기로 했는데, 그로선 어느 세월에 그 많은 돈을 저축할 수나 있겠는가! 술에 취

---

27 Schule. 독일어로 학교라는 뜻.

한 앞뒤가 꽉 막힌 영감이 소리쳤다. 〈내가 뭣 하려고 집에 이 남자를 데려온 줄 알아? 첫째, 너희들 모두 다 여편네인데, 난 여편네에게 싫증이 났단 말이야. 난 그놈에게 은인인 셈이니, 쁘셀도니모프도 내가 부는 피리소리에 맞추어 춤추게 하고 싶단 말이지. 두 번째로는 너희들 모두 다 그걸 원하지 않고 심통을 부리니 데려온 거야. 자, 이렇게 내 심술 맛 좀 보라고. 난 한다 하면 하는 사람이라고! 그런데 쁘르피리, 그년이 자네 아내가 되거들랑 두들겨 버려. 그년 속에는 날 때부터 악귀가 일곱 마리는 들어앉아 있다고. 모두 내몰아 버리라고. 짚고 다닐 지팡이라도 준비해 줄 테니……〉

쁘셀도니모프는 잠자코 있었지만 벌써 결정을 내리고 있었다. 노인은 결혼식도 올리기 전에 그와 함께 모친을 저택에 받아들이고, 목욕을 하게 해주고, 새 옷을 사 입히고, 신발을 사 신기고 결혼식 비용도 주었다. 노인은 그들의 후견인 역할을 했는데, 그건 아마도 온 집안 식구들이 그들에 대해 못마땅하게 생각하고 있었기 때문일 것이다. 그는 쁘셀도니모프의 노모가 마음에 들기도 해서 자신을 억제하며 그녀만은 조롱하지 않았다. 그렇긴 하지만 쁘셀도니모프에게는 결혼을 일주일 앞두고서도 자기 앞에서 까자끄 민속춤을 추도록 시켰다. 그는 춤이 끝날 무렵 말했다. 〈응 좋았어, 난 단지 네가 내 앞에서 춤추는 일을 잊어 먹고 있지나 않은지 보고 싶었을 뿐이야.〉 그는 결혼 비용을 뭉텅이로 잘라서 내주고 자기 친척들과 알고 지내던 사람들을 결혼식에 불렀다. 쁘셀도니모프 편에서는 예우받는 손님으로서 『숯』지의 기고가와 아낌 뻬뜨로비치만이 왔다. 쁘셀도니모프는 신부가 자기에 대해서 혐오감을 품고 있고 자기가 아닌 장교한테 시집가길 무척이나 바라고 있다는 것도 매우 잘 알고 있었다. 그러나 그는 어머니와 이야기해 놓은 바도 있고 해서 모든 걸 참아 냈다. 결혼식이 있던 날 저녁 내내 노인은 듣기 거북한 말을 해가며 욕질을 했고 주정을 부렸다. 결혼식을 맞아서도 온 가족이 뒷방으로 피해서 악취가 풍기도록 꼭꼭 달라붙어 있었다. 앞쪽의 응접실에서 무도회를 열고 저녁 만찬을 하기로 정해 두었다. 마침내 완전히 술에 취해 버린 노인이 밤 열한 시에 잠이 들자, 특히 이날 따라 쁘셀도니모프의 어머니에게 악감정을 품고 있던 신부의 어머니는 분통 터지는 가슴을 삭이고 호의를 베풀기로 마음을 고쳐 먹고 무도회와 저녁 만찬에 나가기로 결심했다. 이반 일리치의 출현은 이 모든 걸 되돌려 놓았다. 믈레꼬삐따예바 부인은 당황해 하면서 모욕을 받았다고 여기고, 처음에는 고관을 초청한 걸 왜 사전에 통보하지 않았느냐고 욕하기 시작했다. 그는 초대받지 않은 손님으로 스스로 찾아온 것이라고 설득하려 했으나 그녀는 믿으려 들지 않을 만큼 꽉 막힌 데가 있었다. 샴페인이 필요했다. 쁘셀도니모프의 어머니에게는 고작 1루블 은화 한 닢밖에 없었고 쁘셀도니모프 자신은 꼬뻬이까 한 푼 갖고 있지 않았다. 성질 못된 노파 믈레꼬삐따예바 부인에게 사정을 해서 샴페인 한 병 살 돈을 부탁하고 나중에 한 병 더 살 때도 매달리는 수밖에 없었다. 사람들이 그녀에게 직장에서의 인간 관계에 있어서 장래성, 출세를 생각해 보라며 타일렀다. 마침내 그녀는 자기 돈을 내주었지만, 벌써 여러 번 그에게 쓸개즙과 식초가 담긴 사발[28]을 들이켜 맛을 보도록 만들었다. 쁘셀도니모프

---

28 성서 인용. 〈그들은 예수께 쓸개를 탄 포도주를 마시라고 주었으나, 예수께서는 맛만 보시고 마시려 하지 않으셨다.〉 (마태오의 복음서 27장 34절)

가 혼례 침구가 꾸며져 있는 작은 방으로 달려가 아무 말없이 제 머리카락을 쥐어뜯으며, 속절없는 증오심에 온몸을 떨며 천국의 달콤한 맛을 보기 위해 준비해 둔 침대에 머리를 파묻을 정도로 말이다! 그렇다! 이반 일리치는 자기가 이날 밤에 마신 작은 샴페인 두 병 값이 얼마나 되는지 모르고 있었다. 이반 일리치로 인해 벌어진 일이 이렇게 예기치 못한 식으로 끝나게 되었을 때, 쁘셀도니모프가 겪어야 했던 근심과 공포, 자포자기한 절망적인 심정이 어느 정도였는지는 상상하기조차 힘들 정도였다. 다시금 전전긍긍해야 할 일, 아마도 밤새도록 변덕스러운 새신부의 날카로운 목소리와 눈물, 막무가내로 퍼부어질 신부네 친척들의 비난이 떠올랐다. 그는 그 일이 아니더라도 이미 머리가 아팠고, 그 일이 아니더라도 이미 눈앞이 캄캄하고 머리가 어지러워 정신을 잃을 지경이었다. 게다가 여기 이반 일리치에게는 응급 조치가 필요한 터여서, 새벽 3시에 의사를 불러오거나 그를 집으로 데려다 줄 사륜마차를 구해 와야 할지 궁리를 해야 했는데, 왜냐하면 볼품없는 길거리 시시한 마차에 태워 이런 특별한 인물을 집에 보낼 수는 없는 노릇이었기 때문이다. 그런데 사륜 마차를 얻으려고 해도 어디서 그런 돈을 구할 수 있단 말인가? 고관이 자기와 두 마디밖에는 말을 나누지 않았고, 저녁 만찬 자리에서는 쳐다보지도 않았다고 화가 나서 제정신이 아닌 믈레꼬삐따예바 부인은 자기에겐 꼬뻬이까 한 푼 없다고 선언해 버린 터였다. 어쩌면 정말로 꼬뻬이까 한 푼 없는지도 몰랐다. 어디서 구한다? 어떻게 해야 하나? 정말, 자기 머리카락을 쥐어뜯고도 남을 일이었다.

그러는 사이 이반 일리치를 잠시 동안 식당에 놓여 있던 작은 가죽 소파 위로 옮겨 놓았다. 사람들이 식탁을 떼어 놓고 치우고 정리하는 동안 쁘셀도니모프는 사방을 헤집고 다니며 돈을 꾸어 보려고, 심지어 하인들에게까지 꾸어 보려고 애를 썼지만, 아무도 돈이라곤 아예 갖고 있지 않는 것처럼 보였다. 그는 심지어 다른 사람들보다 더 늦게까지 남아 있던 아낌 뻬뜨로비치에게 부탁해 보았다. 그러나 그는 사람이 좋기는 하지만 금전에 대한 얘기를 듣고 나선 어쩔 줄 몰라 쩔쩔매고 화들짝 놀라기까지 하면서, 전혀 기대하지도 못했던 쓸데없는 말이나 했다.

「다른 때라면 내 기꺼이 그러겠네만,」 그는 우물쭈물 말했다. 「지금은…… 정말, 날 용서하게나…….」

그리고 나서 털모자를 집어 들곤 잽싸게 그 집을 나서서 줄행랑을 쳤다. 오직 한 사람, 해몽서에 대해 이야기를 했던 젊은이가 남아 무엇인가 도움을 주려 했지만, 그래도 이 문제에 적합한 도움을 줄 인물은 못 되었다. 그는 쁘셀도니모프에게 닥친 불행한 사태를 진심으로 걱정해 주었기에 가장 늦게까지 남아 있었다. 마침내 쁘셀도니모프, 그의 어머니와 젊은이는 의사를 부르러 사람을 보낼 게 아니라, 사륜 마차를 불러와 환자를 집에다 데려다 주는 것이 더 효과적이고 사륜 마차가 오는 동안 그에게 몇 가지 가정 요법, 가령 찬물로 관자놀이와 머리를 적셔 주고 정수리 위에다 얼음을 얹어 주는 등의 방법을 써보기로 의견 일치를 보았다. 이 일은 쁘셀도니모프의 어머니가 맡았다. 젊은이는 사륜 마차를 구하려고 달려 나갔다. 이 시간에 뻬쩨르부르그 교외에선 길거리를 다니는 시시한 마차조차 없었기 때문에 젊은이는 마차를 찾으러 어디 멀리 있는 합숙소로 찾아가 마부들을 깨웠다. 흥정이 시작되었는데, 그들은 이런 시간에 사륜 마차를 내주려면 5루블을 받아도 적다고 말했다. 그렇지만 3루블에 합의를 보았다. 이미 네 시가 다 되어 갈 무렵 젊은이가 빌린 사륜 마차를 타고 쁘셀도니모프의 집에 도착했을 때에는 이미 오래전에 결정 사항이 바뀐 뒤였다. 여전히 의식을 잃고 있는 이반 일리치는 몹시 아파하고 있었고, 신음소리까지 내면서 몸부림치며 뒹굴고 있었는데, 이런 상태에서 그를 옮겨 실어 집으로 데리고 간다는 건 완전히 불가능한 일이고 위험을 자초하는 일이 될 수도 있으리라고 여겼기 때문이다. 〈여기서 무슨 일이 더 벌어지려고 이러나?〉 완전히 기진맥진해 버린 쁘셀도니모프가 말했다. 무슨 일을 할 수 있었겠는가? 새로운 문제가 생겨났다. 만약 환자를 집에 머물게 한다면, 어디로 옮겨서 어디에 눕혀야 한단 말인가? 집 안 전체에 침대라곤 단 두 개밖에 없었는데, 하나는 믈레꼬뻬따예프 노인이 자기 처를 데리고 자는 커다란 2인용 침대였고, 새로 구입한 다른 하나는 단단한 호두나무 재질로 만든 것으로서 역시 신혼 부부가 쓰기로 되어 있는 2인용 침대였다. 그 이외의 모든 식구들, 혹은 이 집의 여자 식구들이라 부르는 것이 더 나을 모든 사람들은 벌써 군데군데 흠집이 나고 냄새가 진동하기까지 하는 깃털 이불, 즉 아주 형편없고 더욱이 조금의 여유도 없이 꼭 끼여 자야 할 이불 위에 포개어져 마룻바닥에서 잤다. 대체 환자를 어디에다 눕혀야 한단 말인가? 깃털 이불 같은 거야 찾으려면 찾을 수도 있겠고, 극단적인 경우에는 누군가 자는 사람 밑에서 빼다가라도 얻을 수 있겠지만, 어느 곳에 무엇을 놓고서 잠자리를 깔아 주느냐가 문제였다.

홀에다 깔아 줘야 할 것 같았는데, 왜냐하면 이 방은 가족들이 있는 안쪽과 가장 멀찍이 떨어진 방이었고, 거기에 따로 출구도 갖춘 방이었기 때문이다. 그렇지만 무엇 위에다 깔아 주어야 할까? 의자들 위에다가라도 해볼까? 의자 위에다가 깔아 주는 일은 토요일에서 일요일까지의 일정으로 집에 오곤 하는 김나지움 학생들에게나 해줄 수 있는 일이지 이반 일리치와 같은 귀인에게는 매우 불경스러운 일이 될 것이다. 내일 당장에 그가 의자에 놓여 있는 자신을 보게 되면 뭐라고 말할까? 쁘셀도니모프는 이 점에 대하여 듣고 싶지도 않았다. 한 가지 선택이 남았다. 그를 신혼 잠자리로 옮겨 두는 것이다. 이 신혼 잠자리는, 우리가 앞서 얘기한 바와 같이 식당 옆쪽에 있는 작은 방 안에 꾸며져 있었다. 침대 위에는 아직 쓰지도 않은 2인용의 새로 구입한 매트리스, 깨끗한 내의, 분홍색 옥양목 천으로 만든 네 개의 베개가 있었으며, 위로는 주름 달린 천으로 둘레를 박은 메린스 천으로 된 덮개가 씌워 있었다. 이불은 공단 천으로 만든 분홍색으로, 무늬가 수놓아진 것이었다. 위로는 금빛 고리에 매달린 메린스 천으로 된 커튼이 늘어뜨려져 있었다. 한마디로 말해서, 모든 것이 잘 갖추어져 있었고 침실에 들러 본 거의 모든 손님들은 치장이 잘 되어 있다고 칭찬했다. 아직까지도 쁘셀도니모프의 부인이 되진 못하고 있지만, 새신부는 벌써 이날 밤 동안만 하더라도 벌써 여러 번, 특히나 살며시 보고 가려고 뛰어들어오곤 했다. 자기의 신혼 잠자리에 콜레라 같은 병에나 걸려 아픈 건 아닌지 의심스러운 환자를 옮겨 눕히려 한다는 걸 알았을 때, 그녀의 분노와 심술이 어느 정도였겠는가! 신부의 엄마가 그녀를 대신해 나서서 욕을 퍼부어 대고 내일 당장에라도 자기 남편에게 하소연하겠다고 장담했지만, 쁘셀도니모프는 자기 마음먹은 대로 이반 일리치를 옮겨 눕히고 신혼 부부는 홀에다 의자를 붙여 놓고 잠자리를 펴겠다고 말하며 고집을 굽히지 않았다. 새신부는 흐느끼면서 꼬집을 태세를 취하기도 했지만, 감히 말을 듣지 않을 수 없었다. 왜냐하면 노친네는 그녀가 익히 그 맛을 알고 있는 목발을 갖고 있었고 노친네가 내일이면 틀림없이 어떤 상세한 보고를 요구하리라는 걸 그녀는 잘 알고 있었기 때문이다. 그녀를 위로해 주려고 사람들이 홀로 분홍색 이불과 메린스 천으로 지은 덮개가 달린 베개들을 옮겨다 주었다. 바로 그때 젊은이가 사륜 마차를 이끌고 나타났는데, 사륜 마차가 이미 필요없게 되었다는 걸 알았을 때 그는 몹시 놀랐다. 그 자신이 마차 삯을 지불해야 할 판이었는데, 그는 수중에 10꼬뻬이까짜리 은화 한 닢 쥐어 본 적이 없었다. 쁘셀도니모프는 자기 주머니는 완전히 거덜 나버렸다고 밝혔다. 그들은 마부를 설득하려고 시도했다. 그러나 마부는 소란을 피우기 시작하더니 덧창문을 두들겨 대기까지 했다. 이 일이 어떻게 결말이 났는지 나는 자세하게 알고 있지는 않다. 젊은이가 볼모로 잡혀 이 사륜 마차를 타고 아는 사람 집에서 묵고 있던 한 대학생을 깨워 어떻게 해보기를 바라면서, 로쉬제스뜨벤스끄 4번가의 뻬스끼 거리로 향했다고 여겨지는데 그 친구라고 돈이 있었을까? 젊은 부부를 홀에다 남겨 두고 문을 잠갔을 땐 벌써 시계가 새벽 다섯 시를 향해 가고 있었다. 고통스러워하는 고관의 침대 곁에는 밤새도록 쁘셀도니모프의 어머니가 남아 있었다. 그녀는 마룻바닥에 깔린 작은 양탄자 위에 자리를 깔고 허름한 외투를 몸에 덮었지만, 매분마다 일어나야만 했었기에 잠을 이룰 수 없었다. 이반 일리치가 지독한 배탈이 났기 때문이다. 사내처럼 씩씩하고 마음 씀씀이가 넓었던 쁘셸도니모바 부인은 혼자서 그의 옷을 벗겼고, 친아들을 대하듯 그를 돌보았으며 밤새 필요한 그릇을 침실에서 복도를 거쳐 내갔다가는 다시 들여오곤 했다. 그렇지만 이날 밤의 불행한 사건은 아직도 끝나려면 멀었다.

젊은 신혼 부부들만 홀에다 두고 문을 잠근 지 10분도 채 지나지 않아서 갑자기 자지러지는 비명소리, 행복에 겨운 비명이 아닌, 그것도 가장 발악적인 비명이 들려왔다. 비명소리에 뒤이어 소란스러운 소리, 마치 의자들이 넘어 가는 듯한 우당탕하는 소리가 들려왔고, 순식간에 아직 컴컴한 방 안으로 깜짝 놀란 여자들이 한숨을 내쉬며 간단히 걸친 차림으로 불시에 들이닥쳤다. 새신부의 어머니, 이 순간 자기 병든 아이들을 팽개쳐 두고 나온 그녀의 큰언니, 그녀의 세 이모들과, 늑골이 부러지고도 그냥 지내는 여자 식객까지 절룩거리며 간신히 들어왔다. 심지어 부엌데기 하녀도 이 자리에 있었고, 신랑 신부를 위해 이 집안을 통틀어 제일 좋은, 깔고 자던 그녀의 전 재산인 깃털 이불을 빼앗긴 이야기를 사람들에게 들려주는 역할을 하던 독일 여자 식객도 나머지 사람들과 함께 겨우 들어섰다. 이 존경할 만한 통찰력 있는 여자들 모두 부엌에서 나와 발끝으로 살금살금 걸어 복도를 통해 슬며시 잠입해서는 이미 15분 가량을 뭐라 설명하기 곤란한 대단한 호기심으로 귀를 기울이고 있었다. 그러는 사이에 누군가가 급히 촛불을 켰고 모든 사람들에게 예기치 못했던 광경이 펼쳐졌다. 겨우 귀퉁이 끝으로 넓은 깃털 이불을 떠받치고 있다가 두 사람의 무게를 견뎌 내지 못한 의자들이 산산이 부서져 나가면서 의자 사이에 있던 깃털 이불이 마루로 떨어져 내려앉아 버렸던 것이다. 이번엔 가슴속 깊이 모욕을 느낀 새신부가 악에 받쳐 울어 댔다. 정신적으로는 이미 산 목숨이 아닌 쁘셀도니모프는 죄상이 낱낱이 드러난 죄인이라도 된 듯 서 있기만 했다. 그는 변명을 하려고도 하지 않았다. 사방에서 탄식소리와 날카로운 비명 소리가 울려 나왔다. 소란스러운 현장으로 쁘셀도니모프의 어머니도 달려나왔지만, 이번엔 신부의 어머니가 완전한 승리를 거뒀다. 그녀는 처음에는 〈아이고 자네, 이러고도 무슨 남편이란 말인가? 이런 치욕을 당하고 나서 자네를 어디다 써먹을 수 있단 말인가?〉 등과 같은 내용으로 쁘셀도니모프에게 해괴하고 거의 대부분은 온당하지 못한 비난을 퍼부었고, 마침내는 내일 당장에 경위서를 요구하면서 천둥처럼 호령을 칠 아버지 앞에서의 모든 책임을 자기가 개인적으로 지기로 하고 딸의 손목을 붙잡아 남편에게서 떼어 내어 데리고 갔다. 그녀를 뒤따라 모두들 탄식을 하면서 고개를 숙이고 물러갔다. 오직 쁘셀도니모프의 어머니만이 그를 위로해 주려고 남아 있었다. 그러나 그는 이내 어머니를 내쫓았다.

그는 위로받을 기분이 아니었다. 그는 맨발에다 꼭 필요한 속옷만 걸치고 있었으므로 간신히 소파 있는 데까지 다가가 우울하기 그지없는 생각에 빠진 채 앉아 있었다. 그의 머릿속은 여러 생각들이 교차하고 뒤죽박죽이 되어 혼란스러웠다. 그는 바로 얼마 전까지만 하더라도 춤추던 사람들이 광란의 도가니 속에서 날뛰고, 허공에 담배 연기가 자욱히 흘렀던 이 방을 기계적으로 훑어보았다. 물기가 질척한 지저분한 마룻바닥 위에서 담배꽁초와 사탕 껍질 나부랭이들이 여전히 나뒹굴고 있었다. 폐허가 된 신혼 잠자리와 뒤엎어진 의자들이, 가장 좋았고 신뢰할 수 있었던 세속의 희망과 공상들이 무상한 것임을 대변해 주고 있었다. 그렇게 그는 거의 한 시간 내내 앉아 있었다. 그의 머릿속으로 여전히 무거운 생각들, 예를 들면 이제 직장에서는 대체 어떤 일이 그를 기다리고 있을까? 하는 식의 생각이 밀려들었다. 무슨 일이 어찌 되었든 간에 근무처를 옮겨야지, 이날 밤에 있었던 그 모든 일의 결과를 볼 때 이전 근무처에 남아 있는다는 건 불가능한 일이라고 그는 고통스럽게 의식했다. 그가 온순하게 따르는 맛을 느껴 보려고 어쩌면 내일 당장 다시 그에게 까자끄 춤을 추라고 강요할지도 모를 믈레꼬뻬따예프도 생각났다. 그는 또한 믈레꼬뻬따예프가 결혼식 비용으로 다 쓰고 꼬뻬이까 몇 푼만 남게 된 50루블을 주기는 했지만, 지참금 4백 루블은 아예 줄 생각도 안 하고 있고, 심지어 그런 일이 전혀 없었다고 잡아떼며 나오지나 않을까 하는 생각을 하기도 했다. 사실 말이지 이 저택만 하더라도 아직 완전히 형식을 밟아 등기 절차를 끝낸 것도 아니었다. 그는 또 자기의 인생에서 가장 위태로운 순간에 그를 버리고 간 자기 아내와 그리고 아내 앞에서 한쪽 무릎을 꿇은 자세로 있던 키 큰 장교에 대한 생각에 잠겼다. 그는 이걸 벌써 눈치 챌 수 있었다. 그녀의 아버지가 나름대로 증명해 준 바에 따르면 그녀 안에 들어앉아 있을 일곱 마리의 악귀에 대해, 그것들을 몰아낸다고 준비해 둔 지팡이에 대해 생각해 보면 알 수 있는 일이었는데……. 물론 그는 자기가 참아 낼 힘이 많이 남아 있다고 느꼈지만, 있을 수 있다 하더라도 마침내 운명은 자기가 참아 낼 힘이 있을까 의심을 품게 만들 정도로 이런 깜짝 놀라 자빠질 일을 초래한 것이다.

쁘셀도니모프는 그렇듯 심란했다. 그러는 사이 양초 찌꺼기에 남아 있던 불빛도 사그라져 갔다. 쁘셀도니모프의 옆얼굴에 정면으로 던져진 그를 비추는 가물거리는 빛이 벽면에다 쑥 늘여 뺀 목, 매부리코, 이마와 뒤통수에 비죽 솟아난 두 가닥 꼬불꼬불 감긴 머리카락을 한 그를 거대한 모습으로 나타내 보였다. 마침내 아침을 맞아 싱그러운 바람이 불자, 몸을 부르르 떨면서 멍한 채 일어나 의자 사이에 놓여 있던 깃털 이불이 있는 데로 간신히 다가가서는 베개를 베지도 않고 침대에 네 발로 기어 들어가 다음날 시장 터에서 있을 형벌을 선고받은 사람들[29]이라면 그렇게 자야 될 듯한 모양의 납 덩어리처럼 무겁게, 죽은 사람처럼 잠이 들어 버렸다.

한편 불행한 쁘셀도니모프와 그의 신혼 잠자리에서 이반 일리치 쁘랄린스끼가 겪은 그 고통스러웠던 밤을 비교해 볼 수도 있지 않을까! 얼마간 지속되었던 두통, 구토와 그 밖의 다른 불쾌하기 그지없는 발작 증세는 그를 한순간도 내버려 두질 않았다. 그건 지옥에서나 겪을 법한 고통이었다. 그의 머릿속에서 의식은, 가물가물하긴 했지만 차라리 의식을 되찾지 않는 것이 더 나을 듯한 그런 밑바닥이 안 보이는 끔찍한, 암담하고 구역질 나는 전경을 비추고 있었다. 더욱이 그의 머릿속은 여전히 흐리멍덩한 상태였다. 예를 들어 그는

---

29 시장 터나 관청 마당에서 채찍을 사용하여 사람들을 불러 모아 공개적으로 벌하는 신체형(身體刑)을 의미한다. 러시아에서는 1845년 이후로 태형이 폐지되었다.

쁘셀도니모프의 어머니를 알아보았고 〈참아야지, 내 사랑스러운 사람. 아이고, 좀 참게나. 참다 보면 괜찮아질 걸세〉라고 말하는 그녀의 악의라곤 전혀 없는 격려도 들었지만, 자기 곁에 왜 그녀가 있는 것인지 전혀 그 어떤 논리적인 설명도 자기 자신에게 해줄 수가 없었다. 구역질 나는 헛것이 그에게 떠올랐고 특히 다른 누구보다도 더 자주 세몬 이바노비치가 보였는데, 그가 좀 더 주의를 기울여 쳐다보자 이는 세몬 이바노비치가 아니라 쁘셀도니모프의 코라는 걸 알아차렸다. 그의 눈앞에서는 제멋대로인 예술가와 장교, 볼이 밑으로 축 처진 노파도 아른거렸다. 무엇보다도 그의 머리 위에 걸려 있는 커튼이 꿰어진 금으로 된 고리가 그의 의식을 사로잡았다. 그는 방을 비추고 있는 흐릿한 양초의 불빛을 통해서 그걸 분명히 구별해 냈고 이 모든 정황을 생각해서 이해해 보려고 애썼다. 이 고리는 무엇에 쓰는 거며, 왜 여기에 있는 거고, 무엇을 의미하는 거지? 그는 이에 대해 몇 번이고 노파에게 물어보았지만, 노파에게 그는 하고 싶었던 말을 못하고 있는 것이 분명해 보였다. 게다가 정말 그녀는 설명 하나 하지 못하고 기만 쓰는 그를 이해하지 못하는 것처럼 보였다. 마침내 그는 아침 무렵, 발작도 멈추고 꿈도 꾸지 않고 깊이깊이 잠에 빠졌다. 대략 한 시간을 자고 잠에서 깨었을 때, 그는 참기 힘든 두통과 무슨 양복지 조각처럼 변해 버린 혀와 입 안에서 나는 불쾌한 맛을 느끼면서 의식을 되찾았다. 그는 침대에서 일어나 주위를 둘러보며 생각에 잠겼다. 하루를 시작하는 가녀린 햇살이 덧창문의 틈을 통해 가는 줄무늬를 만들며 벽에서 떨고 있었다. 대략 아침 일곱 시였다. 그러나 이반 일리치가 갑자기 엊저녁 이후 그에게 벌어졌던 모든 일을 생각해서 되새겼을 때에 고통이 그의 가슴 속으로 파고들었다. 저녁 만찬 자리에서 벌어진 모든 사건들, 실패로 끝난 자신의 행동, 식탁에서 자신이 한 연설을 상기했을 때에, 그가 지금이라도 이 자리에서 나가 버릴 수는 있어도 사람들이 그를 어떻게 여길 것인가 하는 자괴감이 들었던 순간을 생각하니 고통스러웠다. 주위를 둘러보고서야 얼마나 한심하고 교양 없는 상태까지 이르렀으면 자기 부하의 평화로운 신혼 잠자리를 차지해 버렸다는 걸 알게 되었을 때엔, 갑자기 비명을 지르고 두 손으로 얼굴을 감싸며 낙담에 빠져 베개 위로 몸을 던졌을 만큼 죽고 싶을 정도로 부끄럽고 고통스러웠다. 잠시 후 그는 침대에서 벌떡 일어나 이미 깨끗이 손질을 해서 잘 개켜져 있는 자기 옷이 의자 위에 놓인 걸 보곤 얼른 옷을 움켜쥔 채 주위를 두리번거리며 무엇인가를 몹시 두려워하면서 서둘러 옷을 입기 시작했다. 바로 저기 다른 의자 위에는 그의 외투와 털모자, 그리고 장갑이 모자 속에 담긴 상태로 놓여 있었다. 그는 슬그머니 도망치고 싶은 마음이었다. 그런데 갑자기 방문을 열어젖히면서 점토로 만든 세숫대야와 세면대를 들고서 쁘셀도니모바 노파가 들어왔다. 그녀의 어깨에는 수건이 걸려 있었다. 그녀는 세면대를 갖다 놓고 더 다른 얘기도 없이 꼭 씻어야 한다고 말했다.

「아이고, 여보세요. 당연히 씻어야지요. 씻지 않고서는……」

이 순간 이반 일리치는 세상에서 그가 지금 부끄러워하지 않고 두렵지 않은 존재가 단 하나라도 있다면, 그 사람은 바로 이 노파라는 걸 깨달았다. 그는 씻었다. 이후 오랫동안 그의 생애에 힘든 순간이 닥쳤을 때나 양심의 가책을 받는 일이 있을 때면, 잠에서 깨어난 뒤의 이 모든 상황이, 살얼음이 떠다니기까지 한 찬물이 가득 담긴 도자기 세면대가 달린 점토로 만든 세숫대야가, 분홍색 종이에 싸인 계란처럼 생긴 그 위에는 어떤 문자들이 새겨진, 가격으로 치면 15꼬뻬이까는 나가는, 신혼 부부를 위해 산 것임이 분명해 보이지만 이반 일리치가 개시하게 된 비누가, 명주 수건을 왼쪽 어깨에 걸치고 있던 노파가 떠오르곤 했다. 찬물이 그를 시원하게 해주었는데, 그는 물기를 닦아 내고 한마디 말도 없이 마음씨 고운 이 노파에게 고맙다는 말도 없이 털모자를 쥐고 쁘셀도니모바 노파가 내준 외투를 어깨에 걸치곤 고양이가 야옹거리는 복도를 지나 부엌데기 하녀가 자다가 조금 몸을 일으켜 강한 호기심에 찬 시선으로 그를 뒤쫓는 부엌을 지나서 마당으로, 길거리로 내달음질치다가 길을 달려가는 마부를 보고는 달려들었다. 아직 추위가 가시지 않은 아침이었고, 서리 낀 안개가 아직 집들과 모든 사물을 뒤덮고 있었다. 이반 일리치는 옷깃을 올렸다. 그는 모두 자기를 쳐다보고 있고, 모두 그를 알고 있으며, 모두들 어젯밤 일을 알아차릴 거라고 생각해 보았다…….

그는 8일 동안 집에 틀어박혀 두문불출하고 있었으며, 직무를 수행하러 나타나지도 않았다. 그는 앓았고, 그것도 육체적으로보다는 정신적으로 더 괴로웠다. 이 8일 동안 그는 완전히 지옥 같은 생활을 했는데, 아마 이날들은 그로선 저승에서 보낸 것으로 산입(算入)해야 마땅할 나날이었다. 그는 머리를 깎고 수도사나 되어 버릴까 생각해 본 적도 있었다. 정말로 그랬다. 그의 공상은 특히 이 경우에 음산하게 이어지곤 했다. 그는 고요한, 지하에서 들려오는 노랫소리, 벌려진 관, 인적이 드문 외딴 수도원 독방에서의 생활, 숲과 동굴들을 생각하곤 했지만, 정신을 차리고 나면 거의 그 즉시 이런 모든 생각들은 끔찍하기 짝이 없는 어리석은 짓이자 과대망상이라고 깨닫고는 이런 어리석은 짓을 했다는 생각에 부끄러워하기도 했다. 그 다음엔 자신의 실패한 존재 existence manquée를 생각해 보곤 정신적인 발작을 일으키기도 했다. 그 다음엔 다시 그의 마음속에서 수치심이 걷잡을 수 없을 정도로 타올라 단번에 그의 마음을 사로잡아 버리고, 모든 걸 다 태우고는 아픈 마음을 찔렀다. 그는 여러 가지 장면들을 떠올리면서 전율했다. 사람들이 자기에 대해 뭐라 말하고 무슨 생각을 할지 걱정스러웠고, 어떻게 사무실에 들어설지 고민이 되었고, 뭐라고들 쑥덕쑥덕 속삭이는 말이 1년 내내, 10년, 아니 평생 동안 계속 뒤를 따라다니며 자기에 대한 이야기가 후대에도 전해질 거라는 생각을 했다. 그는 이따금 지금 당장이라도 세묜 이바노비치에게 달려가 그에게 용서와 우정을 청할 준비를 갖출 정도로 새가슴이 되어 버렸다. 그는 자기 자신을 정당화시킬 수조차 없었다. 그는 자신을 철저하게 질책했다. 그는 자신을 이래저래 정당화시킬 생각은 하지도 않았고 그런 것조차 부끄러워했다.

그는 또한 빨리 은퇴해서 단순히 인적이 드문 곳에 가서 인류의 행복을 위해서 자기를 바칠까 하고 생각해 보기도 했다. 어떠한 경우라도 자신이 한 일에 대해 다시 떠오르는 온갖 생각을 뿌리 뽑기 위해서는 반드시 그가 알고 지내던 모든 사람들을 바꿔야만 했다. 그리고 나서 그에게 이런 건 어리석은 짓이며, 부하들과는 더 엄격한 태도를 강화하여 이 모든 일들을 바꾸어 놓을 수도 있다는 생각이 들었다. 그럴 때면 그는 희망을 품고 원기 왕성해지기도 했다. 마침내 그는 의혹과 고통으로 8일을 보내고서 더 이상은 이 불명확한 상태를 견딜 수 없다고 느끼게 되었고, 어느 멋진 아침un beau matin에 사무실에 나갈 결심을 하게 되었다.

울적하게 집에 머무르고 있을 적에, 그는 수천 번도 넘게 무슨 낯으로 사무실로 들어설 수 있겠는가 하는 생각을 떠올리곤 했다. 그는 틀림없이 자기 뒤에서 속삭이는 이중의 의미가 담긴 귀엣말을 듣게 될 것이고, 이중적인 얼굴들을 보게 되고, 더없이 악의에 찬 미소를 받게 될 거라고 공포에 떨면서 확신했다. 그러나 아무 일도 일어나지 않았을 때, 그는 얼마나 놀랐는지 모른다. 그를 모두 공손하게 맞아들였다. 그에게 인사를 했고 모두 다 진지했고 열심히 일을 했다. 자기 집무실로 조심스럽게 들어선 그의 마음엔 기쁨이 가득 넘실거렸다.

그는 보다 더 진지하게 집무하기 시작했고, 몇 가지 보고와 설명을 듣곤 결재를 내렸다. 그는 자기가 이날 아침처럼 그렇게 명석하고 유능하게 판단을 내렸던 적이 한 번도 없다고까지 느낄 정도였다. 그는 부하 직원들이 그에게 만족스러워하며, 그를 정중하게 존경심을 갖고 대하는 걸 보았다. 아주 좀스레 신경을 곤두세워 보았지만 아무것도 눈치 챌 수 없었다. 일이 참 멋지게 풀려 나갔다.

마침내 아낌 뻬뜨로비치도 어떤 서류 뭉치를 들고 나타났다. 그의 출현으로 무언가가 마치 이반 일리치의 가슴을 쑤셔 대는 것 같았지만, 그것도 한순간에 지나지 않았다. 그는 아낌 뻬뜨로비치와 같이 업무를 보면서 중요한 일을 자세히 일러주고 지시를 내렸으며, 어떻게 처리해야 하는지 명확하게 설명해 주었다. 그는 자기가 지나치게 오랫동안 아낌 뻬뜨로비치를 쳐다보기를 피하고 있든지, 혹은 더 정확하게 말하자면 아낌 뻬뜨로비치가 그를 쳐다보기를 두려워하고 있다는 걸 눈치 챘다. 그러나 아낌 뻬뜨로비치는 일을 마치고 서류를 정리하기 시작했다.

「저, 그런데 청이 하나 더 있습니다만.」 그는 될 수 있는 한 덤덤한 목소리로 말을 꺼냈다. 「관원 쁘셀도니모프의 부서 이동에 대한 건 입니다……. 그의 상관인 세몬 이바노비치 쉬뿔렌꼬 나리께서 그에게 자리를 주신다고 약속하셨답니다. 청컨대, 너그러우신 아량을 베풀어 도와주시기 바랍니다, 각하.」

「그래, 그러니까 그가 전근을 한다고?」 이반 일리치는 말을 하고 나서 굉장히 무거운 것이 가슴속에서 빠져나가는 것 같은 느낌이 들었다. 그는 아낌 뻬뜨로비치의 얼굴을 주시했고 순간 그들의 시선이 마주쳤다.

「거 좋아요, 난 내 편에서…… 내가 쓰려고 했는데. 난 그럴 용의가 있소.」 이반 일리치가 대답했다.

아낌 뻬뜨로비치는 되도록 빨리 여기에서 벗어나고 싶어하는 것같이 보였다. 그러나 갑자기 이반 일리치는 고상한 척하며 끝까지 다 얘기해 버려야겠다고 마음먹었다. 그에게 다시 영감이 떠올랐음이 분명했다.

「그에게 전해 주시오.」 그는 깊은 의미가 담긴 시선을 아낌 뻬뜨로비치에게 건네면서 말을 시작했다. 「난 나쁜 감정을 품고 있지 않다고 쁘셀도니모프에게 전해 주게, 그렇다네, 난 그럴 생각이 없네……! 반대로 나는 모든 지난 일을 잊을 용의까지 있으며, 모든, 모든 일들을 잊겠다고…….」

그러나 이반 일리치는 사려 깊은 아낌 뻬뜨로비치가, 왠지 갑자기 멍청이처럼 보이는 이상한 행동을 하는 데 놀라서 입을 다물어 버렸다. 이야기를 듣다가 그는 갑자기 아주 멍청하게 얼굴을 붉히더니 허둥대기 시작했고, 심지어는 예의에 어긋나게 고개만 까딱하는 자세로 가볍게 인사를 하더니만, 방문 쪽으로 뒷걸음질을 치기 시작했다. 그의 모습은 땅속으로라도 꺼지고 싶은, 더 정확히 말하자면, 될 수 있는 한 빨리 자기 책상으로 돌아가고 싶은 속마음을 역력히 드러내고 있었다. 이반 일리치는 혼자 남게 되자 혼돈스러운 상태로 의자에서 일어났다. 그는 거울을 보면서도 자기 얼굴을 알아보지 못했다.

「아니야, 엄격함, 오직 엄격함뿐이지, 엄격하면 되는 거야!」 그는 거의 무의식적으로 중얼거렸는데, 갑자기 선명한 홍조가 그의 온 얼굴을 뒤덮었다. 8일 간 앓아 누웠던 가장 견디기 힘들었던 순간에도 이런 일이 없었을 정도로 그는 갑자기 자신이 너무나도 부끄럽고 괴로웠다. 「못 견디겠는걸!」 그는 혼잣말을 중얼거리곤 힘없이 의자에 주저앉았다.

여름 인상에 대한 겨울 메모

박혜경 옮김

1. 서문을 대신하여

친구들이여, 자네들은 벌써 몇 달 전부터 내게 외국 여행 인상기를 좀 더 빨리 써보라고 말하고 있네. 그러한 요구가 나를 궁지에 몰아넣고 있다는 의심은 전혀 하지 않더군. 내가 자네들에게 무엇을 써줄 수 있겠는가? 새롭고 아직 알려지지 않았거나 이야기되지 않은 것이 있기나 한가? 우리 러시아 인들 대부분은 (잡지라도 읽고 있다면) 러시아보다 유럽을 두 배는 더 잘 알고 있을 걸세. 예의상 두 배라고 했지 아마 열 배는 될 것이네.

더욱이 이러한 일반적인 이유가 아니더라도, 나는 아무것도 제대로 본 것이 없고, 보았다 하더라도 분별할 수가 없었기 때문에 특별히 이야기할 만한 것이 없다는 사실을 자네들이 더 잘 알고 있지 않나. 베를린, 드레스덴, 비스바덴, 바덴바덴, 쾰른, 파리, 런던, 루체른, 제네바, 피렌체, 밀라노, 베니스, 비엔나를 방문했고, 그 밖에 두 번씩 찾아가 본 곳도 있지만, 이 모든 곳을 정확히 두 달 반 동안 돌아다녔던 것이네. 그러니 그 정도의 길을 두 달 반 만에 돌아다니고 와서 과연 무엇이 무엇인지를 제대로 분간이나 할 수가 있겠는가? 내가 뻬쩨르부르그에 있을 때 이미 여행 계획을 세웠음은 자네들도 기억하고 있을 걸세. 나는 단 한 번도 외국에 나가 본 적이 없었네. 아주 어린 시절부터, 글을 읽을 줄 몰라 기나긴 겨울밤 잠들기 전 부모님이 읽어 주시던 래드클리프의 소설을 환희와 두려움에 입을 벌린 채 듣고 있던 그 시절부터 나는 그곳으로 달려가고 싶어했고, 그 때문에 열병에 걸린 듯 잠꼬대를 하기까지 했었네. 그리고 마침내 태어난 지 40년 만에 나는 외국으로 나갈 수 있게 되었고, 가능한 한 더 많은 것을 보고 싶은 마음은 두말할 필요도 없었지. 모든 것을, 무슨 일이 있어도 모든 것을 정해진 기한 안에 반드시 보고 싶었던 것이네. 그래서 그런지 장소를 선택하는 문제에 있어서 냉정하게 결정을 내리기가 어려웠다네. 오 하느님, 이 여행을 얼마나 기다렸던가! 나는 생각했네. 〈비록 그 어느 것도 자세히 분간할 수는 없겠지만, 그 대신 모든 것을 보고 모든 곳에 가 보리라. 내가 구경한 모든 것은 무언가 완벽하면서도 일반적인 하나의 전경을 이룰 것이다. 마치 산 위에 올라서면 눈앞에 펼쳐지는 약속의 땅처럼, 《신성한 기적의 나라》가 조감도와 같이 순식간에 떠오를 것이다. 한마디로 어떤 새롭고, 기묘하고, 강렬한 인상을 받게 될 것이다. 그런데 무엇 때문에 지금 나는 집에 앉아서 여름 방랑을 회상하며 이토록 우울해 하고 있는가? 그것은 아무것도 자세히 살펴보지 못했기 때문이 아니라, 거의 모든 곳을 다녀 보았으면서도, 예를 들어 로마에는 결코 가보지 못했기 때문이리라. 하지만 만약 로마를 방문했다 하더라도 교황을 찾아보는 일 따위는 없었을 것이다……〉 한마디로 새로운 것, 장소의 변화, 일반적이고 종합적이고 인상적인 전경과 전망에 대한 어떤 억제하기 힘든 갈망이 나를 사로잡았었네. 자, 이렇게 고백을 했는데도 자네들은 내게서 무엇을 바라고 있는가? 자네들에게 무슨 이야기를 해주겠는가? 무엇을 묘사하겠는가? 전경이나 전망인가? 아니면 조감도와 같은 것이겠는가? 그러나 자네들은 아마도 우선 내가 너무 높이 날아올랐다고 말할 것이네. 뿐만 아니라 나는 스스로를 양심적인 사람으로 생각하고 있기 때문에 거짓말은 전혀 하고 싶지 않네. 더욱이 여행자의 신분으로서는 말할 나위도 없네. 비록 단 하나의 전경이라도 묘사하고 그려 보이기 시작하면 틀림없이 거짓말이 되어 버릴 텐데, 그것은 내가 결코 여행자라서가 아니라 그저 이런 상황에서는 거짓말하지 않는 것이 불가능하기 때문이라네. 자네들 스스로 판단해 보게. 예를 들어, 베를린은 나에게 가장 시큼 떨떠름한 인상을 불러일으켰는데, 그곳에서는 기껏해야 하루 낮과 밤을 지냈을 뿐이네. 그런 상황이니 지금 내가 베를린에 대해 죄를 짓고 있다는 것도 알고 있고, 감히 베를린이 나에게 시큼 떨떠름한 인상을 준 것 같다고 분명하고 자신 있게 말할 수 없다는 것도 잘 알고 있네. 단순히 시큼한 것이 아니라 최소한 시큼하면서도 달콤한 인상이었지. 그렇다면 무엇 때문에 이와 같은 불행한 실수가 발생한 것일까? 그것은 분명 내가 간장병으로 괴로워하면서도 꼬박 이틀 밤낮을 비와 안개를 뚫고 달리는 기차를 타고 베를린에 도착한 후, 잠도 자지 못한 채 피곤에 누렇게 뜨고 쇠약해진 몸으로 발을 내디딘 순간, 베를린이 뻬쩨르부르그와 믿을 수 없을 정도로 닮았다는 사실을 알아챘기 때문일 것이야. 똑같이 곧게 뻗은 도로들, 똑같은 냄새, 똑같은……(하지만 같은 것을 모두 열거할 필요는 없는 일!) 휴, 맙소사, 똑같은 것을 보기 위해서 이틀 밤낮을 기차에서 고생할 필요가 있었나, 무엇 때문에 그렇게 달려왔나 하는 생각이 들었다네. 심지어 보리수들조차 마음에 들지 않았지. 하지만 그것을 보존하기 위해 베를린 사람들은 모든 귀중한 것들, 모르긴 해도 자신들의 헌법까지도 희생하고 있지 않나. 그런데 베를린 사람들에게 헌법보다 더 귀중한 것이 과연 있기나 한 것일까? 게다가 베를린 사람들은 너나없이 모두 여느 독일인들과 마찬가지로 차이가 없어 보였기 때문에, 나는 카울바흐[1]의 벽화조차 보려 하지 않고(정말 지독하군!) 서둘러 드레스덴으로 도망치듯 떠나 버리고 말았네. 마음속으로는 독일인들에게 특별히 익숙해질 필요가 있고, 그들에게 익숙해지지 않고는 많은 독일 군중들 속에서 견디는 것이 정말로 어렵다는 깊은 확신을 품게 되었네. 하지만 드레스덴에서 나는 독일 부인들에게조차 죄를 짓고 말았네. 거리로 나서는 순간, 드레스덴의 부인들보다 더 혐오스러운 사람은 없으며, 러시아 시인들 중 가장 자신만만하고 가장 쾌활한 사랑의 가수 브세볼로드 끄레스또프스끼[2]도 이곳에서는 완전히 침착성을 잃고 아마 자신의 천직을 의심했을지도 모른다는 생각이 들더군. 물론 그 순간 내가 쓸데없는 말을 하고 있으며, 그는 어떤 상황에 처하더라도 자신의 천직을 의심하는 일은 없으리라는 생각이 들었네. 두 시간 후 내게는 모든 것이 분명해졌네. 호텔 방으로 돌아와 거울 앞에서 혀를 내밀어 본 순간 나는 드레스덴의 숙녀들에 대한 나의 판단이 정당하지 못한 일종의 비방이었음을 확인할 수 있었네. 내 혀는 심하게 누런 빛을 띠고 있더군. 〈정말, 정말로 만물의 영장이라는 인간이 이 정도로 자기 자

---

1 독일의 화가(1805~1847).
2 러시아의 시인(1840~1895).

신의 간장에 좌우되다니 얼마나 한심한 일인가!〉라는 생각이 들었다네. 이렇게 위로를 하면서 나는 쾰른으로 향했네. 솔직히 말해서 대성당에 많은 기대를 갖고 있었네. 건축학을 배우던 젊은 시절에는 경건한 마음으로 그것을 그려 보곤 했으니 말일세. 한 달이 지난 후 파리에서 돌아오다가 쾰른을 지나치던 중 다시 한번 대성당을 찾았을 때에는, 지난번에 그것의 아름다움을 미처 이해하지 못했던 것에 대해 〈그 앞에 무릎이라도 꿇고 용서를 빌고〉 싶은 심정이었네. 그것은 까람진이 라인 강의 폭포 앞에 무릎을 꿇었던 것과 똑같은 이유일 걸세. 그런데 어찌된 일인지 대성당을 처음 보았을 때에는 전혀 내 마음에 들지 않았다네. 이것은 단지 레이스, 레이스이고, 정말 레이스에 불과하며, 높이가 1백50미터일 뿐, 책상 위에 놓인 문진(文鎭)과도 같은 잡화에 불과하다는 생각이 들 뿐이었지. 옛날 우리의 조상들이 뿌쉬낀에 관해 〈지나치게 글이 가볍고, 고상한 것은 거의 없다〉고 단정지었던 것과 마찬가지로 나는 여기에 〈장엄한 것은 거의 없다〉는 결정을 내렸던 것이네. 내가 첫 번째 결정을 이렇게 내리게 된 데는 다음의 두 가지 상황이 영향을 주지 않았나라는 의심이 든다네. 첫 번째는 오드콜로뉴[3] 때문일세. 장 마리 파리나[4] 회관이 바로 대성당 근처에 위치하고 있는데, 자네들이 어떤 호텔에 머물고 있든지, 어떠한 기분이든지 간에, 자네들이 아무리 적들로부터, 특히 장 마리 파리나로부터, 몸을

---

3 eau de cologne. 알코올에 여러 가지 천연 방향유를 배합하여 용해시킨 상쾌한 향기를 내는 향수의 하나. 오드콜로뉴는 쾰른의 프랑스 식 이름에서 따온 것이며 〈쾰른의 물〉이라는 뜻이다. 이 제품은 P. 페미니가 고안했고, 장 마리 파리나가 근대화시켜 다시 만든 것이다.

4 1686~1766, 쾰른의 이탈리아 향수 회관 설립자.

피해 숨고자 해도, 그의 고객들은 곧장 자네들을 찾아낼 것이네. 이것은 마치 〈오드콜로뉴인가 아니면 목숨인가〉, 둘 중의 하나이지만 무엇을 선택할지 알 수 없구나라고 말하는 듯하네. 그들이 분명 〈오드콜로뉴인가 아니면 목숨인가〉라고 소리치고 있는지도 확신할 수 없지만 누가 알겠는가, 아마 그랬을지도 모르는 일이지. 기억하는 바로는, 당시 계속해서 무슨 소리인가가 들리는 것 같았다는 것이네. 나를 격노시키고 불공정한 판단을 하게 만든 두 번째 상황은 새로 건설된 쾰른의 다리였네. 다리는 물론 훌륭했고, 도시가 충분히 그것을 자랑스럽게 여길 만했네. 하지만 그들이 지나치게 자랑스러워한다는 생각이 들더군. 물론 나는 이 사실에 곧장 화가 났다네. 더구나 이 훌륭한 다리 입구에서 동전을 받고 있는 사람은 내게서 적정한 수준의 입장료를 받아 가면서 마치 내가 모르는 어떤 죄에 대해 벌금을 받고 있는 듯한 인상을 주어서는 안 되었던 거지. 잘은 모르겠지만, 그 독일인이 거드름을 피우고 있는 것처럼 느껴졌네. 〈분명 내가 외국인, 그것도 바로 러시아 인임을 알아차렸을〉 거라는 생각이 들었네. 적어도 그의 시선을 보아하니 〈우리의 다리가 보이느냐, 이 초라한 러시아 인아, 너는 우리의 다리 앞에서, 모든 독일인들 앞에서 벌레 같은 존재에 불과하다. 너희에게는 이런 다리가 없기 때문이지〉라고 말하고 있는 듯했네. 자네들도 동의하겠지만, 이건 모욕이었네. 그 독일인은 물론 이 말을 전혀 입 밖에 내지 않았으며, 어쩌면 머릿속에 이런 생각이 전혀 떠오르지 않았을지도 모르겠네. 그러나 결국 마찬가지가 아니겠는가? 그가 바로 이렇게 이야기하길 원한다는 확신이 드는 순간, 참을 수 없을 정도로 화가 나더군. 〈빌어먹을,

우리는 사모바르[5]를 발명했다⋯⋯ 잡지들도 있고⋯⋯ 장교용 물품도 만들고 있단 말이야⋯⋯ 우리에게는⋯⋯〉하고 생각했지. 한마디로 너무 화가 나서 작은 오드콜로뉴 한 병을 사서는(어떻게 해도 이것은 피할 수가 없었네), 프랑스 사람들이 훨씬 더 다정하고 흥미롭기를 기대하면서 서둘러 파리로 출발했네. 자, 이제 자네들이 판단해 보게. 내가 자신을 억제하고 베를린에서 하루가 아니라 일주일 동안, 드레스덴에서도 그만큼을, 그리고 쾰른에서 사흘, 아니 이틀만이라도 머물렀다면, 아마도 같은 것들을 두 번째나 세 번째에는 다른 시선으로 보게 되었을 것이고, 그것들을 훨씬 더 제대로 이해하게 되었을 것이네. 심지어 햇빛조차, 단순한 햇빛도 이 경우 많은 의미를 가질 수 있었겠지. 즉 만약 두 번째로 쾰른 시를 방문했을 때처럼 그때도 햇빛이 빛나고 있었다면, 아마 모욕받은 애국심만을 활활 타오르게 할 뿐이었던 약간의 비마저 내리던 음울한 그 아침과는 달리, 대성당은 자기 본래의 빛 속에서 나에게 비쳐졌을 것이네. 하지만 사정이 이렇다 하더라도, 애국심이 단지 나쁜 날씨로 인해 생긴다고 말할 수는 없지 않겠나. 그러니 친구들이여 이 사실을 알아 두게. 두 달 반으로는 결코 그 어느 것도 제대로 볼 수 없고, 그래서 나는 가장 정확한 정보를 전달해 줄 수가 없는 것이라고 말일세. 때로 본의 아니게 거짓말을 해야 할 것이고, 따라서⋯⋯.

그러나 자네들은 이쯤에서 나를 중단시키겠지. 이 경우에 자네들에게 필요한 것은 정확한 정보가 아니며, 필요한 것이 있으면 라이하르트[6]의 안내서에서 찾아보면 된다고 말일세.

---

5 안에 숯불을 넣어 물을 끓이는 러시아 특유의 그릇.
6 독일의 작가(1851~1828).

오히려 모든 여행자는 절대적인 정확성(이것은 거의 항상 얻을 수 없겠지만)보다는 성의를 보이고자 노력해야한다고 말하겠지. 즉 자신의 개인적인 인상이나 경험이 그에게 커다란 명예를 안겨 주지는 않는다 하더라도 그것들을 때로 숨기지 않는 것을 두려워하지 않았으면, 또 자신의 결론을 확인하기 위해 유명한 권위자의 말로 정당화하지 않았으면 하고 말하고 싶을 걸세. 한마디로 자네들은 나 자신만의, 그러나 성의 있는 관찰을 필요로 하는 것이네.

〈아!〉 하고 나는 외치고 말았네. 그러니까 자네들에게 필요한 것은 그저 단순한 잡담이나 가벼운 수필, 여름에 받은 개인적인 인상들뿐이겠군. 그렇다면 동의하네. 당장 수첩을 조사해 보고, 될 수 있는 한 정직하려고 노력하겠네. 단, 지금부터 내가 쓸 이야기에 잘못이 대단히 많으리라는 점을 미리 염두에 두었으면 하네. 물론 모든 것에 잘못이 있지는 않겠지만 말일세. 예를 들어 파리에 노트르담이나 발 마빌[7]이 있다는 사실에 잘못이 있을 수는 없지 않은가. 특히 후자는 파리에 관해서 글을 쓴 모든 러시아 인에 의해서 의심할 바 없이 확인되고 있네. 아마 나도 이 점에서는 틀리지 않겠지, 하지만 엄격한 의미에서는 이것도 보장하지 못하겠네. 사람들은 로마를 방문하면 베드로 성당을 보지 않는 것이 불가능하다고 말하네. 하지만 한번 판단해 보게. 나는 런던을 방문했지만 바오로 성당은 찾아가 보지 않았네. 정말로 보지 못했다네. 성 바오로 성당은 찾아보지도 않았지. 물론 베드로 성당과 바오로 성당 사이에는 차이가 있기는 하네만, 그럼에도

---

[7] 파리에 있는 오락장의 이름.

여행자로서 이것은 결코 예의 바른 행동으로 볼 수 없을 걸세. 이것은 자네들 앞에서 나의 크나큰 명예를 충족시켜 주지 못한 첫 번째 사건이네(4백 미터쯤 떨어진 곳에서 성당을 보기는 했지만, 펜튼빌을 향해 걸음을 재촉하고 있었기 때문에 단념한 채 그곳을 지나쳐 버렸다네). 그러나 본론에서 벗어나서는 안 되는 일! 나는 돌아다니면서 모든 것을 단지 조감도 식으로 본 것은 아니네(조감도 식이라고 해서 새처럼 〈높은 곳에서〉 보았다는 것을 의미하지는 않네. 자네들도 알겠지만, 이것은 건축 용어일세). 런던에서 지낸 8일 간을 제외하고는 나는 한 달 내내 파리에 머물렀다네. 자, 이제 자네들을 위해서 파리에 관한 것들을 쓸 텐데, 왜냐하면 성 바오로 성당보다는, 드레스덴의 숙녀들보다는 그곳을 더 잘 살펴보았기 때문일세. 자, 시작해 보세.

2. 기차 안에서

〈프랑스 인에게 이성이란 없으며, 그들은 이성을 갖는 것을 스스로의 가장 큰 불행으로 생각한다.〉 이러한 구절은 지난 세기 폰비진[8]에 의해 씌어졌다. 그가 이 구절을 썼을 때 아마도 대단히 유쾌한 기분이었을 것이다. 이 말을 지어냈을 때 그의 가슴이 만족감으로 근질거렸을 거라는 사실에 나는 내기라도 걸겠다. 폰비진 이후 우리 3, 4세대가 일종의 쾌감 없이는 그 구절을 읽을 수 없다는 사실을 누가 알겠는가. 이

---

8 러시아의 극작가(1745~1792).

와 유사하게 외국인을 험담하는 구절들은 언제 읽어도 우리 러시아 인들에게 뭔가 거부할 수 없는 즐거움을 전해 준다. 이것은 물론 깊은 비밀 속에, 때로는 우리 자신도 모르는 곳에 숨어 있다. 여기에서는 지나가 버린 좋지 않은 어떤 것에 대한 복수의 소리가 들려온다. 아마 이러한 느낌이 좋은 것은 아니겠지만, 나는 그것이 우리들 모두의 마음속에 어느 정도 존재하고 있다고 확신한다. 우리는 다른 사람들에게서 그런 의심을 받게 되면 분명 욕설을 퍼부을 것이며, 이 경우 어떠한 거짓도 없다. 따지고 보면 벨린스끼[9] 자신도 이러한 의미에서 은밀한 슬라브주의자였다고 생각한다. 나의 기억으로는, 내가 벨린스끼를 알게 된 15년쯤 전에 당시의 모든 서클들은 이상할 정도로 경건하게 서구를, 특히 프랑스를 지향하고 있었다. 당시는 프랑스풍이 유행이었다. 이것은 1846년의 일이다. 그렇다고 조르주 상드나 프루동[10]과 같은 이름이 사랑받았다거나 루이 블랑,[11] 르드뤼 롤랭[12]과 같은 이름이 존경받았다는 것은 아니다. 아니, 그저 주름살투성이의 노인들, 자신들과 관련된 일에 대해서만 어리석게 지껄여 대는 가장 초라한 족속들, 이들이 대단한 평판을 얻고 있을 따름이었다. 또한 사람들은 그들에게서 인류를 위해 봉사할 수 있는 무언가 대단한 것을 기대했다. 그들 중의 몇몇 사람들에 대해 이야기할 때는 특히 경건하게 속삭였다……. 그래서 어떻단 말인가? 내 평생 만난 사람들 중에서 벨린스끼보

---

9 러시아 문학 비평가, 정치 사상가, 철학자(1811~1848).
10 프랑스의 소시민적 사회주의자(1809~1865).
11 프랑스의 공상적 사회주의자(1811~1882).
12 프랑스의 정치가(1808~1874).

다 더 열정적으로 때로는 맹목적으로 우리 조국의 많은 것들에 대해 분노하고, 러시아의 모든 것을 분명하게 경멸한 사람은 없었다. 단 한 사람, 차아다예프만은 그와 유사할 정도로 대담했다. 나는 몇몇 자료에 의거해 지금 이러한 것들을 생각하고 기억해 내고 있는 중이다. 폰비진의 이러한 말이 때로는 벨린스끼에게조차 그다지 거북하게 들리지 않았을 수도 있지 않겠는가. 가장 고상하고 합법적인 후견인도 그다지 마음에 들지 않을 때가 있는 법이다. 오, 제발 조국에 대한 사랑이 외국인에 대한 험담을 뜻한다고, 그리고 내가 바로 그렇게 생각하고 있다고는 속단하지 말기 바란다. 나는 전혀 그렇게 생각하고 있지 않으며, 그럴 의도도 없고 오히려 그 반대다……. 지금 나에게 더 분명하게 설명할 시간이 없다는 사실이 유감스러울 뿐이다. 그런데 자네들은 내가 파리 대신 러시아 문학에 손을 대기 시작했다고 생각하고 있는 것은 아닌가? 내가 비평론을 쓰고 있다고 생각하는 것은 아닌지? 아닐세. 다만 할 일이 없기 때문에 이러고 있을 뿐이네.

수첩에 의하면, 나는 지금 기차에 앉아서 내일 에이드쿠넨에 도착하기를, 즉 외국에 대한 첫인상을 기대하고 있어야만 한다. 내 심장은 때로 두근거리기까지 한다. 거의 40년 동안 헛되이 꿈만 꾸어 왔던 내가, 이미 열여섯 살 때부터 네끄라소프[13]의 벨로빠뜨낀처럼 아주 진지하게 〈스위스로 도망치기를 원했지만〉[14] 도망가지 못했던 내가, 마침내 유럽을 보게

---

13 러시아의 시인(1821~1878), 사실주의적 시민 시의 대가(大家).
14 네끄라소프의 시 「수다꾼. A. F. 벨로빠뜨낀의 뻬쩨르부르그에서의 삶에 대한 기록 *Govorun. Zapiski peterburgskogo zhitelia A. F. Belopiatkina*」에서 인용한 구절.

된 것이다. 그리고 바로 이 순간 드디어 〈신성한 기적의 나라〉로, 오랫동안의 고뇌와 동경의 나라로, 나의 확고한 믿음의 나라로 들어가고 있는 것이다. 〈맙소사, 도대체 우리 러시아 인은 어떠한 사람들인가?〉라는 생각이 기차 안에서 가끔 머릿속에 떠올랐다.

〈진정 우리는 러시아 인이 맞는가? 무엇 때문에 유럽은 우리에게 ─ 우리가 누구이든 간에 ─ 그렇게 강하고 매력적이며 호소하는 인상을 주는가? 나는 지금 그곳에 남아 있는 러시아 인을 말하는 것이 아니라, 우리와 같은 10만의 사람들이 지금까지 완전히 무시해 왔고, 우리의 진지한 풍자 잡지들이 지금까지도 수염을 깎지 않는다고 조롱하고 있는 5천만이나 되는 단순한 러시아 인을 말하는 것이다. 아니, 나는 우리의 유명한 특권 계층에 관해서 지금 이야기하고 있는 것이다. 모든 것, 우리가 가지고 있는 발전, 학문, 예술, 문명, 인간성 등 결정적인 거의 모든 것이 그 신성한 기적의 나라로부터 온 것이 아닌가? 우리의 삶은 아주 어린 시절부터 모든 것이 유럽 식으로 이루어져 왔다. 과연 우리 중 어느 누가 이러한 영향이나 호소, 압력에 대항하여 버틸 수 있었겠는가? 어떻게 우리는 아직도 유럽 인으로 재탄생하지 못했는가? 우리가 재탄생하지 못했다는 사실에 대해서는 모두가 동의하리라고 생각한다. 우리가 재탄생할 만큼 성장하지 못했다는 점에 대해서 어떤 사람들은 기뻐할 것이고, 또 다른 사람들은 유감스럽게 생각할 것이지만 말이다. 하지만 이것은 이미 다른 문제이다. 나는 단지 우리가 그런 물리치기 어려운 영향을 받고 있으면서도 재탄생하지 않았다는 사실만을 이야기하고 있는 것이다. 하지만 이 사실을 이해할 수가 없다. 물론 우리가 재탄생하지 못하도록 유모나 보모가 지켜보고 있었던 것은 아니다. 만약 뿌쉬낀에게 유모 아리나 로지오노브나가 없었더라면 우리의 뿌쉬낀은 없었을지도 모른다고 생각하는 것이 사실 얼마나 우울하면서도 우스운 일인지 모르겠다. 이것은 말도 안 되는 소리인가? 아니면 헛소리가 아니라고 해야 할 것인가? 사실 헛소리가 아니라고 한다면 무엇이겠는가! 지금 러시아의 많은 아이들이 교육을 받기 위해 프랑스로 보내지고 있다. 하지만 다른 어떤 뿌쉬낀이 있어서 그를 그곳으로 보냈다 하더라도, 그곳에는 아리나 로지오노브나도 없을 것이고, 어릴 때부터 들을 수 있는 러시아 말도 없을 것이다. 뿌쉬낀이야말로 진정한 러시아 인이 아니었던가! 그는 지주의 아들이면서도 뿌가초프[15]의 등장을 감지하고 있었고, 어느 누구도 뿌가초프의 영혼 속으로 침투해 들어가지 못하던 바로 그때에 그 속으로 파고들었다. 그는 귀족이면서도 자신의 영혼 속에 벨낀[16]을 담고 있었다. 그는 예술의 힘으로 자신이 속한 계층에 등을 돌렸고, 오네긴[17]을 통해 민중 정신의 관점에서 그들에 대한 위대한 재판을 수행했다. 이것이야말로 예언자적, 선지자적 행동이 아닌가. 과연 인간의 정신과 조국의 땅 사이에는 실제로 어떤 화학적인 결합이 존재하고 있어서, 무슨 수를 써도 그곳으로부터 떨어질 수 없고, 비록 떨어진다 하더라도 다시 되돌아갈 수밖에 없는 것인가. 사실 슬라브주의가 하늘에서 떨어진 것은 아니지 않은가. 비록 그것이 나중에 모스끄바의 기획으로 완성되

---

15 1773~1775년 사이에 발생했던 농민 반란의 주동자.
16 뿌쉬낀의 『벨낀 이야기』에 등장하는 화자의 이름.
17 뿌쉬낀의 운문 소설 『예브게니 오네긴』의 주인공.

었다 할지라도 이 기획의 기본은 모스끄바 공식보다 더욱 넓으며, 아마 다른 사람들의 마음속에 처음보다도 훨씬 더 깊이 뿌리내리고 있을 것이다. 또한 모스끄바 사람들에게서도 그들의 공식보다 더 넓게 뿌리내리고 있을 것이다. 자기 자신에게라 하더라도 처음부터 분명하게 설명하는 것은 정말 어려운 일이다. 생명력이 강한, 강력한 사상이 3세대를 거치면서도 분명하게 밝혀지지 않고, 그래서 끝과 시작이 전혀 달라지는 경우도 있다……〉

이런 쓸데없는 생각들이 유럽에 도착하기 전 기차 안에서 때로는 지루함 때문에, 때로는 할 일이 없어서 어느새 나를 따라다니고 있었다. 어쨌든 솔직해야만 하지 않겠는가! 지금까지 우리 나라에서는 할 일이 없는 사람들만이 이런 생각에 잠기곤 했다. 아, 기차에 앉아 있는 것이 얼마나 지루하고 무료한지, 마치 우리 러시아에서 할 일이 없어 지루하게 살아가는 것과 똑같았다. 비록 당신을 태워다 준다 할지라도, 당신에 대해 염려해 준다 할지라도, 때로는 자장가까지 불러 준다 할지라도, 즉 더 이상은 바랄 것이 없는 것처럼 보인다 할지라도, 그럼에도 불구하고 계속해서 우울하기만 할 것이다. 왜냐하면 바로 아무 할 일이 없기 때문에, 지나친 보살핌을 받고 있기 때문에, 자신은 가만히 앉아서 데려다 줄 때를 기다리기만 하면 되기 때문이다. 가끔은 정말 기차에서 뛰어내려 그 기차를 따라 내 발로 달려가고 싶을 정도이다. 더 나빠져도 상관없고, 익숙하지 않아서 피곤해지거나 길을 잃어도 상관없다. 정말 아무래도 괜찮은 것이다! 그 대신에 내 자신의 발로 걸어가고, 나의 일을 찾아 스스로 그 일을 하고, 만약 기차가 충돌해서 거꾸로 날아가는 일이 생긴다면 그저 팔짱만 끼고 앉아 있다가 다른 사람의 잘못에 대해 책임을 지거나 하지는 않을 것이다……

때로 할 일이 없을 때 무슨 생각이 떠오르는지 누가 알겠는가!

그사이에 날은 이미 어둑어둑해졌다. 기차 안에는 불이 켜지기 시작했다. 맞은편에는 한 부부가 자리 잡고 있었는데, 이미 중년에 접어든 지주로 보이는 좋은 사람들이었다. 그들은 기껏해야 며칠 예정으로 런던에서 열리는 박람회를 구경하기 위해 서둘러 가는 중이어서 그랬는지, 나머지 가족들은 모두 집에 남겨 두고 왔다. 내 오른쪽 옆에는 러시아 인이 한 사람 앉아 있었는데, 그는 이미 10년 간을 런던에서 살며 상업을 하고 있었고, 지금은 사업상 2주 예정으로 뻬쩨르부르그에 다녀오는 길이라 했다. 향수(鄕愁)라는 개념은 완전히 잊어버린 것 같았다. 왼쪽에는 깔끔하고 불그스레한 순종의 영국인이 앉아 있었다. 그의 머리에는 영국식 가리마가 있었고, 태도는 지나치게 진지했다. 그는 길을 가는 동안 우리 중의 어느 누구와도, 어떠한 언어로도, 아주 짧은 단 한마디의 말조차 나누지 않았으며, 낮 동안에는 고개도 들지 않은 채 아주 작은 영국 활자체로 씌어진 무슨 책을 읽고 있었다. 그런 책은 단지 영국인들만 책장을 넘길 수 있고, 그들은 그것의 편리함을 찬양하기까지 했다. 밤 열 시가 되는 순간, 그는 즉시 구두를 벗고 실내화로 갈아 신었다. 아마도 이러한 행동은 일생 동안 지켜 온 것으로, 기차 안에서도 자신의 습관을 바꾸고 싶어하지 않는 것 같았다. 곧 모두 졸기 시작했다. 기차의 기적소리와 규칙적인 마찰음들이 저항하기 힘든 졸음을 몰고 왔다. 나는 앉아서 생각하고 또 생각하다가 어느 새 이 장을 시작하면서 썼던 〈프랑스 인에게 이성은 없다〉고 생각할 정도에 이르렀다. 그런데 나는 파리에 도착할 때까지의 기차 안에서의 사색을 그저 인도주의적인 견지에서 자네들에게 알려 주고 싶어 못 견딜 지경이다. 정말 기차 안에서 얼마나 지루했는지. 자, 이제 자네들에게도 그 지루함을 느끼게 해주려고 한다. 하지만 다른 독자들을 고려해야만 하겠기에, 나는 이 모든 사색들을 굳이 하나의 특별한 장에 포함시키고, 그것을 〈여분의 장〉이라고 부르겠다. 자네들은 이 장을 보고 약간 지루해 할 것이고, 다른 사람들은 이 장이 여분의 장이라는 이유로 건너뛸 수도 있을 것이다. 독자들을 대할 때에는 신중하고 양심적이어야 하겠지만 친구들에게는 좀 더 친밀하게 대할 수도 있지 않겠는가, 그래서……

3. 그리고 완전히 여분의 장

하지만 이것은 사색이 아니라, 어떤 명상, 근거 없는 이해, 심지어는 〈이것저것에 관한, 그러나 그 이상은 아무것도 아닌 것〉에 관한 공상이었다. 나라 안으로 들어서면서 나는 무엇보다도 우선 프랑스 인의 이성과 관련하여 위에서 인용한 경구를 만들어 낸 사람에 관해 생각에 잠기기 시작했는데, 이렇다 할 이유는 없었고 그저 그 경구가 생각났기 때문이다. 이 사람은 자기 시대에는 대단한 자유주의자였다. 그러나 그는 평생 동안을 무슨 이유 때문인지 프랑스 식 까프딴[18]

---

18 농민 외투.

을 몸에 걸치고 얼굴에는 화장분을 바르고, 자신이 기사 출신임을 표시하기 위해(우리 나라에 기사는 거의 없었다), 또한 뽀쫌긴 댁 현관에서 자신의 개인적 명예를 지키기 위해 항상 뒤에는 검을 차고 다녔다. 그러나 외국에 발을 들여놓는 순간 모든 성경 구절을 인용해서 파리에 대해 기도하던 것을 멈추고, 그는 〈프랑스 인에게 이성은 없다〉, 아니 심지어 이성을 갖는 것을 가장 큰 불행으로 여긴다라고까지 결론짓게 되었다. 그런데 당신들은 혹시 내가 폰비진을 비난하기 위해 검이나 벨벳 까프딴에 대해 이야기하기 시작했다고 생각하는 것은 아닌가? 전혀 그런 것은 아니다! 그가 농민의 옷을 입어야 했다는 것은 아니다. 지금도 지주들이 〈러시아 인이 되고〉 민중과 융합하기 위해서 농민의 옷을 입기보다는 발레 의상을 고안해서 입고 다니는 터라 더욱 그렇다. 그러한 옷은 러시아의 민중 오페라 무대에서 전통적인 농부의 두건을 쓴 류드밀라에게 반한 우슬라드들이 보통 입고 등장하는 옷과 약간의 차이가 날 뿐이다. 아니 오히려 당시에는 프랑스 식 까프딴이 적어도 민중들에게는 더 잘 이해가 되었다. 〈지주는 쉽게 눈에 띄어야 하는데, 지주가 지뽄[19]을 입고 다녀서야 되겠는가〉라는 것이었다. 얼마 전에 들은 이야기이지만, 어떤 현대적인 지주가 민중들과 어울리기기 위해 〈러시아 복장〉을 하기 시작했고, 그 옷을 입고 집회에 참석하는 것이 습관이 되었는데, 농민들은 이러한 그의 모습을 보고 자기들끼리 이런 이야기를 주고받더라는 것이다. 〈저렇게 변장을 하고 우리들 앞에 나타나는 이유가 뭐야?〉 그 지주가

---

[19] 거친 나사 천으로 된 농민의 옷.

민중과 어울리지 못한 것은 물론이다.

「아니, 이제 나는,」 또 다른 지주는 내게 이렇게 말했다. 「그 무엇도 양보하지 않을 겁니다. 일부러 수염을 깎고, 필요하다면 연미복도 입고 다닐 생각입니다. 할 일은 꼭 하겠지만, 겉으로 닮고 싶어한다는 눈치는 보이지 않을 작정입니다. 주인다운 행동을 취하고 인색하고 타산적이 될 것이며, 필요하다면 압력을 넣고 강요도 하려고 합니다. 그렇게 하면 더욱 많은 존경을 받게 되겠지요. 무엇보다도 중요한 것은 처음부터 진정한 존경심을 얻는 것이 아니겠습니까.」

〈휴, 나쁜 인간 같으니! 다른 종족을 정복하려고 하는 것과 똑같군. 군사 회의가 따로 없겠는데〉라는 생각이 들었다.

「그렇습니다,」 지나치게 상냥한 세 번째 지주가 말했다. 「내가 어딘가에 가입을 했다고 합시다. 그런데 갑자기 집회에서 농민 공동체의 결의로 무슨 이유인지 나에게 태형을 가하는 판결을 내린다면, 그러면 도대체 어떻게 되겠습니까?」

〈그렇다 하더라도〉 나는 갑자기 이야기를 하고 싶었지만, 두려웠기 때문에 그만두었다. 대신 혼자 생각에 잠겼다. 〈도대체 무엇 때문에 우리는 아직까지도 때로 다른 견해를 입 밖에 드러내기 두려워하는 것일까? 그렇더라도, 비록 태형을 당한다 하더라도, 그게 어떻단 말인가? 그와 같은 역전은 미학 교수들 사이에서 삶의 비극이라고 불리는 것 이외에 그 이상의 아무것도 아닌 것이다. 과연 이것 때문에 모든 사람들로부터 떨어져서 살아야만 할 것인가? 아니다, 모두가 함께 있다면 철저하게 모두 함께 있어야 하는 것이고, 떨어져 있다면 철저하게 떨어져 있어야 하는 것이다. 다른 곳에서는 그러한 것도 참아 내지 않았는가, 더욱이 약한 여자들이나

아이들까지도 말이다.〉

「당치도 않습니다. 도대체 여자와 아이들이라니!」 그러면 나의 반대자가 이렇게 소리칠 것이다. 「농민 공동체는 이렇다 할 특별한 이유도 없이 그저 암소가 남의 집 채소밭에 침입했다는 이유만으로 그 소를 매질했고, 이런 것은 이미 당신들에게는 일반적인 일이 되고 있습니다.」

「그렇습니다. 그것은 물론 우스꽝스럽습니다. 그 자체가 우스꽝스러울 뿐만 아니라, 손을 대고 싶지 않을 만큼 더러운 일이기도 합니다. 입에 담기조차 무례하다는 생각이 듭니다. 모두 꺼져 버려야 합니다. 모두 얻어맞아야만 합니다. 물론 나를 제외하고 말입니다. 하지만 나로서는 당신들이 원한다면 농민 공동체의 결의에 대해 책임질 준비가 되어 있습니다. 나의 친애하는 논쟁자를 농민 공동체의 결의에 따라 처리하는 것이 가능하다 할지라도, 그는 단 한 번의 채찍질도 당하지 않을 것입니다. 〈형제들, 그에게서 벌금으로 돈을 받읍시다. 그에게는 이것이 점잖은 일로 여겨질 테니까요. 그는 익숙치 않습니다. 우리의 형제에게는 그럴 경우를 대비해서 채찍질을 당할 자리가 마련되어 있습니다.〉 쉬체드린[20]의 한 지방 인상기에 나오는 촌장의 말처럼 농민 공동체는 그런 결정을 내릴지도 모르겠습니다……」

〈반동주의자!〉라고 누군가가 이것을 읽고 나서 소리칠 것이다. 〈태형을 지지하다니!〉 (맹세코 누군가가 이것을 읽고 나면 내가 태형 지지자라고 결론을 내릴 것이다.)

「무슨 말씀입니까, 당신은 무엇에 대해 말하고 있는 겁니

---

20 러시아의 풍자 소설가(1826~1889).

까.」 또 다른 사람이 말할 것이다.「파리에 대해서 이야기하고 싶어하더니 태형으로 옮겨 갔군요. 도대체 파리는 어디에 있는 겁니까?」

「이건 도대체 어떻게 된 겁니까.」세 번째 사람이 이렇게 덧붙일 것이다.「이 모든 것에 관해서 당신은 얼마 전에 들었다고 쓰고 있지만, 여행은 여름에 하지 않았습니까. 어떻게 당신은 당시 기차 안에서 이 모든 것을 생각할 수 있었습니까?」

「바로 그것이 정말 문제이기는 합니다.」내가 대답한다.「하지만 용서해 주십시오. 이것은 여름 인상에 관한 겨울의 회상이지 않습니까. 그러니 겨울 회상에 겨울의 일이 끼어든 것이지요. 게다가 제 기억에 의하면, 에이드쿠넨에 가까워지면서 저는 유럽 여행을 위해 뒤에 두고 온 우리의 조국에 대한 생각에 몰두해 있었습니다. 다른 공상들도 그런 식이었던 것으로 기억됩니다. 나는 바로 다음과 같은 주제에 관해서 숙고하고 있었습니다. 유럽은 어떠한 방식으로 여러 시기에 우리 나라에 영향을 미쳤는지, 그리고 어떻게 해서 자신의 문명을 가지고 끊임없이 우리에게 밀려들어 왔는지, 우리는 얼마나 문명화되었고, 우리 중의 얼마나 많은 숫자가 지금까지 문명화되었는지 하는 것들 말입니다. 이제 나는 이 모든 것이 얼마나 쓸데없는 것인지 알게 되었습니다. 그래서 나는 이 장 전체가 여분의 장이라고 미리 알려 둔 것입니다. 그런데 어디에서 멈췄더라? 그렇지! 프랑스 식 까프딴이었지. 그곳에서 시작된 것이었군!」

그건 그렇고, 프랑스 식 까프딴을 입던 사람 중의 하나가 당시「여단장」[21]이라는 작품을 썼다.「여단장」은 당시로서는 놀라운 작품이었고 굉장한 효과를 불러일으켰다. 〈이제 죽는 게 낫겠네, 제니스, 이것보다 더 훌륭한 작품은 쓰지 못할 테니 말일세〉라고 뽀쫌긴이 말할 정도였다. 모두가 마치 잠에 취해서 흔들리고 있는 것 같았다. 과연 그 당시에도 아무일 하지 않고 그저 남의 가죽끈에 끌려 다니기만 하는 것[22]이 사람들에게 귀찮게 여겨졌을까? 하는 내 마음대로의 생각을 계속하고 있었다. 나는 당시 프랑스 사람들의 가죽끈만을 이야기하고 있는 것은 아니다. 오히려 우리가 이상할 정도로 남을 쉽게 믿는 민족이며, 이것은 바로 우리가 선량하기 때문이라는 점을 덧붙이고 싶다. 예를 들어 우리가 하는 일 없이 앉아 있다고 하자. 갑자기 누군가가 무슨 말을 하거나 무슨 일을 한 것 같다는 생각이 들기도 하고, 우리 자신의 냄새가 나기도 하고, 뭔가 일이 생긴 것 같다는 생각이 들 때가 있다. 그러면 우리는 갑자기 달려들어서 지금 일이 생겼다고 지체 없이 확신해 버리고 만다. 파리가 날아가기만 해도 우리는 코끼리가 끌려가는 것이라고 생각하게 된다. 젊은이로서의 무경험과 굶주림 때문이다. 이것은 「여단장」보다 좀 더 일찍 시작된 것이고, 당시에는 물론 현미경으로만 볼 수 있는 정도의 크기였지만, 지금까지도 변함없이 계속되고 있다. 일을 찾고 나면 우리는 기뻐서 어쩔 줄 몰라 소리를 지르게 된다. 미칠 듯이 기뻐하며 소리를 지르거나 수다를 떨며 보내는 것, 이것이 우리의 첫 번째 일이다. 하지만 보아하니 우리는 2년 정도 지나고 나면 기력을 잃고서 뿔뿔이 흩어지고 만다. 그러니 1백 번을 다시 시작한다 해도 우리는 피곤한 줄 모른다. 다른 가죽끈에 관해서 보자면, 폰비진의 시

21 18세기 러시아 극작가 폰비진의 희곡.
22 남의 말대로 행동한다는 의미.

대에는 물론 대중들 중의 어느 누구도 이것이 가장 신성하고 가장 유럽적인 가죽끈이며 가장 다정한 후견인이라는 사실을 전혀 의심하지 않았다. 물론 지금에 와서도 의심하는 사람은 거의 없다. 우리의 모든 극단적인 진보 정당들은 맹렬하게 다른 가죽끈들을 옹호한다. 그러나 당시는 모든 가죽끈들에 대한 믿음의 시기였기 때문에, 저 산들이 자기 자리로부터 움직이지 않았던 것이, 즉 우리의 알라운 고원이나 빠르골로프스끼 산정, 발다이 준령 등이 여전히 제자리에 서 있는 것이 이상할 정도이다. 사실 당시 한 시인은 어떤 영웅에 대해 다음과 같이 기억하고 있다.

산에 드러누우니, 산들이 갈라진다.

탑을 손으로 잡아 구름 너머로 던져 버린다.

그러나 이것은 아마 은유에 불과했을 것이다. 그런데 여러분, 나는 지금 문학에 관해서만, 그것도 우아한 문학에 관해서만 이야기하고 있다. 그렇게 함으로써 우리 조국에 대한 유럽의 점진적이고 유익한 영향을 연구하고 싶다. 즉 당시 「여단장」 이전과 「여단장」의 시기에 어떤 책들이 출판되고 읽혀졌는가 하는 것을 우리로서는 어떤 기쁨의 오만함이 없이는 상상할 수가 없다. 현재 우리 나라에는 우리 시대의 자랑이라 할 수 있는 꼬지마 쁘루뜨꼬프라는 한 주목할 만한 작가가 있다. 그의 유일한 결점은 이해하기 어려울 정도의 겸손함이다. 그는 아직까지 자신의 작품 전집을 발간하지 않았다. 언젠가 아주 오래전에 『동시대인』지(誌)의 잡기란에

「나의 할아버지의 수기」라는 글을 한 번 실었을 뿐이다. 경험을 많이 쌓았고 황제를 직접 알현하기도 했으며 오차꼬프 전투에도 참가했던 예까쩨리나 여제 시대의 이 뚱뚱한 70대 노인이 자신의 영지로 돌아와서 회상록을 쓰기 시작했을 때, 과연 무엇을 쓸 수 있었을지 상상해 보자. 바로 쓴다는 사실 그 자체만으로도 즐거웠을 것이다. 그 사람이 보지 못한 것은 없기 때문이다! 그런데 그의 회상이란 모두 다음과 같은 일화들로 구성되어 있다.

〈기사 드 몽바종의 재치 있는 대답〉
언젠가 젊고 매우 아름다운 한 아가씨가 국왕 앞에서 기사 드 몽바종에게 다음과 같이 냉담하게 물어보았다. 「기사님, 개가 꼬리에 매달려 있는 것일까요, 아니면 꼬리가 개에 매달려 있는 것일까요?」 기사는 비난에 대해 매우 능숙하게 대처하는 사람이었기 때문에, 이러한 질문에 전혀 당황하지 않고 오히려 변함없는 목소리로 이렇게 대답했다. 「아가씨, 개를 머리로 잡거나 꼬리로 잡거나 그건 잡는 사람 마음대로지요.」 이 대답이 국왕을 더욱 만족스럽게 해서 기사는 상을 받게 되었다.

이것은 허풍에다 엉터리이고, 이 세상에 그런 노인은 존재하지 않았다고 당신들은 생각할 것이다. 그러나 맹세컨대, 나도 개인적으로 어린 시절이던 열 살 무렵에 예까쩨리나 여제 시대의 책을 읽었는데 그 안에서 다음과 같은 일화를 읽은 적이 있다. 나는 당시 그 내용을 암기할 정도였고 그만큼 나에게는 매력적이었다. 그래서 그때 이후로 잊어 본 적이 없다.

〈기사 드 로앙의 재치 있는 대답〉

기사 드 로앙의 입에서 정말 불쾌한 냄새가 났다는 것은 잘 알려져 있다. 언젠가 드 콩데 공(公)이 잠에서 깨어났을 때 그가 옆에 있었는데, 공작은 그에게 다음과 같이 말했다. 「옆으로 물러서 주게, 드 로앙 기사, 자네한테서 정말 지독한 냄새가 나는구먼.」 이 말에 기사는 즉각 이렇게 대답했다. 「이 냄새는 저에게서 나는 것이 아니라 전하에게서 나는 것입니다, 공작 전하. 전하께선 방금 잠자리에서 일어나지 않으셨습니까.」

다음과 같은 지주를 한번 상상해 보자. 즉 늙은 군인 출신으로 어쩌면 한쪽 팔을 잃었을지도 모르고, 늙은 아내와 많은 하인, 미뜨로파누쉬까[23] 같은 아이들이 있고, 토요일마다 목욕탕에 가서 멍해질 정도로 한증막 안에 들어앉아 있는 그런 지주를 상상해 보자. 그런 사람이야말로 안경을 코에 걸치고 앉아 위엄 있고 진지하게 위와 비슷한 일화들을 한 자 한 자 읽으면서, 모든 이야기를 가장 진지한 것으로, 직무상 거의 자신의 책임인 양 받아들인다. 이와 유사한 유럽 소식들의 진지함과 필연성에 대한 당시의 믿음은 도대체 얼마나 순진했던지. 〈기사 드 로앙의 입에서 정말 불쾌한 냄새가 났다는 것은 잘 알려져 있다고 한다.〉 도대체 누구에게 알려져 있고, 무엇 때문에 알려져 있는가? 땀보프 현의 어떤 곰에게 알려져 있다는 말인가? 그 밖에 누가 이런 것들을 알고 싶어했을까? 그러나 이러한 자유 사상가적 질문들이 할아버지를 당황하게

---

23 폰비진의 희곡 「미성년」의 주인공.

하지는 않는다. 아주 어린아이와도 같은 믿음으로 그는 이 「풍자집」이 궁중에도 알려져 있다고 믿고 있었으며, 그로서는 이 사실만으로도 충분했다. 물론 당시 유럽은 물질적으로 우리의 관심을 쉽게 끌 수 있었다. 도덕적인 것은 물론 채찍 없이는 되지 않았다. 실크 스타킹을 팽팽하게 신고 가발을 쓰고 검을 달고 다니면 유럽 인이 되는 것이다. 이 모든 것은 거추장스럽지 않았을 뿐만 아니라 만족스럽기까지 했다. 하지만 실제로는 모든 것이 예전 그대로였다. 드 로앙을 옆으로 제쳐 놓고(그에 관해서는 단지 아주 불쾌한 입냄새가 났다는 사실만이 알려져 있을 뿐이다) 안경을 벗고 나면, 여전히 하인들을 혼내 주었으며, 여전히 족장 시대 때처럼 가족들을 취급했다. 농노 수가 적은 이웃 지주가 욕을 할 경우 그들을 마구간에서 매질하는 것도 여전했고, 고관들 앞에서 비굴하게 구는 것도 여전했다. 하지만 농민들에게는 이러한 것들이 더 잘 이해가 되었다. 이러한 행동이야말로 그들이 농민들을 덜 경멸하고 농민들의 습관에 혐오감을 덜 느끼고 있으며, 농민들을 더 많이 알고 있고, 농민들을 덜 낯설게 느낀다는, 즉 독일인들보다는 가까이 느낀다는 것을 의미했기 때문이다. 이들은 농민들 앞에서 우쭐해 했는데, 주인이기 때문에 우쭐해 하지 않을 수 없었으며, 바로 그래서 주인다웠다. 비록 죽도록 맞는 경우도 있었지만, 그럼에도 불구하고 민중들에게는 그 당시 지주가 지금보다는 어쩐지 더 친근하게 느껴지는 듯했다. 왜냐하면 그들이 더욱 가족처럼 여겨졌기 때문이다. 한마디로 당시의 모든 지주들은 단순하고 견실한 사람들이었다. 무슨 일이건 끝까지 파고드는 일이 없었으며, 그저 남의 것을 빼앗거나 싸우고 훔치고 감동해서 허리를 굽실거리기만 할 뿐이었다. 하지만 그들은 자신의 시절을 〈아이들에게서 볼 수 있는 열성적인 방종〉 속에서 평화롭고 풍부하게 지냈다. 이 할아버지들은 모두 드 로앙이나 몽바종에 대한 태도에 있어서도 전혀 순진하지 않았던 것 같다.

한편 당시 위로는 유럽의 모든 영향과 관련해서 때로 매우 교활하고 대단한 사기꾼들도 있었을 것이다. 이 모든 환영, 이 모든 가장 무도회, 이 모든 프랑스 식 까프딴과 커프스, 가발, 검, 실크 스타킹을 신은 뚱뚱하고 못생긴 다리들, 독일식 가발을 쓰고 각반을 찬 당시의 군인들, 이 모든 것이 내게는 마치 무서운 사기 행위 같았으며, 비굴한 노예 근성의 팽창 같았다. 민중들 자신도 때로 이것을 눈치 채고 이해했다. 물론 관청 서기나, 사기꾼, 여단장은 기사 드 로앙이 가장 〈세련되고 기지에 찬 사람〉이라는 아주 순진하고 감동적인 확신을 가지고 있었는지도 모르겠다. 그러나 이러한 확신은 아무것도 방해하지 않았잖은가! 그보즈질로프들은 여전히 매질을 하고, 우리의 뽀쫌낀이나 그러한 부류의 사람들은 우리의 드 로앙을 자신들의 마구간에서 죽어라고 채찍으로 때리고 있었으며, 몽바종들은 터무니없는 세금을 요구하거나 커프스를 단 손이나 실크 스타킹을 신은 발로 사람들의 뒤통수와 등을 마구 때리고 있었고, 후작들은 황제 알현일에 그저 빈둥거리고 있을 뿐이었다.

용감하게 목덜미를 희생하면서.

한마디로 주문과 명령을 받고 들어온 유럽은 뻬쩨르부르그 — 이 세상의 모든 도시들 중에서 가장 환상적인 역사를 가진 가장 환상적인 도시 — 에서 시작되어 당시 놀라울 정도로 편안하게 우리 나라에 눌러앉게 되었다.

그 결과 이제는 달라져서, 뻬쩨르부르그는 목적을 달성했다. 지금 우리는 완전한 유럽 인이 될 정도로 성장했다. 이제 그보즈질로프는 매질을 해야 할 때 숙련된 행동을 보여 주며 예절도 지키고 프랑스 식 부르주아로 변해 가고 있다. 조금 더 지나면 북아메리카의 남부 주에서처럼 성서 구절을 인용해 가며 흑인 노예 매매의 필연성을 옹호하기 시작할 것이다. 이제는 성서 구절을 인용해서 옹호하는 방법이 미국의 각 주로부터 유럽으로 전해지고 있다. 그곳으로 가면 내 눈으로 직접 보겠구나 하는 생각을 했다. 결코 어떤 책을 들여다본다 해도 당신들 눈으로 직접 보는 것보다 더 잘 배우지는 못할 것이다. 그런데 그보즈질로프 이야기가 나와서 말인데, 왜 폰비진은 「여단장」에서 뛰어난 구절 중의 하나를, 이 코미디에서 고결하고 인본적이며 유럽적인 발전의 대표자인 소피야가 아니라, 어리석은 여단장 부인의 입을 통해 전하고 있는 것일까? 작가는 그녀를 바보로, 즉 그저 단순한 바보가 아니라 반동적인 바보로 만듦으로써 모든 실마리가 겉으로 드러나도록 하고 있다. 그녀가 말하는 모든 어리석은 이야기는 정확히 그녀가 아니라, 그녀 뒤에 숨겨져 있는 다른 누군가가 말하는 것이다. 진실을 말해야 할 때도 그것은 소피야가 아니라 여단장 부인에 의해서 이야기된다. 그는 여단장 부인을 완전히 바보일 뿐만 아니라 사악한 여자로 만들지 않았는가. 그럼에도 불구하고 작가는 그러한 구절이 온실 속에서 훌륭하게 교육받은 소피야의 입에서 튀어나오는 것을 두려워했고, 심지어는 예술적으로 불가능한 일이라고 생각했으며, 단순하고 어리석은 여자가 말하는 것이 더 자연스럽다고 여겼던 것 같다. 여기서 다음의 구절을 회상해 볼 만하다. 이것은 대단히 흥미로운 부분인데, 아무런 의도나 저의 없이 순수하게, 아니면 아마도 우연하게 씌어졌을 거라는 점 때문이다. 여단장 부인은 소피야에게 이렇게 말한다.

여단장 부인 우리 연대의 제1중대에 그보즈질로프라는 한 대위가 있었어요. 그의 아내는 정말 괜찮은 젊은 여자였어요. 대위는 무엇인가에 대해 격분하는 일이 많았고 특히 술에 취하면 더 심해졌지요. 그런데 맙소사, 어쩌면 자기 아내를 그렇게 지독하게 패는지 거의 숨을 거둘 정도였다니까요. 우리가 상관할 바 아니지만 그래도 그녀를 보면 당신도 눈물을 흘리게 될 거예요.

소피야 제발, 부인, 사람들을 분노하게 하는 그런 이야기는 하지 말아 주세요.

여단장 부인 저런, 이것 봐요, 당신은 이런 이야기를 〈듣고 싶어하지도〉 않는데 그 대위 부인은 어떻게 〈참을 수〉 있었겠어요?

이런 식으로 훌륭한 교육을 받은 온실적 감상의 소유자인 소피야는 단순한 여자 앞에서 어리석은 이야기를 하고 있다. 이것은 폰비진에게 있어 놀랄 만큼 재치 있는 대답(즉 비난)으로서, 그에게는 이 이상의 더 적확하고 더 인도적인 그리고⋯⋯ 더 우연한 것은 없다. 가장 선두에 서 있는 우리의 활동가들 중에서 온실 진보주의자들, 즉 자신의 온실성에 이상할 정도로 만족하고 있으며, 더 이상의 아무것도 요구하지 않는 활동가들이 지금까지 우리 나라에 얼마나 많았던가. 그러나 무엇보다도 주목할 만한 것은 그보즈질로프가 아직까지도 여전히 자신의 아내를 매질하고 있으며, 그럴 때마다 이전보다도 더 큰 만족을 느낀다는 점이다. 사실 정말 그렇다. 이전에는 그녀가 마음에 들기 때문에 매질한다고 말했다. 사랑하는 사람을 때려 준다는 것이다. 아내들도 매를 맞지 않으면 걱정했을 정도라고 한다. 때리지 않는 것은 결국 사랑하지 않음을 의미했다. 그러나 이러한 모든 것은 원시적이고 자연 발생적이며 조상 대대로 전해 내려오는 것이다. 그런데 지금은 이것도 발전을 경험하고 있다. 현재 그보즈질로프는 거의 하나의 원칙으로서 매질을 하고 있는데, 이는 그가 여전히 바보이기 때문에, 즉 구시대의 사람으로서 새로운 질서를 모르기 때문이다. 새로운 질서를 따르면 철권 제재(鐵拳制裁)가 없어도 훨씬 더 잘 처리할 수가 있다. 내가 지금 그보즈질로프에 관해서 장황하게 늘어놓고 있는 이유는, 우리가 아직도 그에 관해 가장 심오하고 가장 인도적인 구절을 써주고 있기 때문이다. 너무 많이 써어서 사람들이 지겨워할 정도이다. 그보즈질로프는 지금까지 써어진 많은 논문에도 불구하고 생명력이 강해서 여전히 죽지 않은 채 우리와 함께 살고 있다. 그렇다. 맘껏 먹고 마시며 건강하게 살아 있다. 하지만 지금 그는 팔도 없고 다리도 없이 꼬베이낀 대위처럼 〈어떤 의미에서는 피를 흘리고 있다.〉 그의 아내는 이미 오래전부터 이전과 같은 〈정말 괜찮은 젊은 여자〉가 아니다. 그녀는 늙었고 얼굴은 비쩍 말라 창백해졌고 주름과 고생의 흔적이 그 위에 가로 세로로 새겨져 있다. 그러나 남편인 대위가 팔도 없이 병으로 드러눕게 되자, 그녀는 남편을 침대에서 쫓아내는 대신, 밤새 내내 머리맡에서 잠 못 드는 그를 지키고 앉아 위로해 주기도 하고 뜨거운 눈물을 흘리기도 하며, 그를 다정하고 사랑스러운 젊은이, 빛나는 매라고 부르고 용감한 군인이라고 예찬한다. 이것은 한편으로는 심한 분노를 느끼게 할지도 모른다. 정말 그럴지도 모른다! 그러나 다른 한편으로 보자면 러시아 여성 만세다. 러시아 사회에서 우리 여성들의 끝없이 용서하는 사랑보다 더 훌륭한 것은 없다. 정말 이것은 사실이 아닌가? 더욱이 그보즈질로프도 지금에 와서는 때로 술 취하지 않은 모습으로 아내를 매질하지 않는 때도 있다. 즉 매질하는 회수가 줄어들었으며, 예의를 지키고, 심지어는 때로 아내에게 상냥한 말을 건네기도 한다. 늙어서야 아내 없이는 지낼 수 없음을 느끼게 된 것이다. 그는 타산적인 부르주아이기 때문에, 이제는 매질한다 하더라도 취한 나머지 그렇게 하는 것이거나 오래된 습관 때문이거나 아니면 너무 우울해서인 것이다. 자, 당신들이 원했던 대로 이것은 진보이니까 어쨌든 위로가 되지 않는가. 우리는 위로를 매우 좋아하는 사람들이다……

그렇다, 우리는 이제 완전히 위로받았다. 저절로 위로받은 것이다. 우리 주위에 있는 모든 것들이 여전히 그렇게 아름답지는 않지만, 그러나 우리는 매우 아름다워졌고 개화되었고 유럽화되어서 민중이 우리를 보고 구역질을 할 정도이다. 이제 민중은 우리를 거의 외국인으로 간주하고 있으며, 우리의 단 한마디의 말, 단 한 권의 책, 단 하나의 생각도 이해하지 못하게 되었다. 바로 이것이 당신들이 원하던 진보가 아니겠는가. 지금 우리는 민중과 민중의 근원을 심각하게 경멸하고, 몽바종이나 드 로앙의 시대에도 없었던 미증유의 어떤 새로운 혐오감을 느끼며 그들을 대하고 있는데, 이것 역시 당신들이 원하던 진보가 아닌가. 지금 우리는 문명 보급자로서의 자신의 사명을 분명하게 확신하고 있고, 문제들을 오만하게 해결하고 있으니, 그 밖에 어떠한 문제가 있겠는가. 토지도 없다, 민중도 없다, 민족, 이것은 단지 잘 알려져 있는 조세 체계에 불과하다. 영혼은 백지,[24] 혹은 진정한 인간, 전세계적인 보편 인간, 소인(호문쿨루스)[25]을 빚어 낼 수 있는 밀랍으로서, 이것을 위해서는 유럽 문명의 결실을 응용하거나 두세 권의 책만 읽어도 된다. 하지만 대신 우리는 지금 침묵을, 엄숙하게 침묵을 지키고 있다. 왜냐하면 아무런 의심도 없이 모든 것을 해결하고 서명해 버렸기 때문이다. 대단히 평온한 자기 만족과 함께 우리는 예를 들어 뚜르게네프[26]가 감히 우리와 함께 안주하려 들지 않고 우리의 훌륭한 개성에 만족하지 않았을 뿐더러, 그것들을 자신의 이념으로 받아들이지도 않고 우리들보다 더 좋은 무엇인가를 추구했다는 이유 때문에 그를 호되게 비난하기도 했다. 맙소사, 우리보다 더 좋은 것이라니, 당치도 않다! 도대체 이 세상에 우리보다 더 아름답고 더 잘못이 없는 사람들도 있을까? 그는 바자로프[27] 때문에, 온전한 허무주의에도 불구하고 불안해 하고 우울해 하는(이것은 위대한 마음의 징후이다) 바자로프 때문에 벌을 받았던 것이다. 심지어 우리는 꾸끄쉬나[28] 때문에, 즉 뚜르게네프가

24 tabula rasa. 백지(白紙)란 뜻으로, 일체의 경험이 없는 인간 본래의 정신 상태를 말한다.
25 중세의 연금술사가 인공적으로 만들려고 한 소인.
26 러시아의 사실주의 소설가(1818~1883).
27 뚜르게네프의 소설『아버지와 아들』의 주인공.
28 『아버지와 아들』 등장인물.

우리에게 보여 주기 위해 러시아의 현실로부터 빗으로 훑어 내린 이 진보적인 이[蝨] 때문에 그를 호되게 비난하기도 했는데, 한발 더 나아가 그가 여성 해방에 반대하는 것이라고까지 덧붙이기도 했다. 하지만 이 모든 것은 당신들이 원했던 진보가 아니겠는가! 우리는 지금 하사관과 같은 자기 과신을 가지고 문명의 상사처럼 민중 위에 서 있는데, 손은 허리에 얹고 열정적인 시선으로 점잖을 빼며 바라보고 있는 모습이, 바라보며 침을 뱉는 모습이 보기에도 좋다.

「이놈들아, 민족성이니 민중이니 하는 것이 본질에 있어서는 똑같이 퇴보주의이고 세금 부과 대상 이외의 아무것도 아닌 마당에, 우리가 너희에게서 무엇을 배워야 한단 말이냐! 제발 편견에 빠지지 말기를! 당치도 않은 소리! 아 저런, 그런데 지금…… 여러분, 잠깐 동안 내가 이미 여행을 끝내고 러시아로 돌아왔다고 가정해 보세. 일화 하나를 소개하도록 하지. 금년 가을 어느 날, 나는 가장 진보적인 신문 중의 하나를 들고서 모스끄바 소식란을 읽고 있었다. 제목은 〈여전히 야만 시대의 유물〉이었다(아니면 이와 비슷한 어떤 것으로 매우 강렬했다. 지금 눈앞에 신문이 없다는 사실이 유감스러울 따름이다). 여기에는 하나의 일화가 소개되어 있었는데, 금년 가을 어느 날 아침 일찍 모스끄바에서 사륜 마차 한 대가 목격되었다고 한다. 마차에는 리본으로 곱게 치장한 중매쟁이 여인이 술에 취해 노래를 부르며 앉아 있었다. 마부 역시 리본을 매고 있었으며, 역시 술에 취해서 무슨 노래인가를 흥얼거리고 있었다! 심지어 말도 리본을 매달고 있었다. 취해 있었는지 아닌지는 모르겠다. 아마 취해 있었을 것이다. 중매쟁이 여인의 손에는 분명 행복한 밤을 보냈을 어떤 신혼 부부로부터 받은 보따리가 들려 있었다. 물론 보따리 속에는 평민들 사이에서 일반적으로 결혼 다음날 신부 부모에게 보여 주는 어떤 가벼운 옷이 들어 있었을 것이다. 사람들은 중매쟁이를 보며 마구 웃어 댔다. 재미있는 일이었기 때문이다. 신문은 〈문명이 완전히 성공을 거둔 지금까지도 보존되어 오고 있는〉, 이 미증유의 야만성에 관해 분노에 차서 거만하게 침을 튀기며 전하고 있었다. 여러분, 고백하건대, 나는 무섭게 웃어 댔다. 오 제발, 내가 원시적인 야만성이나 가벼운 옷, 덮개 등을 변호하고 있다고는 생각지 말기 바란다. 이것이 추악하고 순결하지 않으며, 야만적이고 슬라브적인 것과 일치한다는 것은 알고 있다. 비록 이 모든 것이 물론 나쁜 의도로서가 아니라, 오히려 그 반대로 신부의 승리를 위해서, 더 훌륭하고 고상한 유럽의 정신을 알지 못하는 단순한 마음에서 행해진 것이기는 하지만 말이다. 아니, 나는 다른 것 때문에 웃었다. 갑자기 우리의 부인들과 유행 상점들이 떠올랐던 것이다. 물론 개화된 숙녀들은 이제 더 이상 부모에게 가벼운 덮개를 보내지 않는다. 하지만 예를 들어 유행 상점에 옷을 주문해야 할 때 그들은 대단히 수완 좋게, 또 대단히 정확한 계산과 지식으로, 자신들의 매력적인 유럽 식 의상의 어떤 곳에 솜을 대야 하는지 알고 있다! 무엇 때문에 솜을 대는 것인가? 물론 우아함을 위해서, 미학을 위해서, pour paraître(겉치레를 위해서)이다. 그뿐이 아니다. 방금 기숙 여학교를 졸업한 그들의 딸들, 순진한 17세의 피조물들도 솜에 대해서 알고 있다. 모든 것을 알고 있는 것이다. 솜이 무엇에 쓸모가 있는지, 어디에서, 즉 어떤 목적으로 이 모두가 사용되는지를 알고 있다. 나는 웃음을 머금으며 생각해 보았지만, 이러한 분주함, 이러한 염려, 즉 솜의 증가에 관한 〈의식적인〉 염려가 도대체 왜 더 순수하고 더 도덕적이고 더 순결하단 말인가. 단순한 확신을 가지고, 즉 정말로 필요하고 정말로 도덕적이라는 확신을 가지고 부모에게 보내진 불행한 가벼운 옷보다도 말이다!

   제발, 친구들, 내가 지금 갑자기 문명이란 발전이 아니고, 그 반대로 최근 유럽에서는 문명이 모든 발전 위에 채찍과 감옥과 함께 서 있다는 장광설을 늘어놓고 싶어한다고는 생각하지 말기 바란다! 마찬가지로 우리가 문명과 도덕 법칙, 진정한 발전을 야만스럽게 비웃고 있음을 증명하려 한다고는, 또 문명은 이미 서구 안에서 오래전에 유죄 판결을 받았고, 단지 사리사욕자들만이(비록 그곳에는 모두가 사리사욕자이거나 그렇게 되기를 원하지만 말이다) 자신의 돈을 구해내기 위해 그것을 옹호하고 있음을 증명하려 한다고도 생각하지 말기 바란다. 인간의 영혼은 보편 인간을 만들어 낼 수 있는 타불라 라사도 아니고 밀랍도 아니라는 것을 증명하기 시작했다고도 생각하지 말기 바란다. 다른 무엇보다도 자연이 필요하고, 다음에 과학, 그 다음에 토지에 뿌리박은 구속받지 않는 자신만의 삶, 그리고 자신의 민족적인 역량에 대한 믿음이 필요하다고 증명하려 한다고도 생각하지 말기 바란다. 우리의 진보주의자들(결코 전부는 아니지만)이 전혀 솜을 지지하지 않을 뿐만 아니라 가벼운 속옷과 마찬가지로 솜도 똑같이 비난하고 있다고 말하려 한다고도 생각하지 말기 바란다. 아니, 나는 지금 단 하나만을 말하고 싶다. 그 기사에서는 나름대로의 이유가 있어 속옷을 비난하고 저주하고 있으며, 이것들을 단순히 야만적이라고 말하기보다는, 그것이 고귀한 신분의 상류 사회에 퍼져 있는 유럽 문명과는 반대되는 평민적, 민족적, 자연 현상적 야만성이라는 사실을 분명히 보여 주었다. 기사는 허세를 부리고 있었지만 적발한 사람 자신이 아마도 1천 배 정도는 더 추악하고 더 나쁠 것이라는 사실을, 또한 우리는 단지 하나의 편견과 혐오를, 정도가 심한 다른 편견과 혐오로 바꾸었을 뿐이라는 사실을 알고 싶어하지 않는 것 같았다. 무엇 때문에, 도대체 무엇 때문에 그렇게 손을 허리에 대고 침을 뱉으며 민중 위에 서 있는 것인가! 틀림이 없다는 믿음, 적발할 권리가 있다는 믿음은 이루 말할 수 없을 정도로 우습지 않은가. 이러한 믿음, 혹은 민중에 대한 단순한 허세, 혹은 유럽 문명의 형식에 대한 아무 생각 없는 노예적인 숭배, 이것이 훨씬 더 우습지 않은가.

그래서 어떻단 말인가! 그런 사실은 하루에도 수백 번씩 볼 수 있지 않는가. 일화 하나를 끄집어낸 것을 용서해 주기 바란다.

하지만 어쩌다 내가 죄를 짓게 되었는지. 정말 나는 죄를 짓고 말았다. 이것은 내가 할아버지 세대로부터 손자 세대로 너무 급하게 뛰어넘었기 때문이다. 중간 시기도 있었다. 차쯔끼[29]를 기억해 주기 바란다. 그는 순진한 듯하면서도 교활한 할아버지 세대도 아니고, 모든 일을 마친 후 허리에 손을 얹고 서서 잘난 체 하는 후손도 아니다. 차쯔끼, 그는 우리 유럽 러시아의 완전히 독특한 유형으로서 다정하고 쉽게 열광하고 고통스러워하며 러시아에도, 그 토지에도 쉽게 호소를 하지만, 그럼에도 불구하고 〈모욕받은 감정이 숨을 곳을〉 찾

---

29 그리보예도프의 희곡 『지혜의 슬픔』의 주인공.

아야 할 때에는 다시 유럽으로 떠나 버리고 마는 유형의 사람이다. 한마디로 현재로서는 전혀 소용없는 유형이지만 과거 한때 굉장히 유용한 적도 있었다. 그는 요설가에 수다쟁이이지만 자신의 무용함에 관해서 양심적으로 번민하는 진심 어린 요설가였다. 그는 이제 새로운 세대에서 재탄생하였고 우리는 그의 젊은 혈기를 믿으며, 또한 그가 다시 나타날 때는 파무소프[30]의 무도회에서처럼 히스테릭한 상태가 아니라, 자신만만하고 강하면서도 온순하고 애정에 가득 찬 승리자의 모습일 것임을 믿는다. 뿐만 아니라 그는 당시 모욕받은 감정을 위해 피난 갈 곳은 유럽이 아니라 아마도 코앞이었을 거라는 사실을 자각하게 될 것이며, 또한 할 일을 찾아내어 그것을 하기 시작할 것이다. 하지만, 나는 현재 우리 나라에는 단지 문명의 상사들과 유럽적 완고주의자들만이 존재하는 것은 아니라고 확신한다. 나는 젊은 사람이 이미 태어났다는 사실을 분명하게 주장한다……. 그러나 이것에 대해서는 다음으로 미루자. 대신 차쯔끼에 관해서 두 마디만 더 하고 싶다. 내가 이해할 수 없는 것이 한 가지가 있다. 차쯔끼는 대단히 총명한 사람이지 않았는가. 총명한 사람이라면 왜 자신의 일을 찾지 못했을까? 정말 그들은 모두가 일을 찾지 못했으며, 그 후에도 두세 세대 동안은 계속해서 찾지 못했다. 이것은 사실이므로, 사실을 가지고 왈가왈부할 것은 없겠지만 호기심으로 물어볼 수는 있는 것이다. 그런데 내가 이해할 수 없는 것은, 총명한 사람은 어떤 시대에서건 어느 상황에서건 자신의 일을 찾을 수 없었다는 사실이다. 이 점

---

30 『지혜의 슬픔』의 등장 인물.

이 논쟁거리라고 사람들은 말하고 있지만, 나는 가슴속 깊은 곳에서부터 그것을 전혀 믿지 않는다. 이성은 바로 당신이 원하는 곳에 도달하기 위해서 주어져 있는 것이다. 단번에 몇 베르스따[31]를 갈 수는 없으니 단 1백 걸음이라도 걸어가도록 하자. 목적지에 다가갈수록 더 좋아지고 더 가까워질 것이다. 단 한 걸음에 목적지에 도달하려고 한다면, 그것은 내 생각에 전혀 이성이 아니다. 그것은 차라리 백수건달이라고 부르는 게 낫겠다. 우리는 노동을 좋아하지 않고 한 걸음씩 가는 것에도 익숙해 있지 않다. 오히려 한 걸음에 곧장 목표까지 날아가거나 별세계에 떨어지는 것을 더 좋아한다. 그러니 이것이 백수건달이 아니고 무엇이겠는가. 하지만 차쯔끼가 당시 외국으로 슬그머니 다시 모습을 감춘 것은 정말 잘한 일이었다. 조금이라도 지체했더라면 서쪽이 아니라 동쪽으로 향했을 것이다. 우리는 서구를 사랑하기 때문에, 정말로 사랑하기 때문에, 극단적인 경우에, 즉 궁지에 몰리면 모두 그곳으로 간다. 지금 나도 그리로 가고 있는 중이다. 〈하지만 나는 경우가 다르다Mais moi c'est autre chose.〉 나는 그곳에서 그들 모두를, 많은 사람들을 만나 보았고, 얼마나 되는지 숫자를 세어 볼 수는 없었지만, 아무튼 모두가 모욕받은 감정이 숨을 만한 곳을 찾고 있는 것 같았다. 적어도 뭔가를 찾고 있는 것은 분명했다. 차쯔끼 세대는 남자 여자 할 것 없이 모두 파무소프 가(家)에서의 무도회 이후 — 대개 무도회가 끝났을 때 그렇듯이 — 마치 바닷가 모래알처럼 불어났는데, 불어난 것은 차쯔끼들만이 아니었다. 모스끄

---

31 러시아의 거리 단위. 1베르스따는 1.067킬로미터.

바로부터 그곳으로 모두가 몰려들었다. 지금 그곳에 레뻬찔로프들은 얼마나 많으며, 이미 정년이 되고 쓸모가 없어져 온천으로 보내진 스깔로주프들은 얼마나 많은가. 나딸리야 드미뜨리예브나와 그녀의 남편도 그곳에서는 없어서는 안 될 구성원들이다. 흘레스또바 백작 부인도 매년 그곳으로 이끌려 온다. 모스끄바도 이들에게는 지겹게 느껴진 것이다. 단 한 사람 몰찰린만은 그렇지 않았다.[32] 그는 집에 남아서 다른 식으로 처리했다. 즉 그 한 사람만이 집에 남은 것이다. 그는 조국, 즉 모국을 위해 몸을 바쳤다⋯⋯. 지금 그에게 접근하기란 어려운 일이다. 그는 당신들의 손이 닿지 못할 높은 곳에 있다. 이제 그는 파무소프를 자기 집 현관에 들여놓지도 않을 것이다. 그의 말대로라면 〈도시에서라면 인사도 나누지 않을 시골놈들〉이기 때문이다. 그는 여러 가지 일 속에서 자신의 일을 찾아냈다. 그는 뻬쩨르부르그에 있고 그리고⋯⋯ 성공하였다. 〈그는 러시아를 알고 러시아도 그를 안다.〉 그렇다. 그를 분명하게 알고 있고 오랫동안 잊지 않을 것이다. 그는 지금 전혀 침묵을 지키지 않고 계속해서 떠들고만 있다. 손에는 책도 들려 있다⋯⋯. 그런데 무엇 때문에 그에 관한 이야기를 하고 있는 걸까. 나는 그들에 관해서, 유럽에서 위안이 되는 피난처를 찾아낸 모두에 관해서 이야기를 시작했고, 참으로 그들에게는 그곳이 더 좋다고 생각했다. 그런데 그들의 얼굴에는 우수가 떠올라 있다. 불쌍한 사람들! 그들 내부에 항상 존재하는 불안은 도대체 무엇이며, 병적이고 우수에 찬 행동은 또 무엇인가! 모두 안내서를 하나

---

32 레뻬찔로프, 스깔로주프, 나딸리야 드미뜨리예브나, 흘레스또바 백작 부인, 몰찰린 등은 『지혜의 슬픔』에 등장하는 인물들이다.

씩 들고 돌아다니며, 가는 도시마다 진기한 것을 보려고 탐욕스럽게 달려드는데, 마치 의무적으로 그렇게 하는 것 같기도 하고, 국가적 임무를 수행하는 것 같기도 하다. 안내서에 표시만 되어 있으면 세 개의 창을 가진 궁전이라도 단 하나 놓치지 않았으며, 모스끄바나 뻬쩨르부르그에서 아주 흔히 볼 수 있는 집들과 굉장히 닮아 보이는 시장의 집 하나도 놓치지 않았다. 루벤스의 〈고깃덩어리〉를 보면서 안내서에서 그렇게 믿으라고 했다며 이것을 카리테스[33]라고 믿어 버린다. 「시스티나의 마돈나」를 보러 달려가서는 그 앞에 팔짱을 끼고 서서 무슨 일이 일어나기를, 누군가가 마루 밑에서 날아 올라와 그들로부터 대상이 없는 우수와 피곤함을 쫓아 주기를 기다린다. 그러다가 아무 일도 일어나지 않으면 이상하다는 듯이 모두 가버린다. 이것은 진기한 것보다 자기의 안내서를 더 많이 들여다보며 새롭거나 놀라운 것에 대한 아무런 기대도 갖고 있지 않은 영국 여행자들의 자기 만족적이고 완전히 기계적인 호기심과는 다르다. 영국인들은 단지 안내서에 제대로 표시되어 있는가, 그 물건은 몇 피트이고, 몇 푼뜨[34]인가만을 확인하려 든다. 아니 우리의 호기심은 뭔가 야만적이고 신경질적이며 지나치게 탐욕스럽다. 미리부터 속으로는 결코 아무것도 없을 것이고 아무 일도 일어나지 않을 것이라고 확신하고 있지만, 이러한 확신은 파리 한 마리가 날아오르는 순간까지만이다. 파리 한 마리만 날아 올라도 다시 시작된다. 나는 지금 총명한 사람들에 대해서만 이야기하고 있는 것이다. 그 밖의 사람들에 대해서는 아무 염려할 필요가 없다. 그들은 항

---

33 카리테스. 그리스 신화에 나오는 여신들. 미·우아·환희의 3여신.
34 옛날 러시아의 중량 단위. 1푼뜨는 0.41킬로그램.

상 신이 돌보아 주기 때문이다. 또한 결국 그곳에 정착해서 자신의 모국어를 잊고 가톨릭 신부의 설교를 듣기 시작한 사람들에 대해서도 염려할 필요는 없다. 하지만 그 모두에 대해서 이것만은 말할 수 있다. 우리 모두는 에이드쿠넨을 넘어서는 순간 주인을 잃고 이리저리 뛰어다니는 불쌍한 작은 강아지와 놀랄 만큼 닮게 된다는 사실이다. 당신들은 내가 〈지금과 같은 시기에 외국에 가 있다니! 농노 문제가 대두되어 있는 때에 당신들은 외국에 가 있다니!〉 등등 하면서 조롱조로 글을 쓰고 있다고, 또는 누군가를 비난하고 있다고 생각할지도 모르겠다. 오, 그러나 전혀 그렇지 않다. 도대체 내가 비난할 만한 자격을 갖춘 사람인가? 또한 무엇에 대해서 비난하고, 누구를 비난할 것인가? 〈그래, 일하는 것을 즐거워하지만 일이 없다. 일이 있는 경우에는 우리 없이도 된다. 일자리는 다 차 있고 빈자리가 생길 것 같지도 않다. 청하지도 않는 곳에 코를 내밀고 싶다.〉 이것은 변명이며 그것으로 끝이다. 그런 변명을 하도 많이 들어서 이제는 외울 지경이다. 그런데 이게 무언가? 내가 지금 어디로 가고 있었더라? 러시아의 국경을 넘은 곳은 어디였지? 우리는 방금 에이드쿠넨으로 다가가고 있었는데, 아니 벌써 지나쳤나? 그래 맞아, 베를린도 드레스덴도, 쾰른도 모두 지나쳤다. 나는 여전히 기차 안에 있지만, 이미 우리 앞에는 에이드쿠넨이 아니라 아르켈린이 펼쳐져 있고, 이제 프랑스로, 파리로 들어갈 것이다. 파리, 이 도시에 대해서 나는 정말 이야기하고 싶어했는데, 그만 잊고 말았다! 우리의 유럽적 러시아에 대해서 너무 골똘히 생각하고 있었던 것이다. 당신들이 유럽을 방문한다고 할 때 이 정도는 용서할 만한 일이지 않겠는가. 그런데 용서를 너무 많이 빈 것 같다. 이 장은 여분의 장이 아닌가.

4. 여행자들에게는 여분이 아닌 장

정말 〈프랑스 인에게 이성이란 없는가?〉에 대한 최종 결론

그러나 아니다. 나는 방금 우리 객실 안으로 들어온 네 명의 프랑스 인 승객을 보면서 왜 프랑스 인에게는 이성이 없는가라고 자문해 보았다. 이들은 우리가 방금 출발해서 떠나온 아르켈린의 세관원을 제외하곤 그들의 나라에서 만난 첫 번째 프랑스 인들이었다. 세관원들은 굉장히 공손했고 자신들의 일을 재빨리 처리해 주었기 때문에 프랑스에 첫 발을 내디딘 나는 대단히 만족해 하며 기차 안으로 들어섰다. 아르켈린까지는 8인승 객실에 단 두 사람, 나와 스위스 인만이 타고 왔다. 그는 솔직하고 겸손한 중년의 남자로 매우 마음에 드는 동행이어서, 우리는 두 시간 정도 쉬지 않고 이야기를 주고받으며 왔다. 이제 우리는 여섯 명이 되었는데, 이상하게도 스위스 인은 새로 온 네 명의 동행인들 앞에서 갑자기 입이 굉장히 무거워졌다. 나는 하던 이야기를 계속하려고 그를 돌아보았지만 그는 서둘러 나의 말을 묵살하려는 듯했고, 겸손하면서도 매정하게 거의 유감스럽다는 듯이 무슨 대답인가를 하고는 창 쪽으로 돌아앉아 바깥 경치를 바라보기 시작했다. 그러더니 곧 독일어 안내 책자를 꺼내서 거기에 완전히 몰두해 버리는 것이었다. 나는 곧 그를 단념하고 조용히 우리의 새로운 동행들에게 주의를 기울였다. 이들은 어딘가 좀 이상

한 사람들이었다. 짐이 없는 것을 보니 전혀 여행자 같지는 않았다. 어느 정도 여행하는 사람을 연상시키는 짐 꾸러미도 없었고, 여행용 옷차림도 아니었다. 그들은 모두 지독하게 닳고 낡은 가벼운 프록코트 차림이었다. 우리 나라에서 장교를 따라다니는 졸병이나 시골 중류 지주들의 농노보다 약간 나은 정도였다. 속옷도 더러웠고 화려한 색깔의 넥타이도 더러웠다. 그들 중의 한 명은 너무나 오랜 세월 감고 다녀서 누더기가 다 된 실크 스카프를 하고 있었는데, 그것은 15년 동안 목과 접촉해 있어서 1파운드나 되는 기름때가 스며들어 있었다. 이 사람은 호두 크기만한 가짜 다이아몬드가 박힌 단추도 달고 있었다. 하지만 그는 마치 멋쟁이라도 되는 듯 대담하게 행동하고 있었다. 네 사람은 모두 동년배로 35세 정도인 듯했고 똑같은 얼굴은 아니었지만, 서로가 대단히 비슷했다. 주름살투성이의 얼굴에다가 또한 모두가 똑같이 프랑스 사람들에게서 흔히 볼 수 있는 구레나룻을 기르고 있었다. 이들은 여러 가지 어려움을 겪고 쓰라림도 영원히 자신의 것으로 받아들인 사람들이 분명했지만, 이상할 정도로 사무적인 표정을 짓고 있었다. 그들은 서로 아는 사이인 듯했지만 그들 사이에 한마디라도 주고받는 것을 본 기억이 없다. 그들은 우리를, 즉 나나 스위스 인을 보고 싶지 않은 듯 태연하게 휘파람을 불기도 하고, 제각기 자리를 잡고 앉아 무심하게 그러나 고집스럽게 창 밖으로 지나가는 사륜 마차를 쳐다보고 있었다. 나는 할 일도 없었기에 담배를 꺼내 물고서 그들을 바라보았다. 이 사람들이 도대체 어떤 인간들인가 하는 의문이 생겨났다. 노동자인가 하고 보면 노동자는 아니었고, 부르주아인가 하고 보면 역시 부르주아도 아니었다. 퇴역 군인인가, 아니면 휴직하여 봉급을 반만 받고 사는 à la demisolde 그런 부류의 사람들인가? 하지만 어쨌든 나는 그들에게 그다지 마음을 쓰지 않았다. 10분 후 우리가 다음 역에 다가가는 순간 네 명은 한 사람씩 차례로 기차에서 뛰어내렸다. 곧 기차 문은 쾅 하고 닫혔고 우리는 다시 출발했다. 이 철도에서는 기차들이 역에서 기다리는 법이 거의 없다. 2분 정도, 길어야 3분을 기다린다. 그러고는 먼 곳으로 날아가 버리는 것이다. 훌륭하게, 즉 놀랄 만큼 빠르게 실어 나른다.

우리 둘만 남게 되자마자 스위스 인은 순식간에 안내서를 쾅 하고 덮어서 옆에다 놓고, 만족스러운 표정을 지으며 이야기를 다시 계속하고 싶다는 듯 나를 바라보았다.

「이 사람들은 잠시 동안만 기차를 타는군요.」 나는 호기심을 가지고 그를 바라보며 말을 꺼냈다.

「그렇습니다. 그들은 정말 한 정거장만을 타고 왔군요.」

「그들을 아십니까?」

「저 사람들이요? 아니, 그들은 경찰이 아닙니까……」

「뭐라고요? 경찰이라니오?」 나는 놀라서 물어보았다.

「그러니까…… 당신이 첫눈에 눈치 채지 못하는 걸 알아봤습니다.」

「그럼 정말 스파이란 말입니까?」(나는 여전히 믿고 싶지 않았다.)

「물론이지요, 우리 때문에 탄 것입니다.」

「확실히 알고 계신 겁니까?」

「아, 의심할 나위 없습니다! 저는 이곳을 이미 여러 번 지나다녔습니다. 세관에서 우리의 여권을 살펴보고 나서 그들에게 알리고 우리의 이름을 보고하는 것이지요. 그러면 그들은 우리와 동행하기 위해서 이 기차를 타는 것입니다.」

「하지만 그들이 이미 우리를 보았다면, 무엇 때문에 동행을 하는 겁니까? 당신 말대로라면 그 역에서 이미 우리는 그들에게 알려진 것이 아닙니까?」

「물론 그렇지요. 우리의 이름도 보고되었고요. 하지만 이것으로는 부족합니다. 이제 그들은 우리를 자세하게 살펴보았을 겁니다. 얼굴, 복장, 여행용 가방, 한마디로 당신이 어떻게 보이는가 하는 전부를 말입니다. 당신의 커프스 단추도 주의해 보았을 겁니다. 시가 케이스를 꺼내셨는데, 그것도 주의 깊게 보았을 겁니다. 아시겠습니까. 아무리 사소한 특징이라도 모든 것을, 즉 가능한 한 더 많은 특징들을 말입니다. 당신이 파리에서 모습을 감추고 이름을 바꿀 수도 있는 게 아니겠습니까. 당신이 의심스러운 인물이라면 말이지요, 이런 사소한 것들이 수색을 용이하게 해줄 수 있지요. 아마 지금쯤 이 모든 것이 파리로 전보를 통해 전해지고 있을 겁니다. 그곳에서는 모든 경우에 대비해서 필요한 곳에 보관됩니다. 호텔 소유주도 외국인들에 대해 아주 사소한 것까지 상세하게 보고해야만 하지요.」

「하지만 무엇 때문에 그렇게 많습니까, 네 명이나 되지 않았습니까.」 나는 여전히 약간은 당혹스러워서 계속 물어보았다.

「아, 여기에는 저런 사람들이 매우 많습니다. 아마 이번에는 외국인이 적었기 때문이겠지만, 외국인 수가 많을 때에는 객실마다 나누어 타지요.」

「무슨 말씀이십니까. 그들은 나를 거의 쳐다보지도 않았는데요. 창 쪽만 바라보고 있었습니다.」

「아, 걱정하지 마십시오, 모든 것을 살펴보았을 테니……

우리 때문에 탄 것입니다.」

「이럴 수가.」 나는 생각에 잠겼다. 〈이들이 바로 《이성이 없는 프랑스 인들》이라니.〉 (부끄러운 고백이지만) 여전히 미덥지 못해서 스위스 인을 곁눈질해 보았다. 〈하지만 이것 보시오. 당신도 그런 것이 아니오. 단지 가장하고 있는 게 아닌가 말이오.〉 이런 생각이 머릿속에 떠올랐지만 단언하건대 그것은 단지 순간적이었다. 어리석은 생각인 줄은 알지만 당신이라도 어쩔 수 없었을 것이다. 무의식적으로 떠오르는 생각이니 말이다…….

스위스 인이 나를 속인 게 아니었다. 내가 투숙했던 호텔에서는 나의 아주 사소한 특징까지도 모두 적어서 즉시 그것을 모처에 보고했다. 당신의 특징을 묘사하기 위해서 자세히 바라보는 그들의 정확성과 세밀함으로 판단해 볼 때, 당신의 앞으로의 호텔 생활, 말하자면 발걸음 하나하나까지 정밀하게 관찰되고 고려되리라는 결론을 내릴 수 있을 것이다. 하지만 처음에는 호텔에서 나를 개인적으로 그다지 괴롭히지는 않았고 조용히 적어 넣기만 했다. 물론 숙박계를 적기 위해 당신에게 요구되는 질문은 예외로 하고 말이다. 당신은 신상 명세, 즉 당신이 누구이고 어떻게 어디로부터 무슨 의도로 왔는가 하는 것 등을 적어 넣게 될 것이다. 그러나 8일 동안의 런던 체재 후 돌아오면서 이전에 머물렀던 코키예르 호텔Hôtel Coquillière 방이 없어 투숙하게 된 두 번째 호텔에서는 나를 훨씬 더 노골적으로 다루었다. 두 번째 호텔인 앙프뢰르 호텔Hôtel des Empereurs은 모든 점에 있어서 좀 더 가부장 시대처럼 보였다. 주인 부부는 실제로 정말 좋은 사람들로서 지나칠 정도로 상냥했으며 둘 다 이미 중년의 나이였는데, 투숙객들에게는 이상할 정도로 주의를 기울였다. 투숙을 하게 된 첫날 저녁에 안주인은 현관에서 나를 붙잡아 사무실로 쓰는 방으로 안내했다. 이곳에는 남편도 있었지만, 안주인이 모든 경영을 책임지고 있는 것이 분명했다.

「죄송하지만요, 당신의 특징이 필요한데요.」 그녀가 매우 정중하게 물어보기 시작했다.

「하지만 제가 알려 드리지 않았습니까…… 제 여권도 당신들에게 있고요.」

「그렇기는 하지만 당신의 사회적인 지위는요votre état?」

이 〈당신의 사회적인 지위는요votre état?〉라는 말은 대단히 요령부득한 것이어서, 어느 곳에서도 마음에 들지 않았다. 도대체 뭐라고 써야 할지? 여행자라고 쓰면 너무 막연하게 들리고, 작가Homme de lettres라고 쓰면 아무런 존경도 받지 못하게 될 테니 말이다.

「지주propriétaire라고 쓰는 게 더 좋을 것 같은데, 어떻게 생각하세요? 이게 제일 좋을 것 같군요.」 안주인이 말했다.

「아 그래, 그게 제일 나은 것 같군.」 남편이 맞장구쳤다.

「그렇게 적어 넣었어요. 자 이제, 당신이 파리에 온 이유는 무엇이지요?」

「여행자로서 지나가는 길입니다.」

「음, 좋아요. 파리 관광차pour voir Paris. 실례지만, 무슈, 당신의 신장은요?」

「신장이라니, 무슨 말씀입니까?」

「신장이 얼마나 되시냐는 말이에요.」

「보시는 바와 같이 중키입니다. 중간입니다.」

「그렇기는 하지만, 무슈 (저쪽에서는) 좀 더 자세하게 알고 싶어하거든요……. 제 생각에는, 제 생각에는……」 약간 곤란한 듯이 말을 계속하면서 그녀는 남편과 눈짓을 주고받았다.

「내 생각에는 〈이 정도인 것〉 같은데.」 이렇게 말하면서 남편이 눈대중으로 내 키가 몇 미터가 되는지를 결정해 버렸다.

「그런데 무엇 때문에 이런 게 필요한 겁니까?」 내가 물어보았다.

「아, 이것은 꼭 필요해요.」 여주인은 〈꼭 필요하다〉는 말을 친절하게도 길게 늘여 대답했고, 그러는 사이 숙박부에 나의 키를 적어 넣었다. 「자 이제, 무슈, 당신의 머리카락은? 금발, 음…… 상당히 밝은 빛이군요. 직모이고…….」

그녀는 머리카락도 적어 넣었다.

「죄송합니다만 무슈.」 그녀는 펜을 놓고 의자에서 일어나 매우 친절한 표정으로 내게 다가오며 이렇게 말했다. 「여기 창 쪽으로 두 걸음만 와주시겠어요. 당신의 눈빛을 자세히 봐야 하거든요. 음, 밝은 색이네요…….」

그리고 그녀는 다시 남편과 눈짓으로 상의했다. 그들은 서로를 굉장히 사랑하고 있음이 분명했다.

「회색에 좀 더 가까운걸.」 남편이 특히나 사무적이고 걱정된다는 표정을 지으며 주의시켰다.

〈여기 Voilà〉라고 그는 자신의 눈썹 위 무엇인가를 가리키면서 아내에게 눈을 꿈벅거렸다. 하지만 나는 그가 무엇을 가리키는지 아주 잘 이해할 수 있었다. 내 이마 위에 작은 상처가 있었는데, 그는 아내가 이 독특한 특징을 알아차려 주기를 바랐던 것이다.

「죄송합니다만, 이제 제가 하나 묻고 싶군요. 정말 당신들은 그런 보고서를 쓰도록 요구받고 있는 겁니까?」 모든 질문이 끝난 후 나는 안주인에게 물어보았다.

「아, 무슈, 이것은 꼬옥 — 필 — 요하죠!」

「무슈!」 독특한 인상을 지으며 남편이 맞장구쳤다.

「하지만 코키예르 호텔에서는 물어보지 않았습니다.」

「그럴 리 없어요.」 여주인은 신속하게 말을 받아넘겼다. 「이것 때문에 크게 책임을 질 수도 있었을 텐데요. 아마 그들은 당신을 조용히 눈여겨보았을 거예요. 틀림없이, 틀림없이 눈여겨보기만 했겠지요. 저희는 투숙객들보다 더 단순하고 더 솔직해요. 그들과는 친척처럼 지내고 있지요. 당신은 여기 머무르는 동안 저희에게 만족하시게 될 거예요. 아시게 될 겁니다…….」

「아, 무슈!」 남편은 사뭇 진지하게 이 말을 확신시켜 주었고, 얼굴에는 감동 어린 표정까지 어렸다. 이들 부부는 적어도 그 이후 내가 알게 된 사람들 중에서 가장 정직하고 가장 친절한 사람들이었다. 그러나 〈꼬옥 — 필 — 요하다〉는 말은 어떤 사과나 완화시키려는 어조가 전혀 아니라, 절대적으로 필요하다는, 그리고 그들 자신의 개인적인 신념과 거의 일치한다는 의미였다.

이렇게 해서 나는 파리에 머무르게 되었다…….

5. 바알 신

이렇게 해서 나는 파리에 머무르게 되었다……. 하지만 내가 파리라는 도시에 관해서 많은 이야기를 하리라고는 생각하지 말기 바란다. 당신들은 이미 파리에 관해서 러시아 어로 씌어진 것들을 더 이상 읽기가 지겨울 정도로 여러 번 읽었을 것이라 생각한다. 또한 당신들이 직접 그곳에 가보았을 테니, 아마 나보다 훨씬 더 잘 보고 왔을 것이다. 또한 나는 외국에 가서 안내서의 지시에 따라, 여행자의 의무에 따라 관광하는 것을 참을 수 없어 하기 때문에 어떤 곳에서는 말하기 부끄러울 정도의 것까지 빠뜨리곤 했던 것이다. 파리에서도 역시 빠뜨리고 말았다. 무엇을 빠뜨리고 보지 못했는지는 말하지 않겠지만, 이것만은 말해야겠다. 나는 파리에 대한 정의를 내렸고, 그것에 수식어를 붙여 주었으며, 이 수식어를 고수하고자 한다. 그것은 바로 파리가 전 지구상에서 가장 도덕적이고 가장 선행적인 도시라는 사실이다. 얼마나 대단한 질서인가! 얼마나 분별 있고 확실하며 견고하게 확립된 관계인가. 모든 것이 얼마나 잘 보장되어 있고 구별되어 있는가. 모든 사람이 얼마나 만족스러워 하고, 얼마나 만족스럽고 완벽하게 행복하다고 스스로를 확신시키려 하고 있는가. 그리하여 마침내 모든 사람은 노력에 노력을 더한 결과 실제로 만족스럽고 완벽하게 행복하다고 스스로를 확신시키게 되었으며, 그리고…… 그리고…… 여기에서 멈추고 말았다. 그 이상은 길도 없다. 당신들은 그들이 여기에서 멈추고 말았다는 사실을 믿지 못할 것이다. 내가 과장하고 있다고, 이것은 모두 애국심 때문에 생긴 신경질적인 비방이라고, 이 모든 것은 실제로 멈출 수 없는 것이라고 당신들은 소리칠 것이다. 하지만 친구들, 나는 이미 1장에서 대단한 허풍이 될지도 모른다고 미리 이야기하지 않았던가. 그러니 나를 방해하지 말기 바란다. 내가 오류를 범하더라도 오류를 범하지 않는다고 확신하면서 오류를 범하고 있음을 당신들은 아마도 알 것이다. 내 생각에는 이것으로 너무나 충분하다. 그러니 제발 나에게 자유를 달라.

그렇다, 파리는 놀라운 도시이다. 정말로 안락하다. 편리함에 대한 권리를 가진 사람들에게는 모든 가능한 편의가 제공된다. 게다가 대단히 질서 정연하다. 즉 〈질서의 정적〉이다. 나는 질서 이야기로 되돌아가고 있다. 얼마 안 있어 인구 1백 50만의 파리는 정적과 질서 속에서 화석화되어 버린 독일의 교육 도시 하이델베르크처럼 변할 것이다. 어쩐지 그런 경향이 보인다. 거대한 규모의 하이델베르크는 있을 수 없다고 말할 수 있을까? 그리고 얼마나 규칙적인지! 나를 이해해 달라. 내가 이야기하려는 것은 하찮은(이것은 물론 비교적인 것이다) 외적인 규칙이라기보다는, 내적이고 정신적이고 영혼에서 발생한 거대한 규칙이다. 파리는 축소되고 있다. 어쨌든 기꺼이 애정을 가지고 줄어들고 있고, 감동하며 작아지고 있다. 이 점에서 보았을 때 예를 들어 런던은 어디로 가고 있는 것인가? 나는 런던에 단 8일 간 머물렀지만 그 도시는 적어도 외견상으로는 대단히 거대한 사진처럼, 하나의 기준으로 통제되지 않는 독특하고 선명한 설계도처럼 나의 기억 속에 음영을 드리웠다. 모든 것은 대단히 거대했고, 지나칠 정도로 독특했다. 이 독특함 때문에 실망할 수도 있다. 모든 격렬함, 모든 모순은 자신의 대립물과 공존하며, 서로 모순되지만 분명 상대가 없이는 존재할 수 없기에 고집스럽게 서로 손을 잡고 나아간다. 이 모든 것들은 끈기 있게 자기를 고수하고 자기 식대로 살아가며, 분명 서로를 방해하지 않는 것 같다. 하지만 그 와중에도 이곳에는 끈질기지만 공허한 이미 만성이 된 투쟁, 즉 유럽에 보편화된 개인주의 원칙과,

어떻게든 함께 사이좋게 지내며 공동체를 이루어 한 개미집에 자리를 잡아야 될 필요성 사이의 죽음을 건 투쟁이 있다. 비록 개미집으로 변한다 할지라도 서로서로를 먹어 치우거나 하지 말고 자리를 잡으면 된다. 그렇지 않으면 식인종이 되어 버릴 테니! 이 점에서는 다른 한편으로 파리에서도 똑같은 상황이 눈에 띈다. 절망 때문에 현 상태status quo에 안주하고, 자신으로부터 모든 희망과 기대를 덩어리째 뜯어내고, 진보의 선도자들도 믿으려 하지 않을 자신의 미래를 저주하고, 바알[35] 신에게 절을 하려고 똑같이 필사적인 노력을 하는 것이다. 하지만 제발 고상한 음절에 현혹되지 말았으면 한다. 이 모든 것은 의식 있는 선구자들의 영혼 속에서만 의식적으로 지각될 뿐, 일반 대중의 일상적인 활동 속에서는 무의식적으로 본능적으로 작용하기 때문이다. 그러나 예를 들어 파리의 부르주아들은 모든 것이 당연히 그래야 한다는 사실에 의식적으로 대단히 만족하고 있고 확신하고 있어서, 만약 당신이 당연히 그래야 한다는 사실을 의심하기라도 한다면 마구 두들겨 패려 할 것이다. 왜냐하면 완전한 자기 확신에도 불구하고 지금까지도 여전히 두려운 무엇인가가 있기 때문이다. 런던에도 똑같은 일이 있기는 하지만, 그럼에도 정말 사람들을 압도할 만한 장대한 장면들이다! 외견상으로도 파리와는 대단한 차이가 있다. 밤낮없이 분주하고 바다처럼 끝이 보이지 않는 도시, 외침소리, 기계의 금속성의 울부짖음, 집들 위로 이어져 있는 철도(곧 집들 아래로 이어질 것이다), 대담한 진취성, 외관상의 무질서 — 본질적으로 이

---

35 서부의 셈 족이 숭배하던 태양신. 이 작품에서는 물질 숭배를 상징.

곳에는 가장 높은 단계의 부르주아 질서가 존재한다 ── 오염된 템즈 강, 석탄이 배어든 공기, 화려한 크고 작은 공원들, 반쯤 벌거벗은 야만적이고 굶주린 사람들이 사는 예를 들어 와이트차펠 같은 도시의 무시무시한 뒷골목들. 수백만의 사람들을 데리고 세계 무역을 담당하고 있는 시티, 수정궁, 세계 박람회……. 정말 박람회는 놀랄 만하다. 당신들은 세계 각지로부터 온 이 무수한 사람들을 하나의 무리로 통합하는 무서운 힘을 느끼게 될 것이다. 당신들은 거대한 사상을 인식하게 될 것이다. 여기에서는 이미 무언가가 달성되었음을, 이곳에는 승리가 있고 성공이 있음을 느끼게 될 것이다. 심지어 무언가를 두려워하기 시작할지도 모르겠다. 당신들이 아무리 독립적이라 할지라도 무엇 때문인지 두려워하게 될 것이다. 이러한 것이 실제로 달성된 이상이 아니겠는가라고 당신들은 생각할 것이다. 이것이 끝이 아니겠는가? 이것이 실제로 〈하나의 무리〉가 아니겠는가. 이것을 완전한 진실로 받아들이고 결국은 입을 다물어야 하지 않을까. 이 모든 것은 승리감에 차 있고 성공적이고 당당하기 때문에 당신들의 영혼을 압박하기 시작할 것이다. 당신들은 세계 각지로부터 이곳으로 공손하게 흘러 들어온 수만, 수백만의 사람들, 즉 단 하나의 생각을 가지고 이 거대한 궁정에서 조용하고 끈기 있게 침묵을 지키며 모여 있는 사람들을 보게 될 것이고, 뭔가 결정적으로 이루어졌고, 이루어져서 끝이 나버렸음을 느끼게 될 것이다. 이것은 성경에 나오는 어떤 장면 같기도 하고, 바빌론에 관한 어떤 것인 것 같기도 하고, 눈앞에서 실현되어 가는 묵시록의 예언 같기도 하다. 그러한 인상에 굴복하거나 종속되지 않기 위해서, 사실을 숭배하지 않고, 바알신을 숭배하지 않기 위해서, 즉 존재하는 것을 자신의 이상으로 받아들이지 않기 위해서는, 영원한 정신적인 저항과 부정이 필요하다는 것을 느끼게 될 것이다……

하지만 당신들은 이것은 헛소리다, 병적인 헛소리에 신경 과민이고 과장이라고 말할 것이다. 어느 누구도 주의를 기울이지 않을 것이고, 자신의 이상으로 받아들이지 않을 것이다. 더구나 배고픔과 노예 상태는 동지가 아니므로, 부정을 속삭이고 회의주의를 낳는 일을 훨씬 더 잘할 것이다. 물론 자기 만족을 위해서 산책을 하는 배부른 예술 애호가들은 묵시록의 장면들을 만들어 낼 수 있고, 자신을 흥분시키기 위해 모든 현상들로부터 강렬한 느낌을 자아내거나 과장하면서 신경 과민을 위로할 수도 있다…….

〈그래서〉 나는 대답한다. 내가 무대 장치에 현혹되어 있다고 하자. 이것은 모두 말 그대로이다. 만약 이 거대한 무대 장치를 만들어 낸 강력한 영혼이 얼마나 자신만만한지, 이 영혼이 자신의 승리와 성공을 얼마나 자신만만하게 확신하고 있는지를 알게 된다면, 당신은 그 거만함, 완고함, 맹목성에 전율할 것이고, 이 자신만만한 영혼이 지배하고 통치하고 있는 사람들 때문에 전율할 것이다. 그런 거대함 아래에서, 영혼을 지배하고 있는 거대한 자신만만함 아래에서, 이 영혼의 화려한 창조적 완결성 아래에서는 굶주린 영혼도 자주 마비되어 가라앉거나 굴복할 것이며, 진[36]이나 타락에서 구원을 찾으려 할 것이고 모든 것이 그래야 한다고 믿기 시작할 것이다. 현실이 압박을 가하면 사람들은 마비되거나 중국식

---

36 술의 한 종류.

을 수용하며, 만약 회의주의가 생기게 되면 음울하게 저주하며, 모르몬 교 같은 것에서 구원을 찾으려 든다. 런던에서는 이 세상 어느 곳에서도 볼 수 없는 그러한 상황에 처해 있는 대규모의 사람들을 볼 수 있다. 예를 들어 토요일 밤만 되면 50만 정도의 남녀 노동자와 그들의 아이들이 도시 사방에서 밀물처럼 쏟아져 나와, 어떤 구역에서 무리 지어 다니며 새벽 다섯 시까지 밤새 안식일을 축하한다는, 즉 일주일 분의 양식을 짐승처럼 먹고 마셔 댄다는 이야기를 들었다. 그들은 일주일 동안 절약하고, 힘든 노동과 저주를 통해 벌어들인 전부를 들고 나온다. 정육점이나 음식점에서 새어 나온 가스 불빛은 환하게 거리를 비추면서 타오른다. 마치 흰색의 흑인을 위해서 무도회라도 연 것 같다. 사람들은 문을 연 선술집이나 거리에 모여든다. 이곳에서 먹고 마셔 대는 것이다. 술집들은 궁전처럼 화려하게 장식되어 있다. 모두가 취해 있지만, 행복해 보이기보다는 오히려 음울하고 괴로워 보이며, 어떻게 된 일인지 이상할 정도로 말이 없다. 단지 이따금 내뱉는 욕설이나 피투성이의 싸움만이 의심스러운 침묵을 깨뜨릴 뿐이다. 그들은 모두 의식을 잃을 때까지 급하게 서둘러 마셔 댄다……. 아내들도 남편들에게 뒤지지 않으려고 취하도록 마셔 대고, 아이들은 그들 사이를 뛰어다니기도 하고 기어 다니기도 한다. 그런 어느 날 밤 한 시가 넘어서 나는 수없이 많은 이 음울한 사람들의 무리 사이로, 영어를 한마디도 몰랐기 때문에 몸짓으로 길을 물어 가면서 거리를 따라 배회하며 오랫동안 헤맨 적이 있다. 그 거리에 겨우 도착하기는 했지만 그곳에서 받은 인상은 그 후 사흘 동안 나를 괴롭혔다. 사람들, 가는 곳마다 사람들뿐이었지만, 모든 것이 너무나 거대하고 너무나 선명해서 지금까지 당신들이 상상만 하던 것을 손으로 만지는 듯한 느낌이 들 것이다. 이곳에서 당신들이 보게 되는 것은 사람들이 아니라 체계적이고 순종적이고 고무된 의식의 상실이다. 그리고 이 사회의 최하층민을 보면서 당신들은, 이들에게 예언이 실현되려면 아직 멀었다, 종려나무 가지와 백의가 주어질 때는 아직 멀었다, 또한 그들이 신의 옥좌를 향해 〈하느님 언제까지입니까〉라고 호소하는 것도 오랫동안 계속되리라는 것을 느낄 것이다. 그들 자신도 이러한 사실을 알고 있지만 당분간은 지하 모르몬 교, 중풍 환자, 순례자가 되어 사회에 복수하고 있는 것이다……. 우리는 중풍 환자나 순례자가 되어 버리는 어리석음에 놀라며, 여기에는 우리 사회 공식으로부터의 이탈, 집요하고 무의식적인 이탈, 무슨 일이 있더라도 구원을 받으려는 본능적인 이탈, 우리에 대한 혐오와 두려움을 지닌 이탈이 있음을 추측하지 못하고 있다. 사람들의 연회로부터 잊혀지고 추방된 이 수백만의 사람들은 무서운 형제들에 의해 던져 넣어진 지하의 암흑 속에서 서로 부딪치기도 하고 압박하기도 하면서, 어두운 지하에서 질식하지 않기 위해 문처럼 보이는 것을 손으로 더듬으며 출구를 찾고 있다. 이곳에는 자신의 무리, 자신의 집단끼리만 모이려는, 모든 것으로부터 ― 비록 그것이 인간의 형상일지라도 ― 이탈하려는, 우리들과 함께 하지 않고 단지 자기 식대로만 존재하려는 마지막의 절망적인 시도만이 있다…….

나는 런던에서 이와 유사한 또 하나의 무리를 보았는데, 그 역시 규모 면에 있어서는 런던만큼 대단한 곳을 찾아볼 수 없을 정도였다……. 역시 자기 나름대로의 무대 장치였다. 런던을 방문했던 사람이라면 누구나 한 번쯤은 밤에 하이마켓에 가보았을 것이다. 이곳은 밤마다 창녀들이 여기저기 거리에 수천 명씩 무리를 지어 서 있는 구역이다. 우리들로서는 상상도 할 수 없는 가스 불빛이 거리를 밝히고 있다. 거울과 금빛으로 장식된 화려한 커피숍들이 즐비하게 늘어서 있다. 사람들의 모임도 있고, 은신처도 있다. 이 군중 속으로 들어가는 것이 소름 끼칠 정도이다. 또한 이들 군중은 정말 이상하게 구성되어 있었다. 이곳에는 노파들도 있었고, 놀라서 발걸음을 멈출 만큼 아름다운 여인들도 있었다. 이 세상 어느 곳에도 영국만큼 아름다운 유형의 여성은 없다. 이러한 여자들이 비좁고 빽빽하게 길에 모여 서 있는 것이다. 무리는 인도 위에 다 서 있을 수가 없어서 여기저기 길 위로 쏟아져 나온다. 이들은 모두 획득물을 갈망하며, 부끄러움도 없이 멸시하는 태도로 처음 만나는 사람에게로 달려든다. 이곳에는 화려하고 값비싼 옷도 있고 거의 누더기가 다 된 옷도 있으며, 지극히 다양한 연령층이 함께 모여 있다. 이 무서운 무리 속에는 술 취한 부랑아가 어슬렁거리기도 하고, 관직을 가진 부자가 찾아오기도 한다. 욕설, 싸우는 소리, 손님을 부르는 소리, 아직 겁이 많은 미인들이 손님을 부르는 속삭임 등이 들린다. 때론 정말 대단하다 싶은 미인도 있다! 마치 호화로운 판화책에 나오는 얼굴 같다. 언젠가 한 카지노에 들렀던 기억이 난다. 그곳에서는 음악이 울려 퍼지고 사람들이 춤추는 가운데 무수히 많은 사람들이 무리 지어 있었다. 장식은 화려했다. 그러나 음울한 성격은 영국인들을 행복하게 그냥 두지를 못했다. 그들은 마치 의무에 따라 추는 것처럼 스텝을 밟으며 심각하게, 심지어 불쾌하다는 듯 춤을 추고 있었다. 나는 2층 회랑에서 한 처녀를 보았는데, 너무 놀라서 그 자리에 멈춰 서고 말았다. 그렇게 이상적인 미인은 아직 한 번도 만나 본 적이 없었기 때문이다. 그녀는 어느 모로 보나 카지노에 드나드는 일에 익숙하지 않은 듯한 한 젊고 부유한 신사와 함께 탁자에 앉아 있었다. 그녀를 찾아 헤매다가 마침내 이곳에서 만나게 되었거나, 아니면 이곳에서 만나기로 약속이 되어 있었던 것 같다. 그는 그녀와 거의 이야기를 나누지 않았으며, 이야기를 하는 경우에도 말하고 싶지 않은 내용인 듯 자꾸 끊겼다. 대화는 오랜 침묵에 의해서 자주 끊겼다. 그녀 역시 매우 슬퍼 보였다. 그녀의 용모는 상냥하고 섬세했으며, 아름답고 약간 오만한 시선에는 무언가 비밀스럽고 슬픈 것이, 무언가 생각에 잠기고 우울해 보이는 것이 깃들어 있었다. 폐병을 앓고 있는 것처럼 보였다. 그녀는 지적 수준에 있어 이 불행한 여자들 무리보다 더 높은 곳에 있었으며, 더 높은 곳에 있지 않을 수 없었다. 그렇지 않다면 인간의 얼굴이 무슨 의미가 있겠는가? 그 사이 그녀는 젊은이가 지불한 진을 마시고 있었다. 곧 그는 일어서서 그녀의 손을 잡았고, 이렇게 그들은 헤어졌다. 그는 카지노를 나갔지만, 그녀는 창백한 뺨 위에 보드까 때문에 활활 타오르는 짙은 반점 같은 홍조를 띠면서 접대부 무리 속으로 모습을 감추었다. 하이마켓에서 나는 돈을 벌려고 어린 딸을 데려오는 어머니들을 보았다. 열두 살쯤 되어 보이는 어린 소녀들이 당신들의 손을 잡고 자기들과 함께 가자고 졸라 댄다. 한번은 거리의 사람들 무리 속에서 여섯 살도 채 되지 않은 것 같은 한 어린 소녀를 본 적이 있다. 그 아이는 누더기를 걸치고 있었고 더럽고 맨발에다 여위어 있었으며, 매를 맞았는지 누더기 사이로 들여다보이는 몸은 시퍼런 멍투성이였다. 그 아이는 어찌할 바를 모르는 듯 서두르지도 않고 걸어가고 있었는데, 무엇 때문에 사람들 사이를 배회하는지는 아무도 몰랐다. 아마 배가 고팠던 것 같다. 아무도 그 아이에게 주의를 기울이지 않았다. 하지만 무엇보다도 나를 놀라게 한 것은 이 아이가 얼굴에 너무나 슬프고 출구가 없는 절망스러운 표정을 띤 채 걸어가고 있어서 그 어린 인간이 벌써 저주와 절망을 지고 가는 것을 보기가 부자연스럽고 지극히 고통스러웠다는 사실이다. 아이는 무엇인가 생각에 잠긴 듯 헝클어진 머리를 이리저리 갸우뚱거리다가 작은 팔을 좌우로 활짝 펼치고 흔들더니 갑자기 두 손을 비비며 자신의 드러난 가슴에 대고 꽉 눌렀다. 나는 되돌아와서 반 실링을 주었다. 아이는 은화를 받아 쥐고 겁에 질려 무서운 듯 내 눈을 바라보더니 마치 내가 돈을 빼앗을까 두렵기라도 한지 온 힘을 다해 뒤돌아 뛰어가기 시작했다. 대체로 우스꽝스러운 물건들이다…….

그런데 어느 날 밤 이 순결성을 잃은 여자들과 방탕한 사람들의 무리 사이를 뚫고 한 여자가 서둘러 나오며 나를 불러 세웠다. 그녀는 온통 검은색으로 휘감고 있었으며, 거의 얼굴을 뒤덮을 정도의 모자를 쓰고 있었다. 그래서 그녀를 제대로 알아볼 수가 없었다. 단지 긴장된 시선만이 기억 난다. 그녀는 엉터리 프랑스 어로 알아들을 수 없게 뭐라고 중얼거리더니 내 손 안에 작은 종이를 쥐어 주고는 서둘러 앞으로 가버렸다. 커피숍의 환한 창가에 서서 종이를 들여다보았다. 그것은 작고 네모난 종이 조각으로, 한쪽 면에는

⟨너희는 이것을 믿느냐Crois-tu cela?⟩라는 말이 인쇄되어 있었고, 뒷면에는 역시 프랑스 어로 ⟨나는 부활이요 생명이니……⟩ 등 몇몇 중요한 글이 인쇄되어 있었다. 이것 역시 상당히 색다르다는 데 동의해 주기 바란다. 나는 나중에 그녀가 지치지도 않고 끈기 있게 사방을 뛰어다니는 가톨릭 선교사라는 이야기를 들었다. 때로는 거리에서 이러한 종이를 나누어 주기도 하고, 때로는 복음서나 성서에서 발췌한 다양한 내용으로 엮은 책을 나누어 주기도 한다. 공짜로 억지로 손 안에 쥐어 주는 것이다. 남자건 여자건 무수히 많다. 이들 선교사들은 빈틈없고 타산적이다. 가톨릭 신부들도 가난한 노동자 가족들을 직접 찾아가 그들 사이로 뚫고 들어간다. 예를 들어 그는 축축한 마루 위에 누더기를 걸치고 누워 있는 환자와 그를 둘러싸고 있는 배고픔과 추위에 거칠어진 아이들, 허기지고 자주 술에 취해 있는 그의 아내를 발견하게 될 것이다. 그는 모두에게 먹을 것과 입을 것을 주고 따뜻하게 해주고, 환자를 치료하기 시작하고 약을 사다 주고 해서 집안의 친구가 되며, 마침내는 모든 사람들을 가톨릭으로 개종시킨다. 하지만 때로는 치료가 끝난 후 욕설과 구타를 당하며 쫓겨나기도 한다. 그는 지칠 줄 모르고 다른 사람을 찾아간다. 그곳에서도 밀려난다. 그러나 모든 것을 참아 내고 결국 누군가를 사로잡게 되는 것이다. 영국 국교회의 목사는 가난한 사람들을 찾아가지는 않을 것이다. 가난한 사람들은 교회에도 들어가지 못하게 하는데, 이유는 그들이 좌석 사용료를 지불할 수 없기 때문이다. 노동자들이나 대체로 가난한 사람들 사이의 결혼식은 거의 불법적으로 이루어지는데, 그 이유는 교회 의식에 따라 결혼식을 올

리기에는 가격이 너무 비싸기 때문이다. 그런데 이렇게 결혼을 한 남편들 중의 많은 수가 자신의 아내를 무섭게 구타하고, 죽어라고 때려서 불구로 만든다. 이때 쓰이는 도구는 대개 난로 안의 석탄을 휘젓는 부젓가락이다. 이것은 그들에게 구타할 때 쓰도록 정해진 도구인 것이다. 적어도 신문 지상에서 가족간의 불화, 불구, 살인 등을 보도할 때에는 항상 부젓가락이 언급된다. 그들의 아이들은 조금 자랐다 싶으면 어느새 거리로 나가 군중속에서 뒤섞여 다니다가 결국에는 부모에게로 되돌아오지 않는다. 영국 국교회의 목사와 주교들은 거만하고 풍요롭고 부유한 교구에서 살며, 완전한 양심의 평온함 속에서 살쪄 간다. 그들은 대단한 공론가에다 많은 교육을 받은 사람들로서, 자신들의 둔감한 도덕적 자질, 평온하고 자신만만하게 도덕을 설교할 권리, 그리고 부자들을 위해서 살이 찌며 살아가야 할 권리가 있다고 믿는다. 이것은 부자들의 종교로서, 이미 가면은 없다. 적어도 합리적이며 위선 같은 것은 없다. 이처럼 우둔할 정도로 신념이 강한 직업 종교인들에게는 단 하나 자기 나름의 위안이 있는데 그것은 선교이다. 그들은 한 명의 야만인을 개종시키기 위해서 전세계를 돌아다니고, 아프리카 오지 깊숙이 찾아 들어가면서도, 런던에 있는 1백만에 가까운 야만인들에 대해서는 그들을 위해 지불할 돈이 없다는 이유를 잊고 있다. 그러나 부유한 영국인들과 그곳의 모든 황금 송아지들은 대부분 대단히 종교적이고 어둡고 우울하며 독특하다. 영국의 시인들은 먼 옛날부터 수백 년 된 참나무와 느릅나무들이 그림자를 던지고 있는 지방 목사관의 아름다움과, 목사의 정숙한 아내와, 푸른 눈과 금발의 이상적인 미인인 그들의 딸을 찬미하기를 좋아했다.

그러나 밤이 지나고 날이 밝아 오면, 거만하고 음울한 영혼이 다시 거대한 도시 위로 위풍당당하게 질주해 간다. 영혼은 밤에 일어났던 일에 대해서 불안해 하지 않으며, 낮에 주위에서 본 것에 대해서도 불안해 하지 않는다. 바알은 지배하되 복종을 요구하지는 않는다. 복종하리라고 확신하고 있기 때문이다. 그의 자신에 대한 믿음은 끝이 없다. 그는 단지 자유로워지기 위해서 경멸적이지만 침착하게 조직화된 금품을 희사한다. 그 후에는 그의 자기 확신을 동요하게 만드는 것이 불가능하다. 예를 들어 바알은 파리에서 하던 대로 야만적이고 의심스럽고 불안한 삶의 현상들을 자기 눈앞에서 숨기거나 하지는 않는다. 사람들의 가난, 고통, 불평, 둔감은 그를 전혀 불안하게 하지 않는다. 그는 이 모든 의심스럽고 불길한 현상이 그의 삶 가까이에서 살아갈 수 있도록 경멸하는 태도로 허락하고 있다. 그는 파리 시민들처럼 애써 신념을 잃거나, 모든 것은 평온하고 순조롭다고 스스로 격려하고 믿게 하는 것 따위로 비겁해지지 않으려고 노력한다. 파리에서처럼 가난한 사람들이 이유 없이 자신의 잠을 방해하거나 놀라게 하지 못하도록 그들을 어딘가에 숨겨 버리거나 하지는 않는다. 파리 시민들은 도망가는 타조처럼 뒤쫓아 오는 사냥꾼이 자신을 알아보지 못하게 머리를 모래 속에 처박는 것을 좋아한다. 파리에서는…… 그런데 지금 내가 무엇을 하고 있는 것인가! 또 다시 파리를 벗어나고 말았구나…… 맙소사, 도대체 나는 언제쯤이나 질서에 익숙해지게 될는지…….

6. 부르주아 체험

무엇 때문에 이곳에서는 모든 것이 웅크리고 있는가, 무엇 때문에 모든 것은 하찮은 것에 힘을 낭비하고 서로 밀어내고 멀어지기를 원하는 것인가. 「나는 없습니다. 이 세상에 전혀 없습니다. 몸을 감춘 것이니 제발 내 옆을 지나쳐 가주십시오. 나에게 주의를 기울이지 말고 나를 보지 못한 듯한 표정을 짓고 지나가주십시오, 지나가 주십시오!」

「도대체 누구를 말하는 겁니까? 누가 웅크리고 있습니까?」

「부르주아 말입니다.」

「무슨 말씀을, 그는 왕입니다. 그는 모든 것이며, 제3계급이고, 이것이 전부입니다 le tiers état c'est tout. 그런데 그가 웅크리고 있다니오!」

그렇다면 어째서 그는 나폴레옹 황제 밑으로 숨어 버렸는가? 어째서 이전에는 그토록 좋아했던 하원에서의 고상한 문체를 잊어버린 건가? 어째서 아무것도 기억해 내려 하지 않고, 과거에 있었던 일을 상기시키려고 하면 손을 흔들어 대는가? 어째서 다른 사람들이 그의 면전에서 감히 희망하는 것을 이야기하는 순간 그의 머릿속과 눈, 혀끝에서는 불안함이 생겨나는 건가? 어째서 그 자신이 어리석게 제멋대로 행동하거나 갑자기 뭔가를 원하기 시작했을 때 그는 곧 부들부들 떨며 〈하느님 맙소사! 어쩌다 내가 이렇게까지!〉라고 말하며 십자가를 긋기 시작하고, 또한 그 후 오랫동안 자신의 행동에 대해서 노력과 복종으로 그 죄과를 씻어 내려고 양심적으로 노력하는가? 그가 〈자, 오늘은 상점에서 조금만 장사를 해야겠다, 그리고 내일도 신의 가호로 조금 장사를 하고 위대한 신의 은총이 있다면 모레도 역시…… 그러면 그 후, 그 후에는 비록 몇 푼이나마 좀 더 빨리 저축할 수 있게 될 거다. 내가 죽은 뒤 홍수가 일어나든 말든après moi le déluge!)이라고 이야기하듯 바라보고 있는 것은 무엇 때문인가? 어째서 가난한 사람들을 모두 어딘가로 정리해 버리고 그런 사람들은 전혀 없다고 장담하고 있는 것인가? 어째서 어용 문학에 만족하고 있을까? 자신들의 잡지는 매수되지 않는다고 그렇게 지독하게 확신하고 싶어하는 이유는 무엇인가? 스파이들에게 그렇게 많은 돈을 주는 데 동의하는 이유는 무엇인가? 어째서 멕시코 원정에 관해서는 감히 한마디도 못하는가? 어째서 극장에 나타난 남편들은 눈에 띄게 고상하고 돈 많은 모습을 하고 있는데, 정부(情夫)들은 하나같이 누더기를 걸치고 있고 직업도 없고 후견인도 없거나, 아니면 기껏해야 점원, 예술가, 최고의 건달들뿐인가? 아내들은 하나같이 더할 나위 없이 정숙하며, 극장 로비는 안락하고, 수프pot-au-feu는 가장 고결한 불 위에서 끓고 있고, 머리 모양은 상상도 할 수 없을 만큼 아주 훌륭하다는 생각이 떠오르는 이유는 무엇인가? 머리 모양에 관해서 말할 것 같으면 이것은 이미 아무런 논의 없이 필연적으로 결정되고 약속이 되었다. 저절로 약속이 이루어진 것이다. 따라서 가로수 길을 따라 커튼을 내린 전세 마차가 쉴 새 없이 지나다니고 있고, 즐거움에 대한 요구를 채워 줄 수 있는 은신처가 곳곳에 있음에도 불구하고, 또 아내들의 화장품은 남편의 주머니 사정을 고려해 볼 때 상상할 수 없을 정도로 비쌀 때가 훨씬 더 많음에도 불구하고, 그렇게 결정되고 그렇게 서명되어 버렸으니, 이제 당신들은 더 이상 무엇을 할 수 있겠는가? 도대체 무엇 때문에 그렇게 결정되고 그렇게 서명되어 버렸는가? 물론 그렇게 되지 않았다면 아마도 사람들은, 이상이 실현되지 않았다, 파리는 아직 완전한 지상 천국이 아니다, 아직 손에 넣어야 할 것이 더 있다는 생각을 할 것이다. 그런 까닭에 부르주아 자신들도 그들이 지지하고 다른 사람들에게 강요했던 그 질서에 완전히 만족하지는 못하며, 사회에는 수리해야 할 결함이 있다는 생각들을 하게 될 것이다. 이곳에서는 부르주아들이 신발의 구멍 난 곳에 잉크를 칠하고 다녀서 왜 그런가 했더니, 맙소사 단지 사람들이 그것을 못 알아보게 하기 위해서라는 것이다! 하지만 아내들은 사탕을 먹고, 멀리 뻬쩨르부르그의 귀부인들이 부러워서 히스테리를 부릴 법한 장갑을 끼고 다니며, 가로수 길에서는 드레스를 아주 우아하게 들어올려 다리를 드러내 보여 주기도 한다. 완벽한 행복을 위해서 이 이상 무엇이 더 필요하겠는가? 그래서 예를 들어 〈아내, 남편 그리고 정부〉 같은 소설 제목은 지금과 같은 상황에서는 더 이상 불가능한데, 이유는 정부란 없고 있을 수도 없기 때문이다. 비록 파리에는 그들의 숫자가 바닷가 모래알만큼이나 많지만(아마 그 이상일지도 모른다) 그럼에도 불구하고 그들은 그곳에 없으며 있을 수도 없다. 그렇게 결정하고 서명했기 때문에, 모든 것은 선량함으로 빛나고 있기 때문이다. 모든 것이 선량함으로 빛나기 위해서는 그래야만 한다. 저녁에 밤 열한 시까지 팔레 로얄의 넓은 정원을 바라보고 있노라면 감동의 눈물을 흘리지 않을 수 없다. 수없이 많은 남편들이 수없이 많은 아내들의 손을 잡고서 산책을 하고, 주위에는 사랑스럽고 선량한 그들의 아이들이 장난치며 뛰어다니고, 분수는 소리를 내고 있는데, 그 단조로운 물결 소리는 당신들에게 평온하고 조용한 가운데 항상 변함없는 하이델베르크를 연상시킬 것이다. 게다가 파리에서는 여기 한곳의 분수만이 그런 식으로 소리를 내고 있는 것이 아니다. 분수는 많으며 어느 곳에서나 똑같이 마음에 기쁨을 준다.

파리에서는 선행에 대한 요구가 꺼질 줄을 모른다. 현재 프랑스 인들은 진지하고 당당하며 종종 진심으로 감동하기까지 한다. 그래서 나는 바보 자크Jacques Bonhomme[37]가 비싸게 대가를 지불한 결과, 프랑스에서 대단히 번창하고 있는 군의 명예gloire militaire에도 불구하고 프랑스 인들이 아직까지도 무언가를 지독히 두려워하며 겁에 질려 있다는 사실이 이해가 되지 않는다. 파리 시민들은 장사하는 것을 무척 좋아하지만, 자기네들 상점에서 당신들에게 물건을 팔고 보리수 껍질 벗기듯이 당신들을 벗겨 먹으면서도 이전에 그러했듯이 단순히 돈벌이를 위해서가 아니라 선행 때문에, 어떤 신성한 필요성 때문에 바가지를 씌우는 것 같다. 행운을 쌓아서 가능한 한 더 많은 것을 얻는 것, 이것이 가장 중요한 도덕 법전이 되었으며, 파리 시민들의 교리 문답이 되었다. 이것은 과거에도 그랬지만 지금은, 말하자면 지금은 거룩한 모습을 띠기에 이르렀다. 이전에는 돈이 아닌 다른 것도 인정했기 때문에 돈은 없지만 다른 자질을 가지고 있는 사람도 어느 정도의 존경은 기대할 수 있었다. 하지만 지금은 전혀 그렇지 않다. 지금은 돈을 모아서 가능한 한 더 많은 물건을 준비해야 하며, 그래야만 어느 정도의 존경을 기대할 수 있다. 그렇지 않으면 다른 사람들의 존경뿐만 아니라 자기 자

---

37 농민.

신의 존경도 기대할 수 없게 된다. 파리 시민들은 주머니가 비었다고 느끼면 자신을 대수롭지 않은 인간으로 여기게 되는데, 이것은 의식적이고 양심적인 행동이며 그렇게 되는 데는 대단한 확신도 한몫을 한다. 당신들에게 돈만 있으면 아무리 놀라운 일이라도 허용이 된다. 가난한 소크라테스는 단지 어리석고 해로운 요설가로서 극장에서나 존경받을 뿐이다. 그 이유는 부르주아들이 여전히 극장에서는 선행을 존경하고 싶어하기 때문이다. 부르주아는 이상한 사람들이다. 돈이야말로 최고의 미덕이고 인간의 의무라고 솔직히 선언하면서도 가장 고귀한 가문인 것처럼 행동하기를 지독히도 좋아한다. 프랑스 인들은 모두 놀라울 정도로 고상한 모습을 지니고 있다. 25꼬뻬이까에 자기 아버지를 팔아 넘기면서 거기에 덧붙여 상대방의 허락도 구하지 않고 뭔가를 덤으로 얹어 주는 아주 비열한 프랑스 인도 있는데, 그들이 자기 아버지를 파는 순간에 보여 주는 인상적인 당당함 때문에 당신들이 망설이게 될 정도이다. 물건을 사기 위해 상점에 들어가면 말단 점원조차 고압적인 자세로 나오며, 형언할 수 없는 고상한 태도로 당신들을 위압할 것이다. 이들 점원들은 우리의 미하일로프스끼 극장에서 하찮은 단역을 하는 사람들과 같을 뿐인데 말이다. 이들 앞에 서면 기가 죽어서 뭔가 잘못했다고 느끼게 된다. 예를 들어 10프랑을 쓰려고 이곳에 들어갔는데, 마치 제본쉬르 경이나 된 듯한 영접을 받게 된다. 그 순간 당신들은 어째서인지 굉장히 부끄러워져서, 자기는 전혀 제본쉬르 경이 아니며 단지 검소한 여행자에 불과하고 10프랑짜리 물건을 사러 들어왔다고 서둘러 확신시키고 싶어할 것이다. 그러나 당신들이 스스로를 비열한 인간이라고 인정하고 싶을 만큼(왜냐하면 그는 그 정도로 고상하기 때문이다!) 형언할 수 없는 고상함을 영혼 속에 담고 있는 행복한 외모의 젊은이는 당신들 앞에 1만 프랑짜리 물건을 펼쳐 놓기 시작한다. 그는 순식간에 당신을 위해 판매대 가득 물건을 늘어놓을 테고, 그러면 당신은 자신이 나간 후 그랜디슨, 알키비아드, 몽모랑시 같은 이 불쌍한 사람이 물건을 다시 싸느라고 얼마나 고생할까 하는 생각을 하게 된다. 그것이 누구 때문인가? 그것은 탐탁지 않은 외모에 결함과 결점투성이에다 혐오스러운 10프랑을 들고서 감히 그런 후작을 괴롭히기 위해 들어온 당신 때문인 것이다. 이러한 생각을 하는 순간 당신은 판매대 앞에 서서 어쩔 수 없이 자신을 극도로 경멸하기 시작한다. 왜 주머니 안에 1백 프랑밖에 없는지 후회하며 운명을 저주하리라. 결국 눈으로 용서를 구하며 그 돈을 다 써버리고 만다. 반면에 그들은 당신의 초라한 1백 프랑을 너그러이 받고 나서 물건을 포장해 주며 상점 안에서 발생했던 당신의 모든 불안, 모든 걱정을 용서해 준다. 그러면 당신은 어떻게든 빨리 그곳을 떠나려고 서두른다. 집에 돌아와서는 10프랑만 쓰려고 했는데 1백 프랑을 다 썼다는 사실에 무섭게 놀라는 것이다. 잡화를 파는 대형 상점들이 늘어서 있는 가로수 길이나 비비엔 거리 Rue Vivienne를 지나다니면서 러시아의 부인들을 이곳에 데려다 놓으면…… 하는 생각을 해본 적이 있다. 그러나 그 이후 무슨 일이 일어날지는 점원들이나 오를로프, 땀보프, 그 밖에 다른 현의 촌장들이 어느 누구보다도 더 잘 알고 있다. 러시아 사람들은 대개 상점에서 자기들이 셀 수 없이 많은 돈을 가지고 있다는 것을 굉장히 과시하고 싶어한다. 반면에 이 세상에는 예를 들어 영국 부인들처럼 파렴치한 사람들도 있다. 그들은 아도니스나 빌헬름 텔 같은 점원이 그들 앞에 판매대 가득 물건을 펼쳐 놓으며 온 상점을 뒤집어도 절대로 당황하지 않고 — 정말 지독하게도! — 여러 가지 중에서 10프랑짜리 물건만 살 뿐이다. 그러나 빌헬름 텔도 손해보지는 않는다. 그는 1천 5백 프랑짜리 숄을 영국 귀부인들에게 1만 2천 프랑이라고 바가지를 씌운다. 물론 그녀가 매우 만족을 느끼도록 하면서 말이다. 하지만 그럼에도 불구하고 부르주아들은 형언할 수 없을 만큼 열정적으로 고상한 것을 좋아한다. 극장에서는 그들에게 반드시 청렴한 인물들을 보여 주어야 한다. 귀스타브는 반드시 고상함으로만 빛나야 하며, 그래야만 부르주아들은 감동해서 눈물을 흘리는 것이다. 형언할 수 없는 고상함이 없다면 그들은 조용히 잠을 잘 수도 없다. 1천 5백 프랑 대신 1만 2천 프랑을 받는 것도 의무이기 때문이라고 한다. 그는 선량함 때문에 돈을 받는 것이다. 도둑질하는 것은 혐오스럽고 비열한 행동이며, 도둑질하는 사람은 수인선(囚人船)으로 보내져야 한다. 그래서 부르주아들은 많은 것을 용서할 준비가 되어 있지만 당신이나 당신의 아이들이 굶어 죽는 한이 있어도 도둑질만은 용서하지 않는다. 하지만 만약 선행을 위해 물건을 훔친다면, 오, 그때는 모든 것이 용서가 된다. 따라서 당신들은 재산을 모으고 faire fortune, 많은 것을 축적하기를 바라며, 그렇게 함으로써 자연과 인류의 의무를 완수하게 되기를 바라게 된다. 그 때문에 법전에는 저열한 목적을 가진 도둑질, 즉 빵 한 조각을 훔치는 따위의 도둑질 항목과 고상한 선행의 목적을 가진 도둑질의 항목이 아주 명백하게 기술되어 있는 것이다. 후자는 최고도로 보장받고 장려받으며 예외적으로 견고하게 조직되어 있다.

마지막으로 부르주아들은 왜 — 앞에서 다 이야기한 것이기는 하지만 — 아직까지도 무엇 때문인지 겁에 질려 있고 자기 자리가 아닌 곳에 앉아 있는 것처럼 보이는가? 허풍꾼이나 요설가가 걱정이 되는가? 그들은 한 발로 차서 악마에게 넣어 버리면 그만이다. 순수 이성론 때문인가? 하지만 이성이란 현실 앞에서는 무력한 것으로 판명되지 않았던가. 더욱이 이성적인 사람들, 학자들 스스로에게 순수 이성 논증은 없다. 순수 이성이라는 것 자체가 이 세상에 존재하지 않는다. 추상적인 논리는 인류에 적용되지 않으며 이바노프, 뻬뜨로프, 귀스타브의 이성만이 있을 뿐이다. 순수 이성은 과거에도 존재한 적이 없으며 18세기에 근거 없이 고안된 것에 불과하다고 가르치기 시작하고 있다. 도대체 누구를 두려워하는가? 노동자들인가? 노동자들 역시 천성적으로 소유자가 아니겠는가? 그들의 이상은 소유자가 되어서 가능한 한 많은 물건을 쌓아 가는 것이다. 본성이 본래 그러하다. 본성은 저절로 주어지지 않는다. 이 모든 것은 수세기에 걸쳐 양육되고 수세기에 걸쳐 교육받은 것이다. 국민성은 쉽게 변하지 않으며, 수세기에 걸쳐 살이 되고 피가 된 습관을 쉽게 버리지도 못한다. 그렇다면 농민을 두려워하는 것인가? 하지만 프랑스 농민들은 최고의 토지 소유자이며 가장 둔한 사유 재산가로서, 상상할 수 있는 가장 훌륭하고 가장 완벽한 사유 재산가의 이상이 아니겠는가. 공산주의자들을 두려워하는가? 마지막으로 사회주의자들을 두려워하는가? 하지만 이 사람들은 자기 시대에 심하게 패배하지 않았던가. 그래서 부르주아들은 마음속 깊이 그들을 경멸하고 있다. 경멸하고 있기는 하지만, 여전히 두려워하고 있다. 그렇다. 부르주아는 이 사람들을 아직까지도 두려워하고 있는 것이다. 그런데 무엇을 두려워해야 하는가? 수도원장 시에스는 유명한 소논문에서 부르주아, 이것은 〈전부이다〉라고 예언하지 않았는가. 〈제3계급tiers état이란 무엇인가? 아무것도 아니다. 그것은 무엇이 되어야 하는가? 모든 것이 되어야 한다.〉 그리고 그가 말한 대로 이루어졌다. 당시 언급되었던 말들 중에서 그 말만이 실현되었다. 그 말들만이 남아 있는 것이다. 하지만 부르주아는 시에스의 말 이후로 언급되었던 모든 것들이 어리석은 말이고 비누 거품처럼 터져 버렸음에도 불구하고 여전히 믿으려 하지 않는 것 같다. 실제로 시에스 이후 곧 자유liberté, 평등égalité, 박애fraternité가 선언되었다. 정말 좋은 말들이다. 그런데 자유liberté란 무엇인가? 자유이다. 어떤 자유인가? 법의 테두리 안에서는 누구나 하고 싶은 것을 마음대로 할 수 있는 동등한 자유이다. 언제 모든 사람들은 하고 싶은 것을 마음대로 할 수 있는가? 1백만 프랑을 가지고 있을 때다. 그렇다면 자유는 모든 사람들에게 각각 1백만 프랑씩을 주는가? 아니다. 1백만 프랑이 없는 사람은 무엇인가? 1백만 프랑이 없는 사람은 하고 싶은 것을 무엇이나 하는 사람이 아니라, 하고 싶은 모든 일에 부림을 당하는 사람이다. 여기에서 어떠한 결론이 나오는가? 자유 이외에 평등, 바로 법 앞에서의 평등이 있다는 결론이 나온다. 법 앞에서의 평등과 관련해서 한 가지만은 말할 수가 있는데, 평등이 지금 적용되고 있는 형태와 관련해서 프랑스 인들은 그것을 자신에 대한 개인적 모욕으로 받아들일 수가 있고 또 그렇게 받아들여야 한다는 것이다. 이 공식에서 남아 있는 것은 무엇인가? 박애이다. 그런데 이 항목은 정말 기묘해서, 지금까지도 서구에서 중요한 걸림돌이 되고 있음을 인정할 수밖에 없다. 서구인들은 박애에 관해서 인류의 위대한 원동력인 것처럼 이야기하고 있지만, 박애가 실제로 존재하지 않는 이상 그것을 어디에서도 얻을 수 없다는 것을 알아차리지 못하고 있다. 그러면 어떻게 해야 하는가? 무슨 일이 있어도 박애를 만들어야 한다. 그러나 박애를 만드는 일은 불가능한 것으로 밝혀졌는데, 왜냐하면 박애란 스스로 이루어지는 것이고 주어지는 것이며 자연 속에 존재하는 것이기 때문이다. 하지만 프랑스의 자연, 일반적으로 서구의 자연 속에는 그것이 실재하지 않는 것으로 밝혀졌다. 오히려 개인주의 원칙, 즉 독립, 강화된 자기 보존, 자기 산업, 자신만의 〈나〉 안에서의 자결, 자신 이외의 존재하는 모든 것과 완전히 동등하고 동등한 가치를 지니는 자기 권리를 갖는 개별주의 원칙으로써 모든 자연이나 나머지 모든 사람들에 대비되는 〈나〉의 원칙이 존재하는 것으로 밝혀졌다. 그런데 이와 같은 자아 확립으로부터 박애는 생겨날 수 없다. 왜 그런가? 왜냐하면 박애, 진정한 박애 정신은 개인이나 〈내〉가 스스로에게 〈나머지〉 모두와 동등한 가치, 평등권이 있다고 생각해서 되는 것이 아니라, 〈나머지〉 모두가 개인권을 요구하는 사람에게, 즉 개별적인 〈나〉에게 〈스스로〉 찾아와야 하며, 그의 요구가 없어도 그가 세상에 존재하는 나머지 모든 사람들과 동등한 가치, 동등한 권리를 갖고 있음을 인정해야 하는 것이기 때문이다. 그뿐만 아니라 소란을 일으키고 요구가 많은 개인이 스스로 〈나〉 자신을, 즉 자기 모두를 사회를 위해 희생해야 하며 자신의 권리를 요구해서는 안 될 뿐만 아니라, 반대로 아무런 조건 없이 권리를 사회에 넘겨주어야 한다. 그러나 서구의 개인은 그러한 과정에 익숙하지 못하다. 그들은 투쟁을 통해 요구하며, 권리를 요구하고 〈분리되기를〉 원한다. 그러니 박애는 생겨나지도 않는다. 틀림없이 다시 태어날 수는 있을까? 그러나 이러한 재생은 1천 년에 걸쳐 이루어진다. 왜냐하면 이와 유사한 관념들이 현실화되기 위해서는 먼저 피와 살 속으로 스며 들어가야 하기 때문이다. 그렇다면 당신들은 내게 이렇게 말할 것이다. 행복해지기 위해서는 개성이 없는 인간이 되어야 한다는 말인가? 진정 무개성 속에 구원이 존재하는가? 반대, 그 반대라고 나는 말하겠다. 무개성이 될 필요가 없을 뿐만 아니라, 바로 개인적이 되어야 하며, 심지어 지금 서구에서 규정하고 있는 것보다 훨씬 강도 높게 개인적이 되어야 한다. 나를 이해해 주기 바란다. 자기 의지에 따라 완전히 의식적으로, 그리고 누구에 의해 강요받지도 않고 모든 사람을 위해서 자신의 모든 것을 희생하는 일이야말로 개성의 최고의 발전, 개성의 최고의 힘, 최고의 자제력, 최고의 자유 의지를 표시하는 것이라고 생각한다. 모든 사람을 위해서 자유 의지로써 목숨을 바치는 행위, 모든 사람을 위해 십자가에 못 박히고 화형을 당하는 행위는 개성이 가장 강하게 발전되었을 때에만 가능한 일이다. 개성 있는 인간이 될 수 있는 권리를 완전히 확신하고 있고 자신에 대해 이미 어떠한 두려움도 갖고 있지 않을 정도로 강하게 발전한 개성은 자신의 개성으로 타인을 위하는 일 외에는 아무것도 할 수 없다. 즉 개성은 다른 모든 사람들도 똑같이 자기 권리를 갖는 행복한 개성이 되도록 하기 위해서 자신의 모두를 그들 타인에게 내주는 이상의 아무런 유용함도 없는 것이다. 이것은 자연의 법칙이다. 따라서 사람들은 보통 그쪽으로 이끌려 간다. 그러나 여기 하나의 머리카락, 굉장히 가느다란 머리카락이 있어서 그것이 만약 기계에 걸리기라도 하면 모든 것은 순식간에 부서지고 파괴되고 만다. 바로 자신을 위해 아주 작은 이익이나마 가지려고 할 때 생기는 불행이 그것이다. 예를 들어 내가 모든 사람들을 위해 나의 전부를 희생하려 한다고 하자. 나의 이익에 관해서는 절대 생각하지 말고, 또 내가 사회를 위해 전부를 희생하고 있으니 사회도 이에 대해 내게 보상을 해주어야 한다고도 결코 생각하지 말고 스스로를 희생해야 한다. 전부를 건네주되 이에 대한 보답으로 당신에게는 아무것도 주어지지 않기를, 그리고 어느 누구도 당신 때문에 손해보지 않기를 희망하면서 희생해야 한다. 그렇다면 이런 희생은 어떻게 해야 하는가? 이것은 백곰에 대해 생각하지 않으려는 것과 똑같다. 백곰에 대해서 생각하지 않겠다는 임무를 스스로에게 부여해 보라. 그러면 그 저주받을 백곰이 머릿속에 끊임없이 떠오름을 알게 될 것이다. 그렇다면 어떻게 해야 하겠는가? 어떻게 할 수도 없다. 그저 그것이 〈저절로 되어 가도록, 그것이 본성 속에 있도록〉, 즉 모든 종족의 본질 속에 무의식적으로 포함되어 있도록 하면 된다. 한마디로 박애적인 사랑의 원리가 생기기 위해서는 사랑을 해야 한다. 본능적으로 박애, 공동체, 화합에 이끌려야 한다. 수세기에 걸친 민족의 고통에도 불구하고, 민족 안에 뿌리 깊이 박혀 있는 야만적인 거침이나 무지에도 불구하고, 수세기에 걸친 노예 상태와 이민족의 침입에도 불구하고 그러한 것에 이끌려야 한다. 한마디로 박애적인 공동체는 인간의 본성 속에 내재해야 하며, 인간은 그것을 가지고 태어나든지 아니면 태곳적부터 그러한 습관을 자기의 것으로 만들어야 한다. 그런데 만약 박애를 이성적이고 지각 있는 언어로 바꾼다면 어떻게 될까? 그것은 모든 개별적인 개성이 아무런 강요도 받지 않고, 아무런 이익을 바라지도 않고 사회에 대해 다음과 같이 이야기하는 것이다.

〈우리는 모두 함께 있을 때에만 견고해지니, 내가 필요하다면 나의 전부를 가져가십시오. 법령을 공포할 때도 나에 대해서는 생각하지 말고 전혀 걱정하지도 마십시오. 나의 모든 권리를 당신들에게 넘겨줄 테니, 제발 나를 마음대로 하십시오. 당신들을 위해 희생하고 당신들이 이로 인해 어떠한 손해를 입지 않는 것, 이것이 나의 가장 큰 행복입니다. 나는 사라져서 완전한 무관심과 하나로 합쳐질 것이며 단지 당신들의 박애만이 번영하고 남아 있을 것입니다.〉

그러면 이번에는 반대로 박애가 이렇게 말해야 한다.

〈당신은 우리에게 너무 많은 것을 주었다. 우리에게는 당신이 준 것을 받지 않을 권리가 없다. 왜냐하면 당신 자신이 말했듯이 거기에는 당신의 모든 행복이 있기 때문이다. 그러나 당신의 행복을 위해 끊임없이 걱정하고 있을 때 무엇을 해야 하는가. 우리에게서도 모든 것을 가져가기 바란다. 우리는 당신이 가능한 한 더 많은 자유, 가능한 한 더 많은 자기 발현을 누릴 수 있도록 온 힘을 다해 끊임없이 노력할 것이다. 이제 어떠한 적, 어떠한 사람, 어떠한 자연도 두려워하지 말라. 우리는 모두 당신 편이며, 당신의 안전을 보장한다. 우리는 끈기 있게 당신을 위해 노력할 것이다. 왜냐하면 우리는 형제, 당신의 형제들이기 때문이다. 우리는 수도 많고 그리고 강력하다. 그러니 전적으로 안심하고 대담하게 아무것

도 두려워하지 말고 우리를 기대해 주기 바란다.〉

이렇게 되면 물론 아무것도 나눌 것이 없어지게 된다. 이미 모든 것이 저절로 나누어지고 있으니 말이다. 서로서로 사랑하라, 그러면 이 모두가 당신에게 자연히 주어질 것이다.

여러분이야말로 정말 유토피아가 아니겠는가! 모든 것은 이성이 아니라 감정에, 본성에 기초하고 있다. 이는 마치 이성에 대한 모욕 같지 않은가. 여러분은 어떻게 생각하는가? 이것은 유토피아인가 그렇지 않은가?

그러나 서구인들에게 박애주의 정신이 없고, 반대로 계속해서 고립되어 있으면서 손에 칼을 쥐고 자신들의 권리를 요구하는 개별주의, 개인주의 원칙이 존재하고 있다면 사회주의자들은 무엇을 해야만 하는가. 사회주의자들은 박애주의가 없다는 사실을 알면 박애주의를 가지도록 설득하기 시작한다. 박애주의가 없기 때문에 박애주의를 만들고 구성하기를 원한다. 토끼 스튜를 만들기 위해서는 무엇보다도 먼저 토끼가 있어야 하는 것이다. 그러나 토끼가 없다. 즉, 박애주의에 적합한 본성, 박애주의를 믿고, 박애주의에 스스로 이끌리는 본성이 없다. 절망한 사회주의자는 미래의 박애주의를 만들고 미래의 박애주의에 정의를 내리기 시작하며 무게와 분량을 계산하고 이익이 된다고 유혹하고 설명하고 가르친다. 박애주의로부터 누구에게 얼마만큼 이익이 돌아가는지, 누가 어느 정도 이득을 보게 되는지도 이야기한다. 각 개인이 어떻게 보이고 얼마나 이끌리고 있는지 결정하고 미리 지상의 행복을 계산해 본다. 즉 누가 어느 정도 행복을 누릴 가치가 있는지, 이를 위해서 모두가 얼마나 자발적으로 사회를 위해 자신의 개성을 희생해야 하는지 계산해 본다. 그런데 누가 어느 정도의 가치를 가지고 있으며 각자가 무엇을 해야 하는지 미리 나누어져 있고 결정되어 있다면 박애주의가 무슨 소용이 있겠는가? 하지만 다음과 같은 공식이 울려 퍼졌다.

〈각자는 만인을 위해서, 만인은 각자를 위해서.〉

물론 이보다 더 좋은 것은 결코 생각해 낼 수 없으며, 더욱이 이 공식은 글자 하나도 틀리지 않고 모든 사람들에게 잘 알려져 있는 책에서 발췌한 것이다. 그러나 이 공식을 실제에 응용하기 시작한 지 6개월 만에 형제들은 박애주의의 창시자 카베를 법정으로 끌고 갔다. 푸리에주의자[38]들은 자기들 재산 중에 마지막으로 남아 있는 90만 프랑을 가지고 어떻게 해서든 박애주의를 실시하려고 여전히 시도하고 있다고 한다. 그렇지만 아무것도 이루어지지 않을 것이다. 물론 박애주의로서가 아니라, 순수하게 이성적인 바탕 위에서 살 수 있다는 대단한 유혹이 있다. 즉 모두가 당신을 보장해 주고 당신으로부터 단지 노동과 동의만을 요구한다면 좋은 것이다. 그러나 여기에도 의문이 생긴다. 사람들을 완전히 보장해 주고 그들에게 먹을 것, 마실 것을 약속해 주고 일자리를 제공하겠다고 약속해 주고 그에 대한 대가로 아주 약간, 공공의 행복을 위해서 아주 소량의 개인적 자유를 요구하고 있는 듯하다. 아니다, 사람들은 이러한 것들을 지불하면서 살기를 원하지 않으며, 아주 소량도 무거워한다. 사람들은, 이것은 감옥이다, 자기 마음대로 하는 것이야말로 완전한 자유를 의미하기 때문에 더 좋다는 어리석은 생각을 하고 있는 듯하다. 하지만 자유로운 상태에서 그는 얻어맞기도 하고 일

---

38 프랑스의 공상적 사회주의자 푸리에를 추종하는 사람들.

자리를 얻지 못하고, 배고픔에 죽기도 하는데, 그렇다면 아무런 자유도 없는 것 아닌가. 하지만 아무리 해도 안 된다. 기인들에게는 여전히 자신의 자유가 더 좋은 모양이다. 물론 사회주의자는 침을 뱉으며 사람들이 바보이고 덜 자라고 덜 성숙했고 자기 자신의 이익을 이해하지 못한다고 말하지 않으면 안 된다. 말 못하는 개미, 보잘것없는 개미도 사람들보다는 영리하다. 왜냐하면 개미집에서는 모든 것이 정말 잘 되어 있고 모든 것에 선이 그어져 있으며 모두 배불리 먹고 행복해 하며 각자는 자신의 일을 알기 때문이다. 한마디로 사람들은 개미집을 따라가려 해도 아직 멀었다!

다시 말하자면 사회주의가 가능하다 할지라도 물론 프랑스가 아닌 다른 어딘가에서이다. 그래서 사회주의자는 완전한 마지막 절망 속에서 결국 이렇게 외친다. 자유, 평등, 박애 아니면 죽음이다Liberté, égalité, fraternité ou la mort. 자, 이렇게 되면 아무 할 말도 없고, 부르주아가 마침내 승리하게 된다.

만약 부르주아가 승리하면, 그것은 시에스의 공식이 문자 그대로 마지막 한 자까지 정확하게 실현되었음을 의미한다. 결국 부르주아는 전부인데, 그들은 무엇 때문에 당황하고, 무엇 때문에 움츠러들고, 무엇을 두려워하겠는가? 모든 사람은 겁을 집어먹었으며, 부르주아 앞에서는 모두가 무능력한 인간이 되고 말았다. 예를 들어, 과거 루이 필립 시대의 부르주아는 전혀 당황하거나 두려워하지 않았고, 오히려 당시 군림하지 않았는가. 그렇다, 그러나 부르주아는 당시 계속해서 투쟁하고 있었고, 적이 있다는 것을 예감하고 있었으며, 6월의 바리케이드에서 총검을 들고 그들과 완전히 갈라섰다. 그러나 전투는 끝이 났고, 부르주아는 갑자기 자신만이 지상에 남아 있음을, 그보다 더 좋은 것은 아무것도 없으며 그가 이상이 되었음을, 이제는 이전처럼 전세계를 확신시킬 필요 없이 단지 최고의 미와 될 수 있는 한 완성된 인간의 모습을 하고서 전세계를 향해 조용하고 위엄 있는 자세만 취하고 있으면 된다는 것을 알게 되었다. 어쨌든 당황스러운 상황이 되었다. 이러한 상태를 나폴레옹 3세가 벗어나게 해주었다. 그는 곤란한 상태에서의 유일한 친구로서, 당시의 유일한 가능성으로서 마치 하늘에서 떨어진 것 같았다. 바로 그때부터 부르주아는 안락하게 살게 되었지만, 그 안락함에 대해서 무서운 대가를 지불하고 있으며 모든 것을 두려워하고 있는데, 그 이유는 바로 모든 것을 얻었기 때문이다. 모든 것을 얻게 될 때 고통스럽게도 모든 것을 잃게 된다. 친구들이여, 여기에서 나오는 결론은 가장 두려워하는 사람이 가장 행복한 사람이라는 것이네. 제발 비웃지 말게. 도대체 지금 부르주아는 무엇이란 말인가?

7. 앞 장의 계속

그런데 무엇 때문에 〈부르주아 사이에는 그렇게 많은 하인들이〉, 더욱이 그렇게 고상한 외모를 가진 하인들이 많이 있는가? 제발 내가 과장하거나 중상하고 있다고, 내 안의 질투심이 말하고 있는 것이라고 비난하거나 소리치지 말기 바란다. 무엇에 대해서? 누구에게? 무엇 때문에 질투하겠는가? 그저 하인들이 많다는 것, 그뿐이다. 하인 근성이 부르주아의 본성 속으로 점점 더 많이 계속해서 스며들고 있고 그것이 점점 더 미덕으로 간주되고 있다. 현재와 같은 질서 속에서는 그러는 것도 당연하다. 자연스러운 귀결이다. 하지만 중요한 것, 중요한 것은 본성이 이를 도와주고 있다는 점이다. 그렇다고 예를 들어 부르주아들 중 많은 사람들이 태어나면서부터 스파이 속성을 지니고 있다고 말하는 것은 아니다. 나의 의견은 바로 프랑스에서 놀랄 정도로 발전한 스파이 속성, 단순한 속성이 아니라 전문적인 스파이 속성, 예술의 경지까지 도달해 있고 자신만의 학문적인 방법을 가지고 있으며 천직으로 여겨지는 스파이 속성의 발전은 그들의 천부적인 하인 근성으로부터 생겨났다는 것이다. 만약 귀스타브가 더 이상 물건을 소유하지 않고 연인의 편지를 1만 프랑에 팔아 넘기지도 않고 자신의 정부를 남편에게 넘겨주지 않는다면 얼마나 이상적이고 고상한 귀스타브이겠는가? 내가 과장하는 것일 수도 있지만, 그러나 나는 어떤 사실에 근거해서 이야기하는 것이리라. 프랑스 인들은 어떻게 해서든 권력자의 눈앞으로 무섭게 달려들어 그들 앞에서 전혀 아무런 사심 없이, 굽실거리기를 좋아한다. 당장의 보상은 기대조차 하지 않는다. 예를 들어 프랑스에서 자주 발생했던 정부 교체시마다 구직자들이 얼마나 많았던가를 회상해 주기 바란다. 그들이 어떠한 농담과 속임수를 썼는지, 그들 스스로 무엇을 고백했는지 회상해 주기 바란다. 이에 대해서 바르비예의 약강격 시 한 편을 회상해 주기 바란다. 언젠가 나는 카페에서 7월 3일자 신문 하나를 집어 들었다. 〈비쉬로부터 온 편지〉란을 보게 되었다. 당시 비쉬에서는 황제와, 그리고 물론 궁정 대신들이 체재하고 있었다. 기마 행렬, 산책 행렬이 있었던 것도 물론이다. 통신원은 이 모든 것을 기록하고 있었다. 그는 다음과 같이 시작하고 있다.

〈우리 나라에는 뛰어난 기수들이 많다. 물론 이들 중 가장 뛰어난 사람이 누구인지는 정확하게 추측할 수 있을 것이다. 폐하께서는 매일 수행원들을 대동하고 산책하고 계신다. 등등.〉

이것은 이해할 만하다. 자기네 나라 황제의 뛰어난 자질에 매료되고 있는 것이라고 하자. 그의 지혜, 신중함, 완벽함 등등 앞에서 경건한 태도를 취할 수도 있다. 이처럼 매료되어 있는 신사에게 면전에서 위선적이라고 말할 수는 없다.

「나의 확신은 의심할 여지가 없습니다」라고 그는 당신들에게 요즈음의 우리 나라 언론인들과 똑같은 대답을 할 것이다. 이해하겠지만 그는 보장받고 있다. 당신들의 입을 막기 위한 대답을 가지고 있다. 양심과 신념의 자유가 이 세상에서 첫 번째로 중요한 자유이다. 하지만 지금과 같은 경우에 그는 어떤 대답을 할 수 있을까? 그는 이미 현실의 법칙에 주목하지 않으며 모든 진실한 것들을 유린하고 있는데, 그것도 고의로 그렇게 하는 것이다. 무엇 때문에 고의로 그렇게 하는 것처럼 보일까? 어느 누구도 그를 신뢰하지 않지 않은가. 아마 기수 자신도 이를 읽지 않을 것이다. 설사 읽는다 하더라도 통신란correspondence을 쓴 프랑스 인이나 그 기사를 실은 신문이나 신문의 편집자들은 모두, 군주에게 프랑스 제1의 기수라는 명예가 전혀 필요 없으며 그가 늘그막에 이러한 명예는 전혀 기대하지 않을 뿐더러, 사람들이 그에게 모든 프랑스 인들 중에서 가장 민첩한 기수라고 확신시키려 해도 그는 물론 믿지 않으리라는 것을 이해하지 못할 정도로 어리석지는 않다. 전하는 바에 의하면, 폐하는 대단히 지혜로운 분이라고 한다. 하지만 여기에는 다른 계산이 깔려 있다. 진실성이 없고 우스꽝스럽다고 해도 상관없고, 군주 자신이 혐오와 경멸이 섞인 웃음을 띠며 이를 바라본다 해도 상관없다. 대신 그는 맹목적인 복종을 볼 것이고, 무한한 숭배, 노예적이고 어리석고 진실성이 없이 〈발 아래 몸을 던지는〉 것을 보게 되리라. 이것이 중요하다. 이제 당신들이 판단해 보기 바란다. 만약 이것이 국민의 정신 속에 들어있지 않았다면, 만약 그런 저속한 아첨이 완전히 가능하고 일반적이며 지극히 자연스러운 일로서 심지어 예의 바르다고까지 고려되지 않았다면, 파리 신문에 그러한 통신란이 과연 자리 잡을 수 있었겠는가? 파리가 아니라면 어디에서 그렇게 인쇄된 형태의 아첨을 만나 보겠는가? 내가 국민 정신이라고 말하는 이유는 바로 단 하나의 신문만이 그런 설명을 하고 있는 것이 아니라, 두세 개의 완전히 독립적인 신문을 제외하고는 거의 항상 똑같은 종류의 설명을 싣고 있기 때문이다.

한번은 식당에서 식사를 하고 있었는데 — 이미 프랑스가 아니라 이탈리아에서였지만 — 식사를 하는 사람들 중 많은 수가 프랑스 인이었다. 그들은 가리발디[39]에 관해 이야기하고 있었다. 당시 어느 곳에서나 가리발디에 관한 이야기가 오가고 있었다. 아스프로몬테 전투 2주 전의 일이었다. 물론 이야기는 수수께끼 같았다. 어떤 사람들은 침묵을 지키며 거의 의견을 말하려 하지 않았고, 어떤 사람들은 고개를 끄덕거릴 뿐이었다. 대화의 전반적인 의미는 가리발디가 위험하고, 심지어는 무분별한 일을 기도하고 있다는 것이었다. 물론 이러한 견해는 은근히 표현되었다. 왜냐하면 일반적으로 판단해 볼 때 너무나 위험해 보이는 일도 가리발디에게서는 어쩌면 분

---

39 이탈리아 통일에 큰 공을 세운 장군(1801~1882).

별 있는 것으로 받아들여질지 모를 정도로 그는 다른 사람들과는 다른 수준에 있었기 때문이다. 이야기는 차츰 가리발디의 개성 쪽으로 넘어갔다. 그의 자질을 열거하기 시작했는데, 대화는 이탈리아의 영웅에게 상당히 호의적이었다.

「아니, 나는 그에게서 단 한 가지 놀란 것이 있습니다.」 프랑스 인이 큰 소리로 말했다. 유쾌하고 인상 깊은 외모에 서른 살 정도 되는 사람으로서 얼굴에는 모든 프랑스 인들에게서 뻔뻔할 정도로 눈에 띄는 이상한 고결함의 표시가 나타나 있었다. 「단 한 가지 상황만이 나를 정말 놀라게 합니다!」

물론 우리 모두는 호기심을 느끼며 이 연설가에게 주의를 기울였다.

가리발디에게서 발견된 새로운 자질은 모든 사람들에게 흥미롭지 않으면 안 되었다.

「1860년대에,」 프랑스 인이 말하기 시작했다. 「한때 그는 나폴리에서 아무런 통제도 받지 않는 무한한 권력을 누리고 있었습니다. 수중에는 총 2천만 프랑의 공금이 있었지요! 이 금액에 대해서 그는 누구에게도 보고하지 않았습니다! 이 금액 중 원하는 만큼 얼마든지 가져가서 숨겨 놓을 수도 있었고, 어느 누구도 그것에 대해 추궁하지는 않았을 겁니다! 그러나 그는 아무것도 숨기지 않았고 계산에 따라 모든 돈을 마지막 한 푼까지 정부에 넘겨주었습니다. 이건 거의 믿을 수 없는 일입니다!」

2천만 프랑이라고 이야기할 때 그의 눈은 거의 타오르고 있었다.

물론 가리발디에 관해서 말하고 싶은 것은 무엇이나 말할 수 있다. 그러나 가리발디의 이름을 국고 부정 축재자들과 대조시키는 것은 말할 것도 없이 프랑스 인만이 할 수 있다.

더구나 얼마나 순진하고 얼마나 솔직하게 이야기했던가. 물론 솔직함 때문에 이해 능력이 결여된 것도, 참된 명예에 대한 감각이 결여된 것도 용서받을 수 있다. 그러나 2천만 프랑에 대한 회상으로 즐거워하고 있는 그 얼굴을 보고서 정말 무심코 이런 생각이 들었다.

「그런데 이것 보시오, 만약 그 당시 가리발디 대신 당신이 국고를 담당하고 있었다면 어떻게 됐겠소!」

당신들은 이것 역시 옳지 않다, 모든 것은 단지 개인적인 경우에 불과할 뿐이며, 우리 나라에서도 똑같은 일이 일어나고 있고, 프랑스 인들이 전부 그렇다고 장담할 수는 없다고 말할 것이다. 물론 나는 모든 사람들에 대해 말하고 있는 것은 아니다. 어느 곳이나 형언할 수 없는 고상함은 있게 마련이고, 우리가 어쩌면 훨씬 더 나쁠지도 모른다. 그러나 선행, 과연 선행이라고까지 격상시킬 필요가 있는가? 당신들은 이것을 알고 있는가? 비열하면서도 명예감은 잃지 않을 수 있다. 그런데 이곳에는 정직한 사람들이 매우 많지만 명예에 대한 감각은 완전히 상실했다. 때문에 자신들이 행하는 것이 선행 때문임을 알지 못한 채 비열한 행동을 하고 있다. 전자가 물론 더욱 비도덕적이기는 하지만 후자는 어쨌든 더욱 경멸스럽다. 선행에 대한 이와 같은 교리 문답은 국민의 삶에 있어 나쁜 징조이다. 하지만 개별적인 경우와 관련하여 당신들과 논쟁하고 싶지는 않다. 전 국민이라는 것도 단지 개별적인 경우들로 구성되어 있는 것이 아니겠는가?

심지어 나는 이렇게 생각하기도 한다. 부르주아가 움츠리고 있다거나 여전히 뭔가를 두려워하고 있다는 것은 아마 나의 잘못된 생각일지도 모르겠다. 그들이 정말로 움츠리고 있고 두려워하고 있기는 하지만, 결론을 내리자면 부르주아는 완전한 행복을 누리고 있다. 비록 그들이 자신을 속인다 하더라도, 비록 모든 것이 순조로운 상태에 있다고 스스로에게 끊임없이 보고한다 하더라도, 이러한 것이 그들의 외면적인 자기 확신을 전혀 방해하지는 못한다. 그뿐만이 아니다. 놀이에 열중해 있을 때 그들은 속으로도 무섭게 자기 확신적이다. 어떻게 이 모든 것이 그들의 내부에서 함께 살아가고 있는지가 정말 의문이기는 하지만, 그러나 어쨌든 그렇다. 일반적으로 부르주아는 그다지 어리석지는 않으나 그들의 이성은 단편적이고 약간 모자란다. 그들에게는 마치 겨울을 위해 비축해 둔 장작처럼 개념들이 굉장히 많이 준비되고 저장되어 있으며, 그들은 이것을 가지고 1천 년이라도 살려고 진지하게 생각하고 있다. 하지만 도대체 무엇 때문에 1천 년을 살려고 하는가. 1천 년에 관해서 부르주아들은 좀처럼 이야기를 하지 않는데, 단지 웅변을 토할 때에만 그렇게 한다. 〈내가 죽은 뒤에야 홍수가 일어나든 말든Après moi le déluge〉하는 말이 훨씬 더 유용하게 그리고 더 자주 상황에 잘 맞는다. 또한 이들은 모든 것에 대해 얼마나 무관심하고 얼마나 순간적이며 공허한 관심들을 가지고 있는가. 나는 파리에서 우연히 한 모임에 나가게 되었는데, 내가 갔을 때 그 집에는 많은 사람들이 모여 있었다. 그들 모두는 분명 평범하지 않은 무엇인가에 관해서, 그다지 사소하지 않은 무엇인가에 관해서, 어떤 보편적인 관심사에 관해서, 그것이 어떤 사회적인 관심사이든 간에 이야기 꺼내기를 두려워하고 있는 듯했다. 내가 보기에 스파이에 대한 공포는 있을 수 없었고, 그저 모두가 뭔가 더 진지하게 생각하고 말하는 것을 잊어버린 듯했다. 하지만 파리가 나에게 어떤 인상을 불러일으켰는지, 내가 얼마나 경건한 태도를 취하는지, 얼마나 놀라고 위압당하고 기가 꺾였는지에 굉장히 관심을 가지는 사람들도 있었다. 프랑스 인들은 아직까지도 자신들이 도덕적으로 압력을 가하고 기를 꺾어 놓을 수 있다고 생각하고 있다. 역시 상당히 재미있는 특징이다. 특히 내가 진심으로 사랑했던 한 노인이 생각난다. 그는 파리에 관한 나의 견해를 물어보면서 내 시선을 언뜻 보더니, 내가 특별한 환희를 표현하지 않자 굉장히 슬퍼했다. 심지어는 선량한 얼굴에 고통조차 나타났다. 전혀 과장하지 않은 문자 그대로 고통이었다. 오 사랑스러운 무슈Le M-r! 프랑스 인, 다시 말해 파리 시민(본질적으로 모든 프랑스 인은 파리 시민이기 때문이다)에게 그들이 전 지구상의 첫 번째 인간은 아니라는 신념을 결코 잃게 하지는 못할 것이다. 하지만 파리를 제외하고 그들이 전 지구에 대해서 아는 바는 거의 없다. 또한 전혀 알고 싶어하지도 않는다. 이것은 민족적인 성향으로서 매우 특징적이다. 그러나 프랑스 인의 가장 특징적인 성향은, 그들이 웅변가라는 사실이다. 웅변에 대한 그들의 사랑은 식을 줄 모른 채 해가 갈수록 점점 더 크게 타오르고 있다. 나는 프랑스에서 웅변에 대한 사랑이 언제부터 시작되었는지 굉장히 알고 싶었다. 물론 중요해지기 시작한 것은 루이 14세 때였다. 프랑스에서 실제로 모든 것이 루이 14세 때부터 시작되었다는 사실은 주목할 만하다. 정말 그렇다. 그러나 가장 주목할 만한 사실은 전 유럽에 걸쳐서도 모든 것이 루이 14세 때부터 시작되었다고 하는 점이다. 이 왕이 어떻게 해서 성공을 했는지 이해할 수가 없다. 전대의 다른 모든 왕들보다 특히 더 뛰어나지도 않았잖은가. 처음으로 〈짐은 곧 국가이다 l'Etat c'est moi〉라고 말했기 때문인가. 이 말이 대단히 마음에 들었는지 당시 유럽 전체로 퍼져 나갔다. 내 생각에 그는 이 한마디로 유명해진 것 같다. 우리 나라에서조차 이 말은 놀라울 정도로 빠른 속도로 유명해졌다. 루이 14세는 프랑스 정신 속에 완벽하게 들어 맞는 가장 국민적인 군주였는데, 어떻게 해서 프랑스에서 그런 사소한 장난 같은 일…… 그러니까 지난 세기 말에 발생했던 그런 일이 일어날 수 있었는지 이해조차 되지 않는다. 잠깐 장난을 치고는 이전의 정신으로 되돌아왔다. 그런 식으로 진행된 것이다. 그러나 웅변, 웅변, 오, 이것은 파리 시민에게는 걸림돌이다. 그들은 이전의 모든 것을 잊어버릴 준비가 되어 있으며, 가장 상식적인 대화를 주고받고 가장 온순하고 부지런한 아이가 될 준비가 되어 있지만, 웅변, 단 하나 웅변만은 지금까지도 좀처럼 잊지 못하고 있다. 웅변 때문에 괴로워하고 한숨을 내쉰다. 그들은 티에르, 기조, 오딜롱 바로를 상기한다. 당시는 웅변이 이러이러했다고 때로 혼잣말을 하기도 하고 생각에 잠기기도 한다. 나폴레옹 3세는 이를 이해했고, 즉시 바보 자크 Jacques Bonhomme들은 생각에 잠겨서는 안 된다고 결정함과 동시에 조금씩조금씩 웅변을 도입했다. 이 목적을 위해 입법부에 여섯 명의 자유당 대의원, 즉 지속적이고 변함이 없는 진정한 자유당 대의원이 포함되게 되었다. 그들은 아마 매수하려 해도 결코 매수되지 않을 그런 사람들이었다. 하지만 그래봤자 그들은 여섯 명에 불과하다. 과거에도 여섯 명이었고, 현재에도 여섯 명이며 앞으로도 여섯 명뿐일 것이다. 더 이상 증가하지도 않겠지만, 줄어드는 일도 없을 테니 안심해도 좋다. 이것은 첫눈에 대단히 교활한 농담으로 보인다. 하지만 실제로는 훨씬 더 단순하며 보통 선거suffrage universel 의 도움으로 그렇게 된 것이다. 물론 그들이 지나치게 말을 하지 못하도록 하기 위해서 적당한 모든 수단들이 채택되었다. 그러나 떠들어 대는 일은 허락되고 있다. 매년 필요한 시기에 가장 중요한 국가적 문제들이 심의되고, 이때 파리 시민들은 유쾌함 속에서 흥분한다. 웅변이 있으리라는 것을 알고 있고, 그래서 기뻐하는 것이다. 물론 단지 웅변이 있을 뿐 그 이상의 아무 일도 없으며, 말, 말, 말들만이 있을 뿐, 이 말들로부터 결정적인 아무 결론도 나오지 못하리라는 사실을 그들은 매우 잘 알고 있다. 그러나 그들은 이것만으로도 정말, 정말로 만족하고 있다. 스스로가 먼저 이 모든 것은 대단히 사려 깊다는 사실을 인정한다. 이 여섯 명의 대표 중에서 몇몇의 연설은 특히 인기를 얻는다. 대표들도 항상 대중을 즐겁게 할 수 있는 연설을 할 준비가 되어 있다. 이상한 일이다. 그들 자신이 연설에서 아무런 결론이 나오지 않으리라는 것을, 이 모든 것은 단지 농담, 농담에 불과하고 그 이상의 아무것도 아니며 악의 없는 장난, 가장 무도회라는 것을 완전히 확신하고 있지 않은가. 그런데도 몇 년 동안을 계속해서 이야기하며, 그것도 훌륭하게, 심지어는 대단한 만족감을 가지고 이야기한다. 그것을 듣고 있는 모든 의원들이 만족해서 침을 홀릴 정도이다.

「저 사람 정말 말을 잘하는데!」 대통령도, 모든 프랑스 인도 침을 홀린다. 대표가 연설을 끝내고 나면 이 사랑스럽고 행실이 바른 아이들의 가정교사도 자리에서 일어난다. 그는 〈일출〉이라고 정해진 테마에 대한 작문이 존경하는 대표에 의해 뛰어나게 전개되고 다듬어졌다고 장엄하게 선언한다. 그는 우리가 존경하는 연설가의 재능, 그의 사상과 그 사상

속에 표현된 단정한 행동에 놀랐으며, 계속해서 즐겁게 들었다고 말한다……. 그러나 그는 여러분, 존경하는 대표의 연설이 좀 더 높이 판단해 보면 어느 곳에도 소용이 없기는 하지만, 존경하는 의원은 〈단정한 품행과 학문적 성공에 대하여〉라고 서명이 된 책을 받을 가치가 충분히 있습니다, 여러분, 나는 당신들도 이 말에 완전히 동의하리라고 기대합니다라고 말한다. 이 말을 하며 그는 모든 대표들을 향해 돌아서고, 그의 시선은 엄격하게 빛나기 시작한다. 침을 흘리고 있던 대표들은 즉시 열렬하게 환호하며 가정교사에게 박수를 보낸다. 그와 동시에 대표들은 자신들이 얻은 만족감에 대한 인사로 자유주의 대표자들의 손을 감동적으로 잡으며, 다음번에도 가정교사의 허락을 얻어 자유주의적인 만족을 얻을 수 있도록 해달라고 요청한다. 가정교사는 관대하게 허락한다. 『일출』을 쓴 저자는 자신의 성공을 자랑스러워하며 퇴장하고 대표들은 입맛을 다시며 퇴장한다. 그들은 자기 가족의 품으로 돌아가서 저녁이면 기쁨에 겨워 아내의 손을 잡고 은혜로운 분수의 물결소리에 귀를 기울이며 팔레 로얄을 산책한다. 가정교사는 보고해야 할 사람에게 모든 것을 보고하고 난 후, 전 프랑스를 향해 모든 일이 무사히 진행되었다고 선언한다.

하지만 때로 사안이 좀 더 중요해지기 시작하면 이러한 놀이도 더 중요하게 진행된다. 그런 회의 중에 한 번은, 나폴레옹 공을 모셔온다. 나폴레옹 공은 반대 연설을 하기 시작해서 참석한 모든 젊은이들을 완전히 경악하게 만든다. 교실 안에서는 장엄한 침묵이 흐른다. 나폴레옹 공은 자유주의자인 체하며 정부에 동조하지 않는데, 그의 의견에 따르자면 이러이러해야 한다는 것이다. 공이 말하는 정부에 대한 비난은, 한

마디로 만약 가정교사가 잠시 동안이라도 교실 밖으로 나가게 되면 이 사랑스러운 아이들이 표현할 수 있는(이것은 예상되는 일이다) 바로 그런 내용들이다. 물론 이 경우에도 정도는 있다. 게다가 이러한 예상은 어리석은 것인데, 왜냐하면 이 사랑스러운 아이들은 모두 정말로 사랑스럽게 교육을 받았기 때문에, 가정교사가 일주일 동안 그들 곁을 떠난다 하더라도 조금도 움직이지 않을 것이기 때문이다. 이제 나폴레옹 공이 연설을 끝내면 가정교사가 일어나서 〈일출〉이라고 정해진 테마에 대한 작문이 존경하는 연설가에 의해서 뛰어나게 전개되고 다듬어졌다고 장엄하게 선언한다. 우리는 대공 전하의 재능, 웅변적인 사고, 단정함에 놀랐습니다……. 우리는 학문에서의 노력과 성공에 대하여 책을 수여할 용의가 있습니다만, 그러나…… 등등, 즉 이전에 이야기되었던 것과 똑같다. 물론 교실 전체가 광란에 가까울 정도로 열광하며 박수를 치고, 대공은 집으로 모셔진다. 행동이 단정한 학생들은 정말 행실이 바른 아이들답게 교실에서 흩어져 나가, 저녁이면 아내와 함께 은혜로운 분수의 물결소리에 귀를 기울이면서 팔레 로얄을 산책한다, 기타 등등, 기타 등등, 기타 등등, 한마디로 놀라울 정도로 질서가 잡혀 있다.

언젠가 우리는 재판소 대기실 la salle de pas perdus에서 길을 잃어 형사 소송 재판이 진행 중인 부서 대신 민사 소송 재판 부서로 들어간 적이 있다. 법의와 법모를 쓴 고수머리 변호사가 변론을 하면서 진주와 같은 웅변을 뿌리고 있었다. 재판장과 판사들, 변호사들, 방청객들은 환희로 충만되어 있었다. 경건한 정적이 흐르고 있었다. 우리는 발끝으로 걸어 들어갔다. 사건은 어떤 상속에 관한 것이었는데, 그 사건에는 수도원의 신부가 연루되어 있었다. 수도원의 신부들은 지금도 끊임없이 소송 사건에, 특히 상속 사건에 연루된다. 대단히 해괴하고 대단히 추악한 사건이 드러나게 된 것이다. 그러나 청중은 침묵을 지킨 채 거의 소란을 피우지 않고 있다. 왜냐하면 수도원 신부들은 지금도 상당한 권력을 소유하고 있으며 부르주아는 대단히 선량하기 때문이다. 신부들은 자본이 모든 공상이나 그 밖의 것보다도 훨씬 낫다라는, 그래서 돈을 저축하면 힘을 얻을 수 있다는 견해를 점차적으로 고수하게 되었다. 웅변이란 게 무엇인가! 이제 웅변만으로는 아무 소용이 없다. 그러나 내가 보기에 마지막의 경우에 그들은 약간 실수하고 있는 것 같다. 물론 자본이 만능의 것이기는 하지만 웅변으로도 프랑스 인들과는 많은 일을 할 수가 있다. 아내들은 주로 수도원 신부들에게 복종하고 있는데, 이전에 파악된 것보다 지금이 훨씬 더 많다. 부르주아들도 이쪽으로 방향을 돌릴 가능성이 있다. 수도승들이 오랜 시간에 걸쳐 아름답고 매우 돈이 많은 한 숙녀의 영혼에 대해 교활하고 학문적(그들에게는 이를 위한 학문이 있다)이기까지 한 압박을 가해 왔고, 그 숙녀를 자신들의 수도원으로 와서 지내도록 유혹했으며, 그곳에서 그녀를 병에 들게 하고 히스테리를 일으킬 정도로 여러 가지 공포로 위협했는데, 이 모든 것이 의도적으로, 학문적 순서에 따라 이루어졌다는 사실이 소송 과정 중에 밝혀졌다. 결국 그녀를 병에 걸리게 해서 백치 상태가 될 정도까지 이끌고 갔으며, 친척과의 만남은 신 앞에 크나큰 죄를 짓는 일이라고 생각하게 해서 점차로 친척들과도 완전히 멀어지게 했다는 사실이 밝혀졌다. 〈심지어 그녀의 조카딸, 순결하고 어린애 같은 영혼, 순결과 무구

함의 천사인 열다섯 살의 조카딸조차도 자기가 숭배하는 숙모의 수도실로 감히 들어가지 못하게 되었다. 숙모는 조카딸을 이 세상의 누구보다도 더 사랑했지만, 교활한 농간에 의해 더 이상 그녀를 껴안고 처녀의 순결한 이마front virginal 위에 입맞춤을 할 수 없게 되었다…….〉 한마디로 모든 일이 이런 식이었다. 놀라울 만큼 훌륭했다. 변론을 하는 변호사 자신도 자기가 그렇게 훌륭하게 변호할 수 있다는 기쁨에 도취되어 있었으며, 재판장도 도취되어 있었고, 방청객들도 도취되어 있었다. 수도원의 신부들은 순전히 웅변의 결과로 패소했다. 그러나 그들은 물론 의기소침해지지 않는다. 하나에서 패소했지만 열다섯 개가 승소할 것이기 때문이다.

「변호사가 누구입니까?」 하고 나는 경건한 태도를 취하고 있는 방청객 중의 한 젊은 학생에게 물어보았다. 이곳에는 학생들이 많았으며, 모두 선량해 보였다. 그는 놀랍다는 듯 나를 쳐다보았다.

「쥘 파브르입니다Jules Favre!」

그가 마침내 대답했을 때, 너무나 경멸적인 유감을 담고 있어서 나는 물론 당황했다. 이렇게 해서 나는 말하자면, 프랑스 웅변의 가장 중요한 원천에서 그것의 정수와 마주치는 기회를 갖게 된 것이었다.

그러나 이러한 원천은 끝이 없다. 부르주아들은 철두철미 웅변에 침식당해 있다. 언젠가 우리는 위인을 보기 위해 판테온으로 들어간 적이 있었다. 관람 시간이 아니었기 때문에 우리는 2프랑을 지불해야 했다. 그러고 나서 노쇠하고 존경할 만한 늙은 상이 군인이 열쇠를 들고 우리를 교회 묘지로 안내했다. 안내 도중에 그는 이가 빠져서 약간 우물거리는 것 외에는 별 차이 없이 보통 사람들과 똑같이 이야기했다. 하지만 묘지로 내려가면서 첫 번째 묘로 우리를 안내하자마자 그는 즉시 이렇게 읊어 대기 시작했다.

「이곳에 볼테르가 잠들어 있습니다Ci-gît Voltaire. 볼테르, 그는 훌륭한 프랑스의 위대한 천재였습니다. 편견을 근절시켰고 무지의 뿌리를 뽑았으며 어둠의 천사와 싸워 계몽의 횃불을 들어올렸습니다. 비록 프랑스가 이미 코르네유를 갖고 있기는 했지만, 그는 비극 속에서 위대한 업적을 달성했습니다.」

그는 암기한 대로 이야기하는 것이 분명했다. 언젠가 누가 그에게 종이 위에 이 지루한 설교문을 써주었을 테고, 그는 평생 동안 그것을 외우고 다니는 것이리라. 심지어 우리 앞에서 고상한 음절을 말할 때 나이 들고 선량해 보이는 그의 얼굴은 만족감 때문에 빛나고 있었다.

「이곳에는 장 자크 루소가 잠들어 있습니다Ci-gît Jean Jacques Rousseau.」 그는 다른 묘로 다가가면서 말을 계속했다. 「장 자크 루소는 자연과 진실의 인간이었습니다Jean Jacques, l'homme de la nature et de la vérité!」

나는 갑자기 우스워졌다. 고상한 음절로도 무엇이든 저속해질 수가 있었다. 더욱이 그 불쌍한 노인은 자연nature과 진실vérité에 관해 이야기하면서도 단연코 그게 무슨 말인지를 이해하지 못하고 있음이 분명했다.

나는 그에게 말했다. 「이상하군요! 이들 두 명의 위인들 중에서 한 사람은 다른 한 사람을 평생 동안 거짓말쟁이나 나쁜 인간이라고 불렀고, 상대방은 이쪽을 간단하게 바보라고 불렀는데, 지금은 여기에서 거의 나란히 붙어 있게 되었으니 말입니다.」

「무슈, 무슈!」상이 군인은 뭔가 반박하려 했지만, 아무 말 하지 않고 좀 더 서둘러서 우리를 다음 묘로 안내했다.

「이곳에는 란느가 잠들어 있습니다Ci-gît Lannes. 란느 원수는,」그는 다시 한번 읊조렸다.「영웅들이 대단히 많은 프랑스에서도 가장 위대한 영웅들 중의 한 분입니다. 그는 위대한 원수였으며, 위대한 황제를 제외하고 가장 능력 있는 군대 지휘관이었습니다. 그는 가장 높은 행복을 누렸습니다. 그의 친구로는……」

「아, 그렇지, 그는 나폴레옹의 친구였지요.」나는 이야기를 중단시키고 싶어서 이렇게 말했다.

「무슈! 제게 말할 기회를 주십시오.」약간 화가 난 목소리로 상이 군인이 가로막았다.

「말씀하십시오, 계속하시죠. 저는 듣겠습니다.」

「그러나 그는 가장 높은 행복을 누렸습니다. 그는 위대한 황제의 친구였습니다. 원수들 중에서 어느 누구도 위대한 분의 친구가 될 행운을 얻지는 못했습니다. 란느 원수만이 그런 위대한 영광을 얻을 가치를 지녔습니다. 그가 조국을 위해서 전장에서 죽었을 때……」

「아, 그래요, 그의 다리가 포탄에 날아갔지요.」

「무슈, 무슈! 제발 제가 말할 수 있도록 해주십시오.」상이 군인은 거의 애원하는 듯한 목소리로 소리쳤다.「당신은 아마도 이 모든 것을 알고 계시는 듯한데…… 하지만 저도 말할 수 있도록 해주십시오!」이 기인은 우리가 이미 모든 사실을 이미 알고 있음에도 불구하고 끝까지 자기가 이야기하고 싶어했다.

그는 다시 계속했다.「조국을 위해 전장에서 최후를 맞이하고 계실 때, 당시 마음속 깊이 충격을 받은 황제는 이 크나

큰 상실을 애도하면서⋯⋯.」

「그와 작별을 고하려고 다가갔지요.」 나는 그만 다시 그의 말을 가로채고 말았다. 그리고 곧 내가 바보처럼 행동했다고 느끼기 시작했다. 나는 수치스럽기까지 했다.

노인은 애원하는 듯 질책의 시선으로 내 눈을 바라보며 회색 머리를 흔들면서 말했다. 「무슈, 무슈! 나는 댁이 이 모든 사실을 아마도 나보다 더 잘 알고 있으리라는 것을 알고 있을 뿐만 아니라 확신하고 있습니다. 하지만 당신 자신이 안내를 맡아 달라고 저를 택한 것이 아닙니까. 제가 할 수 있게 해주십시오. 이제 얼마 안 남았습니다⋯⋯. 당시 마음속 깊이 충격을 받은 황제는 자신과 군대와 전 프랑스가 입은 이 크나큰 상실을 애도하면서(아, 아무 소용도 없지만), 임종을 맞이하고 있는 그의 침대로 다가가 마지막 작별 인사를 고함으로써 눈앞에서 죽어 가고 있는 장군의 지독한 고통을 덜어 주었습니다. 이제 끝났습니다, 무슈 C'est fini, monsieur.」 그는 비난하듯 나를 쳐다보며 이렇게 덧붙이고는 앞으로 걸어 나갔다.

「아, 여기에도 묘가 있습니다. 음 이것은⋯⋯ 몇몇 상원 의원들 quelques sénateure의 묘입니다.」 그는 가까이에 늘어서 있는 몇몇 묘에 대해 이렇게 무관심하게 덧붙이며 적당히 고개만 끄덕거릴 뿐이었다. 그의 웅변은 볼테르, 장 자크, 란느 장군에서 모두 소모되었던 것이다. 이것은 웅변에 대한 사랑을 직접적으로 보여 주는, 말하자면 국민적인 실례였다. 국민들이 거의 직접적으로 참여해서 재교육을 받는 국민 집회, 국민 공회, 정치 단체들에서 연설가들이 행하는 모든 연설은 단 하나의 흔적, 즉 웅변을 위한, 웅변에 대한 사랑만을 남겨 놓은 것이 정말일까?

8. 브리브리와 마 비슈

그런데 에푸즈들은 어떤가? 이미 이야기된 대로 에푸즈들은 안락하게 살고 있다. 왜 아내라는 말 대신에 에푸즈라고 쓰는지 당신들은 물어 올 것이다. 여러분, 그것은 고상한 말씨, 바로 그 이유 때문이다. 부르주아들은 고상한 말씨를 써야 할 때면 항상 나의 배우자mon épouse라고 말한다. 비록 그 밖의 사회 계층에서는 여느 곳에서처럼 단지 마 팜ma femme, 즉 나의 아내라고 말하지만 다수의 국민성에 따라 고상한 서술 양식을 따르는 게 더 좋겠다. 그것이 좀 더 특징적이기 때문이다. 또한 다른 명칭들도 있다. 부르주아들은 깊이 감동받거나 아내를 속이고 싶으면 항상 나의 암사슴ma biche이라고 부른다. 반대로 사랑스러운 아내는 우아한 장난기가 발동하면 사랑하는 부르주아를 브리브리bribri[40]라고 부르는데, 부르주아 쪽에서도 이에 대단히 만족해 한다. 브리브리와 마 비슈는 항상 번창해 왔지만, 지금이 그 어느 때보다도 더하다. 브리브리와 마 비슈는 이미 약속이 되어 있기 때문에(거의 아무런 대화 없이도) 성가신 일이 많은 요즈음, 어리석은 건달 공산주의자들이 추잡한 헛소리로 비난하는 것에 대항해서 선행과 조화와 천국과 같은 사회 상태의 모델이 되어야 한다. 게다가 브리브리는 해가 갈수록 부부 관계에 있어서 더욱 유연해지고 있다. 브리브리는 자신이 무슨 말을 하거나 무슨 수단을 쓰더라도 아무리 안정시키려 해도 마 비슈를 제지할 수 없음을 이해하고 있다. 또한 그들은

---

40 작은 새.

파리의 여인들이 정부(情夫)를 위해 태어난 것이며, 남편은 머리를 단정히 하는 것 외에는 달리 방법이 없다는 사실을 이해하고 있다. 브리브리는 침묵을 지키고 있지만, 물론 그에게 저축된 돈이 거의 없거나 많은 재산이 모이지 않았을 때까지만이다. 이러저러한 것들이 성취되고 나면, 브리브리는 대개 요구 사항이 더욱 많아지게 된다. 이것은 그가 자신을 지독히도 존경하게 되기 때문이다. 자 그러니 이제 그는 귀스타브도 달리 보기 시작하고, 한술 더 떠서 귀스타브가 건달이거나 재산이 별로 없다면 그 정도가 더해진다. 아주 약간의 돈이나마 가지고 있는 파리 시민들은 대개 결혼하고 싶어지면 돈이 있는 여자를 신부로 선택한다. 그뿐이 아니다. 미리 계산해 보고 서로가 가지고 있는 프랑이나 물건이 같아야만 결합한다. 이런 일은 어느 곳에서나 일어나지만, 이곳에서는 이미 주머니 평등의 법칙이 독특한 관습이 되어 버렸다. 예를 들어 신부측이 1꼬뻬이까라도 더 가지고 있다면, 신부는 그보다 더 적은 돈을 가지고 있는 지원자에게 넘겨지지 않고, 더 나은 브리브리를 찾는다. 게다가 사랑에 의한 결혼은 점점 더 불가능해지고 있으며, 예의 범절에 어긋나는 행동으로 간주되고 있다. 필연적인 주머니 평등의 법칙과 자본 간의 결혼이라는 이런 분별 있는 관습이 깨어지는 일은 아주 드물다. 다른 어디에서보다도 훨씬 더 드물다고 생각한다. 부르주아는 자신을 위해 아내의 돈을 소유할 방법을 아주 잘 세워 놓고 있다. 이러한 이유로 그는 많은 경우 자기 마 비슈의 이상한 행동을 보고도 기꺼이 못 본 체하며, 기분 나쁜 일들에 대해서도 주의하지 않는다. 불화라도 생기면 불쾌하게 지참금 문제가 제기될 수 있기 때문이다. 게다가 만약 마 비슈가 때로 상황에 맞지 않게 옷치장을 시작하기라도 하면, 브리브리는 모든 사실을 알아차렸음에도 불구하고 스스로와 타협한다. 아내가 옷치장을 위해 그에게 돈을 요구하는 일은 거의 없기 때문이다. 그러면 마 비슈는 훨씬 더 유순해진다. 결국 결혼이란 상당 부분 자본 간의 결합이며 서로의 애정에 관해서는 그다지 염려하지 않기 때문에, 브리브리는 자기의 마 비슈에게서 눈을 돌려 쉽게 어딘가 다른 곳을 바라본다. 때문에 가장 좋은 것은 서로서로를 방해하지 않는 것이다. 결국 집안의 화합은 더욱 커지게 되고, 브리브리와 마비슈라고 사랑스러운 이름을 부르는 사랑스러운 속삭임도 부부들 사이에서 더욱 자주 울려 퍼진다. 결국 모든 것을 다 말해 버리자면 브리브리는 이 경우에도 놀라울 정도로 훌륭하게 자기 자신을 보증할 수 있다. 경찰도 어느 순간에든지 그에게 봉사한다. 브리브리가 스스로 세운 법칙에 따라서 그렇게 된 것이다. 극단적인 경우에 그는 아내와 정부(情夫)를 범행 현장en flagrant délit에서 찾아내 둘 다 죽일 수도 있는데, 이에 대해 어떤 책임도 지지 않는다. 마 비슈는 이러한 사실을 알고 있고 스스로도 이를 찬양한다. 마 비슈는 불평도 하지 않고, 다른 야만적이고 우스꽝스러운 나라들에서처럼 대학에서 공부하거나 클럽과 의회에 진출하려는 꿈도 꾸지 않는다. 이렇게 된 것은 오랜 관습 덕분이다. 그녀는 현재의 공기 중에, 말하자면 카나리아와 같은 상황에 머물러 있기를 원한다. 사람들이 그녀에게 옷을 차려 입혀 주고 장갑을 끼워 주며 산책길로 모셔 간다. 그녀는 춤을 추고 봉봉 과자를 먹고, 겉으로는 여왕처럼 대접받는다. 그녀 앞에서 남자들은 하잘것없어 보인다. 이러한 형태의 관계는 놀라울 정도로 성공적이고 만족스럽게 형성되었다. 한마디로 기사도적인 관계가 지켜지고 있으니, 그 이상 무엇이 필요하겠는가? 그녀에게서 귀스타브를 떼어 낼 수는 없지 않은가. 삶에 있어 선량하거나 고상한 목적 같은 것도 그녀에게는 역시 필요 없다. 남편과 마찬가지로 본질적으로 자본가에다 구두쇠이기 때문이다. 카나리아의 시절이 지나가고 나면, 즉 어떤 방법으로도 더 이상 자신을 속여서 카나리아라고 생각할 수 없는 때가 되면, 또 새로운 귀스타브를 만드는 일이 자신의 열렬하고 자존심 강한 상상 속에서조차 단연코 어리석은 일로 받아들여지게 되면, 마 비슈는 갑자기 빠른 속도로 추하게 변해 간다. 교태, 옷차림, 장난기는 어디로 숨어 버리는 것인가. 대부분의 경우 그녀는 지독히 사악한 주부가 되어 버린다. 교회에 나가고 남편과 함께 돈을 모으지만, 냉소적인 태도가 갑자기 사방에서 모습을 나타낸다. 갑자기 일종의 피로감, 노여움, 거친 본능, 존재의 무목적성, 냉소적인 대화가 시작된다. 그들 중의 어떤 사람들은 타락한 인간이 되기까지 한다. 물론 모든 것이 다 그렇지는 않다. 더 밝은 현상들도 있다. 어느 곳에서든 이와 똑같은 사회적인 관계는 있게 마련이다. 그러나…… 이곳에서는 이 모든 것이 보다 더 자신의 토양에 뿌리 박고 있으며 더 독창적이고 더 독특하고 더 완벽하다. 이곳의 모든 것은 더욱 국민적이다. 이곳에는 현재 부르주아 사회 유형의 원천, 발단이 있는데, 이 유형은 위대한 민족에 대한 영원한 모방 심리로 인해 전세계에 걸쳐 지배자가 되고 있다.

그렇다, 표면상으로 마 비슈는 여왕이다. 사교계에서도 거리에서도 얼마나 세련된 정중함이 사방에서 그녀를 에워싸고 얼마나 집요하게 그녀에게 주의를 기울이는지는 상상하기도 어렵다. 그 우아한 모습에는 그저 놀랄 뿐이다. 때로는 마닐로프 기질에 빠져서 정직한 영혼을 가진 여자라면 참을 수 없을 정도가 된다. 거짓과 같은 명백한 부정 행위는 그녀를 마음속 깊이 모욕하는 것이다. 하지만 마 비슈 자신도 대단한 사기꾼으로서…… 그녀에게는 단지 그것만이 필요하다……. 그녀는 항상 의도했던 바를 얻고야 말며, 솔직하게 똑바로 가기보다는 항상 속임수 쓰기를 더 좋아한다. 그녀의 의견에 따르면, 이것이 더 믿을 만할 뿐만 아니라 오락 이상이라는 것이다. 하긴 오락이나 술책이 마 비슈에게는 전부이며 가장 중요한 문제가 아니겠는가. 그 대신 그들은 얼마나 멋을 내고 있고, 얼마나 자신만만하게 거리를 걸어다니고 있는가. 마 비슈는 매너리즘에 빠져 있고 부서졌으며 완전히 부자연스럽지만, 신선하고 직접적인 아름다움에 싫증이 나서 취향을 상실한 사람들, 때로는 타락한 사람들을 유혹한다. 마 비슈는 정말 잘못 발전되어 왔다. 그들의 이성이나 심성은 새 정도에 불과하다. 그럼에도 불구하고 그들은 우아하며, 농담이나 기이한 행동과 같은 수많은 비밀을 가지고 있어서, 당신들은 이에 굴복당하게 되고 자극적이고 신기한 것이라도 되는 양 그들의 뒤를 따라다니게 된다. 그들이 미인인 경우는 거의 없다. 얼굴에는 사악함마저 감돈다. 하지만 이것은 상관없다. 그들의 얼굴은 다양하게 변화하고 장난기가 어려 있으며 최고 상태의 감정이나 본성을 흉내 내는 비밀을 소유하고 있다. 당신들에게는 아마도 그녀가 이러한 속임수로 본성에 도달할 수 있으리라는 사실이 아니라, 그 속임수 달성 과정이 당신들을 유혹하고 그러한 기교가 당신들을 유혹하리라는 사실이 마음에 들 것이다. 진정한 사랑이든 사랑에 대한 훌륭한 모조이든 대부분의 파리 시민들에게는 별반 차이가 없다. 오히려 위조가 더 마음에 들지도 모르는 일이다. 파리에서는 여성에 대한 동양적인 시각이 점점 더 많이 나타나고 있다. 바람기 많은 여자들이 점점 더 유행이 되고 있다.

「이 돈을 받고 훌륭하게 속여 주시오. 즉 사랑을 흉내 내 보란 말이오.」

이런 식으로 바람기 많은 여자들은 요구받고 있는 것이다. 에푸즈들에게 요구되고 있는 것도 이 이상은 아니다. 적어도 이 정도에 만족하고 있다. 때문에 귀스타브도 묵계 하에 경멸적으로 허락되고 있는 것이다. 게다가 부르주아들은 마 비슈가 나이가 들어감에 따라 완전히 그와 관심을 함께 하여 돈을 모으는 데 열렬한 원조자가 될 것임을 알고 있다. 젊은 시절에도 우연히 돕는 수가 있다. 그녀는 때로 물건 파는 일을 도맡아 하기도 하고 손님을 상대하기도 하는, 한마디로 오른팔이자 최고의 점원이다. 그러니 어떻게 귀스타브를 용서하지 않을 수 있겠는가. 거리에서 여자들을 건드려서는 안 된다. 어느 누구도 그들에게 실례되는 행동을 하지 않으며, 우리 나라에서와는 달리 그녀들에게 길을 비켜 준다. 여자들이 아주 조금이라도 나이가 들지 않았다면, 단 두 걸음도 지나가지 않아 도전적이고 추근추근한 어떤 얼굴이 그녀의 모자 밑을 들여다보며 인사하기를 청하는 우리 나라와는 다르다.

하지만 귀스타브의 존재가 가능함에도 불구하고 브리브리와 마 비슈 사이의 평범하고 의례적인 관계 형태는 상당히 친근하고, 때로는 순진하기조차 하다. 대체로 외국인들은 — 내 눈에 비친 대로 말하는 것이지만 — 거의 모두가 러시아 인들에 비해서 비교할 수도 없을 만큼 순진하다. 이를 더 자세히 설명하기는 어렵다. 스스로가 알아내야 한다. 러시아 인은 회의론자에다 조롱꾼이다Le Russe est sceptique et moquer라고 프랑스 인들은 말하고 있는데, 이는 사실이다. 우리는 냉소주의자들보다 그 정도가 심해서 자신의 것을 하찮게 평가할 뿐만 아니라 사랑하지도 않는다. 아니 최소한 무슨 일인지 이해하지도 못하면서 전혀 존경하지도 않는다. 우리는 어떤 민족에도 속해 있지 않으면서 유럽적, 전 인류적인 관심사에 간섭하고, 모든 일에 대해 마치 의무라도 되는 듯 더욱 냉담하게, 어떠한 경우에든 더욱 추상적으로 관계한다.

그런데 지금 나는 본래의 대상으로부터 벗어나고 있다. 브리브리는 때로 놀라울 정도로 순진하다. 예를 들어 분수대 주위를 산책하면서 그는 마 비슈에게 왜 분수가 위로 솟구쳐 오르는지를 설명하기 시작하고, 자연의 법칙을 설명해 주고, 그녀 앞에서 볼로뉴 숲의 아름다움, 조명, 베르사유의 대분수 les grandes eaux, 나폴레옹 황제의 성공과 군의 명예gloire militaire에 민족적인 자부심을 느끼며 그녀의 호기심과 만족감을 충족시켜 주고, 자신도 이것에 무척 만족해 한다. 가장 교활한 마 비슈도 남편에게는 상당히 상냥하다. 즉 이러한 행동은 위선에 의한 것이 아니며, 남편의 조발에도 불구하고 사심 없이 상냥한 태도인 것이다. 물론 나는 르샤쥬의 악마처럼 지붕을 벗겨 내자고 주장하는 것은 아니다. 단지 내 눈에 띈 것, 내게 그렇게 느껴진 것만을 이야기하고 있다.

〈남편은 아직도 바다를 보지 못했어요Mon mari n'a pas encore vu la mer〉라고 다른 마 비슈가 당신에게 이렇게 말할 그녀의 목소리에는 진심으로 순진한 동정이 스며 있다.

이 말은 남편이 바다를 보기 위해 브레스트나 볼로뉴 같은 곳에 아직 가보지 않았음을 의미한다. 부르주아에게는 대체로 부르주아적 습관으로 변해 가는 가장 순진하고 가장 진지한 몇 가지 요구들이 있음을 알아야 한다. 예를 들어 부르주아는 돈을 저축하려는 요구, 웅변에 대한 요구 이외에 두 개의 요구, 즉 일반적인 습관으로 정화된 두 개의 당연한 요구를 더 가지고 있는데, 그에 대해 부르주아는 굉장히 진지하고, 거의 감동적인 태도를 취하고 있다. 첫 번째 요구는 부아르 라 메르voir la mer, 즉 바다를 보는 것이다. 파리 시민들은 평생 동안 파리에서 장사 같은 것을 하며 살고 있어서 바다를 보지 못한다. 그들이 무엇 때문에 바다를 보아야 하는가? 그들 자신도 이유를 알지 못하지만, 대단히 감상적일 정도로 원하고 있는데 그러면서도 매년 다음 해로 미루고 있다. 대개 일이 많아 떠날 수가 없기 때문이다. 아내들은 안타까워하며 그들의 괴로움을 진심으로 함께 한다. 일반적으로 여기에는 많은 감동이 있고, 그래서 나는 이것을 존경한다. 마침내 그는 시간과 여비를 마련하는 데 성공한다. 며칠간만이라도 〈바다를 보기 위해〉 떠날 채비를 한다. 돌아와서는 아내, 친척, 친구들에게 자신이 받은 인상에 관해 기쁨에 넘쳐 과장해서 이야기하고, 자기가 바다를 본 사실을 평생 동안 기분좋은 추억으로 간직하며 산다. 부르주아, 특히 프랑스 부르주아들의 정당하고, 강도 높은 또 하나의 요구는 잔디밭에서 뒹구는 것se rouler dans l'herbe이다. 문제는 파리 시민들이 교외로 나가 잔디밭 위에서 뒹구는 것을 굉장히 좋아할 뿐만 아니라 심지어 의무라고 여기고 있고, 이렇게 함으로써 자연과avec la nature 융합된다고 느끼며 품위 있게 이것을 행하고, 그 순간 누군가가 자신을 바라보고 있다면 특히 더 좋아한다는 점이다. 일반적으로 파리 시민들은 교외에서는 더 거리낌 없이 더 장난스럽고 더 대담해지기를, 한마디로 더 자연스럽고 인간의 본성la nature에 더욱 가까워 보이는 것을 자신들의 당면한 의무라고 생각한다. 자연과 진실의 인간L'homme de la nature et de la vérité! 이미 장 자크 시대부터 부르주아들 사이에서는 자연에 대한 강한 존경이 나타나지 않았었던가? 하지만 바다를 보는 것voir la mer과 잔디밭에서 뒹구는 것se rouler dans l'herbe, 이 두 가지 요구를 파리 시민들은 대부분 여건이 축적되었을 때에만, 한마디로 자신을 존경하고 자랑스러워하며 스스로를 인간으로 보기 시작했을 때에만 자신에게 허락한다. 잔디밭에서 뒹구는 것은 자신만의, 자기의 노동에 대한 대가로 지불된 돈을 가지고 구입한 땅 위에서 행해질 때 두 배, 열 배로 더 유쾌한 것이다. 대개 부르주아들은 일에서 떠나 있으려 할 때 어딘가에 땅을 사 놓고 자신의 집과 정원, 담장, 자신의 암탉과 암소를 마련해 놓는 것을 좋아한다. 비록 이것이 현미경으로 볼 수 있을 정도라 하더라도 별 문제가 되지 않는다. 부르주아는 아주 어린아이와 같은 감동적인 환희를 느끼며 〈나의 나무, 나의 담장Mon arbre, mon mur〉이라고 외친다. 그는 자신과 자기 집에 억지로 초대해 놓은 사람들 앞에서 이 말을 끊임 없이 되뇌이며, 그 말을 평생 동안 멈추지 않고 계속한다. 잔디밭에서 뒹구는 것Se rouler dans l'herbe 이 무엇보다도 즐겁다. 이 의무를 수행하기 위해서 그는 집 앞에 반드시 잔디밭을 만든다. 어떤 부르주아의 집에서는 잔디밭으로 정해진 장소에서 아무리 해도 잔디가 자라지 않는다는 이야기를 들은 적이 있다. 그는 재배하고 물을 뿌리고 다른 곳에서 떼어 온 잔디를 옮겨 심고 해보았지만 불행히도 모래밭이어서 아무것도 싹 틔우지 못했고 뿌리도 내리지 못했다. 우연히 그런 땅이 집 앞에 있었던 모양이다. 그래서 그는 인조 잔디를 샀다. 인조 잔디를 구입하기 위해 일부러 파리까지 가서 직경 1사쩬[41] 정도 크기의 원형 잔디를 주문해 와서 저녁 식사 후에 항상 긴 풀이 자란 이 양탄자를 펼쳐 놓았다. 자신을 속여서라도 자신의 정당한 요구를 만족시키며 잔디밭에서 뒹굴고자 한 것이다. 자기 힘으로 얻었다는 사실에 대해 느끼는 첫 환희의 순간에 부르주아가 이러는 것은 물론 당연하며, 여기에는 도덕적으로 아무 잘못도 없다.

그런데 귀스타브에 관해서도 몇 마디 할 말이 있다. 귀스타브도 물론 부르주아와 같아서 점원, 상인, 관리, 문인 homme de lettres, 장교이다. 귀스타브는 결혼을 하지는 않았지만 브리브리와 전혀 다를 바가 없다. 그러나 문제는 거기에 있는 것이 아니라, 귀스타브가 현재 어떤 옷치장을 하고 꾸미고 있으며, 그가 지금 어떻게 보이고, 그에게는 지금 어떤 깃털이 꽂혀 있는가에 있다. 귀스타브의 이상형은 시대에 따라 변하는데, 사회에서 유행하는 모습들이 항상 연극에서도 그대로 반영되어 나타난다. 부르주아는 특히 보드빌[42]을 좋아하기는 하지만, 멜로드라마를 훨씬 더 좋아한다. 겸손하고 유쾌한 보드빌은 어떤 토양으로도 거의 이식되지 않는 유일한 예술 작품으로서, 그것이 탄생한 이곳 파리에서만 가능하다. 이러한 보드빌은 부르주아를 매혹시킬지는 모르

41 약 2.134미터.
42 노래와 춤을 섞은 가벼운 희가극.

지만, 완전히 만족시키지는 못한다. 여하튼 부르주아는 이것을 하찮게 여긴다. 그들에게는 고상한 것이 필요하고 설명할 수 없을 정도로 우아한 것이 필요하고 감상적인 것이 필요한데, 멜로드라마가 이 모든 요소를 포함하고 있는 것이다. 멜로드라마 없이 파리 시민들은 살 수가 없다. 부르주아가 살아 있는 동안 멜로드라마는 사라지지 않을 것이다. 그런데 신기하게도 보드빌이 지금 되살아나고 있다. 그것은 여전히 유쾌하고 이전과 마찬가지로 말할 수 없을 정도로 웃음을 자아내기는 하지만, 현재는 다른 요소가 강력하게 혼합되기 시작했다. 그것은 교훈이다. 부르주아는 지금도 기회가 있을 때마다 자신과 마 비슈에게 설교하기를 대단히 좋아하고 이를 가장 신성하고 필요한 일로 간주한다. 게다가 부르주아는 현재 무제한의 힘으로 통치하고 있다. 그들은 힘이다. 보드빌이나 멜로드라마의 작가는 항상 하인으로서 권력에 아첨한다. 이런 상황이기 때문에 부르주아는 우스꽝스러운 모습으로 사람들 앞에 드러나더라도 승리하게 되고, 마지막에는 항상 모든 일이 순조로운 상태에 있다고 보고되는 것이다. 이와 유사한 보고들이 진실로 부르주아를 안심시킨다고 생각해야만 한다. 자신들의 일이 성공하리라는 확신을 갖지 못한 사람들에게서는 의혹을 없애고 스스로에게 용기를 북돋우며 안심시키려고 하는 고통스러운 요구가 나타난다. 그들은 순조로운 징후조차 믿기 시작한다. 여기서도 그대로이다. 멜로드라마에서는 고상한 특성, 고매한 교훈이 나타난다. 이미 유머는 없다. 브리브리가 대단히 좋아하고 마음에 들어하는 모든 것들이 감동적인 승리를 거둔다. 그가 무엇보다도 마음에 들어 하는 것은 정치적 평안이며, 그에게는 좀 더 평안한 안식처를 만들 목적으로 돈을 저축할 권리가 있다. 현재 씌어지는 멜로드라마들도 그러한 특성을 가지고 있다. 귀스타브도 똑같은 특성을 가진 것으로 드러나고 있다. 언젠가 브리브리가 설명할 수 없을 정도의 이상적인 고상함으로 간주했던 모든 것을 귀스타브에게서도 항상 확인해 볼 수 있다. 이전부터, 이미 오래전부터 귀스타브는 박해와 불공평으로 고통받는 추방당한 시인, 예술가, 인정받지 못한 천재였다. 그는 훌륭하게 투쟁하고, 그래서 결말은 항상 남몰래 그를 사모해 왔던 자작 부인이 — 그는 부인에게 경멸적인 무관심을 보여 왔다 — 무일푼이었다가 갑자기 엄청난 돈을 가지고 있는 것으로 밝혀진 양녀 세실과 그를 결합시키는 것으로 끝난다. 일반적으로 귀스타브는 소란을 피우며 그 돈을 거절한다. 그러나 이때 전시회에서 그의 작품이 성공을 거둔다. 그러면 바로 세 사람의 우스꽝스러운 신사가 그의 아파트로 밀고 들어와서는 앞으로 그릴 그림에 대해서 10만 프랑을 주겠다고 제안한다. 귀스타브는 쓰디쓴 절망 속에서 그들을 경멸적으로 조소하며 모든 사람들은 자신의 예술을 얻기에는 부족한 속물들이기 때문에 지금까지 그의 위대성을 알아차리지 못한 보잘것없는 인간들에게 예술, 신성한 예술이 모독받지는 않도록 하겠다고 선언한다. 그러나 자작 부인이 갑자기 찾아와서 세실이 그에 대한 사랑으로 죽어 가고 있으니 그림을 그리지 않으면 안 된다고 설명한다. 여기서 귀스타브는 이전엔 그의 적이었고 지금까지 그의 작품 단 한 점도 전시회에서 볼 수 없게 만들었던 자작 부인이, 그를 남몰래 사랑하고 있었음을 알아차리게 된다. 즉 질투심 때문에 그에게 복수하고 있었다는 것을 알게 되는 것이다. 물론 귀스타브는 세 명의 신사로부터 즉시 돈을 받아 들지만, 다시 한번 그들에게 욕설을 퍼붓는다. 그러나 그들은 이것만으로도 대만족이다. 귀스타브는 곧 세실에게 달려가서 그녀의 1백만 프랑을 받아들이기로 약속하고 자기 영지로 떠나려는 자작 부인을 용서한다. 그는 정식으로 결혼을 한 후, 아이를 낳고 플란넬 스웨터를 입고 실내모bonnet de coton를 쓰기 시작하며, 마 비슈와 함께 저녁마다 은혜로운 분수대 주변을 산책하곤 한다. 분수의 조용한 물결소리는 물론 지상에서의 행복의 불변성, 견고함, 평온함을 상기시킨다.

때로 귀스타브는 점원이 아니라 박해받고 학대받지만, 그의 영혼은 설명할 수 없는 고결함으로 가득 차 있는 고아인 경우도 있다. 그런데 갑자기 그는 고아가 아니라 로스차일드의 합법적인 아들이라는 사실이 밝혀진다. 수백만 프랑의 돈을 받게 된 것이다. 그러나 귀스타브는 당당하고 경멸적으로 그 돈을 거절한다. 무엇 때문인가? 웅변을 위해서는 그렇게 해야만 하는 것이다. 그러나 이때 귀스타브가 밑에서 일하고 있는 은행가의 아내, 즉 그를 사랑하는 마담 보프레가 뛰어든다. 그녀는 지금 세실이 그에 대한 사랑으로 죽어 가고 있으니 가서 그녀를 구해야 한다고 알려 준다. 귀스타브는 마담 보프레가 그를 사랑하고 있음을 알아차리게 되고, 모든 종류의 인간들에게는 자기와 같은 설명하기 어려운 고상함이 없다는 이유로 그들을 가장 추악한 말로 비난하고 나서 수백만 프랑을 받아들이며, 세실에게로 가서 그녀와 결합한다. 은행가의 아내는 자신의 영지로 돌아가고, 보프레 씨는 의기양양해진다. 왜냐하면 파멸의 끝에 서 있던 아내가 여전히 순결하고 결백하기 때문이다. 한편 귀스타브는 아이를 낳고 저녁마다 은혜로운 분수 주변을 산책하곤 하는데, 분수의 물결소리는 그에게 이러저러한 것들을 상기시킨다.

　요즈음에 와서 설명할 수 없는 고결함은 장교나 공병 장교, 아니면 적어도 군복을 입고 있거나 〈자신의 피의 대가로 얻은〉 레지옹 도뇌르 훈장을 달고 있는 사람들에게서 자주 나타나고 있다. 그런데 이 훈장이라는 게 무서운 것이다. 훈장을 달고 있는 사람들은 너무 잘났기 때문에 그들과는 거의 만날 수도 없고 함께 기차를 타고 갈 수도, 극장에 함께 앉아 있을 수도, 레스토랑에서 마주칠 수도 없다. 그들은 단지 침만 뱉지 않을 뿐, 당신들 앞에서 뻔뻔하게 거드름을 피우고 거만 때문에 숨이 막혀서 헐떡일 지경이다. 결국 당신들은 구역질이 나기 시작하고 담즙이 흘러 나와 의사를 부르러 보내야만 할 정도가 된다. 그러나 프랑스 사람들은 이러한 것을 매우 좋아한다. 현재 연극에서는 무슈 보프레에게 특히 대단한 주의가 기울여지고 있다는 점이 주목할 만하다. 적어도 이전보다는 훨씬 많은 주의가 기울여지고 있다. 물론 보프레는 많은 돈을 저축했고 매우 많은 재산을 모아 놓았다. 그는 정직하고 단순하며 또한 부르주아적 특성과 남편이라는 사실 때문에 약간은 우스꽝스럽다. 그러나 그는 선량하고 정직하고 관대하며, 마 비슈가 부정을 저지르고 있다는 의심 때문에 고통받을 수밖에 없는 장면에서도 이루 말할 수 없을 만큼 고결하다. 그럼에도 불구하고 아무튼 그는 관대하게 아내를 용서해 주기로 결심한다. 물론 아내는 단지 약간 동요되어 귀스타브에게 마음이 끌렸을 뿐 비둘기처럼 순결하며, 관대함으로써 그녀를 위압하는 브리브리가 그녀에게는 누구보다도 더 소중하다는 사실이 밝혀진다. 세실은 물론 여전히 무일푼이지만, 그건 단지 1막에서만이고, 결국에는 1백만 프랑이 있는 것으로 드러난다. 귀스타브는 언제나처럼 거만하고 경멸적일 정도로 고상하며, 거드름만이 더 커지고 있는데, 이는 그가 전형적인 군인이기 때문이다. 그에게는 피의 대가로 얻은 십자 훈장과 〈나의 아버지의 검l'épée de mon père〉이 이 세상에서 무엇보다도 가치가 있다. 아버지의 검에 대해서는 때와 장소에 상관없이 어디에서나 끊임 없이 떠들어 댄다. 당신들은 무슨 말인지 이해조차 못할 것이다. 그는 욕설을 퍼붓고 침을 뱉지만 모든 사람들은 그에게 고개숙이고, 이를 보는 관객들은 눈물을 흘리며 박수를 친다.(문자 그대로 눈물을 흘린다.) 물론 그에게는 돈이 한 푼도 없으며, 이것은 필수 조건sine qua non이다. 물론 마담 보프레가 그를 사모하고 있고 세실도 마찬가지이지만, 그는 세실이 사랑하리라고는 상상도 못한다. 세실은 5막이 진행되는 동안 계속해서 사랑 때문에 신음한다. 마침내 눈이 내리거나 이와 비슷한 일이 일어난다. 세실은 창밖으로 몸을 던지려 한다. 그러나 창문 아래에서 두 발의 총성이 울려퍼지고 모든 사람은 급히 모여든다. 창백해진 귀스타브가 팔을 늘어뜨린 채 천천히 무대로 들어선다. 피를 대가로 지불한 훈장이 그의 프록코트 위에서 반짝인다. 비방자이며 세실을 유혹했던 사람이 벌을 받은 것이다. 귀스타브는 마침내 세실이 그를 사랑하고 있고, 이 모든 일은 마담 보프레의 장난이었음을 알게 된다. 그러나 마담 보프레가 창백하게 놀라는 것을 보고 귀스타브는 그녀가 자신을 사랑하고 있음을 알아차린다. 그런데 이때 다시 총성이 울려 퍼진다. 보프레가 절망 때문에 자살을 하려 한 것이다. 마담 보프레는 비명을 지르며 문을 향해 달려가고, 이때 보프레 자신이 죽은 여우나 그 비슷한 것을 들고 들어온다. 교훈은 주어졌다. 마 비슈는 그것을 결코 잊지 않을 것이다. 그녀는 모든 것을 용서해 준 브리브리에게 매달린다. 그런데 갑자기 세실에게 1백만 프랑이 생기게 되고 귀스타브는 다시 소란을 일으킨다. 귀스타브는 결혼하고 싶지 않다고 고집을 부리며 추악한 말로 욕설을 퍼붓는다. 귀스타브는 반드시 추악한 말로 욕설을 퍼붓고 1백만 프랑에 침을 뱉어야 하는데, 그렇지 않으면 부르주아들은 그를 용서하지 않을 것이다. 이루 말할 수 없을 정도의 고결함이 충분하지 않기 때문이다. 그렇다고 부르주아가 자기 모순에 빠져 있다고는 생각하지 말기 바란다. 걱정할 것은 없다. 1백만 프랑이 행복한 한 쌍을 지나쳐 버리지는 않을 테니 말이다. 그것은 필연적인 것으로 마지막에는 항상 선행에 대한 보상의 형태를 띠게 된다. 부르주아는 스스로를 배신하지 않는다. 귀스타브는 결국 1백만 프랑의 세실을 얻게 되고, 그 후에 반드시 따라와야 할 분수대, 무명 실내모, 물소리 등등이 시작된다. 자신의 가족적인 덕행으로 모든 사람들을 위압하며 승리를 거둔 보프레 역시 이런 식으로, 즉 대단히 감상적이고 이루 말할 수 없을 정도로 한껏 고결해진다. 그런데 무엇보다도 중요한 것은 운명의 형태, 자연 법칙의 형태를 띠고 있는 1백만 프랑으로서, 여기에는 모든 명예, 영광, 숭배 등등이 주어져 있다. 브리브리와 마 비슈는 완전히 만족하고 안정을 되찾고 위로받은 상태로 극장에서 나온다. 귀스타브는 그들을 배웅하며 상대의 마 비슈를 마차에 태우고 그녀의 손에 조용히 키스한다……. 모든 일이 제 갈 길로 나아가는 것이다.

악어
이상한 사건, 혹은 아케이드에서의 돌발적 사건

박혜경 옮김

어느 정도의 나이에 어느 정도의 외모를 지닌 한 신사가
아케이드의 악어에 의해 흔적도 없이 완전히 산 채로 삼켜지고,
이로 인해 발생한 사건에 관한 실화.

Ohè, Lambert! Où est Lambert?
As-tu vu Lambert?[1]

---

1 오, 랑베르! 랑베르는 어디 있지? 자네 랑베르를 보았나?

1

 1865년 올해 1월 30일 오후 12시 30분경에, 나의 교양 있는 친구이자 동료이며 어느 정도 먼 친척뻘이 되는 이반 마뜨베이치의 아내 엘레나 이바노브나가 아케이드에서 얼마의 돈을 내면 볼 수 있는 악어를 보고 싶어했다. 주머니에는 외국으로 떠나기 위한(병 때문이라기보다는 지식욕 때문에) 표가 들어 있었고, 직장에서는 이미 휴가 결재가 난 상황이었다. 따라서 그날 아침에는 완전히 자유로웠기 때문에 이반 마뜨베이치는 아내의 꺾을 수 없는 소망을 저지하기는커녕 자신도 호기심으로 타오르고 있었다. 그는 대단히 만족해 하며 말했다. 「아주 훌륭한 생각이오. 악어를 보러 갑시다! 유럽에 가기 전에 그곳에 살고 있는 토착민들과 이곳에서 미리 사귀어 두는 것도 나쁘지 않겠지.」 이렇게 말하며 그는 아내의 손을 잡고 곧장 아케이드로 향했다. 나 역시 여느때와 마찬가지로 집안 친구로서 그들 옆에 나란히 따라 나섰다. 나는 이 기념할 만한 날의 아침보다 이반 마뜨베이치가 더 기분좋은 정신 상태에 있었던 것을 그때까지 한 번도 본 적이 없다. 진정 우리는 자신의 운명을 미리 알지 못하는 것이다! 아케이드로 들어서면서 그는 곧 건물의 웅장함에 매료되기 시작했고, 최근 수도로 운반되어 온 괴물이 전시되어 있는 곳으로 가서는 나를 대신해 악어 관람료 25꼬뻬이까를 내기도 했다. 물론 이전에는 그런 일이 한 번도 없었다. 그다지 크지 않은 방으로 들어가 보니 그 안에는 악어 말고도 외국산 앵무새인 붉은 앵무새 몇 마리와 그 밖에 밑을 파낸 특수 우리 속에 원숭이 무리가 들어 있는 것이 눈에 띄었다. 입구로 들어서자마자 왼쪽 벽 옆에 단단한 철망으로 덮인 욕조처럼 생긴 커다란 금속 상자가 놓여 있었는데, 바닥에 물이 1베르쇼끄[2] 정도 차 있었다. 이 얕은 물 웅덩이 속에 정말로 커다란 악어가 통나무처럼 드러누운 채 들어 있었다. 전혀 움직임이 없는 것을 보니 외국인들에게는 호의롭지 못한 축축한 우리 나라의 기후 때문에 모든 능력을 잃은 것이 분명했다. 이 괴물은 처음에는 우리들 중 어느 누구에게도 특별한 호기심을 불러일으키지 못했다.

「그러니까 이게 바로 악어라는 거군요!」 엘레나 이바노브나는 유감스럽다는 듯한 목소리로 말꼬리를 길게 늘였다. 「뭔가 다른 것일 거라고 생각했는데……」

그녀는 아마 보석이라도 되는 줄 알았던 모양이다. 악어 소유자인 독일인 주인은 우리에게 걸어 나오면서 굉장히 거만한 표정으로 우리를 쳐다보았다.

「저 사람이 저러는 것도 당연해.」 이반 마뜨베이치가 내게 속삭였다. 「전 러시아에서 자기만이 지금 악어를 관람시키고 있다는 사실을 의식하고 있을 테니 말일세.」

이것은 전혀 터무니없는 말이었지만 나는 이반 마뜨베이

---

[2] 미터법 시행 전 러시아의 길이 단위. 1베르쇼끄는 약 4.445센티미터.

치를 사로잡고 있는 지나치게 선량한 기분 탓으로 돌렸다. 다른 경우였다면 그는 매우 질투했을 것이다.

「당신의 악어는 살아 있는 것 같지가 않네요.」 주인의 거만함에 화가 난 엘레나 이바노브나가 이 무례한 사람을 굴복시키기 위해 그를 향해 우아한 미소를 띠며 이렇게 말했다. 이것은 여성들에게서 타고난 교묘한 술책이다.

「오, 아닙니다, 부인.」 그 사람은 엉터리 러시아 어로 대답을 하고는 즉시 상자의 망을 반쯤 열고 막대기로 악어의 머리를 쿡쿡 찌르기 시작했다.

그러자 교활한 괴물은 살아 있다는 표시를 보여 주려는 듯 앞다리와 꼬리를 약간 움직이며 주둥이를 치켜 들고서 콧소리 비슷하게 길게 끄는 듯한 소리를 냈다.

「자, 화내지 말아라, 카를르헨!」 자신의 자존심을 충족시킨 독일인이 다정하게 말했다.

「이 악어는 정말 혐오스러워요! 깜짝 놀랐다니까요. 아마 꿈에 나타날 거예요.」 엘레나 이바노브나가 더욱 교태를 부리며 말했다.

「하지만 꿈속에서는 물지 않을 겁니다, 부인.」 독일인은 은근한 태도로 이렇게 응대를 하고는 모든 사람들 앞에서 자기 말이 재치 있다는 듯 웃어 대기 시작했다. 그러나 우리들 중 아무도 그 말에 대꾸하지는 않았다.

「가요, 세묜 세묘니치.」 엘레나 이바노브나가 특별히 나를 향해 말했다. 「원숭이를 보는 게 더 낫겠어요. 원숭이를 정말로 좋아하거든요. 그것들 중에는 사랑스러운 것도 있지만……. 악어는 정말로 무서워요.」

「아, 두려워하지 말아요, 여보.」 자기 아내에게 기분좋게 허세를 부리며 이반 마뜨베이치가 우리 뒤에서 소리쳤다. 「잠이 덜 깬 이 파라오 왕국의 거주자는 우리에게 아무 짓도 저지르지 못할 거요.」 그는 그대로 상자 옆에 남았다. 그뿐만 아니라, 나중에 그가 시인한 대로, 악어가 다시 콧소리를 내도록 하기 위해 장갑을 들고서 악어의 코를 간질이기 시작했다. 악어 주인은 귀부인의 뒤를 따라가듯 엘레나 이바노브나의 뒤를 따라 원숭이 우리로 향했다.

그런 식으로 모든 일은 순조롭게 진행되었고 아무 일도 예견할 수 없었다. 엘레나 이바노브나는 발랄할 정도로 원숭이에게 마음을 빼앗기고 있어서 마치 자신의 전부를 그것들에게 내맡긴 것 같았다. 그녀는 악어 주인에게는 주의도 기울이고 싶지 않은 듯 계속해서 나를 바라보며 만족감에 환호성을 질렀다. 자신의 가까운 지기나 친구들과 이 긴꼬리원숭이 사이의 닮은 점을 발견했을 때는 큰 소리로 웃기도 했다. 나도 유쾌해졌다. 왜냐하면 의심할 바 없이 닮았기 때문이다. 독일인 소유자는 자기를 보고 웃는 것인지 아닌지를 몰라서 결국에는 완전히 시무룩해졌다. 그런데 바로 이 순간 갑자기 무서운, 이 세상의 것 같다고 할 수 없는 비명이 홀 안을 진동시켰다. 무슨 생각을 해야 하는지도 모른 채 처음에는 그 자리에 얼어붙어 버렸다. 그러나 엘레나 이바노브나도 소리를 지르고 있다는 것을 알아차리고 재빨리 뒤를 돌아보았다. 내가 무엇을 보았겠는가! 나는 보았다. 「오, 맙소사!」 나는 무서운 악어의 턱 사이에 있는 불행한 이반 마뜨베이치를 보았다. 그는 악어에게 몸통이 반쯤 먹힌 채 공중에 수평으로 들어올려져 있었으며 그 안에서 절망적으로 두 다리를 버둥거리고 있었다. 그러고 나서 순식간에 그는 사라지고 말았다.

하지만 묘사는 자세히 하겠다. 왜냐하면 나는 계속해서 움직이지 않은 채 서 있었기 때문에, 지금 내 앞에서 벌어지고 있는 전대미문의 사건의 전 과정을 대단한 주의력과 호기심을 가지고 볼 수 있었다. 〈만약 이 모든 일이 이반 마뜨베이치 대신 내게 일어났다면, 그랬다면 얼마나 불쾌했을까!〉라는 생각이 이 운명적인 순간 내게 떠올랐다. 하지만 다시 본론으로 돌아가자. 악어는 무시무시한 턱 속에서 불쌍한 이반 마뜨베이치의 다리를 자기 쪽으로 돌려놓더니 그 다리를 먼저 삼키기 시작했다. 그러고 나서 빠져나오려고 발버둥치며 손으로 상자를 잡고 있는 이반 마뜨베이치를 약간 토해 내는가 싶더니 다시 그를 허리띠 위쪽까지 끌어올렸다. 그러고 나서 다시 뱉어 냈다가, 다시 한번, 다시 한번 삼켜 버렸다. 이렇게 해서 이반 마뜨베이치는 우리의 눈앞에서 분명히 사라지고 말았다. 결국 악어는 나의 교양 있는 친구를 완전히 먹어 치웠고 이제는 아무런 흔적도 남지 않았다. 이반 마뜨베이치가 완전한 형태로 악어의 몸통 안쪽으로 들어가고 있는 것을 겉으로도 확인할 수 있었다. 나는 다시 소리를 질러 보려 했는데, 뜻밖에도 운명은 배신감마저 느끼게 다시 한번 우리를 조롱하고 싶어하는 듯했다. 악어는 아마도 삼킨 물체가 커서 목이 메었는지 용을 쓰다가, 다시 무시무시한 아가리를 한껏 벌렸다. 마지막 트림을 하려는 듯한 아가리 속에서 갑자기 순간적으로 얼굴에 절망스러운 표정을 짓고 있는 이반 마뜨베이치의 머리가 튀어나왔고, 그의 안경이 순식간에 코에서 벗겨져 상자 바닥으로 떨어졌다. 이 절망에 찬 머리는 단지 모든 사물들에 다시 한번 마지막 시선을 보내고, 세상의 모든 만족에 마음속으로 작별을 고하기 위해 튀어나온 것 같았다. 그러나 자신의 의도를 성공시키지는 못했다. 악어는 새로이 힘을 모아서 그의 머리를 삼켜 버렸고, 그것은 눈 깜짝할 사이에 다시 사라져서 이번에는 영원히 안 보이게 되었다. 아직 살아 있는 인간의 머리가 나타났다 사라졌다 하는 것은 굉장히 무서운 일이었지만, 그와 동시에 사건의 신속함이나 예기치 않음 때문이었는지, 아니면 코에서 안경이 떨어졌기 때문이었는지는 모르겠지만, 여기에는 뭔가 매우 우스꽝스러운 것이 들어 있었고 그래서 나는 순간적으로 갑자기 코방귀를 뀌고 말았다. 하지만 그 순간에 웃음을 터뜨리는 것은 집안 친구로서 무례한 행동이라는 생각이 들어서 곧 엘레나 이바노브나를 향해 동정 어린 표정으로 이렇게 말했다.

「이제 우리의 이반 마뜨베이치는 파멸입니다!」

모든 사건이 진행되는 동안 엘레나 이바노브나의 흥분이 너무 심해서 표현할 엄두도 못 내겠다. 처음 비명을 지른 후에 그녀는 마치 제자리에 얼어붙어 버린 듯 자기 앞에서 벌어지고 있는 혼란을 무심하게 바라보는 것 같았다. 그러나 눈은 무섭게 부릅뜨고 있었다. 그러고 나서 갑자기 잡아 찢는 듯한 울음소리를 내며 울기 시작해서 나는 얼른 그녀의 팔을 잡았다. 이 순간 두려움으로 멍해 있던 주인도 갑자기 두 손을 꼭 쥐고 하늘을 바라보며 소리쳤다.

「오, 나의 악오(악어), 나의 가장 사랑하는 카를르헨O, Mein allerliebster Karlchen! 어머니, 어머니, 어머니Mutter, Mutter, Mutter!」

이 외침에 뒷문이 열리더니 두건을 쓴 불그스름한 얼굴을 한 중년의 그의 어머니가 허겁지겁 나타나 째진 소리를 내며

아들에게 달려들었다.

여기서부터 소동이 시작되었다. 엘레나 이바노브나는 극도로 흥분한 듯 단 한 마디만을 외치고 있었다. 「배를 갈라야 해요! 배를 갈라야 해요!」 그녀는 주인과 그의 어머니에게, 무엇인가를 위해 누군가의 배를 갈라야 한다고 간청하면서 달려들었다. 아마도 정신이 나간 모양이었다. 주인과 그의 어머니 역시 우리에게 아무런 주의도 기울이지 않았다. 그들은 둘 다 송아지처럼 상자 옆에서 울부짖고 있었다.

「저놈은 파멸했어. 관리를 삼켜 버렸으니 이제 파멸한 거나 다름없어!」 주인이 소리쳤다.

「우리 카를르헨, 우리의 가장 사랑하는 카를르헨은 죽고 말 거야Unser Karlchen, unser allerliebster Karlchen wird sterben!」 주인의 어머니는 이렇게 울부짖었다.

「우리는 코아(고아)이고 팡(빵)도 없어요.」 주인이 거들었다.

「배를 갈라야 해요, 배를 갈라야 해요, 배를 갈라야 해요!」 엘레나 이바노브나가 독일인의 프록코트에 매달리며 울부짖었다.

「그가 악오를 약 올렸어요. 무엇 때문에 당신 남편은 악오를 약 올렸습니까!」 독일인이 비켜서면서 외쳤다. 「카를르헨이 터지기라도 한다면 당신이 물어 내야 해요. 저놈은 나의 아들, 나의 하나뿐인 아들이란 말입니다das war mein Sohn, das war mein einziger Sohn!」

고백하건대 나는 도를 넘어선 독일인의 이기주의와 극도의 흥분 상태에 있는 그의 어머니의 무뚝뚝한 마음씨를 보면서 대단히 격분했다. 그러는 사이에도 엘레나 이바노브나의 반복되는 비명소리는 그칠 줄을 몰랐다. 「배를 갈라야 해요, 배를 갈라야 해요!」 이 소리는 나의 불안을 더욱 자극했고 결국 나의 주의를 온통 빼앗아 가버려서, 나는 깜짝 놀라고 말았다....... 미리 말해 두지만, 이 무서운 비명소리를 나는 잘못 이해했었다. 엘레나 이바노브나가 순간적으로 이성을 잃었지만, 그럼에도 불구하고 사랑하는 이반 마뜨베이치의 죽음에 복수하고자, 악어에게 채찍으로 만족스러울 만큼 벌을 내리자고 제안하는 줄 알았다. 하지만 그녀는 전혀 다른 것을 의미했다. 적지 않게 당황한 나는 문 쪽을 돌아보며 엘레나 이바노브나에게 제발 진정하고, 무엇보다도 〈배를 갈라야 한다〉와 같은 자극적인 말은 사용하지 말라고 부탁하기 시작했다. 왜냐하면 그런 반동적인 소망은 아케이드와 교양 있는 사회의 중심에서는, 홀에서 몇 걸음만 나가면 이 순간 라브로프 씨가 공개 강연을 하고 있을 이곳에서는 불가능할 뿐만 아니라 생각조차 할 수 없는 일이기 때문이다. 또한 스쩨빠노프 씨의 교양 있고 풍자적인 휘파람 소리가 매순간 우리를 향해 올 수도 있기 때문이다. 유감스럽게도 나의 두려운 의심은 정확했음이 곧 입증되었다. 악어 전시실과 25꼬뻬이까를 받는 현관 방을 구분해 주는 커튼이 갑자기 열리더니, 콧수염과 턱수염을 기르고 손에는 모자를 든 사람이 나타났다. 그는 입장료를 내지 않았기 때문에 권리를 유보하듯, 상체는 심하게 앞으로 내밀었지만 다리는 악어 전시실 문턱 뒤쪽에 있게 하려고 조심스럽게 애쓰고 있었다.

「부인, 그런 반동적인 소망은,」 어떻게 하든 우리가 있는 쪽으로 넘어지지 않고 문턱 뒤쪽에 서 있으려고 애를 쓰면서 낯선 사람이 말했다. 「부인의 발전에 명예가 되지 못하는 것으로서, 뇌 속에 인이 부족하기 때문에 생긴 겁니다. 부인은 곧 진보 연대기나 우리의 풍자 신문 등에서 야유받게 될 겁니다……」

그러나 그는 말을 끝맺지 못했다. 정신이 든 주인은 악어 전시실에서 한 푼도 내지 않고 이야기를 하고 있는 이 사람을 무섭게 쳐다보고는, 그 진보적인 낯선 사람에게 맹렬하게 달려들어 두 주먹으로 그의 목을 떠밀어 냈기 때문이다. 잠깐 사이에 그들 둘은 우리 눈앞에서 커튼 뒤로 사라졌다. 결국 모든 혼란이 아무것도 아닌 데서 시작되었다는 것을 알아차린 사람은 나뿐이었다. 엘레나 이바노브나는 전혀 잘못이 없었다. 그녀는 내가 위에서 언급한 바와 같이 악어가 채찍으로 반동적이고 굴욕적인 벌을 받아야 한다고는 전혀 생각하지 않았던 것이다. 그저 단지 칼로 배를 가르고 그 안에서 이반 마뜨베이치를 자유롭게 꺼내 주기를 원했을 뿐이다.

「뭐라고요! 당신은 내 악어를 죽게 만들 작정입니카!」 다시 뛰어 들어온 주인이 소리쳤다. 「안 돼요. 당신 남편이 먼저 죽었다고, 그 다음에 악오카지! 나의 아버지가 악오를 전시했고 나의 할아버지가 악오를 전시했고 나의 아들이 악오를 전시할 테니, 모두가 악오를 전시할 거예요! 나도 악오를 전시할 겁니다! 나는 전 유럽을 알고 있지만 당신은 전 유럽을 알지 못해요. 그러니 나에게 벌금을 내시오.」

「나, 나는!」 사악한 독일 여자가 덧붙였다. 「카를르헨이 터지면 우리는 당신들에게 벌금을 내지 않을 거예요!」

「더구나 배를 갈라 봤자 소용없습니다.」 엘레나 이바노브나를 좀 더 빨리 집으로 데려가고 싶어서 나는 조용히 덧붙였다. 「우리의 친애하는 이반 마뜨베이치는 필시 지금쯤 천상 어딘가에서 날아다니고 있을 테니 말입니다.」

「여보게, 친구.」 이때 전혀 예기치 않았던 이반 마뜨베이치의 목소리가 우리를 극도로 놀라게 하며 들려왔다. 「여보게, 친구, 내 생각으로는 감독관의 사무실을 통해 직접 손을 쓰는 게 낫겠네. 독일인은 경찰 도움 없이는 진실을 이해하지 못하니 말일세.」

분명히 정신이 있다는 것을 보여 주며 무게 있게 확신을 가지고 이야기하는 이 말이 처음에는 우리를 너무 놀라게 해서 우리는 모두 자신의 귀를 믿으려 하지 않았다. 그러나 우리가 악어 상자로 가까이 달려가서 경건하게, 하지만 그에 못지 않게 믿지 못하겠다는 듯 불쌍한 수인(囚人)에게 귀를 기울였음은 물론이다. 그의 목소리는 상당히 먼 곳에서 들려오는 것처럼 둔탁하고 가늘고 날카롭기까지 했다. 이것은 마치 어떤 익살꾼이 다른 방으로 가서 평범한 베개로 입을 틀어막고 다른 방에 있는 사람들에게 두 농부가 황야에 있거나 깊은 골짜기에 의해 떨어져 있을 때 서로를 어떻게 부르는지 알려 주기 위해 소리를 지르기 시작하는 것과 유사했다. 나는 언젠가 크리스마스 주간에 친지의 집에서 이 소리를 듣고 즐거워한 적이 있다.

「여보, 이반 마뜨베이치, 당신 살아 있었군요!」 엘레나 이바노브나가 속삭였다.

「살아 있소, 건강하게. 하느님 덕분에 전혀 상처를 입지 않고 꿀꺽 삼켜졌소. 단 하나 걱정이 되는 것은 국장님이 이 사건을 어떻게 볼까 하는 것이오. 외국으로 갈 표를 받아 놓고 악어 뱃속에 빠져 있으니 정말 바보 같은 일이오……」 이반 마뜨베이치가 대답했다.

「여보, 바보 같다는 염려는 하지 말아요. 무엇보다도 어떻게 해서든 당신을 그곳에서 끄집어내야만 하겠어요.」 엘레나 이바노브나가 그를 가로막았다.

「크집어내다니오!」 주인이 소리쳤다. 「악오를 갈라서 크집어내도록 하지는 않을 거예요. 이제 관광객드리 훨신 더 많이 몰려올 테니, 퓐프치히[3] 꼬뻬이까는 받아야겠어요. 카를르헨은 터지는 것을 멈출 거예요.」

「다행이야Gott sei dank!」 여주인이 덧붙였다.

「그들이 옳아. 무엇보다도 경제적 원칙이 우선하거든.」 이반 마뜨베이치가 침착하게 말했다.

「여보게.」 나는 소리쳤다. 「내가 당장 국장에게 날아가서 호소해 보겠네. 우리들만으로는 어떻게 할 수 없다는 예감이 드는군.」

「나도 그렇게 생각하네.」 이반 마뜨베이치가 말했다. 「하지만 상거래가 위기에 처해 있는 지금 경제적 보상 없이 공짜로 악어의 배를 가르기는 어렵네. 피할 수 없는 문제가 하나 발생하지. 주인이 자기의 악어 대신에 무엇을 받아들이겠는가? 그 밖에 또 다른 문제가 있네. 돈은 누가 지불하는가? 자네도 알다시피 나는 돈이 없는데······.」

「월급으로 안 될까.」 내가 겁을 집어먹고 말했다. 그러나 그 순간 주인이 내 말을 가로챘다.

「나는 악오를 팔지 않을 거예요. 나는 악오를 3천 루블에 팔겠어요. 나는 악오를 4천 루블에 팔겠어요! 이제 관광객이 많이 몰려올 거예요. 나는 악오를 5천 루블에 팔겠어요!」

---

3 fünfzig, 50을 나타내는 독일어.

한마디로 그는 참을 수 없을 만큼 추태를 부렸다. 탐욕과 추악한 욕심이 그의 눈에서 기쁘게 빛나고 있었다.

「가겠네!」 나는 격분해서 소리쳤다.

「저도요! 저도 가겠어요! 안드레이 오시삐치에게 가서 눈물로 그의 마음을 부드럽게 해보겠어요.」 엘레나 이바노브나가 고통스럽게 말했다.

「그러지 말아요, 여보.」 이반 마뜨베이치는 서둘러서 그녀를 말렸다. 그는 이미 오래전부터 아내가 안드레이 오시삐치에게 가는 것을 질투해 왔다. 본래 눈물이 많은 여자이기 때문에 교양 있는 사람들을 찾아가서 눈물 흘리기를 좋아한다는 것을 알고 있었다. 그는 나를 향해 이야기를 계속했다. 「그리고 여보게, 자네도 그만두는 게 좋겠네. 느닷없이 직접 찾아갈 필요는 없네. 그래 봤자 아무 소용없을 걸세. 그저 개인적인 방문인 것처럼 오늘 찌모페이 세묘니치를 찾아가 보는 게 더 나을 것 같군. 그는 구식이고 그다지 영리하진 못하지만, 믿음직하고 무엇보다도 정직한 사람이라네. 그에게 내 대신 인사를 전하고 일의 상황을 설명해 주게나. 나는 지난번 카드 놀이로 그에게 7루블의 빚이 있는데, 마침 이번 기회가 좋으니 그에게 전해 주었으면 하네. 그렇게 하면 엄격한 노인을 누그러뜨릴 수 있을 걸세. 어쨌든 그의 충고가 우리에게 지침이 되어 줄 수도 있지 않겠나. 그리고 이제 당분간 엘레나 이바노브나를 데려가 주게나……. 진정해요, 여보.」 그가 그녀를 향해 계속 말했다. 「비명소리하고 여자들의 잔근심 때문에 피곤하니 눈 좀 붙이고 싶소. 이 예기치 않은 피난처에서 아직 잘 볼 수는 없지만, 이곳은 따뜻하고 부드러워요…….」

「보다니오! 그곳은 정말 밝은가요?」 엘레나 이바노브나가 기쁨에 겨워 소리쳤다.

「깨어날 것 같지 않은 어둠이 나를 둘러싸고 있소. 하지만 만질 수는 있소, 말하자면 손으로 볼 수 있다는 말이오……. 자 이제 그만 가서 편안히 잠 좀 자둬요. 그리고 마음을 밝게 가지도록 해봐요. 내일 봅시다! 세몬 세묘니치, 자네는 저녁에 좀 와주게나. 정신이 없어서 잊어버릴 수 있을지도 모르겠는데, 절대로 잊지 말게나…….」 불쌍한 수인이 말했다.

고백하건대 나는 그 자리를 떠나게 된 것이 기뻤다. 왜냐하면 너무 피곤했고 어느 정도는 지루했기 때문이다……. 의기소침해 있기는 하지만 흥분 때문에 조금 나아진 엘레나 이바노브나의 손을 서둘러 잡고서 나는 되도록 빨리 그녀를 악어 전시실에서 데리고 나왔다.

「저녁에 들어오실 때는 다시 25꼬페이카를 내야 합니다!」 우리 뒤쪽에서 주인이 소리쳤다.

「오, 맙소사, 어쩌면 저렇게 탐욕스러울 수가!」 아케이드의 벽마다 걸려 있는 거울을 들여다보며 자신의 모습이 괜찮은지 확인하면서 엘레나 이바노브나가 말했다.

「경제 원칙입니다.」 나는 지나가는 사람들 앞에서 나와 함께 가고 있는 숙녀를 자랑스럽게 여기며 가볍게 흥분을 느끼면서 대답했다.

「경제 원칙이라…….」 그녀는 공감한다는 듯한 목소리로 말꼬리를 길게 늘였다. 「나는 방금 이반 마뜨베이치가 그 듣기 싫은 경제 원칙에 관해서 말한 게 무엇인지 전혀 이해가 안 돼요.」

「제가 설명해 드리죠.」 이렇게 대답하고 나는 오늘 아침

「상뜨 뻬쩨르부르그 통보」[4]와 『볼로스』[5]지에서 읽었던 외국 자본을 우리 나라에 유치했을 때 발생하는 좋은 결과들에 관해 천천히 이야기하기 시작했다.

「어쩜 모든 게 이상하군요!」 잠시 동안 듣고 있던 그녀가 내 말을 가로막았다. 「이제 그런 듣기 싫은 이야기는 그만 하세요, 당신은 정말 쓸데없는 말씀만 하시는군요……. 말씀해 보세요. 제 얼굴이 굉장히 붉은가요?」

「붉기는커녕 아름답습니다!」 나는 이 기회를 이용해서 찬사를 보냈다.

「장난꾸러기!」 그녀가 만족스러워하며 속삭였다. 「불쌍한 이반 마뜨베이치.」 몇 분 후 그녀가 교태를 부리면서 내 어깨에 자기 머리를 기대고 이렇게 덧붙였다. 「그이가 정말 안됐어요, 오 하느님!」 그러고는 갑자기 소리쳤다. 말씀해 보세요, 그이가 오늘 그곳에서 어떻게 식사는 할까요, 그리고…… 그리고…… 만약 뭔가 필요한 게 있다면…… 어떻게 하죠?」

「예상치 못했던 문제군요.」 나 역시 당황했다. 솔직히 이 문제는 내 머릿속에 전혀 떠오르지 않았던 것이다. 그 정도로 여자들은 우리 남자들보다 생활의 문제를 해결하는 데 있어서 더 실제적이다!

「불쌍한 사람, 어쩌다 그렇게 빠져 버렸는지…… 아무런 재미도 없고 어둡기만 할 텐데……. 내게 그이 사진이 한 장도 없다는 게 정말 유감이에요…… 그러고 보니 이제 미망인과 다를 바 없군요.」 그녀는 분명 자신의 새로운 상황에 흥미

---

4 러시아 신문의 이름.
5 러시아의 잡지 이름 『골로스(목소리)』를 화자는 말 장난으로 『볼로스(머리카락)』라고 하고 있다.

를 느끼면서 매혹적인 미소를 띠고 이렇게 말했다. 「흠, 어쨌든 그이가 안됐어요!」

한마디로 젊고 흥미를 끄는 아내가 남편의 파멸에 대해 갖는 명백하고 자연스러운 근심이 잘 표현되어 있었다. 마침내 나는 그녀를 집으로 데리고 가서 진정시킨 후 함께 저녁을 먹고 향기로운 커피 한 잔을 마시고 나서 여섯 시에, 이때쯤이면 일정한 직업을 가진 모든 가족적인 사람들은 집에 앉아 있거나 누워 있을 거라고 생각하면서 찌모페이 세묘니치의 집을 향해 출발했다.

1장에서는 이야기하려는 사건에 어울리는 적절한 문체로 썼지만, 이제부터는 독자들에게 이미 알려 준 그 사건에 관해 그다지 고상하다고는 할 수 없지만, 좀 더 자연스러운 문체를 사용해서 이야기하려 한다.

2

존경하는 찌모페이 세묘니치는 왠지 서둘러 나를 맞으며 약간 당황하는 것 같았다. 그는 나를 갑갑한 서재로 데리고 가서 문을 꼭 닫았다. 「아이들이 방해하지 못하도록 하기 위해서.」 그는 눈에 띄게 불안해 하며 이렇게 말했다. 그러고 나서 나에게 책상 옆 의자를 권하고 자신은 안락의자에 앉아 솜을 넣은 오래된 실내복의 앞자락을 여몄다. 그는 결코 나나 이반 마뜨베이치의 상관이 아니라 지금까지 평범한 동료나 지인(知人) 정도로 생각되어 왔지만, 지금은 만일의 경우에 대비해서 더욱 형식적이고, 거의 엄격하기조차 한 표정을 짓고 있었다.

「무엇보다도,」 그가 말하기 시작했다. 「나는 상관이 아니라 자네나 이반 마뜨베이치와 마찬가지로 똑같이 고용되어 있는 사람이라는 사실을 유념해 주게…… 나는 한쪽 편을 들어서 무슨 일에든지 연루되거나 하고 싶지는 않네.」

보아하니 그는 이미 모든 상황을 알고 있는 듯한데, 그 사실에 나는 놀랐다. 그럼에도 불구하고 모든 이야기를 다시 상세하게 해주었다. 나는 흥분까지 해가면서 이야기를 했다. 이 순간 진정한 친구로서의 의무를 이행하고 있었기 때문이다. 그는 그다지 놀라지도 않고 듣고 있었지만, 표정으로 보아 분명 의심하고 있었다.

다 듣고 나서 그가 말했다. 「그것 보게. 나는 항상 그에게 반드시 이런 일이 일어나리라고 생각했네.」

「왜 그런 생각을, 찌모페이 세묘니치. 이번과 같은 경우는 아주 드문 일인데요…….」

「그렇기는 하지만, 이반 마뜨베이치는 근무하는 동안 항상 이런 결과를 가져올 것 같았네. 약삭빠른 데다가 불손하기까지 했으니 말일세. 항상 〈진보〉니 여러 가지 사상이니를 말하더니, 그 진보가 끌고 온 곳이 여기였던 것이네!」

「하지만 이것은 정말 드문 경우이고, 모든 진보주의자들에게 공통적으로 적용되는 규칙이라서 그도 그렇다고 가정할 수는 없는 것 아닙니까……?」

「아니, 그렇지 않네. 이것은 정말 쓸데없는 교육을 받은 데서 생기는 것이네. 나를 믿게나. 쓸데없이 교육을 받은 사람들은 사방에, 특히 그들을 전혀 필요로 하지 않는 곳에 널려 있네.」 그는 모욕을 받은 듯 다음과 같이 덧붙였다. 「하지만 아마도 자네들이 더 많이 알겠지. 나는 그다지 교육을 받지 못한 늙은이야. 소년병으로 시작해서 올해로 내가 근무한 지 50주년이 되었네.」

「제발, 찌모페이 세묘니치, 무슨 말씀이십니까. 오히려 이반 마뜨베이치는 당신의 충고를 갈망하고 있습니다. 당신의 지도를 갈망하고 있단 말입니다. 말하자면 눈물을 흘리면서까지 말이지요.」

「〈말하자면 눈물을 흘리면서까지〉라. 흠, 그것은 악어의 눈물일 테니 전혀 믿을 수가 없을 것 같네. 그런데, 이야기해 보게, 무엇 때문에 그는 외국에 가려고 하지? 더구나 무슨 돈으로? 그는 재산도 없지 않은가?」

「최근에 받은 보너스를 저축한 돈입니다, 찌모페이 세묘니치.」 내가 애원하듯 대답했다. 「전부해서 세 달 예정으로 갔다 오려 했던 것인데, 스위스로…… 빌헬름 텔의 조국으로 말입니다.」

「빌헬름 텔? 흠!」

「그는 나폴리에서 봄을 맞고 싶어했습니다. 박물관, 풍습, 동물들도 보고 싶어했지요…….」

「흠, 동물들을? 내 생각에는 그저 자랑이나 하고 싶어했던 것 같네. 어떤 동물들 말인가? 동물들이라니? 우리에게는 동물이 부족하단 말인가? 맹수도, 박물관도, 낙타도 다 있네. 곰은 바로 뻬쩨르부르그 근처에서 살고 있네. 게다가 그 자신은 악어 뱃속에 들어앉아 있고…….」

「찌모페이 세묘니치, 무슨 말씀이십니까. 불행에 처한 사람이 당신을 친구로 친척 어른으로 생각해서 달려와 충고를 구하고 있는데, 당신은 비난만 하시는군요…… 불행한 엘레나 이바노브나만이라도 불쌍히 여겨 주십시오!」

「그 부인에 관해 말하는 건가? 재미있는 부인이지.」 찌모페이 세묘니치는 눈에 띄게 누그러져서 맛있게 담배를 빨아들이며 말했다. 「섬세한 부인이야, 머리에서 허리까지, 허리까지는 모든 것이 얼마나 완벽한지…… 정말 훌륭해. 안드레이 오시삐치가 사흘 전에도 이야기했네.」

「이야기하다니오?」

「이야기했다니까, 대단히 칭찬하는 내용이었지. 그가 말하기를 가슴, 시선, 머리 모양하며…… 부인이 아니라 사탕 같다고 말하자 모두가 웃었다네. 그들은 아직 젊은 사람들 아닌가.」 찌모페이 세묘니치는 소리를 내며 코를 풀었다.

「다들 얼마나 대단한 출세를 하고 있는데, 여기 이 젊은이는…….」

「네, 하지만 이건 전혀 다른 문제가 아닙니다, 찌모페이 세묘니치.」

「물론이네, 물론이야.」

「그러니 어떻게 해야만 하겠습니까, 찌모페이 세묘니치?」

「그래 내가 무엇을 할 수 있겠나?」

「경험 많으신 분으로서, 친척으로서 충고와 지도를 해주십시오! 어떻게 해야 하겠습니까? 상관을 찾아갈까요, 아니면……?」

「상관에게? 당치 않은 소리.」 찌모페이 세묘니치가 서둘러 말했다. 「충고를 원한다면, 무엇보다도 이 일을 중지시켜야만 하네, 말하자면 개인적으로 행동해야 한다는 것이지. 이런 경우는 의심스러운 데다가, 더욱이 전례가 없어서. 중요한 것은 전례가 없으니 비슷한 예가 있을 리 없고, 또한 추천

하기도 곤란하고…… 그러니 무엇보다도 신중해야 하네…….
거기 일은 그대로 놔두도록 하게. 기다리면 되는 것이야, 기다리기만 하면…….」

「하지만 어떻게 기다리기만 합니까, 찌모페이 세묘니치? 만약 그가 그곳에서 질식하기라도 하면 어떻게 합니까?」

「아니 왜 그런가? 그가 만족스러울 정도로 안락한 상태에 있다고 자네가 말했던 것 같은데.」

나는 다시 모든 이야기를 해주었다. 찌모페이 세묘니치는 생각에 잠겼다.

「흠,」 그는 손으로 담배를 돌리며 말했다. 「내 생각에 그는 외국으로 가는 대신에 당분간 그곳에 있는 편이 더 좋을 것 같네. 여유 있을 때에 생각이나 좀 하라고 하게. 물론 질식하면 안 되니까. 건강 유지를 위해 적절한 조치는 취해야 하겠지. 그곳에서는 기침 같은 것이나 조심하면 될 걸세……. 그런데 독일인과 관련해서 내 개인적인 생각으로는 그에게 좀 더 다른 측면에서의 권리가 있다고 보고 있네. 왜냐하면 허가도 받지 않고 〈그의〉 악어 속으로 기어 들어간 것이지, 그가 이반 마뜨베이치의 악어 속으로 허가도 받지 않고 기어 들어간 것은 아니기 때문이라네. 그런데 내가 기억하는 바로는 이반 마뜨베이치에게는 악어 같은 것은 없네. 결국 악어는 사유 재산이고, 그러니 아무런 보상을 하지 않고 그것의 배를 가를 수는 없지 않겠나.」

「사람을 구하기 위해서입니다, 찌모페이 세묘니치.」

「그건 경찰의 일이네. 그쪽으로 의뢰를 해야지.」

「하지만 이반 마뜨베이치가 우리에게 필요할 수도 있지 않습니까. 사람들이 그를 필요로 할 수도 있을 테고요.」

「이반 마뜨베이치가 필요하다고? 헤헤! 게다가 그는 휴가 중인 것으로 처리되었으니 우리는 그에게 무관심할 수도 있지 않겠나. 그곳에서 유럽 땅이나 보고 있으라고 하지 뭐. 그가 기한이 지난 후에도 나타나지 않으면 그건 또 다른 문제인데, 그러면 그때 가서 조사를 하도록 요청해 보세……」

「석 달 동안이나! 찌모페이 세묘니치, 무슨 말씀이십니까!」

「자기 잘못이지. 누가 그를 거기에 처넣기라도 한 건가? 그러다가는 아마도 그에게 관청 보모를 고용해 주어야만 할 걸세. 정원 규정상 불가능하기는 하지만. 그런데 중요한 것은 악어가 사유 재산이라는 것이고, 따라서 그에 대한 모든 행동에는 소위 경제 원칙이라는 게 있네. 경제 원칙이 다른 무엇보다도 우선하네. 그저께 루까 안드레이치의 파티에서 이그나찌 쁘로꼬피치가 말하더군, 그런데 이그나찌 쁘로꼬피치를 알고 있나? 여러 가지 사업을 하는 자본가인데, 이런 말을 유창하게 하더군. 그가 말하기를 우리에게는 공업이 필요한데, 공업이 거의 없다. 공업을 일으켜야 한다. 자본을 만들어야 한다, 즉 중간 계급, 소위 부르주아를 만들어야 한다. 그런데 우리에게는 자본이 없어서 그것을 외국으로부터 끌어 와야 한다. 우선 현재 외국의 어느 곳에서나 확립되어 있는 바와 같이 외국 상사가 우리 땅의 일부를 매점할 수 있는 길을 열어 주어야 한다. 그가 말하기를 공유 재산은 파멸이라고 했네. 그것도 열을 내면서 그렇게 말하더군. 이 경우에는 노동자보다는 자본가가 적당하다. 공유 재산으로는 공업도 농업도 향상되지 못한다. 외국 상사들이 가능한 한 우리의 땅 전부를 부분별로 매점할 수 있도록 해야 하며, 그러고 나서 그것을 될 수 있는 대로 작은 부분들로 분할하고 분할하고 또 분할하도록 해야 한다. 결론적으로 그는 이렇게 말했네. 분할을 해서 그 다음에는 각 개인에게 팔아야 한다. 아니 판다기보다 그저 임차해야 한다. 모든 토지가 유치된 외국 상사의 수중에 들어가게 되면, 임차료는 얼마든지 마음대로 책정될 수 있다는 것을 의미한다. 결국 농민들은 단 하나 최소한의 식량을 위해서 세 배로 일을 하게 될 것이고, 그들은 언제든지 쫓겨날 수 있다. 그리하여 그들은 상황을 깨닫게 되고 고분고분하고 부지런해질 것이며, 같은 돈을 벌기 위해 세 배로 일을 할 것이다. 하지만 지금 공동체 안에서 그들은 어떤가! 굶어 죽지는 않으리라는 것을 알고 있기 때문에 게으름을 피우고 술을 마셔 대고 있다. 그 사이 우리에게는 돈이 유입되고 자본이 성립되고 부르주아가 발생할 것이다. 영국의 정치 문학지(誌)인 『타임스』는 최근에 우리 나라의 재정을 분석하면서, 우리에게는 중간 계급도 없고 막강한 자금도 없으며 시중을 드는 프롤레타리아도 없으며, 따라서 우리의 재정은 성장하지 못할 것이라는 의견을 밝힌 적이 있다⋯⋯. 이그나찌 쁘로꼬피치는 이런 것들을 훌륭하게 이야기했네. 웅변가이더군. 스스로 상관들을 비평하고, 그것을 「이즈베스찌야」[6]에 싣고 싶어했네. 이것은 이반 마뜨베이치가 한 것 같은 시 나부랭이는 아닐세⋯⋯.」

「그렇다면 이반 마뜨베이치는 어떻게 되는 겁니까?」 나는 노인이 떠들어 대도록 그냥 놔두었다가 끼어들었다. 찌모페이 세묘니치는 가끔 이렇게 떠들어 대며, 그렇게 함으로써 자신이 뒤떨어지지 않았고, 모든 것을 알고 있다는 것을 보

---

6 러시아 신문의 이름.

여 주기를 좋아했다.

「이반 마뜨베이치는 어떻게 해야 하나? 나도 그쪽으로 궁리를 해보았네만. 우리들 자신이 조국으로 외국 자본을 끌어들이기 위해 신경 쓰고 있는 상황에서, 이런 걸 한번 생각해 보게. 우리가 끌어들인 악어 주인의 자산이 이제 막 이반 마뜨베이치를 통해 두 배가 되었는데, 우리는 외국 소유주를 비호해 주기는커녕 그의 기본적인 자산의 배를 가르려고 하고 있지 않나. 자, 이것이 과연 타당한 행동인가? 내 생각으로는 이반 마뜨베이치가 조국의 진정한 아들로서 자신에 의해서 외국 악어의 가치를 두 배, 아니 어쩌면 세 배로 증대시킨다는 사실에 더욱 기뻐하고 자랑스러워해야 할 것 같네. 이는 외국 자본을 끌어들이기 위해서 필요하다네. 한 사람이 성공하고 나면 또 다른 사람이 악어를 가지고 들어오고, 세 번째 사람은 두세 마리를 한꺼번에 가지고 오게 될 테고, 그래서 그들 주위에 자본이 축적되는 것을 보게 될 것이네. 이게 바로 부르주아일세. 그러니 장려해야만 하겠지.」

「무슨 말씀이십니까, 찌모페이 세묘니치!」 내가 소리쳤다. 「당신은 불쌍한 이반 마뜨베이치에게 거의 말도 안 되는 자기 희생을 강요하시는군요!」

「나는 아무것도 요구한 것이 없네. 그리고 무엇보다도 자네에게 당부하고 싶은 것은, 아까도 이미 당부한 것이지만, 나는 상관이 아니기 때문에 어느 누구에게든 아무것도 요구할 수 없다는 것을 알아 주었으면 하네. 조국의 아들로서 말하는 걸세, 즉 〈조국의 아들〉[7]로서 말하는 것이 아니라 단순

---

7 1862년 뻬쩨르부르그에서 발간된 정치, 과학, 문학을 주요 내용으로 하는 신문 「조국의 아들」을 빗대어 하는 말이다.

히 조국의 아들로서 말하는 것이라네. 다시 한번 말하지만 누가 그에게 악어 속으로 기어 들어가라고 했나? 착실한 사람이, 일정한 관등도 있고 합법적인 결혼도 한 사람이 갑자기 그런 행동을 하다니! 있을 수나 있는 일인가?」

「하지만 이 행동은 정말 부지불식간에 일어났습니다.」

「누가 그걸 알겠나? 게다가 악어 주인에게는 얼마나 되는 돈을 지불해야 하는가, 한 번 말해 보게.」

「월급으로 하면 되지 않겠습니까, 찌모페이 세묘니치?」

「과연 그것으로 충분하겠나?」

「충분하지는 않습니다, 찌모페이 세묘니치.」 내가 우울하게 대답했다. 「악어 주인이 처음에는 악어가 죽었구나 하는 생각에 깜짝 놀라더니, 곧 모든 일이 순조롭게 되어 간다는 것을 확신하자 얼마나 우쭐대던지, 그리고 가격을 배로 올릴 수 있다는 사실에 얼마나 기뻐했는지 모릅니다.」

「세 배 네 배뿐이겠나! 이제 관객들이 몰려들 테고, 악어 주인은 교활한 족속이라네. 게다가 지금은 육식 기간이고 사람들은 오락을 좋아하는 경향이 있으니, 다시 한번 말하지만 무엇보다도 이반 마뜨베이치가 서두르지 말고 아무도 모르게 관찰하도록 놔두세. 아마도 모든 사람들이 그가 악어 뱃속에 있다는 것을 알게 되겠지만 공식적으로는 모르는 거네. 이 점에서 이반 마뜨베이치는 아주 다행스러운 상황에 있다고 볼 수 있지. 왜냐하면 그는 외국에 나가 있는 것으로 생각될 테니 말일세. 사람들이 그가 악어 뱃속에 있다고 말하겠지만 우리는 믿지 않을 것이네. 그런 식으로 끌고 갈 수 있을 게야. 중요한 것은 그를 기다리게 하는 거네. 그가 어디 서둘러 가야 할 곳이라도 있나?」

「하지만 만약에……」

「걱정하지 말게. 건강한 체격을 가지고 있으니……」

「하지만 언제까지 기다려야 합니까?」

「이런 경우가 극히 복잡하다는 사실을 굳이 감추지는 않겠네. 적응하기가 불가능하겠지만 중요한 것은 지금까지 비슷한 선례가 없었다는 사실이 문제가 되겠지. 어떻게든 지침으로 삼을 수 있는 선례가 있기만 하다면. 그런데 이런 경우 자네라면 어떻게 결정하겠나? 자네가 생각해 보아도 이 일은 오래 걸릴 것이네.」

좋은 생각이 내 머릿속에 번쩍거렸다.

「이렇게 할 수는 없을까요? 만약 그가 괴물의 뱃속에 있도록 운명 지워졌고, 신의 의지로 괴물의 배가 그대로 보존돼야 한다면, 그가 근무하고 있는 것으로 간주되도록 청원서를 낼 수는 없을까요?」 내가 말했다.

「흠…… 월급이 없는 휴가 형식으로 말이지……?」

「아닙니다, 월급을 받을 수는 없겠습니까?」

「어떤 근거로 말인가?」

「출장 형식으로……」

「무슨 출장, 그리고 어디로?」

「뱃속으로 말입니다, 악어의 뱃속으로요……. 말하자면 조사를 위해, 현장에서 연구를 하기 위해서죠. 물론 이건 새로운 것일 테지만, 그러나 진보적이고, 동시에 교육에 대해 주의를 기울이고 있다는 것을 보여 주는 것이 아니겠습니까.」

찌모페이 세묘니치는 생각에 잠겼다.

마침내 그가 입을 열었다.「특수한 관리에게 특수한 임무를 위임해서 악어 뱃속으로 출장 가게 하는 것이 내 개인적인 생각으로는 말도 안 되는 소리 같네. 규정에도 맞지 않아. 더욱이 거기에 무슨 위임이 있을 수 있겠나?」

「말하자면 현장에서, 생물의 뱃속에서 자연에 관한 있는 그대로의 연구를 하기 위해서입니다. 현재 자연 과학, 식물학 등이 계속해서 발전하고 있습니다……. 그가 그곳에서 살면서 보고를 한다면…… 소화라든지 아니면 단순히 악어의 특성에 관해서 말입니다. 사실들을 축적하기 위해서죠.」

「그러니까 이것은 통계학의 영역이 되겠군. 하지만 나는 그런 건 잘 모르고, 게다가 철학자도 아니라네. 자네는 사실들이라고 말하고 있지만, 우리는 그것 말고도 다른 사실들이 산더미같이 쌓여 있는데 그것을 가지고 무엇을 해야 할지도 모르고 있네. 게다가 이 통계학이라는 게 위험한데…….」

「무엇 때문입니까?」

「위험하다네. 더구나, 자네도 동의하겠지만, 그는 말하자면 옆으로 누워서 사실들을 보고할 것이네. 하지만 과연 옆으로 누워서 일을 할 수 있겠나? 이것은 혁신적이기는 하지만 위험하기도 하네. 게다가 선례가 없지 않나. 우리에게 작은 선례라도 있다면, 내 생각에 아마 출장을 보낼 수도 있을 것 같네만.」

「하지만 지금까지는 살아 있는 악어가 들어온 적이 없지 않습니까, 찌모페이 세묘니치.」

「흠, 그렇긴 하네…….」 그는 다시 생각에 잠겼다. 「자네의 반박은 타당한 것이니까, 만약 원한다면 앞으로 이런 일이 일어날 경우 기준은 될 수 있겠지. 하지만 만약 살아 있는 악어들이 나타나면서 근무자들이 사라지기 시작하고, 따뜻하고 안락하다는 이유로 그곳으로 출장을 보내 달라고 해서 옆으로 누워 있으려 한다면 어떻게 될지 다시 한번 생각해 보게……. 자네도 동의하겠지만 어리석은 선례가 될 것이네. 이런 식으로 하다가는 아마도 모두가 돈을 공짜로 벌기 위해 그곳으로 기어 들어갈 것이네.」

「좀 도와주십시오. 찌모페이 세묘니치! 그런데 이반 마뜨베이치가 당신에게 진 카드 놀이 빚을 전해 달라고 하더군요. 카드 게임에서 진 7루블 말입니다…….」

「아, 그가 최근에 니끼포르 니끼포리치 집에서 카드 놀이에 졌지! 기억 나는군. 그는 그때 정말 유쾌하고 재미있었는데, 지금은…….」

노인은 진심으로 감동하고 있었다.

「좀 도와주십시오, 찌모페이 세묘니치.」

「애써 보겠네. 내 이름을 걸고 개인적인 일로 문의하는 것이라고 말해 보겠네. 하지만 주인이 악어 값으로 얼마를 받는 데 동의할지는 비공식적으로, 나름대로 한번 알아보게.」

찌모페이 세묘니치는 눈에 띄게 선량해졌다.

「반드시 알아보겠습니다.」 나는 대답했다. 「보고서를 가지고 금방 돌아오겠습니다.」

「부인은…… 지금 혼자 있나? 쓸쓸해 하던가?」

「한번 찾아가 주셨으면 합니다, 찌모페이 세묘니치.」

「찾아가 보겠네. 얼마 전부터 생각해 오고 있었는데, 마침 기회도 좋으니…… 그런데 무엇 때문에, 무엇 때문에 그가 악어를 보러 가게 된 것인지! 하지만 나도 보고 싶기는 하군.」

「불쌍한 사람을 찾아가 주십시오, 찌모페이 세묘니치.」

「찾아가 보겠네. 물론 나의 이러한 행동으로 희망을 주거나 하고 싶지는 않네. 개인적으로 한번 찾아가 보도록 하지…….

자, 잘 가게. 나는 다시 한번 니끼포르 니끼포리치에게 가보아야겠네. 같이 가겠나?」

「아닙니다, 저는 갇힌 사람에게 가보겠습니다.」

「그렇군, 자 이제 갇힌 사람에게 가보게! 에이, 경솔하기는!」

나는 노인과 헤어졌다. 여러 가지 생각들이 내 머릿속을 스쳐 지나갔다. 찌모페이 세묘니치는 선량하고 정말 정직한 사람이다. 하지만 그의 집을 나오면서 나는 그가 직장에 다닌 지 이미 50년이 되었고, 찌모페이 세묘니치 같은 사람이 현재 우리 주위에 적다는 사실에 기쁨을 느꼈다. 물론 나는 불쌍한 이반 마뜨베이치에게 모든 것을 알려 주기 위해 곧장 아케이드로 갔다. 또한 호기심이 나를 사로잡고 있었다. 그가 악어 뱃속에서 어떻게 자리를 잡았을까, 악어 뱃속에서 어떻게 살 수 있을까? 게다가 정말 악어 뱃속에서 살 수는 있는 것일까? 사실 때로 이 모든 것이 마치 기괴한 꿈 같다는 생각이 들었는데, 더욱이 일 자체도 기괴한 괴물에 관련된 것이니 말이다……

3

하지만 이것은 꿈이 아니라 실제적이고 의심할 나위 없는 사실이다. 달리 내가 뭐라 표현할 수 있겠는가! 하지만 계속해자……

내가 아케이드에 도착한 것은 이미 늦은 아홉 시 경이기도 했지만, 독일인이 이날은 평상시보다 일찍 상점 문을 닫았기 때문에 나는 뒷문을 통해서 악어 전시실로 들어가야 했다.

그는 기름때가 묻은 낡은 프록코트를 걸친 채 집 안을 서성거리고 있었는데, 오늘 아침보다 세 배는 더 만족스러워 보였다. 더 이상 아무것도 두려워하지 않는 것 같았고, 〈관람객들도 많이 다녀간〉 모양이었다. 잠시 후에 그의 어머니가 나왔는데, 분명 나를 감시하려는 것 같았다. 독일인은 그의 어머니와 자주 소곤거렸다. 상점 문을 이미 닫았음에도 불구하고 그는 나에게서 25꼬뻬이까를 받아 냈다. 정말 쓸데없는 정확성이라니!

「당신은 매번 치불해야 돼요. 관람객들은 1루불 치불하지만, 당신만은 25코페이카예요. 왜냐하면 당신은 선량한 친구의 선량한 친구이고, 나는 친구를 존경하니카요······.」

「살아 있나, 살아 있는 건가? 나의 교양 있는 친구!」 나는 악어에게 다가가면서 내 말이 멀리 이반 마뜨베이치에게까지 들려서 그의 자존심을 만족시켜 줄 수 있도록 큰 소리로 외쳤다.

「건강하게 살아 있네.」 옆에 서 있는데도 대답 소리는 마치 멀리서, 침대 밑에서 들려오는 것 같았다. 「건강하게 살아 있네, 하지만 그건 나중에 이야기하도록 하고······ 일은 어떻게 됐나?」

일부러 그의 질문을 알아듣지 못한 척하며 나는 동정심을 가지고 서둘러 그가 어떤지, 무엇을 하고 있는지, 악어 속에 있는 것이 어떠한지, 악어 내부가 대체로 어떻게 생겼는지 등을 물어보기 시작했다. 이것은 우정을 위해서도, 인사치레를 위해서도 필요한 것이었다. 그러나 그는 변덕스럽게 짜증난다는 듯 내 말을 가로막았다.

「일은 어떻게 됐나?」 그는 평소와 마찬가지로 내게 명령하

듯이 갈라지는 목소리로 소리 질렀다. 그런데 이번에는 그 소리가 정말 혐오스럽게 들렸다.

나는 찌모페이 세묘니치와 나누었던 대화를 하나도 빼놓지 않고 아주 상세하게 이야기해 주었다. 이야기하는 동안 약간 모욕받은 듯한 어조를 나타내려고 애썼다.

「노인이 옳았네.」 이반 마뜨베이치는 나와의 대화에서 항상 그렇듯이 단호하게 결론을 내렸다. 「나는 실제적인 사람을 좋아하네. 달콤한 말로 얼버무리려는 사람들은 참지 못하겠다니까. 하지만 출장에 관한 자네의 생각이 전혀 허튼소리는 아니라고 인정해야겠군. 사실 나는 과학적이거나 정신적인 것과 관련해서는 많은 것을 보고할 수 있을 걸세. 하지만 지금 일어난 이 모든 일들은 새롭고 예기치 않은 경우라서 단지 월급만 받고 일할 정도의 것이 아니네. 주의해서 듣게. 자네 거기 앉아 있나?」

「아니, 서 있네.」

「어디든지 바닥에라도 좀 앉게나. 그리고 주의해서 한번 들어 보게.」

울화가 치민 나는 의자를 끌어다가 중앙에 놓으면서 바닥에 쾅 하고 부딪쳤다.

「들어 보게.」 그가 명령조로 말을 하기 시작했다. 「오늘 관람객들이 끝도 없이 몰려들었네. 저녁 무렵에는 자리가 없어서 질서 유지를 위해 경찰이 와야 할 정도였지. 주인은 벌어들인 돈을 계산하고 내일을 더 편안하게 준비하기 위해서 평상시보다 이른 여덟 시에 전시를 끝내고 상점 문을 닫아야겠다고 생각할 정도였네. 모르긴 몰라도 내일은 시장 전체가 모여들 거야. 이런 식으로 보면 수도의 가장 교양 있는 사람들, 상류 사회의 숙녀, 외국인 방문객, 변호사, 그 밖의 사람들이 이곳을 다녀갈 것이라고 생각해 볼 수 있을 걸세. 그뿐만이 아니네. 우리의 광활하고 호기심 많은 제국의 방방곡곡에서 찾아오기 시작할 테지. 그 결과 나는 모든 사람들에게 보여질 테고, 비록 숨겨져 있는 것이기는 하지만 최고의 인기를 누리게 될 걸세. 공휴일 관람객들에게는 설교를 할 생각이야. 경험을 통해 배운 사람으로서 위대함과 운명 앞에서의 겸손함에 대해 본보기가 되어 볼 생각이네! 말하자면 인류를 가르칠 설교자가 되어 볼 생각이야. 내가 거주하고 있는 이 괴물에 관해 보고할 수 있는 자연 과학적 정보만으로도 가치 있는 일이지. 그래서 조금 전에 일어난 사건에 대해서 불평하지 않을 뿐더러 가장 빛나는 성공을 확고하게 기대하고 있네.」

「싫증 나지는 않는가?」 나는 악의를 품고 물어보았다.

무엇보다도 나를 화나게 한 것은 그가 이제는 거의 완전하게 인칭 대명사를 사용하지 않는다는 것이었다. 그만큼 그는 우쭐대고 있었다. 그럼에도 불구하고 이 모든 것은 나를 당황하게 만들었다. 「무엇 때문에, 무엇 때문에 이 경솔한 머리는 추태를 부리고 있는 것일까! 여기서는 울어야지, 추태를 부려서는 안 되는데.」 나는 혼잣말을 하며 이를 갈았다.

「아닐세!」 그가 나의 말에 날카롭게 대꾸했다. 「위대한 생각으로 온통 가득 차 있어서, 지금에서야 여가를 이용하여 전 인류의 문명을 개선할 꿈을 꾸어 볼 수 있게 되었네. 악어로부터 이제 진실과 빛이 쏟아질 걸세. 내가 새로운 경제 관계에 관한 새롭고 독창적인 이론을 고안해 낼 것임은 의심할 여지가 없네. 지금까지 근무상 여가가 없어서, 세상의 하찮은 오락에 빠져 있어서 할 수 없었던 그 이론을 이제 자랑하게 될 거야. 모든 것에 반박하는 새로운 푸리에가 되겠네. 그런데 찌모페이 세묘니치에게 7루블을 전해 주었는가?」

내 돈으로 주었다고 생색을 내려고 애를 쓰면서 나는 대답했다. 「내 돈으로 주었네.」

「갚아 주겠네.」 그가 거만하게 대답했다. 「봉급에 반드시 보너스가 있으리라고 기대하고 있네만, 나 같은 사람이 아니면 누가 보너스를 받겠는가? 나로 인해 얻을 이익이 이제 무한정일 텐데. 그건 그렇고, 집사람은 어떤가?」

「자네는 아마 엘레나 이바노브나에 관해 묻고 있는 것 같은데?」

「집사람은 어떤가?!」 이번에는 거의 찢어지는 듯한 소리로 외쳤다.

어쩔 수가 없었다! 온순하게, 그러나 이를 갈면서 나는 엘레나 이바노브나를 남겨 두고 왔다고 말했다. 그는 끝까지 다 들으려고도 하지 않았다.

「나는 그녀를 특히 염두에 두고 있네만.」 그는 초조하게 이야기를 시작했다. 「만약에 내가 〈여기에서〉 유명해지게 되면, 그녀는 〈그곳에서〉 유명해지기를 바라고 있네. 학자, 시인, 철학자, 다른 곳에서 온 광물학자, 위정자들이 아침에 나와 함께 대화를 나눈 후 저녁에는 그녀의 살롱을 방문하게 될 걸세. 다음 주부터는 매일 저녁 그녀의 살롱이 시작되어야만 하네. 두 배로 받은 월급이면 접대비가 될 거야. 접대는 차 한잔과 고용된 하인으로만 제한하면 되니까. 이것으로 되겠지. 이곳에서도 그곳에서도 나에 관해 이야기하게 될 것이네. 오래전부터 모두가 나에 관해 이야기해 주기를 열망해 왔지만 그다지 중요성도 없고 관등도 하찮아서 이룰 수가 없었다네. 그런데 이제 이 모든 것을 악어가 습관적으로 꿀꺽 삼켜 버려서 달성하게 되었군. 내가 하는 모든 말에 귀를 기울이고, 모든 격언을 곰곰이 생각해 보고 전해 주고 인쇄하게 될 걸세. 모든 사람이 나를 알도록 하겠네! 결국 얼마나 능력이 있기에 괴물의 몸 속으로 사라졌는지 이해하게 될 것이네. 일단의 사람들은 〈이분은 타국의 재상으로 왕국을 통치할 수가 있습니다〉라고 말할 것이고, 다른 사람들은 〈이분은 외국의 어떤 왕국을 통치하지는 않았습니다〉라고 말할 거야. 하지만 내가 가르니에 빠제시슈까 같은 사람보다 무엇이, 도대체 무엇이 더 못하단 말인가, 그들이 대체 뭔데……? 아내는 나와 팡당[8]이어야만 하네. 나에게는 이성이 있고 그녀에게는 아름다움과 상냥함이 있네. 〈그녀는 정말 아름답습니다, 그러니 그의 아내가 된 거지요〉라고 일단의 사람들이 말을 하면, 다른 사람들은 〈그녀가 정말 아름다운 이유는 그의 아내이기 때문입니다〉라고 정정해 주겠지. 무슨 일이 있어도 내일 엘레나 이바노브나에게 안드레이 끄라예프스끼 편집으로 출판된 백과 사전을 사라고 해주게나. 무슨 화제이든 이야기할 수 있어야 하지 않겠는가. 무엇보다도 「상뜨 뻬쩨르부르그 소식」지의 정치 사설 premier을 매일매일 『볼로스』지와 대조하면서 읽으라고 해주게. 악어 주인도 가끔은 악어와 나를 집사람의 빛나는 살롱으로 데려가 줄 거라고 생각하네만. 나는 화려한 객실 가운데에 놓여진 상자 속에서 아침부터 모아 두었던 날카로운 경구들을 쏟아 놓을 걸세.

---

8 pendant, 적합, 유사라는 뜻의 프랑스 어. 여기서는 〈어울려야만 한다〉라는 뜻.

위정자들에게는 나의 계획을 보고하고, 시인들과는 운을 맞추어 이야기를 나누겠네. 부인들과 함께 있으면 위로가 될 텐데, 남편들이 전혀 위험을 느끼지 않도록 도덕적이고 선량한 관계를 유지할 것이네. 다른 모든 사람들에게 운명과 신의 섭리에 대한 복종의 본보기가 되어 주려고 하네. 집사람을 훌륭한 문학적인 숙녀로 만들 생각이야. 그녀를 앞으로 데리고 나가서 사람들에게 설명하겠네. 나의 아내로서 그녀는 가장 위대한 자질로 가득 차 있음은 물론이려니와, 만약 안드레이 알렉산드로비치를 우리 러시아의 알프레드 드 뮈세라고 부르는 것이 타당하다면, 그녀를 우리 러시아의 예브게니야 뚜르라고 부르는 것은 더욱 타당하다고 말일세.」

고백하건대, 이 모든 헛소리는 평소의 이반 마뜨베이치에게 어느 정도 어울리는 것이기는 하지만, 그가 지금 뜨거운 곳에 있어서 헛소리를 하는구나라는 생각이 머릿속에 떠오르는 것은 어쩔 수 없었다. 이것은 모두 보통 때의 일상적인 이반 마뜨베이치의 모습과 똑같았지만, 20배로 확대된 확대경을 통해 관찰되는 것 같았다.

「여보게.」 내가 물어보았다. 「자네 영원히 그곳에 있으려고 하는 건가? 대충이라도 이야기해 보게. 건강한가? 먹는 것은 어떻게 하고 잠은 어떻게 자고 숨은 어떻게 쉬고 있나? 나는 자네의 친구이고, 이런 경우는 정말 불가사의한 것이니, 내가 호기심을 갖는 것도 당연한 일이 아니겠나.」

「쓸데없는 호기심이군, 아무것도 아닐세.」 그는 경구를 말하듯이 대답했다. 「그렇지만 자네는 만족하게 될 걸세. 내가 괴물의 몸 속에서 어떻게 지내는지를 물어보았나? 첫째 대단히 놀랍게도 악어는 속이 완전히 텅 비어 있네. 악어 내부는 고무로 만들어진 크고 속이 텅 빈 자루같이 생겼어. 우리의 고로호바야, 모르스까야, 그리고 내가 착각하지 않았다면 보즈네센스끼 거리에 흩어져 있는 고무 제품 비슷해. 그렇지 않다면 한번 생각해 보게, 내가 과연 이 안에서 자리를 잡을 수나 있겠나?」

「그게 가능하단 말인가?」 나는 눈에 띄게 놀라며 소리쳤다. 「정말 악어는 속이 비어 있나?」

「완전히.」 이반 마뜨베이치는 엄격하고 감명 깊게 확언했다. 「그리고 이놈은 확실히 자연의 법칙에 따라 만들어진 것 같네. 악어는 날카로운 이빨이 나 있는 주둥이만을 가지고 있고, 그 주둥이에 덧붙여서 상당히 긴 꼬리가 있는데, 현재로서는 이것이 전부야. 두 다리 사이에는 뭔가 탄성 고무 같은, 실제 탄성 고무인지도 모르는 어떤 것으로 둘러싸인 빈 공간이 있네.」

「늑골은, 위는, 창자는, 간장은, 심장은?」 나는 화가 나서 그의 말을 가로막았다.

「아무것도, 그런 것은 전혀 아무것도 없네. 아마 있었던 적도 없는 것 같아. 그런 것은 경솔한 여행자의 쓸데없는 망상일세. 치질 걸린 베개에 바람을 불어넣는 것처럼 나는 지금 악어에 바람을 불어넣고 있다네. 이놈은 믿을 수 없을 만큼 탄력적이야. 자네가 여유만 있다면, 집안 친구로서 나와 나란히 앉아 있을 수도 있는 정도이지. 자네하고 함께 있어도 자리는 충분해. 나는 최악의 경우 엘레나 이바노브나도 이곳으로 오라고 편지를 쓸 생각이야. 그건 그렇고, 이처럼 텅 빈 악어의 내부 구조는 자연 과학에 완전히 일치하는 것이네. 예를 들어 자네에게 새로운 악어를 만드는 일이 주어졌다고 가정해 보세. 그러면 반드시 이런 문제가 제기될 거야. 악어의 기본적인 속성은 어떤 것인가? 대답은 분명하지. 사람을 삼키는 것이네. 사람을 삼키려면 악어의 구조가 어떻게 되어야 하겠는가? 대답은 더욱 분명하지. 텅 비게 만드는 것이네. 자연이 진공 상태를 견디지 못한다는 것은 이미 오래전에 물리학에 의해 해결되었던 거야. 이와 마찬가지로 악어의 내부는 꼭 비어 있어야만 하는데, 그 진공 상태를 참을 수 없으니 손에 닥치는 대로 무엇이든 끊임없이 삼켜서 가득 채울 수밖에. 바로 이것이 모든 악어들이 우리의 형제를 삼켜 버리는 유일하고 합리적인 이유라네. 인간의 구조와는 다른 것이지. 예를 들어 인간의 머리는 비어 있으면 비어 있을수록 그것을 채우고자 하는 열망을 덜 느끼게 되는데, 이는 일반적인 법칙의 유일한 예외이네. 이 모든 것이 이제 내게는 대낮처럼 분명해졌고, 나는 이러한 것을 소위 자연의 핵심, 자연의 증류기 속에 앉아 그것의 맥박소리에 귀를 기울이면서 내 자신의 이성과 경험으로 이해했네. 어원학조차도 나와 일치하네. 악어라는 단어가 대식을 의미하니 말이야. 악어, 즉 크로코딜로crocodillo는 분명 고대 이집트 파라오와 동시대의 이탈리아 단어일 것이고, 먹어 치우다, 먹다, 식용으로 하다라는 뜻을 가진 크로케croquer라는 프랑스 어 어원으로부터 발생한 단어일 거야. 내가 상자에 담겨서 엘레나 이바노브나의 살롱으로 운반되어 가면 그곳에 모여 있는 사람들에게 첫 강의로써 이것을 말하려고 하고 있네.」

「여보게, 자네 지금 해열제라도 먹어야 하지 않겠는가!」 나는 무의식적으로 소리쳤다. 「그에게는 열이 있어, 열이. 더운 곳에 있으니!」 나는 두려워서 혼자 중얼거렸다.

「쓸데없는 소리!」 그가 경멸적으로 대답했다. 「지금 나의 상황에서 그렇게 하기는 도대체가 불편하단 말일세. 하지만 왜 자네가 해열제 이야기를 하는지 어느 정도는 알 만하네.」

「여보게, 어떻게…… 자네 지금 식사는 어떻게 하고 있나? 오늘 식사는 했나, 안 했나?」

「하지 않았네, 하지만 배는 불러. 무엇보다도 분명한 것은 이제 내가 결코 식사를 하지 않게 될 거라는 점일세. 이것 역시 완전히 이해할 만한 거지. 악어의 내부를 꽉 채워 주었으니 나는 이놈을 영원히 배부르게 해준 셈이네. 이제 이놈한테는 몇 년 동안 먹을 걸 주지 않아도 된다네. 또 한편으로 악어는 나로 인해 배가 불렀으니, 자연스럽게 내게 자기 몸의 생명수가 있는 곳을 알려 줄 걸세. 이것은 마치 세련된 요부들이 밤새 온몸을 젖은 커틀릿으로 감싸 두었다가 다음날 아침 목욕을 하고 나서 신선하고 탄력 있고 농염하고 매우 유혹적인 기분이 되는 것과 같은 이치야. 이런 식으로 악어에게 먹이를 제공하면서, 반대로 나도 그놈에게서 먹이를 제공받고 있네. 결국 우리는 서로에게 먹이를 제공하고 있는 셈이지. 하지만 악어라 하더라도 나와 같은 사람을 소화해 내기에는 어려울 테니, 물론 위 속에 약간 거북함을 느끼겠지. 그런데 이놈에게는 위가 없군. 어쨌든 괴물에게 쓸데없는 고통을 주지 않으려고 나는 거의 몸을 뒤척거리지 않고 있네. 뒤척일 수 있기는 하지만 박애주의적인 입장에서 그렇게 하지 않는 것이네. 이것이 현재 나의 상황에서의 유일한 단점이야. 비유적인 의미로 보았을 때 찌모페이 세묘니치가 나를 게으름뱅이라고 불렀던 것은 옳았어. 하지만 나는 옆으로 누워서도, 단지 옆으로 누워서도 인간의 운명을 바꿀 수 있음을 보여 줄 것이야. 모든 위대한 관념이나 우리 신문과 잡지의 방향성은 분명 게으름뱅이들에 의해 만들어지고 있네. 그래서 그것들을 탁상공론이라고 부르는 것이지. 하지만 그렇게 부르는 것에 침을 뱉어야 해! 나는 지금 완벽한 사회 체제를 고안하고 있는데, 자네는 이것이 얼마나 쉬운지 믿지 못할 걸세. 어딘가 구석진 먼 곳에 혼자 떨어져 있거나 아니면 악어 속에라도 빠져서 눈을 감고 있기만 하면 곧바로 전 인류를 위한 완벽한 천국을 고안하게 될 것이네. 아까 자네가 떠나고 나서 나는 곧 고안하기 시작해서 이미 세 개를 끝냈고, 지금 네 번째를 고안하는 중일세. 사실 처음에는 모든 것을 반박해야만 하네. 그런데 악어 속에 있으면 반박하기가 정말 쉽다네. 그뿐만이 아니라 악어 속에 있으면 모든 것이 분명해지는 것 같네……. 하지만 나와 같은 상황에서는 비록 사소하기는 하지만 약간의 불편한 점이 있다네. 악어 내부는 약간 축축하고 마치 점액질로 뒤덮인 것 같고, 게다가 내 낡은 덧신과 똑같은 고무 냄새가 나고 있어. 이것이 전부일세. 더 이상의 다른 어떤 부족한 점도 없네.」

「이반 마뜨베이치!」 내가 그의 말을 가로막았다. 「이건 거의 믿을 수 없는 기적이군. 정말, 정말로 자네는 평생 동안 식사를 하지 않을 생각인가?」

「뭘 그렇게 쓸데없는 걱정을 하고 있나, 생각 없고 쓸모없는 머리 같으니! 나는 위대한 사상을 이야기해 주고 있는데, 자네는…… 나를 둘러싸고 있는 밤을 밝혀 줄 하나의 위대한 사상만으로도 나는 이미 배가 부르다는 것을 알아 두게나. 하지만 마음씨 좋은 괴물 주인이 마음씨 좋은 자기 어머니와 상의하더니, 조금 전에 자기들끼리 매일 아침 악어 주둥이 속으로 피리처럼 구부러진 쇠 파이프를 집어넣어주기로 결정했네. 그것을 통해 나는 커피나 고기 수프와 고기 수프에 젖은 흰 빵을 섭취할 수 있게 되었네. 쇠파이프를 이미 이웃에 주문해 놓았지만, 내 생각에 이건 쓸데없는 사치인 것 같아. 나는 적어도 천 년은 살고 싶네. 만약 악어들이 그만큼을 사는 게 당연하다면 말일세. 이 사실에 관해서는 잘 기억하고 있었는데, 내일 아무 박물학 책이나 뒤져서 나에게 알려주게나. 내가 악어하고 다른 어떤 동물을 혼동해서 잘못 알고 있을 수도 있으니 말일세. 단 한 가지 생각이 나를 약간 당황하게 하는데, 내가 양복을 입고 있고 발에는 구두를 신고 있어서 악어가 분명 나를 소화시킬 수 없을 것이라는 점이야. 게다가 나는 살아 있으니 온 힘을 다해서 나를 소화시키려는 것에 저항할 테고, 이것은 물론 뱃속에서 모든 음식물이 변하듯이 그렇게 변하고 싶지는 않기 때문이지. 내게 너무나 굴욕적이거든. 하지만 한 가지 두렵기는 하다네. 러시아 제품의 불행이기도 한데, 천 년 동안에 내 양복이 부패해 버릴 수가 있고, 그러면 나는 옷도 없이 남겨져서 나의 분노에도 불구하고 아마도 소화가 되기 시작할 걸세. 비록 낮에는 그렇게 되도록 절대로 허용하지도 용납하지도 않겠지만, 사람들에게서 의지가 날아가 버리는 밤의 꿈속에서는 감자, 블린(팬케이크), 송아지 고기 같은 정말 하찮은 것들의 운명이 나를 덮칠 수도 있는 거지. 그런 생각이 나를 미치게 만들어. 이 하나의 이유만으로도 관세율을 고쳐서 그 결과 악어 속에 떨어지는 경우에라도 더 오랫동안 자연에 저항할 수 있는 더 질긴 영국제 양복지 수입을 권장해야만 하네. 나의 생각을 먼저 위정자들에게 보고하고, 뻬쩨르부르그 일간지들의 정치 평론가들에게도 보고할 거야. 소리를 질러 보라지. 이제 그들이 나에게서 배울 것이 이것 하나만은 아니기를 바라고 있네. 매일 아침 편집용 25꼬뻬이까로 무장한 모든 관람객들이 어제 전문에 관한 나의 생각을 취재하려고 내 주위를 빽빽히 둘러싸고 있는 상황이 눈에 선하군. 간단히 말해서 나의 미래는 완전히 장밋빛이야.」

「열병이야, 열병!」 나는 혼자 속삭였다.

「여보게, 자유로운가?」 그의 의견을 완전히 알고 싶어서 내가 말했다. 「자네는 말하자면 어둠 속에 있는 것인데, 인간으로서 자유를 향유해야 하지 않겠나?」

「자네는 어리석군. 야만적인 사람들은 독립을 좋아하지만, 현명한 사람들은 질서를 좋아하지. 그런데 질서가 없으니……」 그가 대답했다.

「이반 마뜨베이치, 말도 안 되는 소리 하지 말게!」

「조용히 하고 들어 보라니까!」 내가 자기 말을 가로막자 그는 화가 나는 듯 소리쳤다. 「나는 결코 지금처럼 정신적으로 고양되어 본 적이 없네. 이 갑갑한 피난처에서 한 가지 걱정이 있기는 한데, 두툼한 잡지들의 문학적 비평이나 우리 풍자 신문의 야유일세. 경솔한 방문객들, 어리석은 인간들, 질투하는 인간들, 그리고 대부분의 허무주의자들이 나를 웃음거리로 만들지나 않을까 걱정이야. 하지만 나도 조치를 취하겠네. 내일 사람들의 반응과 특히 신문의 의견들이 참을 수 없이 기다려지는군. 신문에 난 것을 내일 나에게 알려 주게.」

「좋아, 내일 신문이란 신문은 뭉치째로 가져오지.」

「내일 신문의 반응을 기대하기에는 좀 일러. 공지 사항은 나흘째 되는 날에야 인쇄되니 말이야. 그런데 이제부터는 매일 저녁 정원에서 안쪽 통로를 통해 들어오도록 하게. 자네를 내 비서로 쓸 작정이야. 자네는 나에게 신문이나 잡지들을 읽어 주고, 나는 자네에게 내 생각을 받아쓰게 하고 위임을 하려 하네. 특히 전보를 잊지 말게나. 매일 유럽에서 오는 모든 전보가 이곳에 오도록 해주게. 자 됐네. 아마 자네는 지금 자고 싶을 거야. 집으로 돌아가서, 비평에 관해 지금 내가 이야기한 것은 생각하지 말게. 비평을 두려워하지는 않아. 왜냐하면 비평 자체가 비평적인 입장에 있기 때문이지. 단지 현명하고 선행적이기만 하면 되네. 그러면 자네는 곧 고위직에 오르게 될 걸세. 소크라테스가 못 된다면, 디오게네스나 그와 비슷한 사람 정도는 될 테고, 바로 여기에 인류 속에서 나의 미래의 역할이 있다네.」

이반 마뜨베이치가 내 앞에서 너무나 경박하고 집요하게 (열병 상태이니 당연하기는 하지만) 정신없이 이야기하는 것이 마치, 속담에서처럼 비밀을 지킬 줄 모르는 약한 성격의 여자처럼 보였다. 게다가 그가 악어에 관해 나에게 알려 준 것은 모두 정말 의심스러웠다. 어떻게 악어가 완전히 텅 비어 있을 수 있을까? 그가 허세를 부리며 자랑하고 있는 것이고, 어느 정도는 나를 경멸하고 있는 것이라는 데 내기라도 걸겠다. 사실 그는 병자이니, 병자라는 사실은 참작해야 한다. 하지만 솔직히 고백하자면, 나는 언제나 이반 마뜨베이치에 대해 참을 수가 없었다. 어린 시절부터 시작해서 평생 동안 나는 그의 후견인 역할에서 벗어나려고 했지만 그럴 수가 없었다. 나는 천 번이나 그와 절교하고 싶었지만, 그럴 때마다 그에게 무언가를 증명해 보이거나 무언가에 대해서 복수를 하고 싶은 듯 그에게 다시 이끌리곤 했다. 이 우정이라는 게 이상한 것이다! 분명히 말할 수 있지만 우리는 열에 아홉은 서로 악의를 품었다가 친해지곤 했다. 이번에도 우리는 헤어졌지만, 서로에게 애정은 가지고 있었다.

「당신 친구는 정말 영리한 싸람이에요.」 독일인이 나를 전송하면서 낮은 소리로 말했다. 그는 우리의 대화를 계속해서 열심히 듣고 있었던 모양이다.

「그런데 A propos 잊지 않도록 물어보겠는데, 만약 당신의 악어를 사고 싶어하는 사람이 있다면 악어 값으로 얼마를 받겠소?」 내가 말했다.

질문을 들은 이반 마뜨베이치는 호기심을 가지고 대답을 기다렸다. 보아하니 그는 독일인이 돈을 적게 받는 것을 원하지 않는 듯했다. 그는 내가 이런 질문을 할 때 목구멍에서 이상한 소리까지 냈다.

처음에 독일인은 들으려고도 하지 않았고, 심지어 화를 내기까지 했다.

「어느 누구도 감히 내 악오를 싸지 못해요.」 그는 격분해서 소리치며, 삶은 새우처럼 빨개졌다. 「나는 악오를 팔고 싶치 않아요. 1백만 탈러를 준다 해도 악어를 가져가도록 하지 않을 거예요. 나는 오늘 관람객들에게서 1백30 탈러를 벌었고, 내일은 만 탈러를 벌어들일 것이고, 그 후 매일 매일 10만 탈러씩 벌어들일 거예요. 팔고 싶치 않아요!」

이반 마뜨베이치는 만족감에 히히덕거리기까지 했다.

진정한 친구로서의 의무를 수행하기 위해 냉정하고 이성적으로 마음을 가다듬으면서 나는 미치광이 같은 독일인에게, 그의 계산은 전혀 믿을만 하지 못하다, 만약 그가 매일 10만 탈러씩을 벌어들인다면 나흘째 되는 날 뻬쩨르부르그 시민 모두가 이곳을 다녀가게 되어 더 이상 어느 누구에게서도 돈을 벌 수 없다. 뱃속에서는 죽음의 신이 전횡을 휘둘러서 악어가 어쩌다 터지는 수도 있고 이반 마뜨베이치가 병이 들어 죽을 수도 있다는 것 등을 슬쩍 돌려서 말해 주었다.

독일인은 잠시 생각에 잠겼다.

「나는 그에게 약을 몇 방울 추겠어요. 그러면 당신 친구는 죽지 않을 거예요」라고 생각을 마친 그가 말했다.

「한 방울 한 방울씩.」 내가 말했다. 「하지만 소송을 걸 수도 있다는 걸 염두에 두시오. 이반 마뜨베이치의 아내는 자신의 합법적인 남편을 돌려 달라고 할 수도 있소. 당신은 이것으로 부자가 되려고 하는 것 같은데, 비록 얼마라도 엘레나 이바노브나에게 연금을 지불할 생각은 없소?」

「아니오, 없어요!」 독일인은 단호하고 엄격하게 대답했다.

「아니오, 없어요!」 그의 어머니는 적대감까지 품고서 맞장구쳤다.

「알지 못하는 상황에 처하기보다는, 적당하면서도 믿을 수 있고 확고하게 지금 한꺼번에 받는 게 당신에게 더 낫지 않겠소? 단지 쓸데없는 호기심 때문에 당신에게 이런 요구를 하는 게 아니라는 점을 덧붙이는 게 의무라고 생각했소.」

독일인은 의논을 하려고 자기 어머니를 멀리 원숭이 무리들 중 가장 크고 가장 못생긴 놈의 우리가 있는 한쪽 구석으로 데리고 갔다.

「여기 좀 보게!」 이반 마뜨베이치가 내게 말했다.

나로서는 이 순간 먼저 독일인을 아프게 때려 주고, 두 번째로 그의 어머니를 훨씬 더 아프게 때려 주고, 세 번째로 다른 누구보다도 더 많이, 더욱 아프게 이반 마뜨베이치를 그

끝없는 자존심에 대한 대가로 때려 주고 싶다는 열망에 불타올랐다. 하지만 이 모든 것은 탐욕스러운 독일인의 대답과 비교해 볼 때 아무것도 아니었다.

자기 어머니와 의논을 끝낸 그는 악어 값으로 할증금이 붙은 최근의 내국채로 5만 루블, 고로호바야 거리에 있는 석조가옥, 거기에 덧붙여진 개인 약국, 여기에다가 러시아 사령관 직까지 요구했다.

「그것 보게!」 이반 마뜨베이치가 의기양양하게 소리쳤다. 「자네에게 이야기하지 않았나! 사령관이 되겠다는 마지막 어리석은 소망을 제외하면 그의 요구는 완전히 정당하다네. 전시되고 있는 악어의 현재 가치를 완벽하게 이해하고 있으니 말일세. 무엇보다도 경제 원칙이라니까!」

「무슨 소리!」 나는 격분해서 독일인에게 소리 질렀다. 「도대체 무엇 때문에 사령관 직이 필요한 거요? 당신이 무슨 공적을 세웠다고, 무슨 복무를 했다고, 무슨 전쟁의 명예를 얻었다고? 당신 도대체 멍청이 아니오?」

독일인은 모욕을 받은 듯이 소리 질렀다. 「멍청이라니오! 나는 청말 영리한 싸람입니다. 탕신이야말로 청말 어리석군요! 나는 사령관이 될 가치가 있어요. 왜냐하면 살아 있는 호프라트[9]가 들어 있는 악오를 전시했키 때문이지요. 하지만 러시아 인들은 살아 있는 관리가 들어 있는 악오를 보여 줄 수 없지요! 나는 굉장히 영리한 싸람이니, 청말로 사령관이 되고 시퍼요!」

「자 그럼 잘 있게, 이반 마뜨베이치!」 나는 미친 듯이 몸을

---

[9] Hofrat. 관리.

부들부들 떨며 큰 소리로 외치고는 거의 뛰다시피 악어 전시실을 빠져나왔다. 이제는 단 1분도 더 이상 나 자신에 대해 책임질 수 없다고 느꼈다. 이 두 멍청이의 말도 되지 않는 소망을 참을 수가 없었다. 차가운 공기가 나를 상쾌하게 해주었고, 나의 분노를 어느 정도 가라앉혀 주었다. 결국 길 양쪽으로 열대여섯 번 정도 힘껏 침을 뱉고 나서 마부를 불러 집으로 돌아와서는 옷을 벗고 침대로 뛰어들었다. 무엇보다도 더 유감스러웠던 것은 내가 그의 비서가 되어 버렸다는 것이다. 이제 그곳에서 매일 저녁 진정한 친구로서의 의무를 수행하면서 지루함 때문에 다 죽게 생겼구나! 그런 생각을 하니까 나 자신을 마구 때려 주고 싶었다. 그래서 정말로 촛불을 끄고 담요를 뒤집어쓰고 누워서 몇 번이나 주먹으로 머리와 신체의 여러 부위를 마구 때렸다. 이렇게 하고 나니 어느 정도 마음이 가벼워졌고, 또 너무 피곤했기 때문에 나는 마침내 상당히 깊이 잠이 들었다. 밤새 원숭이 꿈만 꾸다가 아침이 다 되어서야 엘레나 이바노브나의 꿈을 꾸었다……

4

추측해 보나면, 원숭이들이야 악어 전시실에 있던 우리 속에 들어 있었으니까 꿈에 보였겠지만, 엘레나 이바노브나는 특이한 경우라 하겠다.

미리 말해 두겠는데, 나는 이 부인을 사랑하고 있었다. 그러나 서둘러서 변명하자면 그녀를 딸처럼 사랑했을 뿐, 그 이상도 그 이하도 아니었다. 그녀의 머리나 발그스름한 뺨에 키스하고 싶다는 참을 수 없는 욕망이 여러 번 일어났기 때문에 그렇게 결론짓는 것이다. 비록 단 한 번도 실행에 옮겨 본 적은 없지만, 그러나 인정하건대 그녀의 입술에 키스하라고 해도 거절하지는 않았을 것이다. 아니 입술이 아니라, 마치 잘 정돈된 한 줄의 진주처럼 미소 지을 때마다 항상 매혹적으로 드러나는 그녀의 치아에 했을 것이다. 그녀는 놀라울 정도로 자주 미소 지었다. 이반 마뜨베이치는 애정을 표현할 때에 그녀를 자신의 〈사랑스러운 바보〉라고 불렀는데, 이러한 호칭은 더할 나위 없이 타당했고 특징에 걸맞는 것이었다. 그녀는 사탕 부인이었을 뿐 그 이상의 아무것도 아니었다. 왜 이제서야 이반 마뜨베이치에게 자기 아내가 러시아의 예브게니야 뚜르라는 생각이 문득 떠오르게 됐는지는 지금도 전혀 이해가 되지 않는다. 아무튼 원숭이를 고리에서 제외한다면 그 꿈은 내게 정말 좋은 인상을 불러일으켰다. 아침에 차 한잔을 들면서 어제 일어났던 모든 일이 머릿속에 떠올라, 직장 가는 길에 반드시 엘레나 이바노브나에게 들러 보리라 결심했다. 하지만 이것은 집안 친구로서도 당연히 해야 할 일이었다.

엘레나 이바노브나는 침실 앞의 아주 작은 방에서, 소위 그녀의 작은 응접실에서 — 그들의 가장 큰 응접실도 작기는 하지만 — 작은 차 탁자 뒤의 작고 아름다운 소파 위에 풍성한 아침 셔츠를 입고 앉아 아주 작은 설탕을 넣은 작은 찻잔으로 커피를 마시고 있었다. 그녀는 매혹적이고 아름다웠지만, 내게는 우울한 것처럼 보였다.

「어머, 당신이었군요, 장난꾸러기 같으니!」 그녀는 당황한 듯한 미소를 지으며 나를 맞이했다. 「앉으세요, 바람둥이 씨,

커피 좀 드세요. 그런데 당신은 어제 무엇을 했나요? 무도회에 가셨나요?」

「당신은 정말 그곳에 가셨습니까? 나는 그런 곳에는 가지 않지 않습니까……. 더욱이 어제는 우리의 수인(囚人)을 방문했지요…….」

나는 한숨을 내쉬고 커피를 받아 들며 엄숙한 표정을 지었다.

「누구를요? 어떤 수인 말인가요? 아, 그렇군요! 불쌍한 사람! 그런데 그는 어떻든가요, 지루해 하던가요? 그런데 말씀이에요……. 당신에게 물어보고 싶은 게 있는데…… 내가 지금 이혼을 요구할 수 있을까요?」

「이혼을!」 나는 깜짝 놀라 소리치다가 하마터면 커피를 쏟을 뻔 했다. 〈바로 그 얼굴 시커먼 놈이구나!〉 나는 격분하며 혼자 생각했다.

건설부에서 일하는, 콧수염을 기르고 얼굴이 시커먼 인간이 하나 있었는데, 이곳에 너무 자주 드나들었고 엘레나 이바노브나를 웃게 만드는 능력이 대단했다. 고백하건대 나는 그를 질투했다. 그가 어제 무도회에서나 아니면 아마도 이곳에서 엘레나 이바노브나를 만나 이런 쓸데없는 이야기를 해준 게 분명했다!

「좋아요,」 엘레나 이바노브나는 사주받은 듯 갑자기 서둘렀다. 「그는 거기 악어 뱃속에 앉아 있고, 물론 평생 못 오겠지요. 하지만 나는 이곳에서 기다려야 하다니! 남편은 집에서 살아야 하는데, 악어 뱃속이 아니라…….」

「하지만 이건 예기치 못한 경우 아닙니까.」 나는 분명히 알아볼 수 있을 만큼 흥분하면서 말하기 시작했다.

「아, 아니에요. 말하지 마세요, 싫어요, 싫어요!」 그녀는 갑자기 거의 화를 내다시피 하며 소리 질렀다. 「당신은 언제나 나에게 반대만 하는군요, 쓸모 없는 사람! 당신하곤 아무 일도 못하겠어요, 아무런 충고도 못 하잖아요! 다른 사람들이 그러는데, 내게 이혼이 허락될 거라고 하더군요. 이반 마뜨베이치가 이제는 더 이상 월급을 받지 못하기 때문이죠.」

「엘레나 이바노브나! 내가 지금 듣고 있는 이 이야기를 하는 사람이 당신 맞습니까?」 내가 애처롭게 소리 질렀다. 「어떤 나쁜 놈이 당신에게 그런 말을 한단 말입니까! 더구나 월급과 같이 그렇게 증거가 불충분한 이유로는 이혼이 절대 불가능합니다. 그런데 불쌍한, 불쌍한 이반 마뜨베이치는, 말하자면 괴물의 몸속에서조차 당신을 향한 사랑으로 타오르고 있습니다. 그뿐만이 아닙니다. 사랑 때문에 설탕처럼 녹아 내리고 있습니다. 어제 저녁 무렵 당신이 무도회에서 즐거워하고 있을 때, 그는 극단적인 경우 합법적인 아내인 당신에게 자기가 있는 괴물 속으로 들어와 달라고 편지를 쓸 결심을 했다고 하더군요. 더욱이 악어는 두 사람 뿐만 아니라, 세 사람이 들어가도 될 만큼 넓다고 했습니다…….」

여기서 나는 즉시 그녀에게 어제 이반 마뜨베이치와 나누었던 이야기 중 재미있는 부분을 골라 이야기해 주었다.

「뭐라고요, 뭐라고요!」 그녀가 놀라서 소리쳤다. 「당신은 내가 이반 마뜨베이치가 있는 그곳으로 기어 들어갔으면 싶은가요? 대단한 생각이네요! 이런 모자를 쓰고 넓은 스커트를 입고 있는데 어떻게 기어 들어가요? 하느님 맙소사, 정말 어리석군요! 더구나 내가 그리로 기어 들어갈 때 어떤 모습이 되겠어요. 아마도 누군가가 그런 나를 쳐다보겠지요……. 이거

우습군요! 그리고 나는 그곳에서 뭘 먹죠……? 그리고…… 그리고…… 그럴 때…… 그곳에서 나는 어떻게 되겠어요……? 아, 맙소사, 당신들이 생각해 낸 것이란! 그리고 그곳에 무슨 오락거리라도 있나요……? 그곳에서는 고무 냄새가 난다고 당신이 말하지 않았던가요? 그리고 만약 그이와 싸우기라도 한다면 나는 어떻게 되죠? 그래도 그이와 나란히 누워 있어야 하나요? 후, 이건 정말 소름 끼쳐요.」

「동의합니다. 그 모든 논거에 동의합니다. 친애하는 엘레나 이바노브나.」 사람들이 진리가 자기 편에 있다고 느낄 때 항상 사로잡히는 그런 분명한 열정을 가지고 이야기하려 애쓰면서 나는 그녀의 말을 가로막았다. 「그렇지만 당신은 이 모든 것에서 한 가지를 인정하지 않았습니다. 그가 그곳으로 당신을 부르는 이유는 당신이 없이는 살 수 없기 때문이라는 걸 당신은 인정하지 않고 있단 말입니다. 즉 여기에는 사랑이, 열정적이고 진실하고 저돌적인 사랑이 있습니다……. 당신은 사랑을 인정하지 않고 있군요, 친애하는 엘레나 이바노브나, 사랑을!」

「싫어요, 싫어요, 아무것도 듣고 싶지 않아요!」 그녀는 작고 아름다운 손을 흔들었다. 거기에는 방금 씻고 솔로 손질한 장밋빛 손톱이 빛나고 있었다. 「소름 끼쳐요! 당신은 저를 울리려고 하시는군요. 기어 들어가는 게 좋으면 당신이나 그러세요. 당신은 친구니까, 그와 나란히 누워서 우정을 지키며 평생 동안 지겨운 학문에 관해서나 논쟁해 보시지요.」

「당신은 이 제안을 공연히 비웃고 계시는군요.」 나는 진지한 태도를 취하며 경박한 여인의 말을 가로막았다. 「그렇지 않아도 이반 마뜨베이치는 나도 그곳으로 초대했습니다. 물론 당신은 의무 때문에 끌려가는 것이지만, 나는 단지 관대함 때문에 끌려가는 것입니다. 어제 악어의 평범하지 않은 신축성에 관해 이야기하면서, 이반 마뜨베이치는 당신들 둘뿐만 아니라, 집안 친구로서 나도 당신들과 함께 자리를 같이 할 수 있을 것이라고 분명하게 시사했습니다. 특히 내가 그것을 원한다면 말입니다……」

「어떻게, 셋이서?」 엘레나 이바노브나가 나를 쳐다보며 놀라움에 소리를 질렀다. 「그러니까 우리가…… 이렇게 셋이서 함께 있다는 건가요? 호호호! 당신들 둘은 어쩌면 그렇게 바보 같지요! 호 — 호 — 호! 나는 그곳에서 틀림없이 계속해서 당신들을 꼬집어 줄 거예요. 당신은 정말 쓸모없는 분이군요, 호호호! 호호호!」

그리고 그녀는 소파 등받이로 몸을 젖히더니 눈물이 나올 정도로 깔깔 웃어 댔다. 이 모든 것이, 눈물도, 웃음도 너무나 매혹적이어서 나는 참지 못하고 그녀에게 열정적으로 달려들어 손에 키스를 하고 말았다. 그녀는 화해의 표시로 내 귀를 살짝 잡아당기기는 했지만 저항하지는 않았다.

그러고 나서 우리는 둘 다 유쾌해져서, 나는 그녀에게 이반 마뜨베이치의 어제 계획을 모두 상세하게 이야기해 주었다. 그녀는 파티의 접대와 살롱을 연다는 생각이 무척 맘에 든 모양이었다.

「하지만 새 드레스들이 매우 많이 필요할 텐데요.」 그녀가 말했다. 「그럴려면 이반 마뜨베이치가 가능한 한 더 빨리, 가능한 한 더 많은 월급을 보내 주어야만 해요……. 다만…… 다만…… 어떻게 그 일을!」 그녀는 생각에 잠겨 덧붙였다. 「어떻게 그이를 상자에 넣어 이곳으로 운반해 올까요? 이건 정말 우습군요. 나는 남편이 상자 속에 실려 오는 것을 원치 않아요. 손님들 앞에서 정말 부끄러울 거예요……. 싫어요, 아니, 싫어요.」

「그런데 생각나서 말씀드리는 겁니다만, 어제 저녁 찌모페이 세묘니치가 다녀가셨습니까?」

「아, 다녀가셨어요. 위로하러 오셨는데, 알아맞혀 보세요. 우리는 계속 카드 놀이를 했어요. 그분은 사탕을 걸었고, 만약 내가 지면 그분은 내 손에 키스를 하시는 거예요. 정말 엉뚱한 분이에요. 어땠는지 아세요, 나하고 무도회까지 가려고 하는 거예요, 정말!」

「반했군요!」 내가 말했다. 「더구나 당신같이 매혹적인 분에게 누가 이끌리지 않을 수 있겠습니까!」

「저런, 당신도 칭찬하기 시작하는군요! 그만두세요, 당신을 밖으로 쫓아내겠어요. 이제는 쫓아내는 일에 대단히 익숙해졌어요. 뭐 그런 거야! 참 그런데 이반 마뜨베이치가 어제 나에 관해 자주 이야기를 했다고 하셨지요?」

「아 — 니오, 그렇게 자주는…… 고백하건대, 그는 지금 전 인류의 운명에 관해 더 많이 생각하고 있고, 원하고 있습니다…….」

「그럼 그렇게 하라지요! 더 이상 말씀하지 마세요! 아마도 굉장히 지루할 거예요. 어쨌든 그이를 한번 찾아가 보도록 하죠. 내일은 반드시 가겠어요. 오늘만은 안 돼요. 머리도 아프고, 더구나 그곳에는 사람들이 너무 많을 테니…… 사람들이 말할 거예요. 이 사람이 그의 아내라고, 창피를 주겠죠……. 가보세요. 저녁에 당신은…… 그곳에 가실 건가요?」

「그에게 가 있을 겁니다. 신문을 가져오라고 명령받았죠.」

「정말 좋은 일이네요. 그이에게 가서 읽어 주세요. 그런데 오늘은 제게 들르지 마세요. 몸도 좋지 않고, 아마 방문할 곳이 있을 것 같아요. 자 안녕히 가세요, 장난꾸러기 씨.」

〈저녁에 얼굴 시커먼 놈에게 가겠군.〉 나는 혼자 속으로 생각했다.

물론 사무실에서 나는 염려와 분주함이 나를 삼켜 버리는 그런 상태에 떨어지지는 않았다. 하지만 나는 곧 우리의 몇몇 진보적인 신문들이 이날 아침 나의 동료들의 손에서 손으로 옮겨 다니고 있고, 그것들이 대단히 진지한 표정으로 읽혀지고 있다는 것을 알아차렸다. 먼저 내 손에 도달한 신문은 아무런 특별한 경향도 없고 단지 인도주의적이기만 해서, 읽혀지기는 하지만 그러한 성향에 대해서는 특히 우리의 경멸을 받아 오던 「리스또끄」[10]였다. 나는 적지 않게 놀라며 그 신문에서 다음과 같은 내용을 읽었다.

〈어제 웅장한 건물들로 장식되어 있는 드넓은 우리 수도에 굉장한 소문이 퍼졌다. 상류 계급 출신의 유명한 미식가인 N이라는 사람이, 아마 모 클럽의 보렐리의 요리에도 싫증이 났는지, 방금 수도로 운반되어 온 거대한 악어가 전시되어 있는 아케이드로 들어가서 악어를 식사로 요리해 달라고 요구했다. 그는 주인과 흥정을 끝내고 나서 그를(즉 매우 온순하고 정확성을 지닌 독일인이 아니라 그의 악어를) 산 채로 포켓 나이프로 잘라 피가 흐르는 덩어리를 굉장히 빠른 속도로 삼키면서 게걸스럽게 먹기 시작했다. 악어는 조금씩 조금씩 그의 살찐 뱃속으로 사라졌고, 그는 항상 악어를 따

---

10 러시아 신문의 이름.

라다니는 망구스조차 맛있을 것이라고 생각했는지 잡아먹으려고 했다. 우리는 이미 오래전에 외국의 미식가들에게 알려져 있는 이 새로운 음식물에 대해 전혀 반대하는 것은 아니다. 우리는 이것을 이미 예견하고 있었다. 영국 귀족들이나 여행자들은 이집트에서 악어를 무리째로 잡아서 괴물의 등심을 겨자, 양파, 감자를 곁들여 비프스테이크처럼 해서 먹는다. 레셉스와 함께 몰려든 프랑스 인들은 뜨거운 재에 구워 낸 악어 발을 선호해서, 그들을 비웃는 영국인들을 귀찮게 한다. 아마 우리 나라에서는 이것도 저것도 다 인정할 것이다. 우리로서는 강력하고 다민족으로 구성된 우리의 조국에 특히나 부족한 새로운 산업 분야가 생겨서 기쁘다. 뻬쩨르부르그 미식가의 뱃속으로 사라진 이 첫 번째 악어의 뒤를 이어 아마 1년도 채 못 가서 1백여 마리의 악어가 우리 나라로 운반되어 올 것이다. 그런데 왜 우리 러시아에서는 악어를 길들이지 않는 것일까? 만일 네바 강물이 이 흥미로운 외국의 동물에게 너무 차갑다 하더라도, 수도에는 연못도 있고 교외에는 강과 호수도 있는데 말이다. 예를 들어서 왜 악어들을 빠르골로프나 빠블로프스끼 아니면 모스끄바의 쁘레스네프스끼 연못, 사모쩨끄 등에서 기르지 않는 것인가? 우리 나라의 세련된 미식가들에게 맛 좋고 건강에 좋은 음식을 제공하면, 이들은 곧바로 이 연못에서 산책하는 부인들을 즐겁게 해줄 수 있을 것이고, 자기 아이들에게는 자연의 역사를 가르쳐 줄 수도 있을 것이다. 악어 가죽으로 지갑, 가방, 담배 케이스, 서류철 등을 만들 수도 있을 것이이다. 상인들이 특히 선호하는 기름때 묻은 돈을 가지고 있는 러시아의 수많은 상인들만이 악어 가죽 속에 드러누워 있지는 않을 것이다.

이 흥미로운 대상에게 여러 번 주의를 기울였으면 한다.〉

나는 이러한 종류의 내용을 예감하고는 있었지만, 그럼에도 불구하고 이 기사의 무모함은 나를 당황하게 했다. 이런 기분을 함께 할 사람도 없고 해서 나는 맞은편에 앉아 있는 쁘로호르 사비치 쪽으로 향했다가, 그가 이미 오래전부터 『볼로스』지를 내게 전해 주려는듯 손에 들고서 나를 지켜보고 있었음을 알아차렸다. 조용히 나에게서 「리스또끄」지를 받아 들고 내게 『볼로스』지를 건네주면서 그는 아마도 나의 주위를 끌고 싶은 듯, 기사 위에다 손톱을 꾹 눌러 줄을 긋는 것이었다. 이 쁘로호르 사비치는 우리 사무실에서 가장 이상한 사람이었다. 말이 없는 데다 늙은 독신자로서, 우리들 중 누구와도 어떠한 관계도 맺지 않았으며 사무실에서는 거의 어느 누구와도 이야기하지 않았다. 항상 모든 일에 관해 자기 자신만의 견해를 가지고 있었지만 그것을 누군가에게 알리는 것은 참을 수 없어했다. 그는 고독하게 살고 있었다. 우리들 중 거의 어느 누구도 그의 아파트를 방문해 본 적이 없다.

나는 『볼로스』지에서 그가 가르쳐 준 부분을 읽어 보았다.

〈우리가 진보적이고 인도적이며, 이런 점에서 유럽을 따르고자 한다는 것은 주지의 사실이다. 그러나 우리의 모든 노력과 우리 신문의 수고에도 불구하고, 우리가 이미 예견했고, 어제 아케이드에서 발생했던 불쾌한 사실이 증명하고 있듯이 《성숙해지려면》 아직 요원하다. 외국인 악어 소유주가 수도로 들어오면서 악어를 함께 데리고 와서 아케이드에서 관람객들에게 관람시키기 시작했다. 우리는 즉시 강력하고 다민족으로 구성된 우리의 조국에 부족한 이 유익하고 새로운 산업 분야를 서둘러 환영했다. 그런데 어제 갑자기 오후

4시 30분경에 외국인 악어 소유주의 상점으로 아주 뚱뚱한 한 사람이 술에 취해 나타나서 입장료를 지불하고는 아무런 예고도 없이 곧장 악어 주둥이 속으로 기어 들어갔다. 악어는 물론 질식사하지 않으려는 자기 보호 본능 때문에 그를 삼킬 수밖에 없었다. 악어 뱃속으로 굴러 떨어진 신원 불명자는 곧 잠이 들었다. 외국인 소유주의 비명도, 놀란 그의 가족들의 통곡도, 경찰을 부르겠다는 위협도 아무런 영향을 미치지 못했다. 악어 뱃속에서는 단지 웃음소리와 채찍으로(말 그대로sic) 혼내 주겠다는 장담만이 들려왔으며, 그러한 덩어리를 삼켜야만 했던 불쌍한 포유류는 헛되이 눈물만 흘리고 있었다. 불청객은 따따르인보다 더 나쁘다는 말도 있지만, 이러한 속담에도 불구하고 뻔뻔한 방문객은 나오려고 하지 않았다. 우리의 미숙함을 증명하고, 외국인의 눈앞에서 우리를 더럽히는 이와 같은 야만적인 사실들을 어떻게 설명해야 할지 모르겠다. 러시아 민족의 분방함의 당연한 귀결이다. 불청객들에게 무엇을 원하는지 물어보았다. 따뜻하고 편안한 장소인가? 그러나 수도에는 싸고 정말 편안한 방과 네바 강에서 끌어들이는 물, 가스 불빛이 환한 계단, 그리고 때로 주인이 고용한 수위들이 있기도 한 많은 훌륭한 집들이 많다. 가축을 대하는 야만적인 태도에도 우리 독자들의 주의를 돌리고자 한다. 우리를 찾아온 악어로서는 물론 이러한 덩어리를 한꺼번에 소화시키기가 어려울 것이다. 그래서 악어는 지금 산처럼 부은 채로 누워 참을 수 없는 고통 속에서 죽음을 기다리고 있다. 유럽에서는 이미 오래전부터 가축을 비인도적으로 다루는 사람들을 재판에 회부해 왔다. 그러나 유럽 식 조명, 유럽 식 보도, 유럽 식 건축 양식에도 불구하고 우리는 우리의 숨겨진 편견으로부터 여전히 오랫동안 벗어나지 못할 것이다.

집은 새것이나, 편견은 오래되었네.

하지만 집도 새것이 아니다. 적어도 계단은 말이다. 뻬쩨르부르그 지방 상인 루끼야노프의 집에는 목조 계단의 층계참이 썩어 내려앉아서, 이 집에 심부름하러 와서 종종 물이나 장작 한아름씩을 안고 계단을 올라가야 하는 여군 아피미야 스까뻬다로바에게는 이미 오래전부터 위험이 예고되어 있었다고 우리 신문에서 여러 번 언급했다. 결국 우리의 예언은 입증되었다. 어제 저녁 오후 8시 30분경에 여군 아피미야 스까뻬다로바는 수프 접시를 들고 굴러 떨어져서 다리가 부러지고 말았다. 현재 루끼야노프가 계단을 수리했는지는 알려지지 않고 있다. 러시아 사람은 사후 약방문이니까. 하지만 러시아의 희생자는 아마 이미 병원으로 실려 갔을 것이다. 우리는 또한 비보르그스끼에서 목조 보도의 진흙을 청소하는 청소부들이 행인들의 발을 더럽혀서는 안 되며, 유럽에서 구두를 깨끗이 하기 위해 하는 것과 똑같이 진흙을 한곳으로 모아 놓아야 한다고 지칠 줄 모르고 주장해 왔다……〉 등등.

「이게 뭔가.」 나는 약간 당황하여 쁘로호르 사비치를 바라보면서 말했다. 「이게 도대체 무슨 소리야?」

「뭐 말인가?」

「정말 당치도 않군, 이반 마뜨베이치를 동정하기보다 악어를 동정하고 있으니.」

「도대체 왜 그러나? 짐승을, 〈포유류〉인 그놈을 동정했다고! 유럽보다는 덜하지 않겠나? 그곳에서도 악어들을 굉장히 동정하고 있다던데. 히히히!」

이 말을 하고 나서 괴짜 쁘로호르 사비치는 자기 서류 속에 머리를 파묻고 더 이상 한마디 말도 하지 않았다.

『볼로스』와 「리스또끄」를 주머니 속에 숨겨 놓고, 그 밖에도 저녁에 이반 마뜨베이치를 위로하기 위해서 오래된 『이즈베스찌야』와 『목소리』들을 찾을 수 있는 한 많이 모아 놓았다. 저녁까지는 아직 멀었지만, 나는 아케이드로 찾아가서 비록 멀리서나마 그곳에서 무슨 일이 벌어지고 있는지를 살펴보고 다양한 견해나 경향들을 들어 보기 위해 이번에는 조금 일찍 사무실에서 슬그머니 빠져나왔다. 그곳은 대혼잡일 거라는 생각이 들어 나는 모든 경우에 대비해서 얼굴을 외투 깃으로 좀 더 단단히 감쌌다. 왠지 약간 수치스러웠기 때문이다. 그 정도로 우리는 대중에게 익숙치 못한 것이다. 그런데 나는 이처럼 놀랍고 독창적인 사건에 관해서 개인적이고 산문적인 나의 느낌을 전달할 권리가 없다는 것을 알고 있다.

역자 해설 1 / 악몽 같은 이야기
〈토양주의〉를 향한 출구 찾기

  이 중편소설은 1862년 잡지 『시대』의 11월 호에 처음으로 발표되었다. 이 소설은 발표되었을 당시에 독자들로부터 비교적 반향을 얻지 못했고 널리 알려지지는 않았지만, 예술적 측면에 있어서는 당시의 도스또예프스끼의 작품들 중에서 가장 완성도가 높은 작품 가운데 하나이며 그의 작가로서의 발전 과정을 이해하게 해주는 데에 있어 중요한 의의를 갖는 작품이다.

  『악몽 같은 이야기』에서는 알렉산드르 2세의 농노 해방령(1861) 발표 이후 잇따른 개혁 조치와 관련하여 1860년대 러시아 사회 평론의 무대에서 활발하게 논의되었던 주제를 다루고 있다. 이야기는 당시의 개혁 조치에 대한 세 고관의 논쟁으로부터 시작한다. 그 중의 두 사람, 스쩨빤 니끼포로비치 니끼포로프와 세묜 이바노비치 쉬뿔렌꼬는 복고주의자이고 세 번째 인물인 주인공 이반 일리치 쁘랄린스끼는 자유주의자이다. 서로 다른 성향을 가지고 있는 진영을 대표하는 이들의 대화를 예술적으로 재현하는 일은 도스또예프스끼에게 있어선 자신의 사회·정치적 견해를 직접적으로 표출하며 동시대의 사회 현실에 참여하는 일이 된다.

논쟁은 쁘랄린스끼에 의해 시작된다. 그는 동시대의 중요한 사회적 과제가 휴머니즘이라고 역설한다.

「너무 늦었단 말씀입니다. 네. 제 견해로는 휴머니즘이 으뜸 가는 일이라고 생각하고 있습니다만. 아랫사람들에게도 그들 역시 인간이라는 걸 되새기면서 휴머니즘적인 태도로 대해야지요. 휴머니즘은 모든 걸 구해 내고 모든 걸 가져다 줄 거란 말입니다.」(pp. 15~16)
「제가 말씀드리지만, 휴머니즘은 말하자면 당면한 개혁의 초석이 될 수 있으며 보편적으로 사물을 혁신시키는 데에도 기여할 수 있습니다.」(p. 17)

그러나 노회한 관료로서 이 개혁 조치의 본질이 사회적 관계의 근본적인 변화를 시도하는 것과는 거리가 먼 것이라는 점을 간파하고 있던 두 사람의 반응은 쁘랄린스끼에 대해 이해할 수 없다는 식의 조롱 어린 태도로 나타난다.

「이반 일리치, 솔직히 말해서, 당신이 지금까지 설명하고 싶어하는 말의 요점이 무엇인지 알 수가 없어요.」(p. 16)
「이해하지 못하겠는걸.」(p. 17)
「내가 보기엔 내가 술을 좀 지나치게 마신 것 같단 말이야.」
「그래서 드는 생각인데. 조금 머리가 흐리멍덩해진 것 같단 말씀이야.」(p. 17)

그들은 개혁 조치에 대해 이러니저러니 논쟁을 벌이는 일

자체가 진행되고 있는 개혁의 본질에 대한 이해가 부족한 것이라 여기며 쁘랄린스끼의 도전적인 논쟁을 회피하면서 〈못 견디겠는걸!〉이라는 말로 대신하고 있다. 쁘랄린스끼는 그들의 이러한 반응을 보고 시대의 흐름을 쫓아가지 못하는 늙은이라고 생각하며 자신의 우월성을 확신한다. 그러나 그가 자신의 휴머니즘을 과시하려는 목적으로 참석한 부하 관리 쁘셀도니모프의 결혼식 피로연을 통해 〈악몽 같은 이야기〉를 경험하고 난 뒤에 소설의 말미에 이르러서는 스쩨빤 니끼포로비치와 똑같이 혼잣말로 〈못 견디겠는걸!〉이라고 내뱉으며 자유주의자라고 자처한 자신 또한 복고주의자들과 조금도 다를 바가 없다는 것을 역설적으로 드러내고 만다. 도스또예프스끼는 쁘랄린스끼의 형상을 통해 새로이 러시아 사회의 주역이라 자처하는 자유주의자들의 사상이 그들의 사회, 정치적 〈본질〉과는 일치하지 않는다는 것을 보여 주고 있다. 쁘랄린스끼 또한 이전의 사회, 정치적 관계를 유지하려는 보수주의자들과 다름없는 구체제의 옹호자로 그리며 희화화한다는 점에서 볼 때 도스또예프스끼의 관점은 당시의 민주주의 진영의 작가들, 특히 살띠꼬프 쉬체드린의 시각과 동일 선상에 있다고 할 수 있다.

쁘랄린스끼는 자리를 파하고 일어나면서 자신의 마부가 대기하지 않고 근처 마을의 결혼 잔치에 놀러 간 것에 〈견디지 못하고〉 격노하지만, 〈그놈을 몇 번 두 동강이 나도록 호되게 두들겨 놓게나〉라는 세묜 이바노비치의 말에 반감을 갖고 자신을 자유주의자로 차별화시키려 마음을 바꿔 먹는다. 그는 자신이 휴머니즘 사상을 갖춘 위대한 국가적인 인물이 되리라 착각하며 휴머니즘적인 태도로 마부에게 관용을 베풀기로 결심한다.

「사기꾼 녀석! 네놈이 뭔가를 느끼고 놀라 자빠지도록, 내가 일부러라도 걸어가마! 네놈이 돌아오면 주인 나리가 걸어왔다는 걸 알게 될 거다. 더러운 놈!」(p. 21)

쁘랄린스끼의 이러한 태도는 위선적인 것이며 휴머니즘적인 것과는 거리가 먼 것이다. 휴머니즘은 무엇보다도 인간과 인간 사이의 평등을 전제 조건으로 함에도 불구하고 쁘랄린스끼가 주창하는 휴머니즘은 말만의, 관념상의 휴머니즘이지 자신의 행동과 의식이 일치되어 나오는 진정한 휴머니즘의 대변자가 될 수 없음을 곳곳에서 드러내 보이고 있다. 그는 자신의 부하 직원인 쁘셀도니모프에 대해서 자신의 자식과 다름없다는 생각을 하고 있다.

「그들은 벌써 제 사람들이지요. 저는 아버지고 그들은 제 자식들인……」(p. 31)

그의 생각에 드러난 이런 가부장제적인 요소는 한 가정의 범위를 벗어나서 러시아 사회 전체를 지배하고 있는 부정적인 요소이며, 이러한 사고 방식의 소유자가 휴머니즘을 설파한다는 것 자체는 당시 자유주의자들의 자가당착적인 모순을 극명하게 보여주는 것이다.

마차를 잡기 위해 대로변을 향해 걷다가 우연히 알게 된 쁘셀도니모프의 결혼식 피로연에 참석하여 휴머니즘을 보여주겠다는 쁘랄린스끼의 망상에 의해 고관은 〈악몽 같은 이야기〉를 겪게 된다. 감히 고관을 결혼식 피로연에 초대한다는 생각을 품는 것조차 불경스러운 것이라 생각할 수 있는 하급 관리의 피로연에 나타난 불청객에 의해 벌어지는 사건 전개는 고귀하신 〈나리〉와 〈월급이라고 해야 한 달에 쥐꼬리만한 10루블의 봉급을 받는 하찮은 관리〉 사이에 내재해 있는 첨예한 사회적 모순을 밝혀 주는 방향으로 나아간다. 쁘랄린스끼는 자신의 행동이 어떠한 결과를 빚을지 분명히 알고 있었음에도 불구하고 이를 휴머니즘에 기초한 〈영웅적인 행동〉이라고 착각하여 참석해서는 안 될 자리에 등장하려고 마음을 먹으며 속으로 〈사회를 이루는 모든 구성원들의 관계가 지금과 같은 상황에서, 제가 10루블의 월급을 받는 법무 관리인 제 부하의 결혼식 피로연에 밤 열두 시가 넘어선 시간에 찾아 들어간다는 건, 정말로 방해가 되는 거겠죠. 이건 사상을 뒤엎는 짓이며, 폼페이 최후의 날, 황당무계 그 자체지요!〉라고 생각한다.

그러나 이 자리에서 그가 마주치게 되는 것은 자신의 휴머니즘을 과시하려 했던 기대와는 정반대로 〈몸소 참석하신 나리의 휴머니즘에 대한 찬양과 존경〉이 아니라 적개심이다. 쁘셀도니모프가 쁘랄린스끼를 대하는 태도에는 존경과는 거리가 먼 부자연스러움뿐이었다. 쁘랄린스끼는 그가 자신에게 몸을 구부려 인사를 했어도 〈동감도 안 하고 진심으로 하는 것도 아니야〉라고 생각하게 되었고, 심지어 쁘랄린스끼의 눈에는 그의 속마음에 〈무언가 냉담하고 비밀스러운 게 들어 있고, 심지어 머릿속으로 그 어떤 다른 악의를 품고 있는 것처럼 보였다.〉 이러한 쁘셀도니모프의 태도는, 도스또예프스끼의 초기 작품인 『가난한 사람들』의 주인공 마까르 제부쉬

낀으로 대표되는 〈비천한 인간malyi chelovek〉 형상의 고유한 특징이었던, 한 마디 불평도 하지 않는 복종이나 현실 순응과는 다른 모습이다. 쁘랄린스끼가 자신의 결혼식 피로연에 불쑥 나타나서 부담을 주고, 하급 관리의 월급으로는 감당하기 어려운 비싼 샴페인을 연신 들이켜서 경제적 부담을 주더니, 마침내는 술에 취해 쓰러진 뒤 새 신랑이 사용해야 할 신방의 침대를 양보하게 만든다. 쁘셀도니모프는 홀의 의자로 임시 침대를 만들어 사용해야 할 상황에 처했어도 결코 직접적으로 존귀하신 직장 상관에게 노골적으로 불만을 나타내지는 못했지만, 그의 행동에서는 내면적 적개심이 분명히 드러난다. 이는 〈비천한 인간〉 형상이 질적으로 변화된 새로운 요소를 반영하고 있다.

도스또예프스끼가 이 중편을 통해 보수주의자와 자유주의자를 희화화하여 묘사하고 비판적인 태도로 대하고 있다는 점은 분명하다. 그렇지만 그는 당시의 진보주의자와 민주주의자의 좌파 진영에 대해서도 동조하거나 입장을 같이 하지 않았다. 이는 당시 도스또예프스끼가 자신의 잡지 『시대』의 노선을 좌나 우에 치우치지 않는 제3세력으로 설정했던 점에 비추어 보면 당연하다고 볼 수도 있다. 작품 속에 나오는 『숯』지는 분명히 당시의 진보적인 풍자 잡지 『이스끄라 Iskra』에 대한 패러디로 보인다. 『숯』지 기고가의 행동에 대한 묘사를 통해 도스또예프스끼는 진보주의자 또한 자유주의자와 마찬가지로 러시아 인민의 〈토양pochva〉으로부터 괴리되어 있음을 보여 주고 있다. 기고가는 자신의 지식을 경박하게 드러내려는 인물로 묘사되어 있으며 다른 사람의 공감을 얻지도 못하는 인물로 그려져 있다. 대학생에게 쁘랄린스끼가 복고주의자라고 주장하지만 냉담한 반응만을 얻은 기고가는 술을 잔뜩 들이킨 후, 제정신이 아닌 상태에서 쁘랄린스끼의 면전에다 대고 〈자유주의자〉도 아닌 〈복고주의자〉라고 통렬한 비판을 퍼붓는다. 그렇지만 쁘셀도니모프에 의해 문 밖으로 내몰린 그가 퍼붓는 독설은 이미 〈복고주의자〉에 대해서만이 아니라 〈진보주의자〉를 지지하지 못하는 러시아 사회 전체를 향한 자기 분풀이 성격의 독백으로 변하고 만다.

「당신들 모두 다 비열한 인간들이야!」 기고가가 외쳤다. 「내 당신들 모두 내일 『숯』지에다 캐리커처로 그려서 우스꽝스럽게 만들어 놓고 말 테다……!」(p. 77)

기고가가 〈자유주의자〉의 본질이 〈복고주의자〉임을 폭로하는 데는 성공했을지 몰라도, 그는 이후 쁘셀도니모프에게 닥치는 보다 더 큰 곤란을 함께 나누지는 않고 떠난다. 인민과 결합하지 못하고 유리되어 있는 『숯』지 기고가에 대한 이러한 형상화는 작품이 씌어진 시점인 1862년이 이미 사회의 진보적인 운동이 농민 봉기의 퇴조와 함께 하강기를 그리기 시작한 시기임을 고려할 때, 도스또예프스끼가 갖고 있던 진보적인 진영의 관념적 민주주의 사상에 대한 불신을 정확히 반영하고 있다.

고관 쁘랄린스끼의 뜻밖의 출현에 의해 강요된 부자연스러운 상황 속에서 피로연에 참석한 인물 대부분이 어색하게 행동하고 우스꽝스러운 태도를 취하는 모습으로 나타나고 있지만, 상황에 구애받지 않고 침착한 태도로 행동하는 유일한 인물로 쁘셀도니모프의 어머니가 형상화되어 있는 것은 결코 우연한 귀결이 아니다. 그녀의 형상은 이후 도스또예프스끼 작품에서 나타나는 〈구원의 여성상〉의 전형이다.

자유주의자를 포함한 복고주의자의 본질에 대해 비판하고 대중과 괴리된 진보주의자를 회화화하면서 도스또예프스끼는 제3의 대안으로 다른 유형의 인물인 쁘셀도니모프의 어머니를 내세운다. 그녀는 자유주의자를 자처하는 쁘랄린스끼에게서도 공감을 얻고 도덕적 존경의 대상이 되기까지 한다. 〈아, 정말 이 러시아의 노파들이란 얼마나 훌륭한가! 모든 사람을 활기 차게 해주는군. 나는 늘 우리의 민족성을 사랑해 왔지……〉 그가 결혼식 피로연을 망쳐 버리고는 술에 만취되어 어쩔 수 없이 아들 부부의 신방을 내줘야 했지만, 쁘셀도니모프의 어머니는 아무런 불만을 나타내지도 않고 밤새 고통스러워하는 그를 옆에서 보살펴 주기까지 했다. 그녀는 모든 사람을 편안하게 대해 주고, 모든 것을 받아들이며 모든 것을 용서할 수 있는 〈구원의 여성상〉으로 나타난다. 〈이 순간 이반 일리치는 세상에서 그가 지금 부끄러워하지 않고 두렵지 않은 존재가 단 하나라도 있다면, 그 사람은 바로 이 노파라는 걸 깨달았다.〉 소설 속에 등장하는 다른 모든 인물들과 질적으로 현격하게 차별화되어 있는 이 여성상은 도덕적 진리의 진정한 담지자는 러시아 국민*narod*이라는 도스또예프스끼의 토양주의*pochvennichestvo* 사상에 직접적으로 기초한 것이다.

1880년 러시아 어문학 애호가 협회의 주관 하에 열린 뿌쉬낀 탄생 100주년 기념 동상 제막식에서 도스또예프스끼가 한 유명한 연설에 나타난 사상이 이미 쁘셀도니모프의 어머니의 형상 속에 녹아 있음을 볼 때 이 인물 형상의 의미가 매우 크다는 것을 알 수 있다.

〈진정한 러시아 인이 된다는 것은, 유럽의 모순에 최종적으로 화해하며, 모든 인간적인 것을 결합하는 러시아적인 정신 속에서 유럽적 고뇌의 출구를 제시하며, 그 정신 속에서 형제애로 모든 인간을 받아들이고, 궁극적으로는 위대한 보편적 조화와 그리스도의 복음서 법칙에 의한 전 인류의 형제애에 입각한 완전한 화합의 말을 하는 것이다.〉

도스또예프스끼가 선택한 소재의 시대적 역동성과 인물 형상에서 나타나는 예술적 가치에도 불구하고 『악몽 같은 이야기』는 동시대의 독자나 비평가로부터 긍정적인 평가를 거의 받지 못했다. 도스또예프스끼의 첫 작품 선집(1867) 서문에 부친 비평가 H. H. 스뜨라호프의 평론 「우리의 미문학(美文學)」에서 긍정적인 언급을 받은 것을 제외하고는 별다른 주목을 받지 못했다. 이것은 19세기 러시아 사회의 〈60년대〉에 나타났던 열광적인 현실 개혁과 진보의 소용돌이 속에서 정신적이며 도덕적인 차원에서 제3의 대안으로 러시아 사회 모순의 출구를 찾았던 도스또예프스끼의 〈토양주의〉가 자리 잡을 곳이 없었던 사정과 궤를 같이 한다고 볼 수 있다. 『악몽 같은 이야기』에 반영된 그의 예술적 철학적 사회적 모색은 이후 1870년대 그의 장편 대작에서 보다 원숙한 형태로 고양되어 나타난다.

심성보

역자 해설 2 / 여름 인상에 대한 겨울 메모
러시아 공동체 건설에 대한 믿음[1]

1860년대 초 도스또예프스끼는 잡지 편집자로서 다음과 같은 글들을 쓰고 있다. 〈우리 시대에 모든 것들은 혼란의 상태이다. 어느 곳에서나 사람들은 원리와 원칙을 놓고 싸우고 있다〉, 〈회의주의와 회의적인 관점들이 모든 것을 죽이고 있다〉, 〈우리들 중 누가 무엇이 악이고 무엇이 선인지를 알겠는가〉. 이러한 이슈들은 그가 시베리아 유형으로부터 돌아온 이후 씌어진 주요한 작품들, 즉 『죽음의 집의 기록』, 「여름 인상에 대한 겨울 메모」, 『지하로부터의 수기』, 『죄와 벌』, 『노름꾼』 등의 중심 문제였다.

1862년 여름(6월~9월) 도스또예프스끼는 대단한 기대를 품고 처음으로 외국 여행길에 올랐다. 그의 일생의 꿈이 마침내 실현된 것이기도 하지만, 이 여행은 그에게 있어 매우 중요한 의미를 지닌다. 그는 베를린, 드레스덴, 비스바덴, 바덴바덴, 쾰른, 파리, 런던, 루체른, 제네바, 피렌체, 밀라노, 베니스, 비엔나 등을 방문했으며, 이러한 여행 일정은 그전에 이미 계획된 것이었다. 그는 〈모든 것을 보기를〉 원했다.

---

[1] 작품 해설은 Konstantin Mochulskii, Dostoevskii: His life and Work (Princeton: Princeton Univ. Pr., 1967), pp. 219~214을 참조하였음.

『시대 _Vremia_』지의 몇몇 논쟁적인 글에서 확인할 수 있듯이, 유럽은 그가 러시아의 정치적 사회적 종교적인 문제를 이론화하는 데 있어서 중요한 요소로 작용했다. 유럽에 대한 그의 기본적인 태도는 적대적이었다. 그러나 그곳에 대한 지식은 단지 책을 통해서나 풍문을 통해서였으며, 이때에야 비로소 유럽을 방문할 기회를 얻게 된 것이다.

그러나 방문 후의 전반적인 인상은 이전의 믿음을 더욱 확고히 해줄 따름이었다. 유럽은 그에게 실망만을 안겨 주었다. 그가 기대했던 〈신성한 경이로움의 땅〉은 한낱 묘지임이 입증되었다. 그는 첫 유럽 방문에서 불쾌한 인상만을 받았고, 이러한 인상은 유럽에 대한 그의 앞으로의 전반적인 사고에 지속적인 영향을 미쳤다. 그는 유럽의 높은 생활 수준에 매우 놀랐지만, 그 안에서 도덕성이 점차 허약해져 가고 있음을 감지할 수 있었다.

이러한 첫 번째 유럽 여행에서의 인상은 1863년 「여름 인상에 대한 겨울 메모」라는 제목으로 『시대』지 2월호(1장~4장)와 3월호(5장~8장)에 게재되었다. 이 작품은 1862년 외국 여행을 하는 동안 친구에게 보내는 편지 형식으로 씌어졌다. 도스또예프스끼는 자신의 이 회상기를 「러시아 여행자의 편지」의 작가인 감상적인 여행자 까람진을 염두에 두고 그의 스타일로 시작하고 있다. 〈친구들이여, 자네들은 벌써 몇 달 전부터 내게 외국 여행 인상기를 좀 더 빨리 써보라고 말하고 있네. 그러한 요구가 나를 궁지에 몰아넣고 있다는 의심은 전혀 하지 않더군〉.

그러나 도스또예프스끼는 이 작품에서 대조의 인상만을 강조하고 있다. 특히 회상기의 잔인한 아이러니는 까람진적인 감상주의와는 완전히 상반된다. 도스또예프스끼 비평가들, 특히 외국의 비평가들은 유럽 문화에 대한 그의 편견과 성급한 평가를 비난한다. 그는 단지 두 달 반 동안 유럽에 머물렀을 뿐이다(파리에서 한 달도 채 있지 않았고 런던에서는 8일 동안만 체류했다). 그러니 그가 과연 파리 시민들의 부르주아적인 심리에 침투해 들어가고, 런던 프롤레타리아들의 상황을 연구해 볼 만한 시간이 있었겠는가. 이와 같은 오해는 문학적인 형태로서의 〈회상기〉의 예외적인 독창성을 불러일으켰다. 도스또예프스끼는 자신의 인상을 묘사하고 있는 것처럼 가장한다. 그러나 그는 선입견을 가지고 유럽에 왔고, 외국에서 받은 인상을 통해 단지 자신의 선입견을 확인할 뿐이었다. 그곳의 현실은 그의 이론을 완전히 입증해 주었다.

스뜨라호프는 자신의 회상기에서 다음과 같이 말하고 있다.

> 표도르 미하일로비치 도스또예프스끼는 여행 예술가로서는 위대한 거장이 아니었다. 그는 특히 자연, 역사적인 기념물, 예술 작품 등에는 사로잡히지 않았다. 그의 관심은 완전히 사람들을 향해 있었고, 사람들의 본성이나 성격, 거리의 삶이 주는 일반적인 인상에 사로잡혀 있었다.

「여름 인상에 대한 겨울 메모」에는 예술적인 기념물이나 건축물, 교회, 풍경 등에 대해서는 거의 언급되어 있지 않다. 그는 그림과 같은 인상을 찾아다닌 것이 아니라 오히려 그곳에 살고 있는 사람들, 그들의 삶의 신념, 삶의 원칙들에 더욱 관심을 가지고 있었다. 그는 유럽의 관념을 포착했고 유럽인들의 미스터리를 풀고자 했다.

따라서 작가의 철학적 에세이는 두 가지 테마에 바쳐지고 있다. 하나는 러시아와 서구이고, 다른 하나는 유럽의 파멸이다. 그에 따르자면, 러시아는 유럽화되지 않았고 독창성을 상실하지 않았다. 인간의 정신과 그의 조국은 화학적으로 용해되어 있어서 사람들은 좀처럼 조국으로부터 떨어질 수 없는 것이다. 18세기에도 유럽 문명의 신성함에 대해서 의심하는 사람이 없었고 귀족들은 유럽 문명의 방식에 따라 삶을 영위하기는 했지만, 지주들은 전통적인 삶의 방식을 고수했고 농민들을 경멸하지 않았다. 당시의 유럽은 러시아의 과거와 놀라울 정도로 잘 어울렸다.

그러나 지금은 그렇지 않다. 〈지금 우리는 완전히 유럽 인이며 성숙했다.〉 진보주의자들은 러시아 인들에게 뿌리 박혀 있는 전통적인 풍습을 야만적이라고 비난한다. 그러나 도스또예프스끼의 관점에서 보자면 이것은 하나의 편견을 다른 편견으로 대체한 것에 불과하다. 따라서 도스또예프스끼는 유럽화된 러시아 인을 호되게 꾸짖는다. 『시대』지에서 시작된 서구주의자, 허무주의자들과의 논쟁은 이 작품에서도 계속되고 있다.

러시아와 유럽에 대한 그의 숙고는 다음과 같은 결론에 도달하게 한다. 유럽은 우리의 국가적 발전에 도움을 주었다. 그러나 이제 우리는 독자적인 삶을 살 수 있을 정도로 성숙해졌고, 유럽 문명은 더 이상 우리에게 유용하지 않을 뿐만 아니라 심지어 해롭기까지 하다. 서구에서조차 문명은 타락해 버렸고 발전을 방해하는 것으로 변해 버렸다. 「여름 인상에 대한 겨울 메모」의 2부는 이것을 증명하는 데 바쳐지고 있다.

스뜨라호프는 〈회상기〉가 게르쩬의 영향을 반영하고 있다고 말하고 있다. 게르쩬은 러시아의 고귀한 사명을 믿었고,

농민 공동체와 노동자 조합에서 새로운 사회적 구조의 배아를 발견했으며, 러시아 문학에서 위대한 민중의 정신을 느꼈다. 그는 서구의 파멸이라는 도스또예프스끼의 신념을 더욱 강화시켰다.

유럽의 부패는 두 도시, 즉 파리와 런던의 장면에서 놀라울 정도의 힘으로 제시되고 있다. 도스또예프스끼는 파리를 가장 도덕적이고 가장 덕이 있는 도시라고 부르고 있다. 그곳에서는 모든 것이 이성적으로 규정 지어져 있으며 통제되고 있다. 편의를 가질 수 있는 권리를 가진 사람에게는 모든 편의가 개방되어 있는 도시이다. 모든 사람들은 스스로 만족하고 있고 완전히 행복하다고 확신하고 있다. 그들은 〈질서의 정적〉 속에서 굳어 가고 있는 것이다. 부르주아들은 이상이 실현되었다고 스스로를 확신시키고 싶어하며, 파리를 완벽한 지상 낙원이라고 확신시키고 싶어한다. 그러나 그들의 모든 가치 척도는 재산이다. 재산을 축적하면 어느 정도 존경을 기대할 수 있지만, 그렇지 않을 경우에는 다른 사람들에게서뿐만 아니라 자신에게서조차 존경을 기대할 수 없게 되는 것이다. 파리의 부르주아에게 있어서 돈이 최고의 선이며, 돈을 모으는 것이 최고의 선행이다. 따라서 그들은 부정 축재와 부르주아적 위선을 솔직하고 파렴치하게 옹호하는데, 도스또예프스끼는 이들의 부르주아적 타락상을 당시 파리의 부르주아 연극에 대한 묘사를 통해 패러디하고 있다.

파리의 부르주아 천국과는 반대로 런던은 자본주의적인 지옥이다. 전세계의 상업을 담당하고 있는 수정궁, 즉 세계박람회와 밤낮으로 끊임없이 움직이는 거리, 기계의 금속성, 웅장한 기업들과 같은 외형적인 거대함의 이면에는 무질서,

더러운 공원, 기름 연기, 빈민으로 가득 찬 도시의 후미진 곳들, 슈퍼마켓, 밤마다 쏟아져 나오는 빈민가의 아이들, 음침한 가스 불빛 등이 자리하고 있다. 런던을 묘사함에 있어 도스또예프스끼의 음조는 날카롭게 변한다. 아이러니컬한 즐거움은 우울하고 격렬한 비애감으로 바뀌고, 파리의 인상에서 위선적인 행복 아래 감추어져 있던 다가오는 종말에 대한 예감이 런던에서는 공개적으로 드러나고 있다.

두 도시에 대한 고찰 이후에 도스또예프스끼의 역사 철학적인 설명이 뒤따르고 있다. 프랑스 혁명은 성공하지 못했다. 자유는 백만장자들에게나 부여되었고, 평등은 공격적일 정도의 중요성을 얻었지만 반면 형제애는 얻지 못했다. 서구에는 형제애라는 원칙이 존재하지 않기 때문이다. 형제애를 원하는 사회주의자들은 이성과 계산에 의해 그것을 만들어 내려고 시도해서 사람들을 팔란스테르(프랑스 사회주의자 푸리에가 고안해 낸 공상적인 공동체)로 몰아넣었다.

그러나 도스또예프스끼는 그것을 거부하고 자신의 의지를 강조한다. 만인을 위해 자신의 자유 의사로 자신의 전부를 희생하는 것, 이것이야말로 개성이 최고로 발달한 것이며, 최고의 자유 의지의 표시인 것이다. 그리고 그것은 러시아 인들에게서 가능할 것이다. 도스또예프스끼는 러시아 인들의 본성 속에는 형제애에 대한 요구가 놓여 있다고 믿었다. 그는 자본주의나 사회주의와 같은 유럽의 개미탑 대신에 러시아가 형제애적인 공동체를 만들 것이라고 믿었다. 이러한 것들이 이 작품의 기본적인 주제이다.

박혜경

역자 해설 3 / 악어
급진주의에 대한 삐딱한 시선

「악어」는 1865년 『세기*Epokha*』지 2호에 〈기이한 사건, 혹은 아케이드에서의 돌발적 사건〉이라는 제목으로 연재되기 시작했다. 그러나 『세기』지가 폐간되면서 이 이야기는 미완성으로 끝나고 말았다.

도스또예프스끼는 이반 마뜨베이치의 논쟁적 · 패러디적 언급을 통해 민주주의자들의 저널인 『동시대인*Sovremennik*』지와 『러시아 말*Russkoe slovo*』지를 자극하고 있으며, 그들의 관점을 부르주아 자유주의적인 〈경제 원칙〉이라는 설명과 동일시하고 있다. 『연대기』지에 악어가 연재되자마자 『이스끄라*Iskra*』지(1865년 14호)는 즉각 미나예프의 〈무서운 아케이드, 혹은 한 중요한 고위층 신사가 개로 변하고, 이로 인해 발생한 사건에 관한 진짜 이야기〉(이 시에서 작가는 도스또예프스끼 이야기의 환상적인 주제를 조롱하고 있다)라는 시를 통해 그것에 대응하고 있다.

『목소리*golos*』지는 도스또예프스끼가 당시 시베리아로 유형당한 체르니셰프스끼를 조롱했다고 해서 비난하고 나섰다. 〈물론 도스또예프스끼는 우리의 충고를 받아들이지 않을 것이다. 그럼에도 불구하고 우리는 그에게 이 엉터리 같은 이야기를 4장에서 끝내도록 충고하는 바이다. 이미 그것에 관해서 여러 가지 소문이 나돌고 있으며, 『연대기』를 위해서도, 작가로서의 도스또예프스끼를 위해서도 매우 좋지 않다. 우리는 사실 악어와 악어에 의해 삼켜진 신사에 관해 기뻐하며 그의 뒤를 따라 악어 뱃속으로 들어가기를 거부하는 요부에 관해서, 그리고 낮에는 아케이드의 상점에서 악어 뱃속에 들어앉아 설교를 하고 저녁에는 아내의 살롱으로 옮겨져 그곳에서 설교를 하고자 하는 신사에 관해서 이야기하고 있는 것이다. 도스또예프스끼 당신은 모든 사람들에게서, 친구에게서, 적에게서도 비난받을 것이며 어느 누구에게도 도움이 되지 않을 것이다.〉(『목소리』, 1865년 4월 3일, No. 93)

이러한 관점은 1866년 소설 『죄와 벌』의 등장과 함께 민주주의자들의 저널에서도 언급되고 있다. 도스또예프스끼는 『작가 일기』에서 〈무언가 개인적인 것〉이라는 논문을 통해 『목소리』에 실린 비난을 논박하고 있다.

「악어」는 『지하로부터의 수기』가 발표된 다음 해에 발표된 풍자적 소극으로서, 두 작품의 기본적인 음조는 동일하다. 「악어」에서 도스또예프스끼는 『지하로부터의 수기』에서와 마찬가지로 체르니셰프스끼를 중심으로 한 급진주의자들과 그들의 이념을 조롱하고 있다. 특히 그는 인간의 이성과 합리성을 강조하는 그들의 관점을 집중적으로 공격하고 있다.

이야기는 이반 마뜨베이치라는 한 평범한 관리가 전시장에서 악어에게 잡아먹히는 것으로 시작된다. 이러한 놀라운 사건은 그러나 곧 기이한 사건으로 변하게 된다. 악어에 의해 삼켜진 관리는 죽은 것이 아니라 오히려 악어 뱃속에 자리 잡은 채 그곳에서의 삶에 익숙해지고 만족스러워하기조차 하는 것이다. 그 안에서 이반은 전 인류의 운명을 개선할 수 있는 완벽한 사회 체계를 구성하며 시간을 보내고, 자신이 진리에 다가가고 있다고 확신하게 된다. 이곳에서는 모든 것이 명확해 보인다. 결국 악어의 내부는 체르니셰프스끼가 추구했던 완벽한 사회 체계, 즉 수정궁을 희화한 것이라 할 수 있다. 그 안에서 이반은 전 인류의 완벽한 천국을 이해하게 되고, 인류의 운명을 바꿀 수 있는 가능성을 얻게 된다고 믿고 있다.

그러나 악어 내부는 도스또예프스끼의 관점에서 보자면 하나의 폐쇄된 감옥에 불과하다. 이반은 야만인들만이 자유를 추구할 뿐 현명한 사람들은 질서를 사랑한다고 언급하고 있지만, 진정 인간 세상에서 자유가 박탈되었을 때 그곳에 남는 것은 악어 뱃속처럼 캄캄한 암흑의 세계일 뿐인 것이다. 도스또예프스끼가 급진주의자들의 이념에서 가장 경계했던 것도 바로 이러한 점이었다. 그들이 고안해 내는 유토피아 세계는 단지 악어 내부와 같이 폐쇄된 공간 안에서만 가능할 뿐, 실제 우리의 현실과는 괴리될 수밖에 없다. 따라서 그들의 이념은 어느 누구에 의해서도 제대로 파악되지 못한다. 이반의 행동에 대해서 신문에 실린 제멋대로의 해석은 급진주의자들, 사회주의자들의 행동이나 이념을 우스꽝스럽게 만들며, 그들이 추구하는 이성 중심주의가 러시아적인 토양 위에서는 성취 불가능하다는 것을 보여 준다고 하겠다.

실제로 도스또예프스끼가 강조하고자 했던 것은 『작가 일기』에서 볼 수 있듯, 과거 전통과의 유대를 무시하고 자신만의 독자적인 사상이나 감정을 주장하는 것에서는 아무것도 이루어질 수 없다는 것이다. 〈단결심이 없고 서로의 사랑이 없고 공동 합치가 없으면 위대한 일은 아무것도 상상할 수가 없다. 이것이 없이는 사회 자체도 있을 수 없기 때문이다.〉

박혜경

도스또예프스끼 연보

1790년 아버지 미하일 안드레예비치 도스또예프스끼, 우니아뜨교 사제의 아들이며 뽀돌리야의 귀족 가문의 자손으로 태어남. 모스끄바의 내외과(內外科) 아카데미에 들어가 1812년 조국 전쟁 때 부상자들을 돌봄. 1819년에 마리야 네차예프와 결혼.

1820년 첫아들 미하일 태어남. 아버지 미하일 도스또예프스끼는 군대에서 제대한 후 모스끄바에 있는 자선 병원의 주치의 자리를 얻음.

1821년 출생 10월 30일(현재의 그레고리우스력(曆)으로는 11월 11일) 부모가 살고 있던 모스끄바의 마린스끼 자선 병원의 부속 건물에서 둘째 아들 표도르 미하일로비치 도스또예프스끼 태어남. 11월 4일 마린스끼 병원 근처, 상뜨 뻬뜨로 빠블로프스끄 성당에서 어린 표도르에게 세례를 줌. 표도르란 이름은 그의 대부이자 외조부인 표도르 네차예프(1769~1832)에게서 물려받은 것으로 보임.

1822년 1세 12월 5일 여동생 바르바라 태어남.

1825년 4세 3월 15일 남동생 안드레이 태어남.

1829년 8세 7월 22일 쌍둥이 여동생이 태어나나 그중 동생인 베라만 살아남음.

1831년 10세 여름 아버지 미하일 도스또예프스끼가 뚤라 지방의 다로보예 영지를 사들임. 8월 농부 마레이 사건 발생(『작가 일기』 1876년

2월호에 이 사건을 소재로 한 단편 「농부 마레이」 발표). 12월 13일 남동생 니꼴라이 태어남.

1832년 [11세] 4월 어머니 마리야 표도로브나, 세 아들을 데리고 다로보예 영지로 감. 6월 도스또예프스끼 부부, 다로보예 옆에 있는 주민 1백여 명의 체레모쉬냐 마을을 사들임. 9월 도스또예프스끼, 어머니와 형제들과 모스끄바로 돌아옴.

1833년 [12세] 가을 형 미하일과 드라슈소프 씨 집에서 기숙사 생활. 4월 4일 부활절 주간에 소유지가 화재로 잿더미가 됨. 도스또예프스끼 부부, 여름 내내 피해 복구.

1834년 [13세] 여름 다로보예에서 지내면서 월터 스콧의 작품 탐독. 10월 도스또예프스끼와 형 미하일, 체르마끄가 경영하는 중학 과정의 기숙 학교에 들어감.

1835년 [14세] 7월 25일 여동생 알렉산드라 태어남.

1837년 [16세] 1월 29일 단테스 남작과의 결투로 뿌쉬낀 사망. 이 소식에 온 러시아가 충격에 휩싸임. 2월 27일 도스또예프스끼의 어머니 마리야 사망. 봄 도스또예프스끼, 갑작스러운 후두염과 목소리 상실로 고생함. 이 병은 그를 평생 따라다님. 5월 아버지와 형 미하일 그리고 표도르 도스또예프스끼, 수도 뻬쩨르부르그로 일주일간 마차 여행(모스끄바와 뻬쩨르부르그 두 도시 간의 철도는 1851년에 개통됨). 두 형제는 뻬쩨르부르그로 가서 중앙 공병 학교의 입학을 목표로 K. F. 꼬스또마로프가 경영하던 기숙 학교에 들어감. 아버지와 두 형제들 작별 이후 더 이상 만나지 못함. 7월 1일 도스또예프스끼의 아버지, 건강상의 이유로 퇴역한 후 아직 어린 두 딸과 시골로 들어감. 9월 두 형제가 공병 학교에 응시하나 표도르 혼자 합격(형 미하일은 신체 검사 결과 불합격).

1838년 [17세] 1월 16일 공병 학교에 입학. 6월 뻬쩨르부르그 근처에서 야영 생활. 돈이 떨어져서 아버지에게 서신으로 줄기차게 돈을 요구함.

1839년 [18세] 6월 6일 도스또예프스끼의 아버지, 다로보예 농노들에게 살해당함.

1840년 [19세] 11월 29일 하사관으로 임명됨. 군생활을 지겨워함. 호프만, 실러, 빅토르 위고, 셰익스피어, 라신, 괴테의 책을 읽음.

1841년 [20세] 8월 소위보로 진급됨. 미완성으로 남아 있는 두 편의 희곡, 「마리 스튜어트Marie Stuart」와 「보리스 고두노프Boris Godunov」를 씀. 알렉산드리야 극장을 자주 드나들며 발레와 음악회를 감상함.

1842년 [21세] 8월 육군 소위가 됨.

1843년 [22세] 8월 공병 학교를 졸업하고 공병국 제도실에서 근무. 9월 친구 리젠깜프 박사가 살고 있는 아파트에 자리 잡음. 박사의 환자들과 알게 됨. 돈이 떨어져 P. 까레삔에게 돈을 요구. 12월 발자크의 소설 『외제니 그랑데*Eugénie Grandet*』(1834년 판) 번역. 형 미하일에게 공병 학교 친구들과 더불어 번역 작업을 할 것을 제의.

1844년 [23세] 2월 재정 상태가 극도로 안 좋아짐. 유산 관리인으로부터 일시금을 받고, 토지와 농노에 대한 상속권을 방기함. 8월 제대 신청. 10월 19일 제대함. 『가난한 사람들*Bednye liudi*』 집필 시작.

1845년 [24세] 1월 『가난한 사람들』 처음부터 다시 쓰기 시작. 3월 소설 『가난한 사람들』 끝냄. 4월 세 번째로 전체 수정. 5월 원고를 친구 그리고로비치Grigorovich에게 읽어 줌. 그리고로비치가 이 글을 가지고 네끄라소프Nekrasov에게 뛰어감. 네끄라소프, 열광하여 그다음 날로 유명한 평론가 벨린스끼에게 보임. 작품이 성공을 거둠. 여름 레벨에 있는 형의 집에서 기거하며 두 번째 중편소설 『분신*Dvoinik*』에 착수함. 11월 하룻밤 만에 「아홉 통의 편지로 된 소설Roman v deviati pis'makh」을 씀. 벨린스끼와 뚜르게네프가 도스또예프스끼의 절도 없는 생활을 비난함. 12월 벨린스끼의 집에서 열린 문학 모임에서 『분신』을 낭독함.

1846년 [25세] 1월 24일 『뻬쩨르부르그 선집*Peterburgskii sbornik*』에

『가난한 사람들』을 발표. 2월 두 번째 작품인『분신』을『조국 수기 Otechestvennye zapiski』에 발표. 봄 뻬뜨라셰프스끼를 알게 됨. 여름 레벨에 있는 형 집에서「쁘로하르친 씨Gospodin Prokharchin」집필. 10월 5일 게르쩬을 알게 됨.『여주인Khoziaika』과『네또츠까 네즈바 노바Netochka Nezvanova』쓰기 시작. 가벼운 간질 증세. 10월「쁘로 하르친 씨」를 잡지『조국 수기』에 발표.

1847년 26세 1월 소설「아홉 통의 편지로 된 소설」을 잡지『동시대인 Sovremennik』에 발표. 1~3월 벨린스끼와 절연. 6월「뻬쩨르부르그 연대기Peterburgskaia letonisi」를 신문「상뜨 뻬쩨르부르그 통보 Sankt-Peterburgskie vedomosti」에 발표함. 7월 7일 센나야 광장에서 갑작스러운 첫 번째 간질 발작. 7월 15일 뻬쩨르부르그 근교에서 도스 또예프스끼의 절친한 친구이자 시인인 B. 마이꼬프가 뇌졸중으로 인 해 익사함. 가을『가난한 사람들』이 단행본으로 나옴. 10~12월『여주 인』을『조국 수기』지에 발표함.

1848년 27세 5월 28일 비사리온 벨린스끼 사망. 가을 뻬뜨라셰프스끼 와 스뻬쉬네프와 화해하고 그들의 사회주의 이론에 흥미를 느낌. 12월 뻬뜨라셰프스끼의 집에서 푸리에주의와 공산주의에 관한 강연을 들음. •『조국 수기』에 발표한 작품들 :「남의 아내Chuzhaia zhena」(1월) 「약한 마음Slavoe serdtse」(2월),「뽈준꼬프」,『닳고 닳은 사람 이야 기』(1장「퇴역 군인」, 2장「정직한 도둑」, 후에 1장은 완전히 삭제하고 제목도「정직한 도둑Chestnyi vor」으로 바꿈),「크리스마스 트리와 결 혼식Iolka i svad'ba」,「백야Belye nochi」(12월),「질투하는 남편」 (「질투하는 남편」을 12월『조국 수기』에 발표하였으나, 1월에 발표한 「남의 아내」와 합쳐「남의 아내와 침대 밑 남편」으로 개작함).

1849년 28세 연초에 뻬뜨라셰프스끼 친구들 집에서 금요일마다 열 리는 문학 모임에 참석. 1~2월『조국 수기』에『네또츠까 네즈바노바』 일부 발표(4월 체포로 인해 작업이 중단됨). 4월 7일 푸리에의 탄생일 기념으로 〈뻬뜨라셰프스끼 모임〉에서 점심 식사. 4월 15일 뻬뜨라셰 프스끼 집에서 열린 한 모임에서 도스또예프스끼는, 〈절대 왕정의 입장을 신봉했다는 이유로 고골을 비난하는 내용을 담은〉 벨린스끼의 편지를 두 번째로 읽음. 4월 23일 고발에 의해 새벽 5시에 체포당함. 9월 30일 재판 시작. 11월 13일 벨린스끼의 〈사악한〉 편지를 퍼뜨린 죄목으로 사형을 선고받음. 12월 22일 세묘노프스끼 광장에서 사형수들의 형을 집행하기 직전, 황제의 특사로 형 집행이 중단되고 강제 노동형으로 감형됨.

1850년 29세 1월 11일 또볼스끄에 도착하여 이곳에서 여러 명의 12월당원(제까브리스뜨) 아내들의 방문을 받음. 그중 폰비진의 아내는 그에게 10루블짜리 지폐가 표지에 숨겨진 복음서를 몰래 건네줌. 1월 23일 옴스끄에 도착하여 4년을 지냄. 이 기간 동안 가족에게 편지 쓰기를 금지당한 채 혹독하고 비참한 수용소 생활을 견뎌 냄.

1854년 33세 2월 중순 출옥. 2월 22일 감옥 생활을 묘사한 편지를 형에게 보냄. 3월 2일 시베리아 전선 세미팔라친스끄에 주둔 중인 제7대대에 배치됨. 봄에 세무관 이사예프와 알게 됨. 이사예프 부인에게 반함. 이 기간에 뚜르게네프, 똘스또이, 곤차로프, 칸트, 헤겔 등의 서적을 탐독함. 11월 21일 세미팔라친스끄에 검찰관으로 임명된 브란겔 남작과 가까운 친구가 됨.

1855년 34세 2월 18일 니꼴라이 1세 사망. 8월 4일 세무관 이사예프 사망. 12월 브란겔, 세미팔라친스끄를 떠남.
• 이해에 『죽음의 집의 기록 Zapiski iz miortvogo doma』을 쓰기 시작.

1856년 35세 브란겔, 상뜨 뻬쩨르부르그에서 도스또예프스끼의 사면을 위해 활동을 함. 11월 26일 마리야 드미뜨리예브나 이사예프가 오랜 망설임 끝에 도스또예프스끼의 청혼을 승낙함.

1857년 36세 2월 6일 마리야 드미뜨리예브나 이사예프와 결혼. 4월 17일 이전의 권리(세습 귀족 신분)를 되찾음. 8월 감옥에서 구상하고 집필에 들어갔던 「꼬마 영웅 Malenkii geroi」이 『조국 수기』에 M이라는 익명으로 실림. 12월 간질 증세로 인해 군복무를 계속할 수 없다는 진단을 받음.

1858년 ^{37세} 봄 까뜨꼬프에게 편지를 보내 『러시아 통보Russkii vestnik』지에 중편소설 게재를 요청함. 까뜨꼬프 받아들임. 6월 19일 형 미하일이 정치와 문학 잡지 『시대Vremia』지의 출판 허가를 요청함. 9월 30일 미하일, 잡지 출판 허가받음. 10월 31일 돈 떨어짐. 두 편의 중편과 장편 한 편을 씀.

1859년 ^{38세} 3월 18일 하사관으로 제대함. 3월 『아저씨의 꿈 Diadiushkin son』이 『러시아 말Russkoe slovo』지에 실림. 4월 11일 소설 『스쩨빤치꼬보 마을 사람들Selo stepantikovo』을 까뜨꼬프에게 보냄. 7월 2일 세미팔라친스끄를 떠나 뜨베리로 감. 8월 19일 뜨베리 도착. 8월 28일 형 미하일이 도착하여 며칠간 동생과 함께 지냄. 도스또예프스끼, 상뜨 뻬쩨르부르그에서 거주할 허가를 얻기 위해 교섭. 뜨베리에 싫증을 냄. 10월 6일 네끄라소프, 『동시대인』지에서 『스쩨빤치꼬보 마을 사람들』 출판에 동의함. 도스또예프스끼는 『죽음의 집의 기록』 집필 구상. 11월 상뜨 뻬쩨르부르그 거주 허가받음. 그러나 평생 비밀 경찰의 감시를 받게 됨. 12월 상뜨 뻬쩨르부르그에 도착(10년 만의 귀환). 며칠 후 스뜨라호프Strakhov와 알게 되고 친구가 됨. 후에 그는 도스또예프스끼의 공식 전기를 쓰게 됨. 11~12월 『스쩨빤치꼬보 마을 사람들』이 『조국 수기』지에 실림.

1860년 ^{39세} 봄 여배우 A. I. 쉬베르뜨의 집에 드나들게 되고 그녀의 남동생 내외와도 알게 됨. 3~4월 〈문학 기금〉을 위한 두 편의 연극에 참여(고골의 「검찰관Revizor」과 「코nos」). 9월 『러시아 세계Russkii mir』지(67호)에 『죽음의 집의 기록』 연재 시작. 11월 검열 당국은 『죽음의 집의 기록』의 불온한 표현들을 삭제한다는 조건으로 이 책의 출판을 허가함. 가을 형과 함께 문학 서클 〈편집자들의 모임〉 결성. 당대의 유명 인사들이 대거 참여.
• 도스또예프스끼의 작품들이 두 권의 책으로 나옴.
1권: 『가난한 사람들』, 『네또츠까 네즈바노바』, 「백야」, 「정직한 도둑」, 「크리스마스 트리와 결혼식」, 「남의 아내와 침대 밑 남편」, 「꼬마 영웅」. 2권: 『아저씨의 꿈』, 『스쩨빤치꼬보 마을 사람들』.

1861년 40세 3월 5일 2월 19일의 농노 해방령이 시행됨. 7월 『상처받은 사람들 Unizhennye i oskorblionnye』 마지막 손질. 『시대』지에 기고. 9월 『상처받은 사람들』 출판 허가. 이 해에 많은 작가들과 관계를 맺음. 그중에는 곤차로프, 오스뜨로프스끼, 살띠꼬프 쉬체드린도 있음.
• 『상처받은 사람들』이 두 권의 단행본으로 출간됨.

1862년 41세 1월 『죽음의 집의 기록』의 두 번째 부분이 『시대』지에 실림. 1월 16일 『죽음의 집의 기록』의 단행본을 내기 위해 바주노프와 계약. 5월 온천에 가기 위해 통행증 신청. 5월 16일 상뜨 뻬쩨르부르그에서 화재 발생, 15일간 계속되어 1천여 개의 상점이 잿더미가 됨. 도스또예프스끼, 크게 놀람. 6월 7일 처음으로 외국 여행. 6월 8~26일 베를린, 드레스덴, 프랑크푸르트, 쾰른, 파리 등을 여행. 7월 초 런던에 가서 게르쩬 만남. 〈도스또예프스끼가 어제 나를 만나러 왔습니다. 그는 순수하고, 그다지 명석하지는 않지만 매력있는 사람입니다. 그는 러시아 민족을 열광적으로 믿고 있습니다.〉(1862년 7월 17일 게르쩬이 오가레프Ogarev에게 보낸 편지) 7월 7일 체르니셰프스끼Chernyshevskii가 체포되어 뻬뜨로 빠블로프스끄 감옥에 감금됨. 7월 8일 도스또예프스끼, 파리로 돌아가기 전 게르쩬에게 자신의 서명이 든 사진을 선물함. 7월 15일 쾰른으로 갔다가 라인 강을 거쳐 스위스로, 그 후엔 이탈리아로 감. 12월 『시대』지에 『악몽 같은 이야기 Skvernyi anekdot』 발표.

1863년 42세 2월 『시대』지에 「여름 인상에 대한 겨울 메모 Zimnie zametki o letnikh vpechatleniakh」 연재됨. 4월 『시대』지, 스뜨라호프가 1월에 발생한 폴란드인의 무장봉기 실패에 관해서 폴란드인에게 유리한 기사를 실었다는 이유로 4호로 발행 정지됨. 5월 『시대』지 출판 금지 당함. 8월 외국으로 떠남. 8월 14일 파리에 도착하여 다음 날 먼저 와 있던 수슬로바와 만남. 둘의 관계가 악화되고 그는 노름판에서 돈을 잃음. 9월 수슬로바와 이탈리아로 출발. 바덴바덴에서 머물다가 뚜르게네프를 만남. 노름판에서 3천 프랑을 잃음. 바덴바덴을 떠나 토리노로 감. 그다음 제네바로 가서 도스또예프스끼는 시계를, 수슬로바는 반지를 저당잡힘. 그 후 제네바, 로마, 리보르노로 여행. 9월 17일 로마의 성 베드로 성당 방문. 9월 18일 포럼 산책. 스뜨라호프에게 편지를 보내 『노름꾼 Igrok』에 대한 이야기와 돈이 궁한 사정을 호소함. 스뜨라호프는 도스또예프스끼가 토리노로 가기 전, 그에게서 〈독서를 위한 총서〉의 편집자가 되겠다는 약속을 받아 냄. 10월 수슬로바와 나폴리 체류. 그곳에서 게르쩬 가족을 만남. 그 후 토리노로 돌아옴. 10월 8일 수슬로바와 헤어짐. 수슬로바는 파리로 떠남. 도스또예프스끼는 함부르크로 가서 도박을 하고 돈을 잃음. 수슬로바에게 편지를 보내 350프랑을 받음. 이 시기에 『노름꾼』과 『지하로부터의 수기 Zapiski iz podlpol'ia』 쓰기 시작. 10월의 마지막 10일 동안 러시아로 돌아감. 11월 형 미하일, 내무부 장관 발루예프에게 『시대』지를 다른 이름으로 낼 수 있게 해달라고 요청.

1864년 43세 1월 발루예프, 형 미하일에게 『세기 Epokha』지 출판 허가 내줌. 3월 21일 『세기』지 첫 호 나옴. 3~4월 『지하로부터의 수기』를 『세기』지에 발표. 4월 4일 〈오전 문학 모임〉에서 『죽음의 집의 기록』의 일부를 낭독함. 4월 14~15일 아내 마리야 드미뜨리예브나의 건강 상태 악화. 새벽 4시에 병자 성사. 낮 동안 각혈 계속됨. 저녁 7시에 숨을 거둠. 4월 16일 죽은 아내의 머리맡에서 수첩에 자신의 반성을 적음. 〈아내 마샤는 탁자 위에서 쉬고 있다. 마샤를 다시 볼 수 있을까?〉 4월 말 뻬쩨르부르그로 돌아감. 7월 10일 아침 7시, 빠블로프스끄에서 형 미하일 사망. 그의 아내가 『세기』지 발간을 계속해 나갈 것을 허가받음. 9월 25일 친구 아뽈론 그리고리예프 죽음.
• 『죽음의 집의 기록』이 두 권의 독일어 판으로 라이프치히 출판사에서 나옴.

1865년 44세 3월 31일 친구 브랑겔에게 아내의 죽음을 알리는 편지를 씀. 〈그녀는 나를 무척이나 사랑했지. 그리고 나도 그녀를 한없이 사랑했네. 그런데 우린 이제 함께 행복을 나눌 수 없게 되었어……. 내 삶은 갑자기 둘로 나뉘어 버렸어.〉 이 시기에 꼬르빈 끄루꼬프스까야 부인, 후에 유명한 수학자가 된 소피야 꼬발레프스까야와의 우정이 시작됨. 4~5월 꼬르빈 끄루꼬프스까야 부인에게 청혼하나 거절당함. 5월 10일 외국 여행을 위해 여권 신청. 6월 『세기』지 2호에 「악어」 연재 (「기이한 사건 혹은 아케이드에서의 돌발적 사건」이라는 제목으로 연재 시작). 『세기』지, 재정난으로 발행 중단(통권 13호). 여름에 출판업자 스쩰로프스끼와 계약을 맺고 자기의 모든 작품을 양도하고 1866년 11월 1일까지 일정 페이지의 새 소설을 탈고하겠다고 약속함. 계약을 이행하지 못할 경우 스쩰로프스끼는 보조금 지급 없이 이후의 모든 작품에 대한 저작권을 가지기로 함. 도스또예프스끼, 3천 루블을 받고 모든 작품의 저작권을 팔아 버림. 7월 말 비스바덴에 도착. 8월 3일 뚜르게네프에게 편지를 보내 노름판에서 거액을 잃은 사실을 알리고 1백 탈러를 보내 달라고 부탁함. 수슬로바, 도스또예프스끼를 만나러 비스바덴으로 감. 8월 8일 50탈러를 부쳐 주어서 고맙다는 편지를 뚜르게네프에게 씀. 9월 밀류꼬프에게 편지를 보내 어디든 상관없으니 중편소설을 팔아 당장 8백 루블을 보내 달라고 부탁하지만 허탕. 〈나는 호텔에 묵고 있습니다. 빚이 불어나서 위협을 받고 있습니다. 그리고 한 푼도 없는 실정입니다.〉 밀류꼬프는 〈독서를 위한 총서〉, 『동시대인』, 『조국 수기』지에 요청하지만 모두 그가 요구하는 선불금을 거절함. 까뜨꼬프에게 『죄와 벌 Prestuplenie i nakazanie』의 구상을 알리는 편지의 초안 작성. 편지에 소설의 줄거리 묘사. 10월 코펜하겐에 도착하여 친구 브란겔의 집에서 10일을 보냄. 15일 상뜨 뻬쩨르부르그로 돌아옴. 11월 2일 수슬로바를 만나 다시 청혼함. 11월 8일 브란겔에게 보낸 편지에서 돌아온 첫 주에 세 차례의 간질 발작이 있었음을 알림. 까뜨꼬프가 그에게 선불금 지급. 11월 말 『죄와 벌』 초고를 태워 버림. 〈새 형식, 새 플롯이 내 마음을 사로잡아 나는 모두 다시 시작했다.〉 (1866년 2월 18일 브란겔에게 보낸 편지) 『죄와 벌』을 쓰는 동안 센나야 광장 근처로 자주 산책 나감. 어느 날 술 취한 군인이 다가와 목에 걸고 있던 십자가를 팔겠다고 해 그 십자가를 사서 목에 걸고 다님. 1867년 외국으로 떠날 때 상뜨 뻬쩨르부르그에 놓고 갔으며 이후 없어짐.

• 도스또예프스끼의 전집이 작가의 검토와 보충을 거쳐 스쩰로프스끼 출판사에서 나옴.
1권: 「여주인」, 「쁘로하르친 씨」, 「약한 마음」, 『죽음의 집의 기록』, 『가난한 사람들』, 「백야」, 「정직한 도둑」. 2권: 『상처받은 사람들』, 『지하로부터의 수기』, 「악몽 같은 이야기」, 「여름 인상에 대한 겨울 메모」 등.

도스또예프스끼의 여러 단편들과 중편들이 같은 출판사에서 단행본으로 나옴.『가난한 사람들』,「백야」,「약한 마음」,「여주인」,「쁘로하르친 씨」 등.『죽음의 집의 기록』의 세 번째 판이 검토를 거치고 새 장들이 추가되어 나옴.

1866년 45세 1월『죄와 벌』,『러시아 통보』지에 연재 시작(12월호로 완결). 1월 14일 고리대금업자 뽀뽀프와 그의 하녀 노르만이 대학생 다닐로프에게 살해되고 금품을 강탈당함. 도스또예프스끼는『백치 Idiot』를 쓰며 이 사건을 숙고함. 3~4월『동시대인』지에『죄와 벌』에 대한 비호의적인 평이 실림. 4월 4일 러시아 황제 알렉산드르 2세에 대한 까라꼬조프의 암살 계획. 도스또예프스끼는 이 사건에 깜짝 놀람. 6월 여름을 여동생의 가족이 사는 곳에서 가까운 모스끄바의 교외 지역인 류블리노에서 보냄.『노름꾼』의 줄거리와『죄와 벌』5부 작업.『러시아 통보』의 편집자 까뜨꼬프에게 부도덕한 장면이라고 지적당한 2부의 6장을 수정해야 했음(라스꼴리니꼬프와 소냐가 복음서를 읽는 장면). 9월 까라꼬조프에 대한 재판과 판결. 도스또예프스끼는 작가 노트와『악령』의 도입부에서 이 재판에 대해 언급함. 10월 스쩰로프스끼에게 약속한 소설을 제때에 끝내기 위해 속기사를 고용하기로 결심함. 10월 3일 저녁때 안나 그리고리예브나 스니뜨끼나 Anna Grigorievna Snitkina가 찾아와 속기사로 일하겠다고 함. 그다음 날『노름꾼』구술 시작. 29일에 끝냄. 30일, 31일 원고 정서함. 11월『노름꾼』원고를 스쩰로프스끼에게 가져감. 스쩰로프스끼는 자리에 없고 그의 서기가 원고를 거절함. 도스또예프스끼는 출판사 부근의 경찰서에 소설을 맡김. 11월 3일 어머니 집에 있는 안나 그리고리예브나를 방문함. 그리고『죄와 벌』마지막 부분을 속기해 달라고 부탁함. 11월 8일 안나 그리고리예브나에게 청혼. 그녀의 수락. 이달 말, 도스또예프스끼는 하나뿐인 외투를 저당잡혀 쪼들리는 친척들을 도움.

• 도스또예프스끼 전집 제3권 나옴(스쩰로프스끼 출판사).
수록 작품 :『노름꾼』,『분신』,「크리스마스 트리와 결혼식」,「남의 아내와 침대 밑 남편」,「꼬마 영웅」,「네또츠까 네즈바노바」,『아저씨의 꿈』,『스쩨빤치꼬보 마을 사람들』. 스쩰로프스끼 출판사에서 단편, 중

단편들이 단행본으로 나옴. 『분신』, 『지하로부터의 수기』, 『노름꾼』, 「크리스마스 트리와 결혼식」, 「악어 Krokodil」, 「악몽 같은 이야기」 등. 『상처받은 사람들』 세 번째 개정판(스쩰로프스끼 출판사). 『스쩨빤치꼬보 마을 사람들』의 세 번째 판(스쩰로프스끼 출판사).

1867년 46세 2월 15일 저녁 7시, 삼위일체 대성당에서 도스또예프스끼와 안나 그리고리예브나의 결혼식. 3월 30일 도스또예프스끼와 그의 아내, 모스끄바에 도착. 듀소 호텔로 감. 모스끄바에서 보석상 까밀꼬프가 양갓집 아들 마주린에게 살해당하는 사건이 발생. 도스또예프스끼는 이 범죄 사건을 『백치』의 마지막에 이용함. 4월 도스또예프스끼 부부, 외국으로 갈 계획 세움. 4월 12일 안나 그리고리예브나, 돈을 빌리기 위해 개인 물품을 저당잡힘. 빌린 돈의 일부를 도스또예프스끼 가족에게 줌. 4월 14일 도스또예프스끼 부부, 외국으로 떠나 4년 넘게 체류. 안나 그리고리예브나 일기 쓰기 시작. 4월 17일과 18일 베를린 체류. 4월 19일 드레스덴에 도착, 미술관에서 라파엘의 마돈나 감상. 책 사들임. 5월 4일 도스또예프스끼, 룰렛 게임을 하러 함부르크로 출발. 5월 5일 도박을 하여 처음엔 땄으나 그 후에 거액을 잃고 아내에게 여러 차례 돈을 요구하지만 이 돈마저 잃음. 5월 15일 드레스덴으로 돌아옴. 5월 25일 알렉산드르 2세에 대한 폴란드 이민자 베레조프스끼의 암살 음모. 파리 체류. 6월 디킨스, 위고를 읽음. 베토벤, 바그너의 음악회 감상. 이달 여러 번의 간질 발작을 일으킴. 6월 21일 도스또예프스끼 부부, 바덴바덴으로 떠남. 이후 룰렛 게임을 계속함. 6월 28일 뚜르게네프를 만나러 감. 러시아와 서양의 관계에 대한 생각 차이로 말다툼. 7월 10일 도박으로 마지막 남은 돈을 잃음. 물건을 저당잡힘. 7월 16일 도벨린스끼에 대한 기사 쓰기 시작. 8월 11일 도스또예프스끼 부부, 제네바로 떠남. 바젤에 들러 미술관 방문. 8월 13일 제네바 도착. 8월 28일 가리발디와 바꾸닌의 협력으로 제네바에서 평화와 자유연맹의 첫 번째 회의 열림. 도스또예프스끼, 여러 회의에 참석. 9월 도박으로 또 손해를 봄. 제네바에 싫증을 냄. 경제 사정 매우 악화. 10월 『백치』 집필. 도박으로 돈을 잃음. 물건을 저당잡힘. 12월 6일 『백치』의 최종 원고 작업 돌입. 〈내 소설의 주요 생각은 지극히 완전한 사람을 그

리는 데 있다.〉
- 『죄와 벌』 수정판이 두 권으로 바주노프 출판사에서 나옴.

1868년 47세 2월 22일 딸 소피야 태어남. 3월 10일 한 가족(6명)이 땀보프에서 살해되는 사건 발생. 16세의 고등학생이 용의자로 지목됨. 도스또예프스끼는 이 사건을 『백치』 2부에 이용함. 도박 계속. 5월 12일 어린 딸 소피야 죽음. 9월 밀라노 도착. 성당에 감. 11월 피렌체로 출발. 그곳에서 겨울을 남.
- 『러시아 통보』지에 『백치』 게재.

1869년 48세 봄 러시아의 친구들과 활발한 서신 교환. 무신론에 관한 소설을 구상. 7월 프라하에서 사흘을 보낸 다음 베네치아, 볼로냐를 거쳐 드레스덴으로 돌아감. 9월 14일 딸 류보프 출생. 11월 21일 모스끄바에서 혁명 운동가 네차예프를 지도자로 하는 〈민중의 복수〉라는 혁명 단체가 불복종을 이유로 농학과 학생 이바노프를 암살함(소위 네차예프 사건). 도스또예프스끼는 이 사건을 주의 깊게 연구하여 후에 『악령 besy』에 이용함.

1870년 49세 봄 니힐리즘에 대한 〈악의적인 것〉 작업(『악령』). 6~8월 프랑스-프로이센 전쟁. 도스또예프스끼, 자기 일기와 서신에 유럽의 사건들에 대해 언급.
- 『오로라 L'Aurore』에 『영원한 남편 Vechniimuzh』 실림. 『죄와 벌』, 전집 제4권으로 나옴(스쩰로프스끼 출판사).

1871년 50세 1월 『러시아 통보』지에 『악령』 연재 시작. 3~5월 파리 코뮌. 도스또예프스끼의 편지와 『미성년 Podrostok』의 작가 노트에서 이 사건을 반영했음을 밝힘. 4월 비스바덴에 가서 룰렛 게임. 돈을 잃고 아내에게 편지를 써서 다시는 도박을 하지 않겠다고 약속함. 러시아가 그리워져서 다시 돌아갈 생각을 함. 7월 1일 네차예프의 재판. 재판의 내용이 『악령』 2부와 3부에서 이용됨. 7월 5일 드레스덴을 떠나 뻬쩨르부르그 도착. 7월 16일 뻬쩨르부르그에서 아들 표도르 태어남.
- 바주노프 사에서 〈동시대 작가 총서〉의 하나로 『영원한 남편』이 단행본으로 나옴.

1872년 51세 4~5월 딸 류보프의 팔이 부러짐. 도스또예프스끼, 뜨레짜꼬프에게 주문받은 초상화를 그리기 위해 뻬로프의 모델이 됨. 5월 15일 여름을 지내기 위해 스따라야 루사로 떠남. 며칠 후 딸의 잘 낫지 않는 팔을 수술하기 위해 뻬쩨르부르그로 다시 돌아옴. 10월 30일 『시민 Grazhdanin』지에서 도스또예프스끼와 공동 작업할 것임을 알림. 11~12월 안나 그리고리예브나, 『악령』을 직접 출판하기 위해 교섭. 도스또예프스끼, 『시민』지의 편집 일을 맡음. 12월 말 도스또예프스끼, 『시민』지 1호에 『작가 일기』 제1장 원고 조판 작업. 독감과 폐기종으로 고생하기 시작.

1873년 52세 1월 1일 『시민』지 제1호가 나옴. 편집장을 맡음. 1월 7일 끼르끼즈 대표단이 겨울 궁전으로 알렉산드르 2세를 접견하러 감. 검열 당국의 사전 허가를 받지 않은 점을 변명하기 위해 도스또예프스끼도 따라감. 뽀베도노스쩨프(성무권의 담당 검사관)가 왕위 계승자 알렉산드르 알렉산드로비치에게 편지와 『악령』 견본 보냄. 2월 26일 안나 그리고리예브나가 출판한 『악령』 판매 시작. 2월 27일 슬라브 자선 단체의 회원으로 뽑힘. 6월 11일 검열법 위반으로 25루블의 벌금형과 48시간의 구류(끼르끼즈 대표단 사건) 처분받음. 6월 15일 시인 쮸체프 사망. 그에 대한 글을 『시민』지에 기고함.

• 『악령』이 세 권의 단행본으로 나옴. 정치적, 연대기적, 문학적 기사와 중편소설, 일상 생활을 묘사한 『작가 일기』가 『시민』지에 연재됨. 『작가 일기』(『시민』지 제6호)에 단편 「보보끄」가 실림.

1874년 53세 1월 『백치』, 두 권의 단행본으로 나옴. 3월 11일 『시민』지 10호에 기고한 글 〈러시아에 사는 독일인들에 대한 비스마르크 왕자의 생각과 관련된 두 단어〉로 잡지는 첫 번째 경고를 받음. 3월 21일과 22일 센나야 광장의 보초에게 체포당함. 이때 『레 미제라블』을 다시 읽음. 4월 22일 건강상의 이유로 『시민』지의 편집장직 사퇴. 그러나 기고는 중단하지 않음. 6월 4일 스따라야 루사를 떠나 엠스에 온천 요법을 받으러 감. 6월 12일 엠스에 도착. 독감에 걸림. 엠스에 싫증을 냄. 뿌쉬낀을 다시 읽고 『미성년』 작업. 〈엠스가 너무 싫은 나머지 감옥이 더 나을 것 같다.〉 7~8월 제네바에 가서 딸 소냐의 무덤에 감. 8월

10일 스따라야 루사로 돌아옴. 이곳에서 겨울을 나기로 결심함. 10월 12일 네끄라소프에게 보낸 편지에 『조국 수기』지에 자기 소설 『미성년』이 실릴 것이라고 알림.

1875년 54세 4월 9일 안나 그리고리예브나, 꾸르스끄 지방에 있는 남동생 아내의 땅을 소작하기로 남동생과 합의. 5월 26일 도스또예프스끼, 엠스로 떠남. 처음 왔을 때와 같은 참기 힘든 인상을 받음. 욥기를 읽음. 7월 7일 스따라야 루사로 돌아옴. 8월 10일 아들 알렉세이 태어남. 12월 길에서 일곱 살의 거지 어린애와 자주 만나며 그의 생활에 관심을 가지고 질문을 함. 현대의 부모와 아이들에 관한 소설 구상. 12월 27일 비행 청소년을 위한 감화원 방문. 12월 31일 개인 잡지 『작가 일기』의 발행 허가가 내려짐.
• 『죽음의 집의 기록』 제4판이 두 권의 책으로 나옴. 『미성년』이 『조국 수기』(1~12월호)에 실림.

1876년 55세 1월 월간 『작가 일기』 제1호 발행. 단편 「예수의 크리스마스 트리에 초대된 아이」 발표. 2월 『작가 일기』 2월호에 단편 「농부 마레이」 발표. 3월 영적 경험. 『작가 일기』 3월호에 단편 「백 살의 노파」 실림. 5월 18일 안나 그리고리예브나, 남동생에게 스따라야 루사에 집을 한 채 사놓으라고 시킴. 7월 도스또예프스끼, 엠스로 떠남. 그곳에서 의사는 〈죽으려면 아직도 멀었다〉고 안심시킴. 10월 도스또예프스끼가 『작가 일기』에서 말한 계모 꼬르닐로바의 재판이 열림. 그는 죄수를 두 번 방문함. 『작가 일기』는 점점 더 풍부한 통신란이나 다름없게 됨. 11월 도스또예프스끼는 뽀베도노스쩨프의 충고에 대해 『작가 일기』의 별책들을 유명해지게 할 것을 제안. 『온순한 여자*Krotkaia*』 집필. 『작가 일기』 11월호에 발표. 12월 6일 까잔 광장에서 대학생들의 시위와 난투극. 『작가 일기』에서 이 사건을 상세히 다룸.
• 『미성년』이 3권의 단행본으로 나옴. 『작가 일기』 계속 발간.

1877년 56세 봄 스따라야 루사에 안나 그리고리예브나의 동생 명의로 집을 사들임. 4월 러시아 황제의 성명. 러시아 군대가 터키 영토에 진입. 도스또예프스끼는 성명을 읽고 까잔 성당에 감. 4월 22일 꼬르닐로바의 두 번째 재판에 참석함. 피고는 무죄 석방됨. 검사는 처음 선고는 『작가 일기』의 기사에 따라 취소되었다고 말함. 『작가 일기』 4월호에 단편 「우스운 사람의 꿈」 발표. 도스또예프스끼 가족, 여름을 안나 그리고 리예브나의 남동생 소유지에서 보냄. 7월 『안나 까레니나』 8부가 단행본으로 나옴. 전쟁에 대한 똘스또이의 반체제적 견해 때문에 거부되었던 책으로 『러시아 통보』지의 편집부에서 펴냄. 도스또예프스끼, 그 책을 구입. 7월 19일 꾸르스끄 지방으로 떠남. 어린 시절을 보낸 다로보예로 감. 12월 27일 시인 네끄라소프 사망. 충격에 싸인 도스또예프스끼는 밤을 새워 죽은 시인의 시를 낭독함. 12월 29일 연말 공식 회의에서 도스또예프스끼가 과학 아카데미 러시아 문헌 분과의 객원 회원으로 뽑혔음을 알려 옴. 12월 30일 네끄라소프 장례식에서 간단한 연설을 함.
• 『작가 일기』 계속 발간. 『죄와 벌』 4판이 두 권으로 나옴. 『온순한 여자』가 「상뜨 뻬쩨르부르그 신문」에 프랑스어로 번역됨. 단행본으로도 나옴.

1878년 57세 연초 도스또예프스끼, 매달 문학인 협회가 주관하는 저녁 모임 참가. 3월 베라 자술리치의 재판. 베라는 정치범을 하찮은 이유로 채찍질한 뜨레뽀프 경찰국장을 저격. 도스또예프스끼, 재판 방청. 5월 16일 세 살의 어린 아들 알렉세이 도스또예프스끼, 갑작스러운 간질 발작으로 죽음. 아들이 죽은 후 그는 자주 블라지미르 솔로비요프를 만남. 6월 23일 솔로비요프와 함께 러시아 영성의 중심지 중 하나인 옵찌나 수도원에 감. 암브로시 장로와 두 번의 대화. 그로부터 『까라마조프 씨네 형제들 Brat'ia Karamazovy』의 영감을 얻음. 12월 계획을 세우고 『까라마조프 씨네 형제들』의 첫 부분 씀. 12월 14일 『상처받은 사람들』의 넬리 이야기를 자선 문학의 밤 모임에서 낭독. 〈문학 기금〉의 저녁 모임에서 뿌쉬낀의 『예언자』를 읽음. 이 겨울 동안 문단에 자주 나옴.
• 『작가 일기』 1877년 12월호가 1878년 1월에 나옴.

1879년 58세 3월 9일 〈문학 기금〉을 위한 연회에서 도스또예프스끼는 『까라마조프 씨네 형제들』의 일부분을 낭독함. 3월 13일 뚜르게네프 기념 오찬 모임에서 뚜르게네프와 도스또예프스끼 사이의 별로 좋지 않은 이야기들이 회자됨. 3월 20일 어린 딸을 괴롭힌 혐의로 고발당한 외국인 브룬스트의 재판. 도스또예프스끼는 이 사건에 매우 깊은 인상을 받아 『까라마조프 씨네 형제들』에 이용함. 도스또예프스끼는 술 취한 남자 때문에 길에 넘어져 얼굴에 상처를 입음. 그의 항의에도 불구하고 가해자는 16루블의 벌금형을 받음. 빅토르 위고의 주재로 열리는 런던 문학 회의에 참여해 달라는 요청을 건강상의 이유로 거절함. 7월 22일 엠스로 떠남. 베를린에서 이틀 머무름. 수족관, 박물관, 티어가르텐 구경. 7월 24일 엠스 도착. 그가 이곳에 머무는 동안 그의 아내는 아이들을 데리고 그녀의 친척인 꾸마닌 부인의 토지 분할 문제를 처리하기 위해 랴잔 지방에 감. 꾸마닌 부인은 2백 평방미터의 산림과 1백 평방미터의 경작지를 보유. 8월 6일 형수 죽음. 9월 러시아로 돌아옴. 『까라마조프 씨네 형제들』 작업. 10월 알렉세이 똘스또이의 미망인, 똘스또이 백작 부인이 도스또예프스끼에게 드레스덴 박물관에 있는 라파엘의 「시스티나의 마돈나」 사진을 보여 줌.

• 『까라마조프 씨네 형제들』(소설 3부의 제4권까지) 『러시아 통보』에서 나옴. 『작가 일기』 제2판 1876년. 『상처받은 사람들』 제5판.

1880년 59세 1월 도스또예프스끼의 아내가 출판한 작품 판매. 1월 17일 도스또예프스끼와 프랑스 외교관이자 작가인 보귀에 사이에 논쟁[보귀에는 후에 유명한 책, 『러시아 소설』(1886)을 씀]. 도스또예프스끼는 다음과 같이 말함. 〈우리는 모든 민족들이 가진 특징을 가지고 있습니다. 그 위에 모든 러시아의 특징도. 그 이유는 우리는 당신들을 이해할 수 있기 때문입니다. 그러나 당신들은 우리에 미치지 못합니다.〉 자선 문학의 밤 행사에 여러 번 참여, 자기 작품의 몇몇 부분을 읽음. 4월 6일 뻬쩨르부르그 대학에서 열린 블라지미르 솔로비요프의 박사 논문 통과 심사에 참석. 5월 11일 모스끄바에서 열리는 뿌쉬낀 동상 제막식에서 슬라브 자선 단체의 대표로 임명됨. 5월 23일 모스끄바 도착. 5월 24일 도스또예프스끼를 축하하는 오찬. 여러 작가들 참석. 6월 6일 뿌쉬낀 동상 제막식. 6월 7일 첫 번째 공개 회의, 뚜르게네프 연설. 6월 8일 두 번째 공개 회의. 도스또예프스끼, 대중의 열광을 불러일으킨 뿌쉬낀에 대한 연설을 함. 월계관을 받음. 저녁에 『예언자』 낭독. 밤에 그는 뿌쉬낀 동상에 가서 자기가 받은 월계관을 바침. 6월 10일 모스끄바를 떠나 스따라야 루사로 감.『까라마조프 씨네 형제들』쓰기 시작. 9월 26일 똘스또이가 스뜨라호프에게 편지를 보내『죽음의 집의 기록』은 뿌쉬낀의 작품을 포함하여 새로운 모든 문학 작품들 중 가장 아름다운 책이라고 말함. 11월 8일 도스또예프스끼,『러시아 통보』지에『까라마조프 씨네 형제들』의 마지막 장들을 보냄. 〈내 소설은 끝났습니다. 이 소설에 바친 3년과 출판한 2년, 나에게는 의미 있는 순간입니다. 작별 인사를 하지 않은 것을 용서하시기 바랍니다. 나는 20년은 더 살면서 글을 쓸 작정입니다.〉11월 29일 한 편지에서 나쁜 건강 상태에 대해 불평(폐기종으로 고생). 12월 10일 젊은 메레쥐꼬프스끼Merezhkovskii의 방문을 허락. 15세의 젊은 시인은 도스또예프스끼에게 자신의 시를 읽어 줌. 〈제대로 쓰기 위해서는 고통을 감내해야 한다.〉

• 〈뿌쉬낀에 대한 연설〉이『모스끄바 통보』지에 실림.『까라마조프 씨네 형제들』,『러시아 통보』지에 연재(11월 완결).『작가 일기』제2판 1880년.『까라마조프 씨네 형제들』단행본 며칠 만에 동이 남.

1881년 60세 1월『작가 일기』작업. 1월 19일 알렉세이 똘스또이의 미망인 집에서 열린 연극『폭군 이반의 죽음 Smert' Groznogo Ivana』에서 수도승 역을 맡음. 1월 26일 상속 문제로 여동생이 찾아와 다투고 간 후 도스또예프스끼 각혈, 5시 반에 의사 폰 브레첼 도착, 진찰 도중 다시 각혈, 의식을 잃음, 6시경 병자 성사를 받음, 7시경 아내와 아이들에게 작별 인사. 1월 27일 각혈 멈춤. 1월 28일 아침 7시 도스또예프스끼는 아내에게 오늘 틀림없이 죽을 것 같다고 말함. 그는 복음서를 아무데나 펼쳐「마태오의 복음서」3장, 14~15절을 읽음. 죽음의 전조가 보임. 아침 11시 또 각혈. 저녁 7시 자식들을 불러 아들에게 자신의 성서를 건네줌. 저녁 8시 38분 도스또예프스끼 사망. 1월 31일 알렉산드르 네프스끼 수도원 묘지에 묻힘, 많은 사람들이 긴 행렬을 이루며 그의 죽음을 애도함.

•『죽음의 집의 기록』제5판 나옴.『상처받은 사람들』의 프랑스어 번역이『상뜨 뻬쩨르부르그 신문』에 실림.『죽음의 집의 기록』영어로 번역됨.『상처받은 사람들』스웨덴어로 번역됨.

열린책들 세계문학 131 악어 외

옮긴이 박혜경 1965년에 태어나 서울대학교 노어노문학과를 졸업했으며, 동 대학원에서 석사 과정을 마치고 박사 학위를 받았다. 현재 한림대학교 러시아학과 교수로 재직 중이다. 논문으로 「도스또예프스끼의 『악령』에 나타난 분신 테마 분석」 등이 있다.
심성보 1964년에 태어나 고려대학교 노어노문학과를 졸업했으며, 동 대학원에서 박사 학위를 받았다. 현재 건국대학교 러시아어문과 교수로 재직 중이다. 논문으로 「도스또예프스끼의 초기 창작과 벨린스끼」 등이 있다.

지은이 표도르 도스또예프스끼 **옮긴이** 박혜경, 심성보 **발행인** 홍예빈·홍유진
발행처 주식회사 열린책들 **주소** 경기도 파주시 문발로 253 파주출판도시
전화 031-955-4000 **팩스** 031-955-4004 **홈페이지** www.openbooks.co.kr
Copyright (C) 주식회사 열린책들, 2000, 2010, *Printed in Korea.*
ISBN 978-89-329-1131-1 04890 **ISBN** 978-89-329-1499-2 (세트)
발행일 2000년 6월 15일 초판 1쇄 2002년 2월 15일 신판 1쇄 2005년 3월 1일 신판 5쇄 2007년 2월 5일 3판 1쇄 2008년 9월 30일 3판 2쇄 2010년 6월 15일 세계문학판 1쇄 2023년 4월 5일 세계문학판 3쇄

이 도서의 국립중앙도서관 출판예정도서목록(CIP)은 서지정보유통지원시스템 홈페이지(http://seoji.nl.go.kr)와 국가자료공동목록시스템(http://www.nl.go.kr/kolisnet)에서 이용하실 수 있습니다.(CIP제어번호:CIP2010001937)

열린책들 세계문학
Open Books World Literature

001 **죄와 벌** 표도르 도스또예프스끼 장편소설 | 홍대화 옮김 | 전2권 | 각 408, 512면

003 **최초의 인간** 알베르 카뮈 장편소설 | 김화영 옮김 | 392면

004 **소설** 제임스 미치너 장편소설 | 윤희기 옮김 | 전2권 | 각 280, 368면

006 **개를 데리고 다니는 부인** 안똔 체호프 소설선집 | 오종우 옮김 | 368면

007 **우주 만화** 이탈로 칼비노 단편집 | 김운찬 옮김 | 416면

008 **댈러웨이 부인** 버지니아 울프 장편소설 | 최애리 옮김 | 296면

009 **어머니** 막심 고리끼 장편소설 | 최윤락 옮김 | 544면

010 **변신** 프란츠 카프카 중단편집 | 홍성광 옮김 | 464면

011 **전도서에 바치는 장미** 로저 젤라즈니 중단편집 | 김상훈 옮김 | 432면

012 **대위의 딸** 알렉산드르 뿌쉬낀 장편소설 | 석영중 옮김 | 240면

013 **바다의 침묵** 베르코르 소설선집 | 이상해 옮김 | 256면

014 **원수들, 사랑 이야기** 아이작 싱어 장편소설 | 김진준 옮김 | 320면

015 **백치** 표도르 도스또예프스끼 장편소설 | 김근식 옮김 | 전2권 | 각 504, 528면

017 **1984년** 조지 오웰 장편소설 | 박경서 옮김 | 392면

019 **이상한 나라의 앨리스** 루이스 캐럴 환상동화 | 머빈 피크 그림 | 최용준 옮김 | 336면

020 **베네치아에서의 죽음** 토마스 만 중단편집 | 홍성광 옮김 | 432면

021 **그리스인 조르바** 니코스 카잔차키스 장편소설 | 이윤기 옮김 | 488면

022 **벚꽃 동산** 안똔 체호프 희곡선집 | 오종우 옮김 | 336면

023 **연애 소설 읽는 노인** 루이스 세풀베다 장편소설 | 정창 옮김 | 192면

024 **젊은 사자들** 어윈 쇼 장편소설 | 정영문 옮김 | 전2권 | 각 416, 408면

026 **젊은 베르테르의 슬픔** 요한 볼프강 폰 괴테 장편소설 | 김인순 옮김 | 240면

027 **시라노** 에드몽 로스탕 희곡 | 이상해 옮김 | 256면

028 **전망 좋은 방** E. M. 포스터 장편소설 | 고정아 옮김 | 352면

029 **까라마조프 씨네 형제들** 표도르 도스또예프스끼 장편소설 | 이대우 옮김 | 전3권 | 각 496, 496, 460면

032 **프랑스 중위의 여자** 존 파울즈 장편소설 | 김석희 옮김 | 전2권 | 각 344면

034 **소립자** 미셸 우엘벡 장편소설 | 이세욱 옮김 | 448면

035 **영혼의 자서전** 니코스 카잔차키스 자서전 | 안정효 옮김 | 전2권 | 각 352, 408면

037 **우리들** 예브게니 자먀찐 장편소설 | 석영중 옮김 | 320면

038 **뉴욕 3부작** 폴 오스터 장편소설 | 황보석 옮김 | 480면

039 **닥터 지바고** 보리스 파스테르나크 장편소설 | 홍대화 옮김 | 전2권 | 각 480, 592면

041 **고리오 영감** 오노레 드 발자크 장편소설 | 임희근 옮김 | 456면

042 **뿌리** 알렉스 헤일리 장편소설 | 안정효 옮김 | 전2권 | 각 400, 448면

044 **백년보다 긴 하루** 친기즈 아이뜨마또프 장편소설 | 황보석 옮김 | 560면

045 **최후의 세계** 크리스토프 란스마이어 장편소설 | 장희권 옮김 | 264면

046 **추운 나라에서 돌아온 스파이** 존 르카레 장편소설 | 김석희 옮김 | 368면

047 **산도칸 – 몸프라쳄의 호랑이** 에밀리오 살가리 장편소설 | 유향란 옮김 | 428면

048 **기적의 시대** 보리슬라프 페키치 장편소설 | 이윤기 옮김 | 560면

049 **그리고 죽음** 짐 크레이스 장편소설 | 김석희 옮김 | 224면

050 **세설** 다니자키 준이치로 장편소설 | 송태욱 옮김 | 전2권 | 각 480면

052 **세상이 끝날 때까지 아직 10억 년** 스뜨루가츠끼 형제 장편소설 | 석영중 옮김 | 224면

053 **동물 농장** 조지 오웰 장편소설 | 박경서 옮김 | 208면

054 **캉디드 혹은 낙관주의** 볼테르 장편소설 | 이봉지 옮김 | 232면

055 **도적 떼** 프리드리히 폰 실러 희곡 | 김인순 옮김 | 264면

056 **플로베르의 앵무새** 줄리언 반스 장편소설 | 신재실 옮김 | 320면

057 **악령** 표도르 도스또예프스끼 장편소설 | 박혜경 옮김 | 전3권 | 각 328, 408, 528면

060 **의심스러운 싸움** 존 스타인벡 장편소설 | 윤희기 옮김 | 340면

061 **몽유병자들** 헤르만 브로흐 장편소설 | 김경연 옮김 | 전2권 | 각 568, 544면

063 **몰타의 매** 대실 해밋 장편소설 | 고정아 옮김 | 304면

064 **마야꼬프스끼 선집** 블라지미르 마야꼬프스끼 선집 | 석영중 옮김 | 384면

065 **드라큘라** 브램 스토커 장편소설 | 이세욱 옮김 | 전2권 | 각 340, 344면

067 **서부 전선 이상 없다** 에리히 마리아 레마르크 장편소설 | 홍성광 옮김 | 336면

068 **적과 흑** 스탕달 장편소설 | 임미경 옮김 | 전2권 | 각 432, 368면

070 **지상에서 영원으로** 제임스 존스 장편소설 | 이종인 옮김 | 전3권 | 각 396, 380, 496면

073 **파우스트** 요한 볼프강 폰 괴테 희곡 | 김인순 옮김 | 568면

074 **쾌걸 조로** 존스턴 매컬리 장편소설 | 김훈 옮김 | 316면

075 **거장과 마르가리따** 미하일 불가꼬프 장편소설 | 홍대화 옮김 | 전2권 | 각 364, 328면

077 **순수의 시대** 이디스 워튼 장편소설 | 고정아 옮김 | 448면

078 **검의 대가** 아르투로 페레스 레베르테 장편소설 | 김수진 옮김 | 384면

079 **예브게니 오네긴** 알렉산드르 뿌쉬낀 운문소설 | 석영중 옮김 | 328면
080 **장미의 이름** 움베르토 에코 장편소설 | 이윤기 옮김 | 전2권 | 각 440, 448면
082 **향수** 파트리크 쥐스킨트 장편소설 | 강명순 옮김 | 384면
083 **여자를 안다는 것** 아모스 오즈 장편소설 | 최창모 옮김 | 280면
084 **나는 고양이로소이다** 나쓰메 소세키 장편소설 | 김난주 옮김 | 544면
085 **웃는 남자** 빅토르 위고 장편소설 | 이형식 옮김 | 전2권 | 각 472, 496면
087 **아웃 오브 아프리카** 카렌 블릭센 장편소설 | 민승남 옮김 | 480면
088 **무엇을 할 것인가** 니꼴라이 체르니셰프스끼 장편소설 | 서정록 옮김 | 전2권 | 각 360, 404면
090 **도나 플로르와 그녀의 두 남편** 조르지 아마두 장편소설 | 오숙은 옮김 | 전2권 | 각 408, 308면
092 **미사고의 숲** 로버트 홀드스톡 장편소설 | 김상훈 옮김 | 424면
093 **신곡** 단테 알리기에리 장편서사시 | 김운찬 옮김 | 전3권 | 각 292, 296, 328면
096 **교수** 샬럿 브론테 장편소설 | 배미영 옮김 | 368면
097 **노름꾼** 표도르 도스또예프스끼 장편소설 | 이재필 옮김 | 320면
098 **하워즈 엔드** E. M. 포스터 장편소설 | 고정아 옮김 | 512면
099 **최후의 유혹** 니코스 카잔차키스 장편소설 | 안정효 옮김 | 전2권 | 각 408면
101 **키리냐가** 마이크 레스닉 장편소설 | 최용준 옮김 | 464면
102 **바스커빌가의 개** 아서 코넌 도일 장편소설 | 조영학 옮김 | 264면
103 **버마 시절** 조지 오웰 장편소설 | 박경서 옮김 | 408면
104 **10 1/2장으로 쓴 세계 역사** 줄리언 반스 장편소설 | 신재실 옮김 | 464면
105 **죽음의 집의 기록** 표도르 도스또예프스끼 장편소설 | 이덕형 옮김 | 528면
106 **소유** 앤토니어 수전 바이어트 장편소설 | 윤희기 옮김 | 전2권 | 각 440, 488면
108 **미성년** 표도르 도스또예프스끼 장편소설 | 이상룡 옮김 | 전2권 | 각 512, 544면
110 **성 앙투안느의 유혹** 귀스타브 플로베르 희곡소설 | 김용은 옮김 | 584면
111 **밤으로의 긴 여로** 유진 오닐 희곡 | 강유나 옮김 | 240면
112 **마법사** 존 파울즈 장편소설 | 정영문 옮김 | 전2권 | 각 512, 552면
114 **스쩨빤치꼬보 마을 사람들** 표도르 도스또예프스끼 장편소설 | 변현태 옮김 | 416면
115 **플랑드르 거장의 그림** 아르투로 페레스 레베르테 장편소설 | 정창 옮김 | 512면
116 **분신** 표도르 도스또예프스끼 장편소설 | 석영중 옮김 | 288면
117 **가난한 사람들** 표도르 도스또예프스끼 장편소설 | 석영중 옮김 | 256면
118 **인형의 집** 헨리크 입센 희곡 | 김창화 옮김 | 272면
119 **영원한 남편** 표도르 도스또예프스끼 장편소설 | 정명자 외 옮김 | 448면

120 **알코올** 기욤 아폴리네르 시집 | 황현산 옮김 | 352면

121 **지하로부터의 수기** 표도르 도스또예프스끼 장편소설 | 계동준 옮김 | 256면

122 **어느 작가의 오후** 페터 한트케 중편소설 | 홍성광 옮김 | 160면

123 **아저씨의 꿈** 표도르 도스또예프스끼 장편소설 | 박종소 옮김 | 312면

124 **네또츠까 네즈바노바** 표도르 도스또예프스끼 장편소설 | 박재만 옮김 | 316면

125 **곤두박질** 마이클 프레인 장편소설 | 최용준 옮김 | 528면

126 **백야 외** 표도르 도스또예프스끼 소설선집 | 석영중 외 옮김 | 408면

127 **살라미나의 병사들** 하비에르 세르카스 장편소설 | 김창민 옮김 | 304면

128 **뻬쩨르부르그 연대기 외** 표도르 도스또예프스끼 소설선집 | 이항재 옮김 | 296면

129 **상처받은 사람들** 표도르 도스또예프스끼 장편소설 | 윤우섭 옮김 | 전2권 | 각 296, 392면

131 **악어 외** 표도르 도스또예프스끼 소설선집 | 박혜경 외 옮김 | 312면

132 **허클베리 핀의 모험** 마크 트웨인 장편소설 | 윤교찬 옮김 | 416면

133 **부활** 레프 똘스또이 장편소설 | 이대우 옮김 | 전2권 | 각 308, 416면

135 **보물섬** 로버트 루이스 스티븐슨 장편소설 | 머빈 피크 그림 | 최용준 옮김 | 360면

136 **천일야화** 앙투안 갈랑 엮음 | 임호경 옮김 | 전6권 | 각 336, 328, 372, 392, 344, 320면

142 **아버지와 아들** 이반 뚜르게네프 장편소설 | 이상원 옮김 | 328면

143 **오만과 편견** 제인 오스틴 장편소설 | 원유경 옮김 | 480면

144 **천로 역정** 존 버니언 우화소설 | 이동일 옮김 | 432면

145 **대주교에게 죽음이 오다** 윌라 캐더 장편소설 | 윤명옥 옮김 | 352면

146 **권력과 영광** 그레이엄 그린 장편소설 | 김연수 옮김 | 384면

147 **80일간의 세계 일주** 쥘 베른 장편소설 | 고정아 옮김 | 352면

148 **바람과 함께 사라지다** 마거릿 미첼 장편소설 | 안정효 옮김 | 전3권 | 각 616, 640, 640면

151 **기탄잘리** 라빈드라나트 타고르 시집 | 장경렬 옮김 | 224면

152 **도리언 그레이의 초상** 오스카 와일드 장편소설 | 윤희기 옮김 | 384면

153 **레우코와의 대화** 체사레 파베세 희곡소설 | 김운찬 옮김 | 280면

154 **햄릿** 윌리엄 셰익스피어 희곡 | 박우수 옮김 | 256면

155 **맥베스** 윌리엄 셰익스피어 희곡 | 권오숙 옮김 | 176면

156 **아들과 연인** 데이비드 허버트 로런스 장편소설 | 최희섭 옮김 | 전2권 | 464, 432면

158 **그리고 아무 말도 하지 않았다** 하인리히 뵐 장편소설 | 홍성광 옮김 | 272면

159 **미덕의 불운** 싸드 장편소설 | 이형식 옮김 | 248면

160 **프랑켄슈타인** 메리 W. 셸리 장편소설 | 오숙은 옮김 | 320면

161 **위대한 개츠비** 프랜시스 스콧 피츠제럴드 장편소설 | 한애경 옮김 | 280면

162 **아Q정전** 루쉰 중단편집 | 김태성 옮김 | 320면

163 **로빈슨 크루소** 대니얼 디포 장편소설 | 류경희 옮김 | 456면

164 **타임머신** 허버트 조지 웰스 소설선집 | 김석희 옮김 | 304면

165 **제인 에어** 샬럿 브론테 장편소설 | 이미선 옮김 | 전2권 | 각 392, 384면

167 **풀잎** 월트 휘트먼 시집 | 허현숙 옮김 | 280면

168 **표류자들의 집** 기예르모 로살레스 장편소설 | 최유정 옮김 | 216면

169 **배빗** 싱클레어 루이스 장편소설 | 이종인 옮김 | 520면

170 **이토록 긴 편지** 마리아마 바 장편소설 | 백선희 옮김 | 192면

171 **느릅나무 아래 욕망** 유진 오닐 희곡 | 손동호 옮김 | 168면

172 **이방인** 알베르 카뮈 장편소설 | 김예령 옮김 | 208면

173 **미라마르** 나기브 마푸즈 장편소설 | 허진 옮김 | 288면

174 **지킬 박사와 하이드 씨** 로버트 루이스 스티븐슨 소설선집 | 조영학 옮김 | 320면

175 **루진** 이반 뚜르게네프 장편소설 | 이항재 옮김 | 264면

176 **피그말리온** 조지 버나드 쇼 희곡 | 김소임 옮김 | 256면

177 **목로주점** 에밀 졸라 장편소설 | 유기환 옮김 | 전2권 | 각 336면

179 **엠마** 제인 오스틴 장편소설 | 이미애 옮김 | 전2권 | 각 336, 360면

181 **비숍 살인 사건** S. S. 밴 다인 장편소설 | 최인자 옮김 | 464면

182 **우신예찬** 에라스무스 풍자문 | 김남우 옮김 | 296면

183 **하자르 사전** 밀로라드 파비치 장편소설 | 신현철 옮김 | 488면

184 **테스** 토머스 하디 장편소설 | 김문숙 옮김 | 전2권 | 각 392, 336면

186 **투명 인간** 허버트 조지 웰스 장편소설 | 김석희 옮김 | 288면

187 **93년** 빅토르 위고 장편소설 | 이형식 옮김 | 전2권 | 각 288, 360면

189 **젊은 예술가의 초상** 제임스 조이스 장편소설 | 성은애 옮김 | 384면

190 **소네트집** 윌리엄 셰익스피어 연작시집 | 박우수 옮김 | 200면

191 **메뚜기의 날** 너새니얼 웨스트 장편소설 | 김진준 옮김 | 280면

192 **나사의 회전** 헨리 제임스 중편소설 | 이승은 옮김 | 256면

193 **오셀로** 윌리엄 셰익스피어 희곡 | 권오숙 옮김 | 216면

194 **소송** 프란츠 카프카 장편소설 | 김재혁 옮김 | 376면

195 **나의 안토니아** 윌라 캐더 장편소설 | 전경자 옮김 | 368면

196 **자성록** 마르쿠스 아우렐리우스 명상록 | 박민수 옮김 | 240면

197 **오레스테이아** 아이스킬로스 비극 | 두행숙 옮김 | 336면
198 **노인과 바다** 어니스트 헤밍웨이 소설선집 | 이종인 옮김 | 320면
199 **무기여 잘 있거라** 어니스트 헤밍웨이 장편소설 | 이종인 옮김 | 464면
200 **서푼짜리 오페라** 베르톨트 브레히트 희곡선집 | 이은희 옮김 | 320면
201 **리어 왕** 윌리엄 셰익스피어 희곡 | 박우수 옮김 | 224면
202 **주홍 글자** 너새니얼 호손 장편소설 | 곽영미 옮김 | 360면
203 **모히칸족의 최후** 제임스 페니모어 쿠퍼 장편소설 | 이나경 옮김 | 512면
204 **곤충 극장** 카렐 차페크 희곡선집 | 김선형 옮김 | 360면
205 **누구를 위하여 종은 울리나** 어니스트 헤밍웨이 장편소설 | 이종인 옮김 | 전2권 | 각 416, 400면
207 **타르튀프** 몰리에르 희곡선집 | 신은영 옮김 | 416면
208 **유토피아** 토머스 모어 소설 | 전경자 옮김 | 288면
209 **인간과 초인** 조지 버나드 쇼 희곡 | 이후지 옮김 | 320면
210 **페드르와 이폴리트** 장 라신 희곡 | 신정아 옮김 | 200면
211 **말테의 수기** 라이너 마리아 릴케 장편소설 | 안문영 옮김 | 320면
212 **등대로** 버지니아 울프 장편소설 | 최애리 옮김 | 328면
213 **개의 심장** 미하일 불가꼬프 중편소설집 | 정연호 옮김 | 352면
214 **모비 딕** 허먼 멜빌 장편소설 | 강수정 옮김 | 전2권 | 각 464, 488면
216 **더블린 사람들** 제임스 조이스 단편소설집 | 이강훈 옮김 | 336면
217 **마의 산** 토마스 만 장편소설 | 윤순식 옮김 | 전3권 | 각 496, 488, 512면
220 **비극의 탄생** 프리드리히 니체 | 김남우 옮김 | 320면
221 **위대한 유산** 찰스 디킨스 장편소설 | 류경희 옮김 | 전2권 | 각 432, 448면
223 **사람은 무엇으로 사는가** 레프 똘스또이 소설선집 | 윤새라 옮김 | 464면
224 **자살 클럽** 로버트 루이스 스티븐슨 소설선집 | 임종기 옮김 | 272면
225 **채털리 부인의 연인** 데이비드 허버트 로런스 장편소설 | 이미선 옮김 | 전2권 | 각 336, 328면
227 **데미안** 헤르만 헤세 장편소설 | 김인순 옮김 | 264면
228 **두이노의 비가** 라이너 마리아 릴케 시선집 | 손재준 옮김 | 504면
229 **페스트** 알베르 카뮈 장편소설 | 최윤주 옮김 | 432면
230 **여인의 초상** 헨리 제임스 장편소설 | 정상준 옮김 | 전2권 | 각 520, 544면
232 **성** 프란츠 카프카 장편소설 | 이재황 옮김 | 560면
233 **차라투스트라는 이렇게 말했다** 프리드리히 니체 산문시 | 김인순 옮김 | 464면
234 **노래의 책** 하인리히 하이네 시집 | 이재영 옮김 | 384면

235 **변신 이야기** 오비디우스 서사시 | 이종인 옮김 | 632면

236 **안나 까레니나** 레프 똘스또이 장편소설 | 이명현 옮김 | 전2권 | 각 800, 736면

238 **이반 일리치의 죽음·광인의 수기** 레프 똘스또이 중단편집 | 석영중·정지원 옮김 | 232면

239 **수레바퀴 아래서** 헤르만 헤세 장편소설 | 강명순 옮김 | 272면

240 **피터 팬** J. M. 배리 장편소설 | 최용준 옮김 | 272면

241 **정글 북** 러디어드 키플링 중단편집 | 오숙은 옮김 | 272면

242 **한여름 밤의 꿈** 윌리엄 셰익스피어 희곡 | 박우수 옮김 | 160면

243 **좁은 문** 앙드레 지드 장편소설 | 김화영 옮김 | 264면

244 **모리스** E. M. 포스터 장편소설 | 고정아 옮김 | 408면

245 **브라운 신부의 순진** 길버트 키스 체스터턴 단편집 | 이상원 옮김 | 336면

246 **각성** 케이트 쇼팽 장편소설 | 한애경 옮김 | 272면

247 **뷔히너 전집** 게오르크 뷔히너 지음 | 박종대 옮김 | 400면

248 **디미트리오스의 가면** 에릭 앰블러 장편소설 | 최용준 옮김 | 424면

249 **베르가모의 페스트 외** 옌스 페테르 야콥센 중단편 전집 | 박종대 옮김 | 208면

250 **폭풍우** 윌리엄 셰익스피어 희곡 | 박우수 옮김 | 176면

251 **어셴든, 영국 정보부 요원** 서머싯 몸 연작 소설집 | 이민아 옮김 | 416면

252 **기나긴 이별** 레이먼드 챈들러 장편소설 | 김진준 옮김 | 600면

253 **인도로 가는 길** E. M. 포스터 장편소설 | 민승남 옮김 | 552면

254 **올랜도** 버지니아 울프 장편소설 | 이미애 옮김 | 376면

255 **시지프 신화** 알베르 카뮈 지음 | 박언주 옮김 | 264면

256 **조지 오웰 산문선** 조지 오웰 지음 | 허진 옮김 | 424면

257 **로미오와 줄리엣** 윌리엄 셰익스피어 희곡 | 도해자 옮김 | 200면

258 **수용소군도** 알렉산드르 솔제니찐 기록문학 | 김학수 옮김 | 전6권 | 각 460면 내외

264 **스웨덴 기사** 레오 페루츠 장편소설 | 강명순 옮김 | 336면

265 **유리 열쇠** 대실 해밋 장편소설 | 홍성영 옮김 | 328면

266 **로드 짐** 조지프 콘래드 장편소설 | 최용준 옮김 | 608면

267 **푸코의 진자** 움베르토 에코 장편소설 | 이윤기 옮김 | 전3권 | 각 392, 384, 416면

270 **공포로의 여행** 에릭 앰블러 장편소설 | 최용준 옮김 | 376면

271 **심판의 날의 거장** 레오 페루츠 장편소설 | 신동화 옮김 | 264면

272 **에드거 앨런 포 단편선** 에드거 앨런 포 지음 | 김석희 옮김 | 392면

273 **수전노 외** 몰리에르 희곡선집 | 신정아 옮김 | 424면

274 **모파상 단편선** 기 드 모파상 지음 | 임미경 옮김 | 400면
275 **평범한 인생** 카렐 차페크 장편소설 | 송순섭 옮김 | 280면
276 **마음** 나쓰메 소세키 장편소설 | 양윤옥 옮김 | 344면
277 **인간 실격·사양** 다자이 오사무 소설집 | 김난주 옮김 | 336면
278 **작은 아씨들** 루이자 메이 올컷 장편소설 | 허진 옮김 | 전2권 | 각 408, 464면
280 **고함과 분노** 윌리엄 포크너 장편소설 | 윤교찬 옮김 | 520면
281 **신화의 시대** 토머스 불핀치 신화집 | 박중서 옮김 | 664면
282 **셜록 홈스의 모험** 아서 코넌 도일 단편집 | 오숙은 옮김 | 456면
283 **자기만의 방** 버지니아 울프 지음 | 공경희 옮김 | 216면
284 **지상의 양식·새 양식** 앙드레 지드 지음 | 최애영 옮김 | 360면